TAYARI JONES

DAS ZWEIT-BESTE LEBEN

ROMAN

Aus dem amerikanischen Englisch von
Britt Somann-Jung

Für meine Eltern,
Barbara und Mack Jones,
die meines Wissens
ausschließlich miteinander verheiratet sind.

Eine Tochter ist eine Kolonie

ein Territorium, eine Frucht,
ein Ebenbild
wie Athene entsprungen

dem Kopf ihres Vaters:
vom gleichen Stamm,
Spross und Brut;

eine Namensschwester, ein Wunschknochen –
Getreue und Verräterin –
eingeboren und ganz anders,

ein Stoff, eine Studie,
eine Geschichte, ein Halbblut,
ein Kontinent, dunkel und fremd.

Natasha Trethewey

TEIL EINS

~*~

DANA LYNN YARBORO

1

DAS GEHEIMNIS

Mein Vater, James Witherspoon, ist ein Bigamist. Er war schon zehn Jahre verheiratet, als er meiner Mutter zum ersten Mal begegnete. 1968 arbeitete sie am Einpacktresen von Davison's in der Innenstadt, wo mein Vater sie bat, ein Tranchiermesser als Geschenk zu verpacken, das er seiner Frau zum Hochzeitstag gekauft hatte. Mutter sagte, ihr sei klar gewesen, dass zwischen einem Mann und einer Frau etwas im Argen liegt, wenn eine Klinge verschenkt wird. Ich sagte, das könne doch auch bedeuten, dass sie einander vertrauten. Ich liebe meine Mutter, aber wir sind oft unterschiedlicher Meinung. Jedenfalls wurde uns James' Ehe nie verheimlicht. Ich nenne ihn James. Seine andere Tochter, Chaurisse, die, die bei ihm aufgewachsen ist, nennt ihn Daddy, auch heute noch.

Unter Bigamie stellen sich die meisten Leute, wenn sie denn überhaupt darüber nachdenken, eine primitive Praxis vor, etwas auf den Seiten des *National Geographic*. In Atlanta erinnern wir uns auch noch an eine Sekte der Back-to-Africa-Bewegung, die im West End mehrere Bäckereien betrieb. Manche bezeichneten sie als Kult, andere als kulturelle Bewegung. Jedenfalls waren einem Ehemann dort vier Ehefrauen erlaubt. Die Bäckereien haben mittlerweile dichtgemacht, aber die Frauen sieht man noch manchmal, wie sie, in prächtiges Weiß gewandt, ihrem gemeinsamen Ehemann mit sechs demütigen Schritten

Abstand folgen. Sogar in Baptistenkirchen halten die Saaldiener Riechsalz bereit, falls sich eine frische Witwe beim Trauergottesdienst mit der anderen trauernden Witwe und deren Kindern konfrontiert sieht. Bestatter und Richter wissen, dass so etwas ständig vorkommt, und zwar nicht nur unter religiösen Fanatikern, Handlungsreisenden, gut aussehenden Soziopathen und verzweifelten Frauen.

Es ist schade, dass es keine treffende Bezeichnung für eine Frau wie meine Mutter Gwendolyn gibt. Mein Vater James ist ein Bigamist. So ist das. Laverne ist seine Frau. Sie hat ihn zuerst aufgetan, und meine Mutter hat die Ansprüche der anderen Frau immer respektiert. Aber war meine Mutter auch seine Frau? Sie ist im Besitz offizieller Dokumente und sogar eines einzelnen Polaroids, das beweist, dass sie mit James Alexander Witherspoon junior kurz hinter der Staatsgrenze zu Alabama vor einen Friedensrichter getreten ist. Doch sie lediglich als seine »Frau« zu bezeichnen wird der Komplexität ihrer Stellung nicht annähernd gerecht.

Es gibt andere Namen, ich weiß, und wenn sie angetrunken, wütend oder traurig ist, schmäht meine Mutter sich damit: *Konkubine, Hure, Mätresse, Gefährtin.* Es gibt so viele, aber sie sind alle unfair. Außerdem gibt es üble Wörter für jemanden wie mich, das Kind von jemandem wie ihr, aber diese Wörter sind in unserem Haus nicht erlaubt. »Du bist seine Tochter. Fertig.« Das traf vor allem auf die ersten vier Monate meines Lebens zu, bevor Chaurisse, seine eheliche Tochter, geboren wurde. Das Wort *ehelich* brächte meine Mutter sicher zum Fluchen, aber wenn sie das andere Wort hören würde, das sich in meinem Kopf festgesetzt hatte, würde sie sich in ihrem Schlafzimmer einschließen und weinen. Für mich war Chaurisse seine *echte* Tochter. Bei Ehefrauen zählt nur, wer zuerst da war. Bei Töchtern ist die Lage ein bisschen komplizierter.

Es ist entscheidend, wie man Dinge benennt. *Beobachten* war das Wort meiner Mutter. Wenn er davon gewusst hätte, hätte James vermutlich *bespitzeln* gesagt, aber das war zu düster. Wir schadeten ja niemandem außer uns selbst, als wir verfolgten, wie Chaurisse und Laverne sich durch ihr unbeschwertes Leben bewegten. Ich war immer davon ausgegangen, dass wir uns eines Tages dafür rechtfertigen müssten, dass man uns Worte zu unserer Verteidigung abverlangen würde. Wenn es so weit wäre, müsste meine Mutter das Reden übernehmen. Sie ist sprachbegabt und in der Lage, heikle Details so übereinanderzuschichten, dass am Ende alles spiegelglatt daliegt wie ein See. Sie ist eine Magierin, die die Welt in ein schillerndes Trugbild verwandeln kann. Die Wahrheit ist eine Münze, die sie hinter deinem Ohr hervorzaubert.

Vielleicht war meine Mädchenzeit nicht die glücklichste. Aber bei wem ist sie das schon? Selbst Menschen, deren Eltern glücklich miteinander und mit niemandem sonst verheiratet sind, selbst diese Menschen erleben ein gewisses Maß an Kummer. Sie baden in alten Kränkungen, wärmen Streitereien wieder auf. Insofern habe ich etwas mit der ganzen Welt gemein.

Mutter hat weder meine Kindheit noch irgendeine Ehe ruiniert. Sie ist ein guter Mensch. Sie hat mich vorbereitet. Im Leben kommt es darauf an, Bescheid zu wissen. Deshalb sollte man meine Mutter und mich nicht bemitleiden. Ja, wir haben gelitten, aber wir waren uns immer sicher, einen entscheidenden Vorteil zu genießen: Ich wusste von Chaurisse, sie hingegen nicht von mir. Meine Mutter wusste von Laverne, aber Laverne glaubte, ein ganz normales Leben zu führen. Diese grundlegende Tatsache war uns immer präsent.

Wann fand ich heraus, dass mein Vater, obwohl ich Einzelkind war, nicht *mein* Vater war, also nicht mein alleiniger? Ich bin mir nicht sicher. Ich weiß es vermutlich, seitdem ich weiß, dass ich einen Vater habe. Ich kann allerdings noch genau sagen, wann ich lernte, dass diese Art von doppeltem Daddy nicht normal war.

Ich war ungefähr fünf und im Kindergarten, als die Kunsterzieherin, Miss Russell, uns aufforderte, Bilder von unseren Familien zu malen. Während die anderen Kinder mit Wachsmalkreide oder weichen Bleistiften malten, verwendete ich einen blauen Tintenroller und zeichnete James, Chaurisse und Laverne. Im Hintergrund stand Raleigh, der beste Freund meines Vaters; er war der Einzige aus seinem anderen Leben, den wir kannten. Ihn zeichnete ich mit der Wachsmalkreide in der Farbe »Haut«, weil er sehr hellhäutig ist. Das war vor vielen Jahren, aber ich erinnere mich noch genau daran. Ich legte der Frau eine Halskette um und verlieh dem Mädchen ein breites Lächeln mit lauter geraden Zähnen. An den linken Rand malte ich meine Mutter und mich, wir standen allein. Mit einem Filzstift schwärzte ich Mutters lange Haare und die geschwungenen Wimpern. Mein eigenes Gesicht versah ich nur mit einem Paar großer Augen. Eine freundliche Sonne zwinkerte uns allen zu.

Die Kunsterzieherin trat von hinten an mich heran. »Na, wen hast du denn da so wunderbar gemalt?«

Geschmeichelt lächelte ich zu ihr hoch. »Meine Familie. Mein Daddy hat zwei Frauen und zwei Mädchen.«

Sie neigte den Kopf und sagte: »Soso.«

Ich dachte mir nicht viel dabei, sondern freute mich darüber, wie sie *wunderbar* ausgesprochen hatte. Noch heute fühle ich mich geliebt, wenn ich es jemanden sagen höre. Am Ende des Monats brachte ich alle meine Bilder in einer Pappmappe mit nach Hause. James öffnete sein Portemonnaie, das immer voll mit Zweidollarscheinen war, um mich für meine Arbeit zu belohnen. Ich hob mir das Porträt, mein Meisterwerk, bis zum Schluss auf, weil es doch so wunderbar gemalt war und so.

Mein Vater nahm das Blatt vom Tisch und hielt es sich nah vor die Augen, als versuchte er, eine geheime Botschaft zu entschlüsseln. Mutter stand hinter mir, ihre Arme vor meiner Brust gekreuzt, und drückte mir einen Kuss auf den Kopf. »Es ist in Ordnung«, sagte sie.

»Hast du deiner Erzieherin gesagt, wer das auf dem Bild ist?«, fragte James.

Ich nickte langsam, hatte aber das Gefühl, dass ich lieber lügen sollte, obwohl mir nicht klar war, warum.

»James«, sagte Mutter, »lass uns aus einer Mücke keinen Elefanten machen. Sie ist noch ein Kind.«

»Gwen«, sagte er, »es ist wichtig. Guck nicht so ängstlich. Ich bringe sie doch nicht raus hinter den Schuppen.« Dann kicherte er in sich hinein, doch meine Mutter lachte nicht.

»Sie hat nur ein Bild gemalt. Das machen Kinder so.«

»Geh in die Küche, Gwen«, sagte James. »Ich werde mit meiner Tochter reden.«

Meine Mutter fragte: »Warum kann ich nicht hierbleiben? Sie ist schließlich auch meine Tochter.«

»Du bist die ganze Zeit mit ihr zusammen. Du sagst mir immer, ich würde nicht genug mit ihr reden. Also lass mich reden.«

Mutter zögerte und gab mich dann frei. »Sie ist nur ein kleines Kind, James. Sie weiß noch nicht Bescheid.«

»Vertrau mir«, sagte James.

Sie ging aus dem Zimmer, aber ich glaube, sie hatte Sorge, dass er etwas sagen könnte, das mich für den Rest meines Lebens verletzen und beschädigen würde. Ich konnte es in ihrem Gesicht sehen. Wenn sie aufgebracht war, mahlten ihre Kiefer ein unsichtbares Kaugummi. Nachts konnte ich hören, wie sie im Schlaf mit den Zähnen knirschte. Es klang wie Schotter unter Autoreifen.

»Dana, komm zu mir.« James trug eine dunkelblaue Chauffeuruniform. Seine Mütze musste im Wagen geblieben sein, aber auf seiner Stirn war der Abdruck des Hutbandes zu sehen. »Komm her.«

Ich zögerte und blickte durch den Türspalt, hinter dem meine Mutter verschwunden war.

»Dana«, sagte er, »du hast doch keine Angst vor mir, oder? Du hast doch keine Angst vor deinem Vater, oder?«

Er klang betrübt, aber ich verstand es als Prüfung. »Nein, Sir«, sagte ich und trat mutig einen Schritt vor.

»Nenn mich nicht Sir, Dana. Ich bin nicht dein Chef. Wenn du das sagst, komme ich mir vor wie ein Aufseher.«

Ich zuckte mit den Achseln. Mutter hatte mir gesagt, dass ich ihn immer mit Sir anreden sollte. Plötzlich streckte er die Arme nach mir aus und hob mich auf seinen Schoß. Während er mit mir redete, blickten wir beide nach vorn, sodass ich seinen Gesichtsausdruck nicht erkennen konnte.

»Dana, ich kann nicht erlauben, dass du solche Bilder malst wie im Malunterricht. So was kann ich nicht erlauben. Was hier in diesem Haus zwischen deiner Mutter und mir passiert, ist eine Angelegenheit zwischen Erwachsenen. Ich liebe dich. Du bist meine Kleine, und ich liebe dich, und ich liebe deine Mama. Aber was in diesem Haus vor sich geht, muss ein Geheimnis bleiben, okay?«

»Ich habe das Haus doch gar nicht gemalt.«

James seufzte und ließ mich leicht auf seinem Schoß wippen. »Was in meinem Leben, in meiner Welt passiert, hat mit dir nichts zu tun. Du darfst deiner Erzieherin nicht erzählen, dass dein Daddy eine andere Frau hat. Du darfst ihr nicht erzählen, dass ich James Witherspoon heiße. Atlanta ist wie ein Dorf, hier kennt jeder jeden.«

»Deine andere Frau und dein anderes Mädchen sind ein Geheimnis?«, fragte ich.

Er hob mich von seinem Schoß, sodass wir uns ins Gesicht sehen konnten. »Nein. Das verstehst du falsch. Dana, du bist ein Geheimnis.«

Dann tätschelte er mir den Kopf und zog an einem meiner

Zöpfe. Mit einem Augenzwinkern nahm er seine Brieftasche und löste drei Zweidollarscheine vom Bündel. Er reichte sie mir, und ich umklammerte sie.

»Willst du sie nicht in die Tasche stecken?«

»Ja, Sir.«

Dieses eine Mal sagte er mir nicht, dass ich ihn nicht so nennen solle.

James nahm meine Hand und ging mit mir zum Abendessen in die Küche. Auf dem kurzen Weg durch den Flur schloss ich die Augen, weil ich die Tapete nicht mochte. Sie war beige mit einem weinroten Muster. Als die Tapete sich an den Rändern zu lösen begonnen hatte, war mir vorgeworfen worden, ich hätte daran geknibbelt. Ich hatte es beharrlich abgestritten, aber Mutter hatte James davon berichtet, als er zu seinem wöchentlichen Besuch kam. Er hatte seinen Gürtel abgenommen und ihn mir auf die Beine und den Rücken geklatscht, was meine Mutter irgendwie zufriedenzustellen schien.

In der Küche deckte meine Mutter schweigend den Glastisch mit Schüsseln und Tellern. Sie trug ihre Lieblingsschürze, die ihr James aus New Orleans mitgebracht hatte. Vorne drauf war eine Languste, die einen Pfannenwender schwang, und darunter stand: Pass auf, dass ich dich nicht vergifte! James nahm seinen Platz am Kopf des Tisches ein und rieb mit der Serviette die Wasserflecken von seiner Gabel. »Ich habe sie nicht angerührt, ich bin nicht mal laut geworden. Oder?«

»Nein, Sir.« Es war die Wahrheit, aber ich fühlte mich anders als noch vor ein paar Minuten, als ich mein Bild aus der Mappe gezogen hatte. Meine Haut war noch dieselbe, aber durch eine Pore hatte sich eine Veränderung eingeschlichen und sich an den zerbrechlichen Teil in meinem Innern geheftet. *Du bist das Geheimnis.* Das hatte er mit einem Lächeln gesagt und mir mit dem Finger auf die Nase getippt.

Meine Mutter kam zu mir, fasste mich unter den Armen und

hob mich auf den Telefonbuchstapel, der auf meinem Stuhl lag. Sie küsste mich auf die Wange und füllte meinen Teller mit Lachsbratlingen, einem Löffel grüner Bohnen und Mais.

»Alles in Ordnung?«

Ich nickte.

James aß und strich Honig auf ein Brötchen, weil es keinen Nachtisch gab. Dazu trank er ein großes Glas Cola.

»Iss nicht zu viel«, sagte meine Mutter. »Du wirst gleich noch mal essen müssen.«

»Bei dir schmeckt's mir immer, Gwen. Ich sitze immer gern an deinem Tisch.«

Ich weiß nicht, wie ich darauf kam, dass meine Zahnlücken das Problem waren, aber ich beschloss, mir ein gefaltetes Stück Papier hinter die oberen Zähne zu schieben, um das rosa Loch in meinem Lächeln zu verdecken. Eigentlich stammte die Idee dazu von James, der mir mal erzählt hatte, wie er als kleiner Junge die Löcher in seinen Schuhsohlen mit Pappe gestopft hatte. Das Papier in meinem Mund saugte sich voll, und die Spucke ließ die blauen Linien verlaufen.

Mutter ertappte mich dabei, als sie in mein Zimmer kam und sich quer über mein Bett mit der lila karierten Tagesdecke legte. Das tat sie gern; sie legte sich auf mein Bett, während ich spielte oder Hefte ausmalte, und sah mir zu, als wäre ich eine Fernsehsendung. Sie roch immer gut, nach blumigem Parfüm und manchmal nach den Zigaretten meines Vaters.

»Was machst du denn da, Petunia?«

»Du sollst mich nicht Petunia nennen«, sagte ich, zum einen, weil ich den Namen nicht mochte, und zum anderen, weil ich ausprobieren wollte, ob ich mit dem Papier im Mund sprechen konnte. »Petunia ist ein Name für Schweine.«

»Eine Petunie ist eine Blume«, sagte meine Mutter. »Eine sehr hübsche.«

»Petunia ist die Freundin von Schweinchen Dick.«

»Das soll ein Witz sein, ein hübscher Name für ein Schwein, verstehst du?«

»Witze sind aber eigentlich lustig.«

»Es ist lustig. Du hast nur schlechte Laune. Was machst du denn da mit dem Papier?«

»Ich versuche, mir Zähne zu machen«, sagte ich, während ich den durchweichten Streifen zurechtrückte.

»Warum?«

Das erschien mir offensichtlich, als ich mich und meine Mutter in dem schmalen Spiegel über der Kommode betrachtete. Natürlich wollte James mich lieber geheim halten. Wer liebt denn schon ein Mädchen mit einer klaffenden rosa Zahnlücke? Keins der Kinder in meiner Kindergarten-Lesegruppe sah so aus wie ich. Meine Mutter würde das bestimmt verstehen. Jeden Abend verbrachte sie eine halbe Stunde damit, vor einem Vergrößerungsspiegel ihre Haut zu untersuchen und Cremes von Mary Kay aufzutragen. Wenn ich sie fragte, was sie da tat, sagte sie:»Ich arbeite an meinem Aussehen. Ehefrauen können sich gehen lassen. Konkubinen müssen auf sich achten.«

Wenn ich jetzt daran zurückdenke, bin ich mir sicher, dass sie getrunken hatte. Auch wenn ich mich nicht an alle Einzelheiten erinnere, weiß ich, dass etwas außerhalb des Spiegelbilds ihr golden perlendes Glas Asti Spumante gestanden hat.

»Ich arbeite an meinem Aussehen.« Ich hoffte, sie zum Lächeln zu bringen.

»Dein Aussehen ist perfekt, Dana. Du bist fünf; du hast wundervolle Haut, glänzende Augen und schönes Haar.«

»Aber keine Zähne«, sagte ich.

»Du bist ein kleines Mädchen. Du brauchst keine Zähne.«

»Doch«, sagte ich leise. »Doch.«

»Wofür? Um Maiskolben zu knabbern? Dir wachsen neue Zähne. Auf dich wartet noch jede Menge Mais, versprochen.«

»Ich will wie das andere Mädchen sein«, sagte ich schließlich.

Mutter hatte auf meinem Bett gelegen wie eine Göttin auf einer Chaiselongue, aber nun schoss sie hoch. »Welches andere Mädchen?«

»Das andere Mädchen von James.«

»Du kannst ihren Namen ruhig aussprechen«, sagte Mutter.

Ich schüttelte den Kopf.

»Doch, das kannst du. Sag ihn einfach. Sie heißt Chaurisse.«

»Hör auf«, sagte ich, weil ich Angst hatte, dass der Name meiner Schwester einen schrecklichen Zauber entfalten würde – so wie der Ausspruch »Bloody Mary« das Wasser in einem Topf rot und dickflüssig machte.

Mutter erhob sich vom Bett und kniete sich vor mich, damit wir gleich groß waren. Als sie mir die Hände auf die Schultern legte, wehte ein Hauch Zigarettenrauch aus ihrer Mähne. Ich griff ihr ins Haar.

»Sie heißt Chaurisse«, wiederholte meine Mutter. »Sie ist ein kleines Mädchen, genau wie du.«

»Aufhören, bitte, bitte«, flehte ich. »Sonst passiert noch was.«

Meine Mutter drückte mich an sich. »Was hat dein Daddy neulich zu dir gesagt? Verrat mir, was er gesagt hat.«

»Nichts«, flüsterte ich.

»Dana, du darfst mich nicht anlügen, okay? Ich erzähle dir alles, und du erzählst mir alles. Nur so kommen wir klar, Schatz. Wir müssen uns austauschen.« Sie schüttelte mich ein bisschen. Nicht so, dass es mir Angst machte, aber kräftig genug, dass ich ihr meine volle Aufmerksamkeit schenkte.

»Er hat gesagt, ich wäre ein Geheimnis.«

Meine Mutter schlang die Arme um mich, kreuzte sie hinter meinem Rücken und ließ ihr Haar wie einen magischen Vorhang um mich herum fallen. Den Geruch ihrer Umarmungen werde ich nie vergessen.

»Dieser Arsch«, sagte sie. »Ich liebe ihn, aber vielleicht muss ich ihn eines Tages umbringen.«

Am nächsten Morgen sagte meine Mutter, ich solle das grüngelbe Kleid anziehen, das ich sechs Wochen vorher – noch ohne Zahnlücken – für das Foto beim Schulfotografen getragen hatte. Sie frisierte mein Haar mit glatten Bändern und steckte meine Füße in steife, glänzende Schuhe. Dann stiegen wir in den alten Buick meiner Patentante, den meine Mutter sich für den Tag geliehen hatte.

»Wo fahren wir denn hin?«

Mutter bog von der Gordon Road ab. »Ich will dir etwas zeigen.«

Ich wartete auf weitere Informationen und schob die Zunge in die glitschige Lücke, wo vorher meine schönen Zähne gewesen waren. Sie sagte nichts weiter über unser Ziel, sondern forderte mich auf, an meiner Aussprache zu arbeiten.

Ich sprach meiner Mutter die Wörter nach, die auf -*at* endeten – *hat, mat, bat* –, und dann waren wir schon da. Wir standen vor einem kleinen rosa Schulgebäude mit grünem Rasen. Weiter die Straße hinunter lag der John-A.-White-Park. Wir blieben lange im Wagen sitzen, während ich ihr weiter Wörter heruntersagte. Ich machte es gern. Dann zählte ich von eins bis hundert und sang schließlich »Frère Jacques«.

Als eine Gruppe Kinder auf den Hof der kleinen Schule strömte, hob meine Mutter einen Finger, damit ich mit dem Singen aufhörte. »Kurbel dein Fenster runter und schau raus«, sagte sie. »Siehst du das pummelige kleine Mädchen in Jeans und rotem T-Shirt? Das ist Chaurisse.«

Ich entdeckte das Mädchen, das meine Mutter beschrieb, in einer Schlange mit anderen Kindern. Chaurisse sah damals absolut durchschnittlich aus. Ihr Haar war vorn zu zwei kurzen Puscheln und hinten zu festen kurzen Zöpfen gebunden. »Sieh sie dir an«, sagte meine Mutter. »Sie hat kaum Haare. Und wenn sie groß ist, wird sie dick, genau wie ihre Mammy. Sie weiß nicht, wie man Wörter richtig ausspricht, und sie kann auch nicht auf Französisch singen.«

Ich sagte: »Sie hat alle Zähne.«

»Noch. Sie ist kaum jünger als du, also wackeln sie bestimmt schon. Aber es gibt etwas, was man nicht sieht. Sie wurde zu früh geboren, deshalb hat sie Probleme. Der Arzt musste Plastikröhrchen in ihre Ohren einsetzen, damit sie sich nicht immer entzünden.«

»Aber James liebt sie. Sie ist kein Geheimnis.«

»James hat eine Verpflichtung ihrer Mutter gegenüber, und das ist mein Problem, nicht deins. Okay? James liebt dich genauso wie Chaurisse. Wenn er bei Verstand wäre, hätte er dich lieber. Du bist klüger, besser erzogen und hast schöneres Haar. Aber du bekommst nun mal die gleiche Liebe, und das geht auch in Ordnung.«

Ich nickte, während sich Erleichterung in meinem Körper ausbreitete. Meine Muskeln lösten sich. Sogar meine Füße entspannten sich und fügten sich nun locker in meine hübschen Schuhe.

»Bin ich ein Geheimnis?«, fragte ich meine Mutter.

»Nein«, sagte sie. »Du bist etwas Unbekanntes. Das kleine Mädchen da weiß nicht mal, dass es eine Schwester hat. Du weißt alles.«

»Gott weiß alles«, sagte ich. »Gott hält die ganze Welt in seinen Händen.«

»Das stimmt«, sagte meine Mutter. »Genau wie wir.«

2

EINE ART
SCHLEICHENDER LIEBE

Es war keine Liebe auf den ersten Blick, zumindest nicht bei meiner Mutter. Als sie meinem Vater begegnete, hatte sie nicht das Gefühl, dass eine besondere Chemie zwischen ihnen bestünde oder sich der Rhythmus ihres Herzens veränderte. Es war Liebe, das schon, aber sie war nicht wie vom Blitz getroffen. So eine Liebe hatte zu ihrer ersten Ehe geführt, die nur neunzehn Monate gehalten hatte. Was sie mit meinem Vater erlebte, war eher eine Art schleichender Liebe, die einsickert, ohne dass man es merkt, und plötzlich ist man Familie. Sie sagt, eine Liebe wie die mit meinem Vater sei von Gott gestiftet und nicht von der Welt, also auch nicht an die Gesetze des Bundesstaats Georgia gebunden.

Dagegen kann man schlecht etwas einwenden.

Einpackmädchen war nicht der Job, von dem sie geträumt hatte, wobei Jobs generell nicht zu den Dingen gehörten, von denen sie träumte. Meine Mutter hatte nur von der Ehe geträumt, und ihre kurze Bekanntschaft damit hatte sie enttäuscht. Einen neuen Traum zu entwickeln war mehr als ein flüchtiges Vorhaben, aber sie hatte keine Ahnung, wo sie anfangen sollte.

In ihrer Kindheit galt all ihr Sehnen ihrer Mutter. Flora, meine

Großmutter, war abgehauen, als meine Mutter gerade drei Monate alt war. Sechs Tage lang wickelte Flora ihre Brüste in Kohlblätter, damit die Milch versiegte, und dann stahl sie sich eines Sonntags noch vor der Kirche davon, mit nichts als den Kleidern, die sie am Leib trug, und einem Lottogewinn. »Keine Nachricht, kein gar nichts. Einfach weg.« Der Ton, in dem meine Mutter diese Geschichte erzählte, ließ mich wünschen, sie hätte mich nach meiner Großmutter benannt, nach der wilden Frau. Stattdessen hatte sie mich Dana Lynn genannt, eine augenzwinkernde Anspielung auf ihren eigenen Namen. Gwendolyn.

Zu der Zeit, als James bei Davison's auftauchte, war meine Mutter nicht nur mutter-, sondern auch vaterlos. Mein Großvater hatte sich von ihr losgesagt, weil sie ihren Ehemann, Clarence Yarboro, verlassen hatte. Das Problem war nicht nur, dass ihr Vater für den von Clarence arbeitete und seine Stelle auf dem Spiel stand, sondern auch, dass meine Mutter in die Fußstapfen ihrer Mutter Flora getreten war. Im Rückblick, sagt sie, waren die Gründe, Clarence zu verlassen, nicht ausreichend, um eine Ehe aufzugeben, aber schon ihre Gründe, ihn zu heiraten, waren nicht überzeugend gewesen. Mutter sagt, sie habe ihn geheiratet, weil er attraktiv und reich war – der jüngste Sohn einer Familie hübscher Bestatter – und weil er sie in der achten Klasse zum Ball eingeladen hatte. Fünf Jahre später war sie seine Frau. Sieben Jahre später war sie geschieden, lebte in einem Wohnheim und verliebte sich in einen verheirateten Mann. Acht Jahre später kam ich zur Welt.

Als meine Eltern sich begegneten, war Dr. Martin Luther King junior gerade einen Monat tot, und ein grauer Schleier lag über allem. Mutter war zum Spelman College gegangen, wo man Dr. King aufgebahrt hatte, aber die Schlange war sehr lang, und sie sah eigentlich keinen Sinn darin, dort zu stehen, und war wieder aufgebrochen. Zurück am Einpacktresen hatte Mutter sich betrogen gefühlt, weil er ermordet worden war, bevor sie die Chance gehabt hatte, ihr Leben so weit in Ordnung zu bringen, dass sie am Wunder, das dieser Mann verkörperte, teilhaben konnte. Aber wem wollte sie das vorwerfen außer sich selbst? Sie verspürte den Anflug eines schlechten Gewissens, weil sie diesen guten Job am Einpacktresen hatte, als erste Schwarze überhaupt. Und im Jahr davor, als sie noch in der Abteilung für Damenhüte arbeitete, hatte sie da nicht sogar einer schwarzen Frau einen bezaubernden Pillbox-Hut aufgesetzt? Sie wusste sehr wohl, wie viel sich verändert hatte, und war dankbar dafür, der Herr konnte bezeugen, wie dankbar sie für all die neuen Möglichkeiten war. Doch gekämpft hatte sie nicht dafür, und nun war der Mann tot. Sie hätte ihre Scham nur schwer erklären können, auch wenn sie einen anderen Adressaten gehabt hätte als sich selbst. Ihr Vater redete nicht mehr mit ihr, und ihr Ehemann war kurz davor, wieder zu heiraten, noch nicht einmal ein Jahr nachdem sie in das Wohnheim an der Ashby Street gezogen war. Jeden Tag ging meine Mutter hübsch zurechtgemacht zur Arbeit, in einem der drei guten Kleider, die sie mit Rabatt und einer kleinen Vorauszahlung auf ihr Gehalt gekauft hatte.

James kam eines Nachmittags an den Tresen, als sie gerade besonders reumütig war, nicht so sehr, weil sie ihre Ehe weggeworfen hatte, sondern eher, weil sie überhaupt geheiratet hatte.

»Kann ich Ihnen behilflich sein, Sir?«, fragte sie. Er trug eine Chauffeuruniform und hatte die Mütze unter den Arm geklemmt wie ein Offizier. Sie nannte ihn Sir, weil sie alle männlichen Kunden so anzureden pflegte, und sie achtete besonders darauf, dass die schwarzen Kunden bei Davison's diesen Ausdruck des Respekts vernahmen. War Dr. King nicht genau dafür gestorben?

Mutter war hübsch, dessen war sie sich bewusst. Keine Schönheit wie Dorothy Dandridge oder Lena Horne, aber doch so bezaubernd, dass es auffiel. Ihrer Meinung nach hatte sie das

Gesicht eines gewöhnlichen schwarzen Mädchens von mittel-
dunklem Hautton, den alle nur »braun« nannten. Sie selbst fand
ihre Wimpern am schönsten; sie gestikulierte mit ihnen wie andere Leute mit den Händen. Aber sie wusste, dass die meisten
Menschen ihr volles, langes Haar, das bis über die Schulterblätter reichte, für ihr bestechendstes Merkmal hielten. Das einzig
Brauchbare, was ihre Mutter ihr hinterlassen hatte. Willie Mae,
das Mädchen im Wohnheimzimmer neben ihr, verdiente nicht
schlecht daran, es alle zwei Wochen mit einer heißen Zange zu
glätten und zu ondulieren. Damals hielt Mutter sich noch für
einen ehrlichen Menschen und offenbarte jedem, der es wissen
wollte, dass ihr Haar nicht von Natur aus so schön war.

Als James ihr das elektrische Tranchiermesser über den
Tresen zuschob, bemerkte Mutter den blitzenden Ehering und
dachte an Willie Mae, die keine Skrupel hatte, Zeit mit verheirateten Männern zu verbringen – solange sie schworen, nicht
glücklich zu sein. Sie fragte meinen Vater, welches Geschenk-
papier es sein dürfe, und kam zu dem Schluss, dass er Willie
Mae nicht genügen würde, weil die eine Vorliebe für hübsche
Männer hatte: helle Haut, helle Augen und gewelltes Haar.

»Du wärst ganz verrückt nach meinem Exmann gewesen«,
hatte Gwen mal zu ihr gesagt, während Willie Mae das Glätteisen durchzog, das ölig zischte.

»Ist er noch zu haben?«

Mutter hatte gekichert und an ihrer Zigarette gezogen, dann
den Qualm mit einem feuchten Handtuch eingefangen. »Er war
unsere ganze Ehe über zu haben.«

»Mädchen«, sagte Willie Mae, »ich will dir ja nicht vorschrei-
ben, wie du dein Leben zu führen hast, aber du musst schon
eine ziemlich anspruchsvolle Lady sein, wenn du einem guten
Mann den Laufpass gibst, nur weil er sich hin und wieder ander-
weitig vergnügt hat.«

»Es war nicht nur das«, sagte meine Mutter. »Und wer ist hier 'ne Lady? Ich nicht. Frag mal meinen Vater. Ihm zufolge habe ich aufgehört, eine Lady zu sein, als ich meinen Mann verlassen habe.«

»Wenigstens hattest du einen Mann, den du verlassen konntest«, sagte Willie Mae.

Der Mann mit dem Tranchiermesser fragte: »Könnten Sie festliches Papier nehmen?«

Mutter fragte: »Ein besonderer Anlass?«

»Ja, Ma'am«, sagte er.

Über das »Ma'am« musste sie lächeln. »Für wen ist es?«

»Meine Frau.«

Mutter lachte und bedauerte es sofort. Der Mann vor ihr wirkte peinlich berührt, und hinter ihm standen Weiße in der Schlange.

»W-was ist?«

»Entschuldigen Sie, Sir«, sagte sie, und es tat ihr wirklich leid. »Es ist nur so, dass die meisten Männer ihren Ehefrauen etwas Romantischeres schenken. Parfüm zum Beispiel.«

Er sah zu dem Messer. »Das ist ein g-gutes Geschenk. Es hat dreiundzwanzig Dollar gekostet.«

»Ja, Sir«, sagte sie. »Ich werde es Ihnen einpacken. Wir haben gerade ein hübsches Blümchenpapier reinbekommen.«

»Moment.« Er nahm das Messer wieder an sich. »Ich h-hab's mir anders überlegt.« Er strebte zur Rolltreppe, mit der Mütze immer noch unter dem Arm.

Die nächste Kundin war eine Weiße, die einen Babystrampler für ihre schwangere Schwester gekauft hatte.

»Männer«, sagte die Kundin. »Wer begreift schon, was in ihren Köpfen vor sich geht?«

Mutter wusste, was die weiße Dame meinte, aber sie konnte nicht mit ihr über einen schwarzen Mann lachen, selbst wenn sie nur darüber lachte, dass er ein Mann war.

James kehrte gut zwei Stunden später kurz vor Ladenschluss zurück, als meine Mutter gerade den Einpacktresen aufräumte, Geschenkbandreste wegwarf, die Klebebandabroller in eine Reihe stellte und die Schachteln für Hemden durchzählte. Er reichte ihr wieder das Tranchiermesser.

»Es ist ein gutes Messer«, sagte meine Mutter und riss ein Rechteck Blümchenpapier von der Rolle. »Ich hab's nicht böse gemeint.«

Er sagte nichts, aber sie sah, wie sein Hals anschwoll, während sie das Papier ausrichtete und die Klebestreifen zusammenrollte, damit sie beidseitig hafteten.

Dann überreichte Mutter ihm das Geschenk, das mit einer doppelten Schleife nun so hübsch aussah, dass sie sich fragte, ob sie es nicht übertrieben hatte. Sie stellte sich vor, wie seine Frau die Bänder löste und etwas Luxuriöses erwartete, aber sie beschloss, dass das nicht ihr Problem war.

»Und das«, stieß er hervor und reichte ihr eine kleine Schachtel mit Parfüm.

»Das wird Ihrer Frau gefallen«, sagte Mutter. »Das wird sie liebend gern vor ihren Freundinnen aus der Tasche ziehen.« Sie hatte das Gefühl, zu viel zu reden, aber dieser seltsame Mann starrte sie an, und irgendjemand musste ja etwas sagen. Sie wickelte das Parfüm in verführerisches rotes Papier und verwendete ein schlichtes goldenes Band. »Sehen Sie sich das an. Das hat ein bisschen Feuer.«

Sie schob es ihm über den Tresen zu, aber er schob es zurück. »E-e-e-s ...« Er brach ab und versuchte es wieder. »D-d-d ...« Er verstummte.

»Stimmt was nicht? Soll ich sie beide im gleichen Papier einwickeln?«

Seine Schulter zuckte kurz, dann sagte er: »Das ist für Sie.«

Mutter blickte zu ihrer linken Hand, an der sie ihren Ehering trug, obwohl ihr Mann Clarence schon seit einem Jahr Vergangenheit und bereits neu verlobt war. Sie trug den Ring, um zu signalisieren, dass sie an bestimmte Dinge glaubte.

Meine Mutter las jede Woche das *Life*-Magazin; sie wusste also, dass der Rest des Landes die freie Liebe und ungepflegte Haare feierte, aber sie bewunderte die jungen Leute, die sich so gehen ließen, keineswegs. Sie sah sich eher in der Rolle einer Mrs Parks oder Ella Baker. Würdevoll und anständig wie eine Perlenkette.

»Bitte nehmen Sie's«, sagte er und stupste das rote Geschenk wieder in ihre Richtung.

Und sie nahm es an. Nicht nur, weil es ein schönes Geschenk war; sie hatte das goldene Parfüm schon wiederholt bewundert und sich heimlich etwas davon auf die Schläfen getupft. Mutter sagt, sie habe vor allem seine Bemühungen zu schätzen gewusst – dass er sein Stottern besiegt hatte, um ihr dieses Geschenk zu machen. »Vielen Dank, Sir.«

»Nennen Sie mich nicht Sir. Ich heiße James Witherspoon. Sie haben nichts von mir zu befürchten. Ich wollte Ihnen nur etwas schenken.«

Meine Mutter rechnete die nächsten anderthalb Wochen damit, dass James Witherspoon auf der Rolltreppe auftauchte. Sie teilte Willie Maes Einschätzung, dass Männer nichts ohne Grund taten. Das Parfüm war teurer als das Tranchiermesser gewesen. Wenn er mehr für sie ausgab als für seine Frau, würde er wiederkommen.

»Manche Männer«, sagte Willie Mae, »würden sogar wiederkommen, wenn sie dir nur eine Pfefferminzpraline geschenkt hätten. Mit Geld kauft man sich Gesellschaft, und das wissen sie.«

(Die reizende Willie Mae, die ich Auntie nannte, war Trauzeugin bei der illegalen Hochzeit meiner Eltern, vier Monate nach meiner Geburt. Sie war meine Patentante und unglaublich lieb zu mir, als ich ein kleines Mädchen war. Sie starb kurz nachdem dann alles passierte, wurde von ihrem Freund, einem hübschen Mann namens William, erschossen. Sie fehlt mir sehr.)

Aber Mutter hatte nicht das Gefühl, dass James Witherspoon sie kaufen wollte. Sie hatte den Eindruck, dass er sie aus irgendeinem Grund einfach mochte. Es war eine schöne Vorstellung, gemocht zu werden. Von einem verheirateten Mann gemocht zu werden war nichts Schlimmes. Es war auch nichts Schlimmes, ihn ebenfalls zu mögen, wenn es denn beim Mögen blieb.

Nachdem ein Monat vergangen und er nicht zurückgekehrt war, bedauerte Mutter, dass sie ihn nicht stärker ermutigt hatte, als er ihr das Parfüm, das in seiner feurigen Verpackung farblich an ein französisches Bordell erinnerte, hinübergeschoben hatte. Sie bedauerte, so lange auf seinen Ehering gestarrt zu haben, ein schlichtes goldenes Exemplar mit Rankenmuster, und sie kam sich dumm vor, weil sie ihren eigenen Ring noch trug – ebenfalls ohne Stein, weil ihr Exmann den Diamanten wieder an sich genommen hatte; er stammte von seiner Mutter, deshalb durfte sie ihn nicht behalten. Jetzt fragte sie sich, warum sie den Ring noch trug.

Sie fragte sich auch, warum sie die wichtigen Ereignisse des Weltgeschehens nicht kümmerten. Zum Beispiel der Vietnamkrieg. Sie hatte Jungen gekannt, die darin umgekommen waren. Und dann war da immer noch Dr. King, der kalt in der Erde lag. Auch wenn Willie Mae nicht von einem Hund gebissen worden war, war sie in Birmingham gewesen, als die Deutschen Schäferhunde auf Schwarze losgelassen wurden. Und wo hatte Mutter gesteckt, als all das passierte? Sie hatte eifrig geübt, eine Ehefrau zu sein.

Ende des Sommers, als sie gerade dort arbeitete, wo James sie drei Monate zuvor zurückgelassen hatte, tauchte er schließlich wieder vor ihr auf. »Ich wollte nur Hallo sagen.«

»Tatsächlich?« Meine Mutter schämte sich, weil diese kleine Geste sie mit Dankbarkeit erfüllte.

»Würden Sie einen Kaffee mit mir trinken?«

Sie nickte.

»Ich bin v-verheiratet«, sagte er. »Ich bin v-v-verheiratet. Ich bitte Sie nur um einen K-Kaffee. Es ist eine lange Geschichte. Mein Leben ist eine lange Geschichte.«

»Meins auch.«

Sie erklärte sich bereit, ihn nach Feierabend zu treffen. Sie strich sich über das Haar an den Schläfen, das sich durchs Schwitzen kräuselte. Es war an der Zeit, dass Willie Mae sich ihrer annahm, deshalb band Mutter sich das Haar zu einem öligen Koten im Nacken. Den ganzen Abend über sagte sie zu ihm: »Bitte entschuldigen Sie mein Aussehen.« Und er versicherte ihr, dass sie gut aussah. Ihr gefiel, dass er nur sagte, sie sehe gut aus, und nicht so tat, als wäre sie an diesem Tag wunderschön. Sie schätzte die Aufrichtigkeit daran, und die Aufrichtigkeit hatte nichts Kränkendes. Sie sah gut aus; sie genügte; es war ausreichend.

Meine Mutter stand am Bordstein der Peachtree Street, wo fünf Straßen aufeinandertrafen, nahe dem Plastikunterstand, an dem sie normalerweise auf den Bus wartete. Willie Mae, die Schreibkraft bei einer Versicherung war, wäre schon an Bord und säße direkt hinter dem Fahrer, denn sie stammte aus Alabama und war dort ein Jahr lang zur Arbeit gelaufen, um Rosa Parks zu unterstützen, die sich geweigert hatte, ihren Sitzplatz für einen Weißen zu räumen.

Als eine Limousine neben ihr am Straßenrand hielt, fühlte sich Mutter nicht angesprochen. Sie stand da, blickte über das Dach des viertürigen Cadillac hinweg und hielt nach James Ausschau. Sie überlegte, ob sie sich auf die andere Straßenseite begeben sollte, damit er sie leichter fand. Als sie gerade auf die Uhr sah, stieg er auf der Fahrerseite aus und hob kurz den Finger an die Mütze.

»Oh«, sagte sie. »Sie sind es.« Sie lachte. »Ich hätte nicht gedacht –«

Da hatte er schon die Fondtür erreicht und geöffnet. Er lächelte, sagte aber nichts. Mutter fasste sich an ihr ungewaschenes Haar und strich es an den Rändern glatt. Sie blickte die Straße entlang und hielt nach ihrem Bus Ausschau, der mit Willie Mae in der ersten Reihe augenblicklich um die Ecke biegen musste, aber da war nur der normale Verkehr aus Studebakers, Packards und anderen Bussen. Sie machte einen gezierten Schritt auf die offene Autotür zu; das Innere sah samtig aus, ein warmes Hellbraun, wie Erdnussbutter. Sie setzte sich vorsichtig hin und zog ihren Rock zurecht, sodass er glatt über ihren Hüften lag. »Danke«, sagte sie.

»Madame«, sagte er. Dann stieg er vorne ein und fuhr los.

Meine Mutter studierte seinen Hinterkopf, den akkurat vom Friseur gestutzten Haaransatz. Aus den Lautsprechern knisterte Klassik; das Sirren der Geigen machte sie nervös.

»Möchten Sie gern zu Paschal's?«, fragte er.

»Nein«, sagte sie. »Da kann ich nicht hin. Wenn es Ihnen nichts ausmacht, möchte ich nicht dorthin.«

»Das liegt ganz bei Ihnen«, sagte er.

Im Wagen hing der schwere Duft des Parfüms, das er ihr geschenkt hatte; falls er es wiedererkannte, ließ er es sich nicht anmerken.

»Erzählen Sie mir von sich«, sagte er.

»Ich weiß nicht«, sagte Mutter. »Ich weiß nicht, was ich sagen soll.«

»Sie können sagen, was Sie wollen.«

Es war seltsam tröstlich, mit seinem Hinterkopf zu reden. So ähnlich stellte sie es sich vor, mit einem Priester zu sprechen. Willie Mae ging jede Woche zur Beichte. Mutter war versucht, sich ihr anzuschließen, aber sie wollte nicht so tun, als wäre sie katholisch. Sie log nicht gern.

»Ich bin hier in Atlanta geboren. Ich war mal verheiratet, aber jetzt nicht mehr.« Er sagte nichts, also fuhr sie fort. »Ich bin zwanzig Jahre alt. Habe ich Ihnen schon meinen Namen genannt? Ich heiße Gwendolyn, aber die meisten nennen mich Gwen. Tja, was soll ich noch sagen? Ich habe meine Mutter nie kennengelernt. Und ich bin nicht mit Dr. King marschiert. Ich bin zum Spelman gegangen, um ihn aufgebahrt zu sehen, aber die Schlange war so lang, und ich musste zur Arbeit. Ich wohne in einem Wohnheim, weil ich nicht viel Geld habe.«

Er fuhr weiter, aber meine Mutter sagte nichts mehr. Sie wollte raus aus dem Wagen. Das war das Gute am Gespräch mit einem Priester – man sagte, was man zu sagen hatte, und dann durfte man gehen. Aber jetzt saß sie in diesem Cadillac fest, und langsam wurde ihr vom Duft ihres eigenen Parfüms übel. »Ich glaube, ich möchte jetzt aussteigen.«

Ohne sich umzudrehen, sagte James: »A-aber wir haben noch gar nicht Kaffee getrunken.«

»Mir geht's nicht gut.«

»Ich weiß, ich bin verheiratet«, sagte James. »Ich verlange nichts von Ihnen, wofür Sie sich schämen müssten. Ich möchte nur mit Ihnen Kaffee trinken. Ich war noch n-n-nie mit einer Frau Kaffee trinken oder zu Abend essen.«

»Außer mit Ihrer Frau«, sagte Mutter, die den Sarkasmus in ihrer Stimme sofort bedauerte. »Es geht mich nichts an. Tut mir leid.«

»N-n-noch nicht mal mit ihr«, sagte er mit einer Traurigkeit, die mit den Händen zu greifen war. »Es ist eine lange Geschichte.«

»Mein Leben ist eine lange Geschichte«, sagte meine Mutter.

»Meins auch«, sagte mein Vater.

Dann kicherten sie beide darüber, dass ihr Gespräch wieder am Ausgangspunkt angelangt war. Sie sah es als einen Kreis vor sich, einen Kinderball, vielleicht sogar als die ganze Welt.

So fing es an. Mit Kaffee und dem Austausch ihrer langen Geschichten. Liebe kann sich steigern. Genau wie ein Dilemma. Mit Kaffee kann ein Leben anfangen oder ein Tag. Es war die Begegnung zweier Menschen, die schon vor ihrer Geburt dazu bestimmt waren, zu lieben, schon bevor sie Entscheidungen trafen, die ihr Leben verkomplizieren würden. Diese Liebe rollte meiner Mutter entgegen, als stünde sie am Fuße eines steilen Hügels. Sie hatte ihre Finger nicht im Spiel, aber ihr Herz.

3

EIN PAAR BEMERKUNGEN ÜBER FRÜHREIFE

Obwohl mein Vater eher klein war und seine Brillengläser dick wie eine Scheibe Weißbrot, hatte er etwas Aufrechtes an sich, das ihm Respekt verschaffte. Selbst nachdem alles passiert war, blieb ihm das erhalten. Die Wertschätzung, die ihm entgegengebracht wurde, hatte viel damit zu tun, dass er einmal im *Atlanta Journal* und zweimal in der *Daily World* als einheimischer Unternehmer porträtiert worden war. Die Fahrzeugflotte von Witherspoon-Limousinen war klein – drei Wagen und zwei Fahrer: er selbst und Raleigh Arrington, sein Adoptivbruder und bester Freund. Ich könnte wahrscheinlich an meinen Händen abzählen, wie viele Male ich meinen Vater normal gekleidet gesehen habe, nicht als Fahrer. Aber das war nichts, wofür man sich schämen musste. Schließlich war er sein eigener Herr. Wenn man eine Uniform samt Mütze tragen muss und für Weiße arbeitet, trägt man ein Kostüm. Dann ist man nicht besser als ein Affe, der in ein rotes Jäckchen mit goldenen Litzen gesteckt wurde. Doch wenn einem die Firma gehört und man sich die Uniform selbst in einem Katalog ausgesucht und auch noch in der passenden Größe bestellt hat, sodass nichts gekürzt oder herausgelassen werden muss, sieht die Sache natürlich anders aus.

Es war kein Zufall, dass er seine Uniform trug, als meine Mutter an jenem sagenumwobenen Nachmittag bei Davison's seine Bekanntschaft machte. Er schien geradezu mit seiner Kleidung verschmolzen zu sein. Sie machte ihn selbstbewusster, und wenn er selbstbewusst war, stotterte er weniger. Und wenn er weniger stotterte, bemerkte man seine dicken Brillengläser kaum; er wirkte größer.

James war ein gelassener Mann und Herr über seine Gefühle. »Der Schlüssel zum Leben«, erklärte er mir einmal, »ist es, die Höhen und Tiefen zu vermeiden. Es sind die Gipfel und die Täler, die dich fertigmachen.« Er tat gern so, als wäre sein ausgeglichenes Gemüt die Folge einer philosophischen Neigung, aber ich wusste, dass er jegliche Leidenschaft vermied, weil sie ihn stottern ließ und zum Freak machte. Wer James einmal erlebt hat, wenn ihn das Stottern im Griff hatte, wusste, wie sehr es ihn kränkte. Sein Gesicht und sein Hals schienen anzuschwellen, als würden die Worte darin feststecken, so schmerzlich und tödlich wie Sichelzellen. Und dann brach mit einem Zucken, einem Krampfen oder Stoß endlich der vollständige Satz hervor.

Meine Eltern stritten sich eigentlich nicht. Wenn's hochkam, hatten sie einen »Wortwechsel«, wie meine Mutter es nannte. Auseinandersetzungen waren selten – wegen James' gemäßigtem Naturell und weil schlicht keine Zeit für Zank und Streit war. James aß nur einmal die Woche bei uns, und ein oder zwei Mal im Jahr blieb er über Nacht. Wenn wir ihn in unserer Stadthauswohnung empfingen und er an unserem Tisch Platz nahm, behandelten wir ihn wie den Gast, der er war. Er bekam Cola zum Essen, wir sprachen ein Tischgebet wie am Sonntag und ließen ihn sogar im Wohnzimmer rauchen. Meine Aufgabe war es, ihn mit sauberen Glasaschenbechern zu versorgen. Er sagte, seine Frau Laverne verbanne ihn zum Rauchen immer auf die Veranda, sogar bei Regen.

Die meisten Kinder erinnern sich bestimmt mit Bauch-schmerzen an die Streitereien ihrer Eltern. In der siebten Klasse las ich einen Roman mit dem Titel *Deshalb geht die Welt nicht unter*, über Eltern, die sich scheiden lassen. Meine Lehrerin überreichte ihn mir still und leise in einer braunen Papiertüte, nachdem meine Mutter ihr erklärt hatte, dass sie und mein Va-ter getrennt lebten, sich aber möglicherweise wieder versöhnen würden; die perfekte Unwahrheit, um zu erklären, warum er nicht immer Teil unseres Lebens war. Das Buch handelte von einem Mädchen, das es innerlich zerriss, wenn seine Eltern sich zofften. Ich danke meiner Lehrerin für das Geschenk, aber meine Gefühle waren völlig anders als die der traumatisierten Heldin von Judy Blume. Wenn meine Eltern sich stritten, taten sie es meinetwegen; für die kurze Dauer ihrer Differenzen stand ich im Mittelpunkt.

Mutter stritt nie um ihrer selbst willen. Es ging »immer um Dana Lynn«. Bevor mein Vater sich weigerte, ihre Forderungen zu erfüllen, bestand er stets darauf, dass er mich liebte. Es gab eine Zeit in meinem Leben, als das fast genug war.

»Es ist eine Frage der Fairness, James«, sagte meine Mutter dann, womit sie mir signalisierte, dass aus einer Unterhaltung ein »Wortwechsel« geworden war. Ich konnte sehen, wie der Hals meines Vaters ein bisschen anschwoll, als sich die Worte zu seiner Verteidigung dort stauten.

Ich bin kein besonders anmutiger Mensch. Ich bin auch kein Trampel, aber bei meinem Anblick denkt bestimmt niemand: »Diese Hüften sollten sich wiegen« oder »Diese Zehen sind für Pirouetten gemacht«. Ich will mich nicht schlechtmachen. Meine Mutter würde sagen: »Sich selbst abzuwerten ist nicht attraktiv.« Nicht laut sagen würde sie indes, dass Menschen in unserer Lage es sich nicht erlauben können, ein schlechtes Bild abzugeben. Wenn ich sage, dass ich keine geborene Tänzerin bin, ist das nur die Wahrheit. Aber das hielt meine Mutter nicht davon ab, James zu sagen: »Ich finde, Dana sollte in den Genuss von Ballettstunden kommen, genau wie deine andere Tochter.« Sie hatte ein Faible für das Wort *Genuss*, und ich muss zugeben, dass es mir auch gefiel.

Wie sich herausstellte, wurden die Ballettstunden für mich eher kein Genuss. Ich hatte mir vorgestellt, dass ich ein lavendelfarbenes Tutu tragen würde und sich rosa Bänder meine Unterschenkel hinaufschlängelten. Stattdessen landete ich in einem stickigen Raum im Obergeschoss des YMCA, in einen Trikotanzug gequetscht, dessen Farbe an Mullbinden erinnerte, und zwang meine nackten Füße in unmögliche Positionen.

Als ich ungefähr zehn war, fing meine Mutter an, darauf zu drängen, dass ich zusätzlichen Unterricht in den Naturwissenschaften erhalten solle. Ich war voll dafür, weil ich Biologie mochte, wir an meiner Schule aber nicht experimentieren konnten. Am letzten Schultag des Jahres teilte meine Lehrerin Handzettel aus, auf denen die Saturday Science Academy an der Kennedy Middle School beworben wurde. Meine Mutter sagte, sie würde meinen Vater nach dem Essen am Mittwoch um die dreißig Dollar für die Anzahlung bitten. Zur Vorbereitung bürstete ich mir die Haare am Ansatz glatt und zog eine kurzärmlige Hemdbluse an, in der ich schlau aussah, wie ich fand. Außerdem klemmte ich mir einen Bleistift hinters Ohr.

Abends aßen wir wie immer zusammen am Küchentisch. Dann schlug meine Mutter James vor, ins Wohnzimmer zu gehen, um das Tick-Tack-Quiz zu gucken und sich einen Cream Sherry schmecken zu lassen. Er lächelte und bedankte sich, als meine Mutter ihm das Glas reichte.

»James«, sagte sie, »ich möchte, dass Dana in den Genuss zusätzlichen Unterrichts in den Naturwissenschaften kommt.«

James nahm einen kleinen Schluck Sherry. Seinem Hals war die Mühe beim Schlucken anzusehen.

»Naturwissenschaften sind sehr wichtig«, sagte meine Mutter. Sie redete, während sie zum Fernseher ging und davor stehen blieb. »In der Stadt gibt es zig Programme für außergewöhnlich talentierte Kinder. Hältst du Dana nicht für außergewöhnlich?«

»Das habe ich nie behauptet.«

»Gut«, sagte meine Mutter. »Denn das ist sie.«

Ich saß mit meinem Bleistift hinter dem Ohr zu seinen Füßen und versuchte, mich sehr aufrecht zu halten.

»So was kostet aber«, sagte James.

»Sie hat zwei Elternteile mit eigenem Einkommen«, führte meine Mutter an.

James erwiderte nichts. Meine Mutter setzte sich neben ihn aufs Sofa.

Dann sagte sie sanft: »Die Saturday Science Academy erlässt Alleinerziehenden die Gebühren, weißt du.«

Das war mir neu, und es verwirrte mich. Wenn ich umsonst teilnehmen konnte, warum machten wir uns dann überhaupt die Mühe, meinen Vater mit einzubeziehen?

»James«, sagte meine Mutter mit einer Stimme, die oberflächlich freundlich klang, »warum bist du so still?«

Zu seinen Füßen sitzend spürte ich, wie seine Beine gegen meinen Rücken zuckten. Das Stottern war manchmal so; die Wörter wanden sich durch seinen ganzen Körper. Unter größten Mühen brachte er hervor: »Du weißt, dass ich dich liebe, Dana.«

Ich sah meine Mutter scharf an. »Liebe« bedeutete, dass ich nicht würde hingehen können. »Bitte«, stieß ich quiekend hervor.

Mutter legte den Finger an die Lippen, damit ich still blieb und sie die Sache mit meinem Vater regeln ließ. »Warum nicht? Etwa, weil sie ein hübsches Mädchen ist? Ich habe gelesen, dass die Eltern gut aussehender Mädchen weniger in ihren Verstand investieren. Dana ist eine Intellektuelle, weißt du.«

Ich nickte und hoffte, dass es nicht als Einmischung verstanden wurde.

»Dana, hol mal die Broschüre und zeig sie deinem Vater.«

Ich stemmte mich vom Boden hoch. Noch bevor ich aus dem Zimmer war, sagte er: »Ch-Ch-Chaurisse besucht Kurse an der Saturday Academy.«

»Verstehe«, sagte meine Mutter.

Aber mir war klar, dass sie schon die ganze Zeit Bescheid wusste. Wenn Chaurisse hinging, würde ich nicht gehen dürfen. Das war eine der grundlegenden Regeln, wenn man ein außereheliches Kind war. Ich dachte an den Handzettel, den ich an meinen Spiegel geklebt hatte. Die Kinder auf den Bildern hielten Reagenzgläser über Bunsenbrenner.

»Tja, Chaurisse wird diesen Sommer bestimmt viel Spaß haben.«

Carol Burnett erschien auf dem Fernsehbildschirm. Von außen betrachtet sahen wir bestimmt aus wie eine ganz normale Familie.

»Um sie anzumelden, brauche ich deine Erlaubnis nicht, James«, sagte meine Mutter. »Das soll keine Drohung sein. Es ist einfach so.«

»H-h…« Mein Vater kämpfte. Manchmal tat er mir leid, sogar in einem Moment wie diesem.

»Auch Dana muss sich in den Naturwissenschaften gut auskennen.«

»Gw-w-wen«, sagte er, »warum machst du d-d-das immer? Ich gebe mein Bestes. Du weißt, dass ich tue, was ich kann.«

»Es gibt mehrere Programme für Kinder, die sich in den Naturwissenschaften hervortun«, sagte meine Mutter. »Ich habe mal ein bisschen recherchiert.«

Ich sah zu ihr hinüber. »Haben die auch Bunsenbrenner?«

Sie brachte mich mit einer kleinen Handbewegung zum Schweigen. Ich kniete mich wieder vor meinem Vater hin, ließ das Gewicht auf meine Hacken sinken.

»Ich kann mir weitere Ausgaben nicht leisten«, sagte James.

»Du weißt, dass ich mich gerade zerreiße.« Das war an meine Mutter gerichtet. Dann wandte er sich an mich: »Ich liebe dich, Kleines.«

Ich war schon bereit, klein beizugeben, zu sagen, dass ich den Unterricht nicht brauchte. Er wirkte so traurig und aufrichtig. Aber meine Mutter berührte wieder ihre Lippen, und so blieb ich still.

»Mir kommt es so vor, James, als hättest du Geld für alles Mögliche, wenn du es nur möchtest.« Sie wurde weder lauter noch leiser. »Falls du es dir nicht leisten kannst, sie zu einem anderen Programm zu schicken, wirst du sie zur Saturday Academy gehen lassen müssen, wo sie umsonst teilnehmen kann. So einfach ist das.«

»Ch-Ch-Chaurisse geht da schon hin. Das weißt du doch, Gwen. Warum m-m-musst du das jedes Mal wieder auf den Tisch bringen? Du weißt doch, dass ich mein Bestes gebe.«

»Gibst du auch dein Bestes für Dana? Das wüsste ich gern. Ich bitte dich nicht darum, mir einen Fuchspelz zu kaufen, obwohl ich deine Frau gesehen habe, und sie sieht ziemlich hübsch aus in ihrem.«

»D-d-du h-h-hast Laverne gesehen?«

»Ich bin ja nicht blind«, sagte meine Mutter. »Ich kann nichts dafür, wenn sie mir im Supermarkt über den Weg läuft. Wie du immer sagst: Atlanta ist ein Dorf.«

»H-h-halt dich fern –«

»Niemand interessiert sich für deine sogenannte Familie. Ich habe das mit dem Fuchspelz nur erwähnt, damit du weißt, dass das hier kein Konkurrenzkampf ist. Hier geht es um Chancen für Dana Lynn.«

»W-w-wag es ja nicht –«

»Kann sie wenigstens Kurse am Fernbank-Planetarium besuchen? Ich habe eine Broschüre und genug Geld, um die Hälfte beizusteuern.«

James rang weiter mit den Wörtern, die ihm im Hals steckten. Mit einem plötzlichen Kick seines rechten Beins, das nur knapp meine Schulter verfehlte, stieß er hervor: »Halte dich verdammt noch mal von meiner Familie fern.«

Doch da war er schon zusammengesackt und erschöpft. Auch wenn die Worte scharf und direkt waren, verrieten seine hängenden Schultern, dass er sich geschlagen gab.

»Reg dich nicht auf«, sagte meine Mutter und massierte ihm den Nacken. »Und fluch nicht so vor Dana. Soll sie sich etwa zu brutalen Männern hingezogen fühlen, wenn sie groß ist?«

Ich konnte ihn nicht ansehen. Im Planetarium gab es keine Bunsenbrenner.

»Bedank dich bei deinem Vater, Dana«, sagte meine Mutter.

»Danke«, sagte ich und wandte ihm weiter den Rücken zu.

»Dana«, sagte sie, »so zeigst du deine Wertschätzung?«

Ich drehte mich zu ihm um. »Danke. Ich möchte wirklich gern Unterricht in den Naturwissenschaften.«

»Gern geschehen«, sagte er.

»Ja, Sir«, sagte ich und konnte mir nicht verkneifen, hinzuzufügen: »Es ist nicht fair.« Ich sah zu ihm hoch und wünschte mir eine Umarmung. Das wollte ich mit meiner Bemerkung eigentlich bezwecken. Ich wusste, dass er mir nicht erlauben würde, zur Saturday Academy zu gehen, selbst wenn ich versprach, Chaurisse in Ruhe zu lassen. Aber ich hoffte, dass er mich in den Arm nehmen und sich dafür entschuldigen würde, dass ich immer nur an zweiter Stelle kam und dass meine Mutter keinen Fuchspelzmantel tragen konnte und dass ich niemandem den wahren Namen meines Vaters verraten durfte. Aber er blieb stumm, und sein Hals zuckte auch nicht; es lag also nicht daran, dass er feststeckte. Er hatte einfach keine Entschuldigungen zu bieten.

Da Mutter allein von ihrem Vater aufgezogen wurde, hält sie sich für eine Expertin für männliche Verhaltensweisen. Sie behauptet, hören zu können, was Männer nicht aussprechen. Manchmal, wenn sie mir einen Gutenachtkuss gegeben hatte, fügte sie hinzu: »Dein Vater sagt, träum schön.« Einmal habe ich sie gefragt, warum er nicht anrufen und es mir selbst sagen könne. »Er ist dein Vater, aber vor allem ist er ein Mann. Ein Mann ist nur ein Mann, und das ist alles, was uns zur Verfügung steht.«

Nach dem Zwischenfall mit der Saturday Science Academy, gleich nachdem James sich auf den Heimweg zum Lynhurst Drive gemacht hatte, nahm meine Mutter einen Schluck von seinem Sherry und sagte: »Der kommt wieder. Und ich wette, da wird auch ein Fuchspelz eine Rolle spielen.« Damit lag sie fast richtig.

Weniger als einen Monat später war ich noch spät auf und guckte *Saturday Night Live*, während meine Mutter auf dem Sofa schlief. Ich stellte den Ton leise, damit sie nicht wach wurde und mich ins Bett schickte. Dann presste ich das Gesicht an den mit Filz bespannten Fernsehlautsprecher und fühlte die Witze eher, als dass ich sie hörte. Auf dem Sofatisch neben meiner weggedämmerten Mutter knackte das schmelzende Eis in ihrem Glas.

James klopfte nicht an; er öffnete die Gittertür und die Holztür mit seinem Schlüssel. Meine Mutter schreckte hoch. »James?«

»Wer denn sonst? Hast du noch einen Mann, von dem du mir nicht erzählt hast?« Er lachte und folgte dem Klang ihrer Stimme ins Wohnzimmer. »Dana!«, rief er in Richtung meines Zimmers.

»Ich bin auch im Wohnzimmer.«

»Gut, dann habe ich ja niemanden geweckt.«

James hatte keine Uniform an. An diesem Abend trug er Jeans und ein frisches blaues Hemd. Außerdem hatte er eine große weiße Schachtel dabei. Er fasste meine Mutter um die Taille und küsste sie. »Eine Frau, die 'nen Cocktail zu schätzen weiß, kommt mir gerade recht. Was hast du denn getrunken?«

»Das Gleiche wollte ich dich gerade fragen«, sagte meine Mutter.

»Cuba Libre.«

»Ich kann nicht glauben, dass du dich um diese Zeit noch rumtreibst.« Mutter lächelte, während sie redeten. Wir taten beide so, als hätten wir die große weiße Schachtel nicht bemerkt.

»Darf ich etwa nicht vorbeikommen, wenn mir meine Frau fehlt? Darf ich meinem kleinen Mädchen kein Geschenk bringen?«

Ich horchte auf. »Die Schachtel ist für mich?«

»Das weißt du doch.«

»James, ich weiß genau, dass du um diese Zeit nicht einkaufen warst.«

»Wer hat denn was von einkaufen gesagt? Ich habe Karten gespielt, und ich war gut.« Mit Schwung klappte er den Deckel der Schachtel auf, und zum Vorschein kam eine taillenlange Pelzjacke in Kindergröße 7 – zu groß, aber ich würde hineinwachsen.

»James«, sagte meine Mutter, während sie den weichen Pelz befühlte, »erzähl mir nicht, dass du die beim Kartenspielen gewonnen hast.«

»Doch, das habe ich. Mein Kumpel Charlie Ray hat so schlecht gespielt; er hatte kein Geld mehr, deshalb hat er diese Jacke auf den Tisch gelegt.«

»James, die musst du zurückbringen. Diese Jacke gehört doch jemandem«, sagte meine Mutter.

»Du hast völlig recht. Sie gehört mir. Und sobald sie rüberkommt und mir ein Küsschen gibt, gehört sie Dana. Komm her, Kleines, z-z-zieh die mal an und zeig deinem Daddy, wie h-h-hübsch du bist.«

Sein Stottern ließ mich zögern, aber er lächelte, und da wusste ich, dass alles gut war.

Die Jacke lag neben ihm auf dem Boden, und er breitete die Arme aus. Ich kam mir vor wie im Film, als ich ihm um den Hals fiel und ihm einen dicken Schmatzer auf die Wange drückte.

James roch süß, nach Schnaps und Cola. Noch heute und bis ans Ende meiner Tage werde ich eine Schwäche für Männer mit Rum im Atem haben.

Ich denke über die Welt nach, darüber, wie sich die Dinge ereignen und in welcher Reihenfolge. Ich gehöre nicht zu denen, die glauben, alles geschehe aus einem bestimmten Grund. Zumindest nicht, dass alles aus einem guten Grund geschieht. Ich begegnete meiner Schwester Chaurisse zum ersten Mal 1983, im Atlanta Civic Center, als ich mal nicht unter Beobachtung meiner Mutter stand. Man kann nicht alles dem Zufall zuschreiben. Ich glaube daran, dass Dinge irgendwann eintreten. Denn es ist nichts verborgen, was nicht offenbar werden wird. Was hochfliegt, kommt auch wieder runter. Früher oder später wird sich alles rächen. Es gibt Millionen solcher Sprüche, alle irgendwie wahr. Und ist das nicht auch befreiend?

Der städtische Wissenschaftswettbewerb fand genau an dem Tag statt, an dem ich vierzehneinhalb wurde. Den halben Geburtstag beging ich jedes Jahr, er war mein ganz persönlicher Feiertag. Mein richtiger Geburtstag, der 9. Mai, war eigentlich der Tag meiner Mutter. Sie machte eine große Sache daraus; ich musste mich herausputzen wie eine Schönheitskönigin und dann mit ihr im Mansion-Restaurant an der Ponce de Leon Avenue zu Abend essen. Die Kellner trugen Speisen auf, die ich nicht identifizieren konnte, und meine Mutter sagte: »Ist das nicht toll? Happy Birthday! Du wirst erwachsen!« Ihre Bemühungen, etwas Besonderes nur für uns zwei zu schaffen, machten mir noch mehr bewusst, wie isoliert wir waren. Sie und James waren Außenstehenden gegenüber misstrauisch; sie hatten Angst, dass irgendwer irgendwen kannte, der uns womöglich auffliegen lassen würde. Und, wie gesagt, in Southwest Atlanta kennt jeder jeden.

An meinem vierzehneinhalbten Geburtstag stellte ich mir

den Wecker auf 5 Uhr 37, den Zeitpunkt meiner Geburt, und mischte ein Kartenspiel. Ich hatte gehört, dass man mit einem einfachen Doppelkopfblatt die Zukunft vorhersagen konnte. Die ersten sechs Karten zeigten alle Herz, was mich hoffen ließ, dass die Liebe Teil meiner Zukunft wäre. Meine Mutter lachte und sang einen fröhlichen Sam-Cooke-Song darüber, dass ein sechzehnjähriges Mädchen noch zu jung sei, um sich zu verlieben. Woraufhin ich entgegnete, dass ich vielleicht keine Ahnung von Liebe hätte, aber sehr wohl wisse, was Exklusivität bedeute. Das überraschte sie dann, dieses Wort aus meinem Mund. Ich hatte es in der Schule aufgeschnappt, und zwar nicht im Englischunterricht, sondern im Büro der Vertrauenslehrerin. Sie hieß Miss Rhodes. Ich war zu ihr geschickt worden, weil man mich innerhalb von sechs Wochen mit drei verschiedenen Jungen beim Knutschen erwischt hatte. »Es spricht durchaus etwas für Exklusivität, Kleines.«

Die Highschool war schwierig für mich. Eine Vertrauenslehrerin, die ihren Namen verdiente, hätte erkennen müssen, dass sich hinter meiner ablehnenden Haltung, die ich in ihrem Büro an den Tag legte, irgendeine Verletzung verbarg, etwas, was mich belastete. Eigentlich war ich ein nettes und kluges Mädchen, das unbedingt Biologie studieren wollte. In meinem letzten Jahr an der Middle School hatte ich wie verrückt gelernt, um die Zulassungsprüfung für die mathematisch-naturwissenschaftliche Schwerpunktschule zu bestehen. Jeden Abend hatte ich gepaukt, mir die Edelgasnamen und die Eigenschaften verschiedener Isotope eingebläut. Ich hatte hart gearbeitet, obwohl mich die Angst ganz krank machte, dass ich die Zulassung nicht würde annehmen dürfen, falls Chaurisse sich in den Kopf setzte, ebenfalls an die Mays Highschool zu gehen.

James und Laverne wohnten am Lynhurst Drive, nur eine halbe Meile von der Mays Highschool entfernt, die gerade erst als Vorzeigeschule des schwarzen Atlanta errichtet worden war.

Aufgrund ihrer Postleitzahl hätte Chaurisse sich dort auch ohne Zulassung zum Schwerpunktprogramm anmelden können. Die Wohnung meiner Mutter lag auch nur drei Meilen weit weg, aber wir befanden uns im Schulbezirk der Therrell Highschool, die überhaupt keine Schwerpunkte hatte. Im Juni erhielt ich meine Zusage, musste jedoch noch einen weiteren Monat abwarten, ob Chaurisse an der Northside Highschool angenommen wurde, die auf Darstellende Künste spezialisiert war. Anscheinend hatte sie eine gewisse Begabung für Holzblasinstrumente.

Die Behauptung, dass ich die Highschool ablehnte, bevor sie mich ablehnen konnte, würde zu kurz greifen, aber noch heute bekomme ich Magengrummeln, wenn ich die I-285 hinunterfahre und rechter Hand die Mays Highschool sehe, die jetzt nicht mehr so modern, aber vor dem Hintergrund aus Kiefern und Kudzu-Grün immer noch imposant wirkt. Ich weiß noch, dass ich mir als Schülerin wie ein Eindringling vorkam und ständig fürchtete, Chaurisse könnte ihre Meinung über die Northside High und die Piccoloflöte ändern und stattdessen Anspruch auf meinen Platz erheben.

Nach zwei Wochen in der neunten Klasse kam ich zu dem Schluss, dass ein Freund, ein richtiger, exklusiver Freund, mich enger an meine Schule binden würde. Darum ging es bei der ganzen Knutscherei, die mich wieder und wieder ins Büro der Vertrauenslehrerin führte.

Dass es in so kurzer Zeit so viele Jungen wurden, lag daran, dass ich jeden einzelnen dabei erwischte, wie er binnen Tagen nach seinem Vorstoß einem anderen Mädchen Nachrichten zusteckte, schöne Augen machte oder sogar mit ihm redete. Das ertrug ich nicht. Ich ließ sie fallen und suchte weiter. Ich gab jedem Interessierten eine Chance – ich schien es mir nicht leisten zu können, allzu wählerisch zu sein –, doch ein ums andere Mal wurde ich enttäuscht.

Nicht einmal den Nerds konnte man trauen. Nur einen Monat

vor meinem vierzehneinhalbten Geburtstag hatte ich mich mit Perry Hammonds eingelassen. Er war groß, schlaksig und trug das Haar in einem High-Top-Fade, der eigentlich immer danach schrie, getrimmt zu werden. Meine Wahl fiel auf ihn, weil er Naturwissenschaften mochte wie ich und weil er so merkwürdig war, dass er keine Mädchen zum Betrügen parat zu haben schien. Er ging in die elfte Klasse und hatte vor mir noch nie ein Mädchen geküsst (der Gedanke historischer Exklusivität gefiel mir). Also ließ ich mich von ihm küssen, als wir nach der Schule im Labor an unseren Praxisprojekten arbeiteten. Mir war allerdings nicht klar, dass es einen Unterschied machte, ob nur die Gelegenheit oder der Wille zum Betrügen fehlte. Während unserer kurzen Beziehung kam Perry zwar nicht mit einem anderen weiblichen Wesen zusammen, aber als ich einmal im Labor aufkreuzte, um zu überprüfen, wie weit meine Aussaat gediehen war, erlebte ich einen Perry, der unübersehbar die Vertretungslehrerin anhimmelte. Ich wusste, dass es ihm ernst war, weil er sein Haar an den Seiten mit einem Rasierer getrimmt hatte. Die Haut dort war glatt, weiß und von kleinen Schnitten überzogen.

Vielleicht habe ich überreagiert. Vielleicht hatte mein Vater das gemeint, als er mir riet, mich von Gefühlen und ihren chaotischen Extremen fernzuhalten. Aber ich kam über Perry nicht hinweg. Während er kleinere Aufgaben für die Vertretungslehrerin erledigte, eine erwachsene Frau, die ihn niemals im Musikraum küssen würde, nahm ich eine Pipette zur Hand, um Bleiche in seine Becken mit Salzkrebschen zu tröpfeln. Ich gab nicht genug hinzu, um die hässlichen kleinen Viecher zu töten, aber genug, um seine Forschungsergebnisse durcheinanderzubringen. Meine Mutter hatte recht. Ich war ein frühreifes Kind. Mit vierzehn schon eine verbitterte Frau.

Aber mir widerfuhr ein bisschen Gerechtigkeit. Perrys Projekt qualifizierte sich nicht für den städtischen Wissenschaftswettbewerb, und stattdessen wurde ich ausgewählt. Mit meinem

Projekt »Saurer Regen und seine Auswirkungen auf die Keimung ausgewählter Samen« würde ich die neunte Jahrgangsstufe der Benjamin E. Mays Academy for Math and Science vertreten. Perry schmollte im Labor vor sich hin, während der Leiter des Schwerpunkts in Vorbereitung auf meinen großen Tag mein Projekt in Luftpolsterfolie einwickelte. »Ich kapier's einfach nicht«, sagte Perry und dachte wohl an seine Salzkrebschen und vielleicht auch ein bisschen an mich, wobei er sich wahrscheinlich die Frage stellte, warum ich nicht mehr mit ihm redete. Ich blieb stumm, obwohl es mir vermutlich eine gewisse Befriedigung verschafft hätte, mich zu offenbaren. Aber ich lebte in einer Welt, in der man nie offen etwas wollen durfte.

Meine Sitzung mit den Juroren war nicht schwierig. Sie schienen vor allem wissen zu wollen, ob ich die Arbeit selbst erledigt hatte, und versuchten, mich zu verwirren, indem sie mich zur chemischen Verfahrenstechnik des Mischens befragten. Was ich zum Thema saurer Regen zu sagen hatte und ob ich der Meinung war, er würde die Welt zerstören, interessierte sie gar nicht.

Genervt warf ich die Haare hin und her, während ich die Fragen beantwortete. Ich war schon öfter mit anderen Mädchen auf der Toilette aneinandergeraten, weil sie fanden, dass ich mein fantastisches Haar zu sehr zur Schau stellte, aber die Männer in der Jury rutschten unruhig auf ihren Stühlen hin und her, als ich meine Locken von einer Schulter zur anderen warf. Entgegen dem Rat meiner Mutter hatte ich stahlblauen Flüssig-Eyeliner auf das untere Augenlid aufgetragen. Der Lidstrich brannte wie verrückt, aber ich leckte mir nur die Lippen und gab mich betont gelangweilt, während Tränen aus meinen gereizten, schillernden Augen traten.

Einer der Juroren, ein korpulenter Mann mit geglättetem Haar, fragte: »Wie kommt ein hübsches Mädchen wie du dazu, sich für Naturwissenschaften zu interessieren?«

Die Jurorin sagte: »Michael, das ist unangemessen.«

Der dritte Juror sagte: »Michael, das fällt unter Fehlverhalten.«

Ich sagte: »Ich mache mir Sorgen wegen des sauren Regens. Er wird die Welt zerstören.«

Die drei Juroren sahen sich an, während ich meine Kaninchenfelljacke überzog.

»Schöne Jacke«, sagte die Jurorin.

»Mein Daddy hat sie für mich beim Pokern gewonnen«, erzählte ich und rieb mir die Augen mit dem Handrücken.

Ich wusste, dass ich keinen goldenen Schlüssel gewinnen würde. Das verrieten mir die Blicke, die die Juroren wechselten, als ich den kleinen Raum verließ. Auf dem Gang suchte ich nach meiner Projektpatin, aber sie war nicht aufzufinden. Das Civic Center brummte vor aufgeregten Kids. Die Schüler der Mays High mussten babyblaue und goldene T-Shirts tragen. Ich trug meins natürlich auch, sonst hätte ich nicht teilnehmen dürfen, aber ich behielt die Kaninchenfelljacke an, zugeknöpft und zugebunden, obwohl es warm im Gebäude war.

Eine Hand legte sich auf meine Schulter, und als ich mich umdrehte, blickte ich in das Gesicht der Jurorin.

»Dein Projekt war gut«, sagte sie. »Aber du musst unbedingt daran arbeiten, wie du dich präsentierst.«

Ich hob meine nachgemalten Augenbrauen.

»Fühl dich nicht gleich angegriffen, Liebes«, sagte sie. »Ich rate dir das nur zu deinem Besten. Von Frau zu Frau.«

Ich erwiderte nichts. Sie tätschelte kurz meine Jacke, als wäre sie ein Haustier, und ging dann weg.

Ich trat durch die Tür des Civic Center und blieb dort mit einem Bleistift zwischen den Lippen stehen, als würde ich rauchen. Eine alberne Angewohnheit, ein kleiner Tick, den ich von James übernommen hatte. Bei allem, was er tat, legte er kurze Pausen ein, um eine seiner Kools zu qualmen. Obwohl meine

50

Mutter ihn drinnen rauchen ließ, stellte er sich manchmal vor die Tür, um sich eine anzustecken, und ich leistete ihm oft Gesellschaft und sah zu, wie er das Streichholz in der hohlen Hand an die Zigarette hielt. Es wirkte dann so, als wäre es das Einzige, was gerade auf der Welt passierte, und das direkt vor seiner Nase.

Es war November und schon kalt. Meinen vierzehneinhalbten Geburtstag so zu verbringen verhieß nichts Gutes für das kommende Jahr. Da ich hinter einer weißen Säule versteckt war, zog ich die Sache durch und trat den kleinen Bleistift mit der Hacke meines Collegeschuhs aus. Zwischen die Geräusche der vorbeisausenden Autos auf der Piedmont Avenue mischte sich Geheule. Und was sah ich, als ich an der Säule vorbeispähte? Chaurisse Witherspoon, die direkt vor den gläsernen Eingangstüren stand und bitterlich weinte.

Ihr im Civic Center zu begegnen war eigentlich kein Schock. Alle öffentlichen Schulen entsandten schließlich ein paar ihrer Schüler zum Wettbewerb. Wie meine Mutter immer sagte: »Früher oder später läuft man sich über den Weg.« Es war also nicht ihr Anblick, der mich aus der Bahn warf. Was meine Mundwinkel unkontrolliert zum Zucken brachte, war vielmehr die Tatsache, dass Chaurisse auch eine taillenlange Kaninchenfelljacke trug.

Zitternd stand ich hinter der Säule und versuchte, mir eine Geschichte zusammenzureimen, die mich überzeugte, dass mein Vater mich nicht angelogen hatte, als er mir die Jacke schenkte. Warum hätte James solche Mühen auf sich nehmen sollen, um mich so zu täuschen? Ich wusste doch schon mein ganzes Leben, dass ich nicht seine einzige Tochter war. Wenn er zugegeben hätte, dass er die verdammte Jacke in irgendeinem Laden gekauft hatte, wäre ich zumindest auf die Möglichkeit vorbereitet gewesen, dass Chaurisse auch eine bekommen hatte. Warum war er mitten in der Nacht bei uns hereingeplatzt und hatte mir vorgemacht, er habe diese Jacke auf dem Pokertisch gesehen, quer über einem Haufen Chips, und dabei an mich und nur an mich gedacht?

Es ist schon komisch, wie drei oder vier gleichzeitig angeschlagene Misstöne den perfekten Wutakkord ergeben. Ich dachte daran, wie mein Vater mir mit seinem Rumatem einen Kuss auf die Wange gegeben hatte. Ich dachte an die Vertrauenslehrerin und ihr selbstgefälliges Gerede über Exklusivität. Und für wen hielt sich die Jurorin überhaupt, dass sie mir sagte, wie ich mich zu verhalten hatte? Ich blickte wieder zu Chaurisse. Die Jacke stand ihr überhaupt nicht, denn sie hatte meine Größe, nicht ihre. Sie konnte sie über ihrem dicken Bauch nicht einmal zuknöpfen.

Als ich hinter der Säule hervortrat, war ich noch ganz benommen vor Wut, aber ich wollte nichts anderes, als sie ansehen. Ich wollte bloß ihren Anblick aufsaugen, während ich wieder zur Tür hineinging. Mehr hatte ich nicht vor. Kaum zu glauben, aber das war alles. Nicht reden, nicht berühren, nur gucken.

So ähnlich läuft es ab, wenn Leute durchdrehen und etwas tun, das sie hinterher bedauern, das weiß ich jetzt. Man denke nur an die Frau, die fast Al Green umgebracht hätte. Ich bin mir sicher, dass sie die Maisgrütze, die sie kochte, wirklich zum Frühstück essen wollte. Dann tat er etwas, das sie in Rage brachte. Wahrscheinlich griff sie daraufhin nach dem Topf, nur um ihm ein bisschen Angst zu machen. Und ehe sie sich's versah, landete die kochend heiße Grütze in seinem Gesicht. Für so etwas gab es einen Namen. »Verbrechen aus Leidenschaft«. Es bedeutete, dass man nichts dafürkonnte.

Chaurisse stand vor dem Civic Center, wippte auf den Fußballen und blickte bang Richtung Piedmont Avenue. Sie hatte aufgehört zu weinen, schniefte aber noch und wischte sich die Nase mit dem Handrücken. Sie blickte über ihre Schulter und sagte: »Hi.«

Ich sagte auch Hi, während ich mir die Jacke genau ansah. Es war exakt die gleiche, bis hin zu den Strassknöpfen an den Ärmeln. Das hier war meine Schwester. Wie ich in Biologie gelernt hatte, teilten wir fünfzig Prozent der Gene. Ich betrachtete sie, suchte nach Gemeinsamkeiten. Sie war James wie aus dem Gesicht geschnitten, von den schmalen Lippen bis zu ihrem maskulinen Kinn. Ich hingegen glich meiner Mutter so sehr, dass es fast wirkte, als hätte James sogar sein Erbgut gezwungen, keine Spuren zu hinterlassen. Ich starrte sie an, bis ich etwas fand, das unsere Verwandtschaft bewies – vereinzelte Pigmentflecken im Weißen ihrer Augen. Meine Augen wiesen genau den gleichen Makel auf.

Ich blieb wohl einen Tick zu lang stehen, denn Chaurisse sah sich veranlasst, sich zu erklären. »Ich habe meine Schaubilder zu Hause vergessen. Ich bin so blöd.«

Ich zuckte mit den Achseln. »Ist doch egal. Ist ja nur der Wissenschaftswettbewerb.«

Chaurisse zuckte auch mit den Achseln. »Ich habe viel Arbeit in mein Projekt gesteckt.«

Dann fuhr ein schwarzer Lincoln mit getönten Scheiben vor. Ich befühlte den kleinen Bleistift in meiner Tasche, den ich wieder eingesteckt hatte, während Chaurisse die Hände vor sich faltete. Der Fahrer des Wagens ließ ein beruhigendes kurzes Hupen hören. Mein Herz schlug schneller, und trotz des Winterwetters wurde mir warm in meiner Jacke. Meine Kopfhaut begann zu kribbeln. Unterbewusst war mir wohl klar, dass es nur noch eine Frage der Zeit war, bis James entdeckte, dass meine Mutter und ich seine strenge Anweisung nicht befolgt hatten, uns von seiner Familie fernzuhalten. Aber wer konnte schon ahnen, dass es einfach so passieren würde, der reine Zufall? Mein Herz sprang in meiner Brust herum, und ich spürte das Blut durch meinen Körper rauschen. In gewisser Weise war ich froh, dass es so geschah, dass James und ich unsere Täuschungen gleichzeitig entdecken würden. Ich wünschte nur, meine Mutter wäre auch dabei gewesen.

Ich hatte die Absicht, tapfer und trotzig dazustehen. Ich würde nichts sagen; ich würde nur neben meiner Schwester bleiben – wir beide in identischen Jacken – und das Bild für sich sprechen lassen. Vielleicht stauten sich die Worte in seiner Luftröhre, und er würde daran ersticken. Ich war so wütend, dass ich gar nicht merkte, welche Angst ich hatte, aber mein Körper merkte es, und als sich die Tür des Lincoln öffnete, drehte mein verängstigter Hals mein Gesicht weg.

Ich hörte Chaurisse rufen: »Mama! Hast du sie gefunden?«

Ich blickte gerade noch rechtzeitig hin, um zu sehen, dass meine Schwester in die Hände klatschte wie ein Seehund.

Chaurisse' Mutter Laverne ähnelte meiner Mutter überhaupt nicht. Sie war rundlich wie ihre Tochter und trug den betont lässigen Look zur Schau, den Frauen aus der Schönheitsbranche an freien Tagen pflegen. Das rot gefärbte Haar war mit einem einfachen Gummiband zusammengebunden. Ein T-Shirt, das wohl einmal schwarz gewesen war, steckte in einer Hose, die Teil eines hübschen Satinpyjamas zu sein schien. Sie wirkte entspannt, sogar albern, als sie die orangefarbene Mappe über dem Kopf schwenkte. Sie schien sich über ihr Tun keine großen Gedanken zu machen.

»Meinst du diese Mappe?«, fragte sie. »Was ist sie dir wert? Ich hatte vor, sie auf dem Flohmarkt zu verkaufen.«

»Mama«, sagte Chaurisse, »sei nicht so peinlich.« Und dann neigte sie den Kopf leicht in meine Richtung.

»Hallo«, sagte Laverne. »Du hast ja eine schöne Jacke. Ihr beide seid im Partnerlook.«

Ich nickte. Laverne war nicht hübsch oder auffällig wie meine Mutter, aber sie kam mir mütterlicher vor. Sie wirkte eher wie jemand, der Sandwiches schmierte. Nicht dass meine Mutter mich nicht umsorgt hätte. Sie hatte mir abends die Kleider für den nächsten Tag rausgelegt, bis ich in die fünfte Klasse kam, aber es schien ihr nie leicht von der Hand zu gehen. Es wirkte immer ein bisschen so, als täte sie mir einen Gefallen. Laverne war die Sorte Mutter, bei der man sich nie für irgendwas bedanken musste.

»Mein Vater hat mir diese Jacke geschenkt«, sagte ich.

»Meiner auch«, sagte Chaurisse. Sie strich über meinen Ärmel, und ihre Berührung war geladen.

Ich rückte von meiner Schwester ab und sagte: »Er hat sie für mich beim Pokern gewonnen.« Ich sagte es an Laverne gerichtet und ließ es wie eine Frage klingen.

Laverne klappte der Kiefer herunter. »Wie bitte?«, erwiderte sie.

Ich sagte nichts, denn ich wusste, dass sie mich verstanden hatte, und ich konnte sehen, dass meine Bemerkung bei ihr etwas auslöste. Sie verzog das Gesicht und sah ein bisschen weniger wohlgenährt und zufrieden aus. Sie erinnerte nicht mehr ganz so an ein Baby, das gerade gestillt worden war, voller Milch und Behagen.

Laverne sagte zu Chaurisse: »Okay, Kiddo. Viel Glück. Ich muss noch was erledigen.«

»Danke, Mom«, sagte sie und rannte zum Eingang.

Ich blieb noch draußen, bis Laverne wieder in den Lincoln eingestiegen war. Durch die getönten Scheiben konnte ich ihr Gesicht nicht erkennen, aber ich stellte mir vor, wie sie mich und meine Jacke ansah. Sie wusste, dass dieser Augenblick von Bedeutung war; ich hatte es ihrem Mund angesehen, als sie wieder in den Wagen stieg. Ich wandte mich ab, weil ich nicht wollte, dass sie sich jetzt schon mein Gesicht einprägte. Das hier war nur der Anfang. Manche Dinge sind unausweichlich. Nur Dummköpfe sehen das nicht.

4

GROßZÜGIGE GESTE

Meine Mutter hat in ihrem Leben zwei Männern einen Antrag gemacht. Der erste war Clarence, der Sohn des Bestatters. Am Abend des Sadie-Hawkins-Balls 1966 fragte Clarence meine Mutter, ob sie mit ihm in Paschal's Hotel gehen würde. »Wenn es gut genug für Dr. King ist, ist es auch gut genug für uns.« Er lachte, als er das sagte, was Mutter nicht so gefiel. Auch wenn allgemein bekannt war, dass Dr. King, Andy Young und die ganze Morehouse-Szene das Paschal's wegen des legendären Backhähnchens frequentierten, sprach Clarence über das, was in den oberen Etagen, in den kleinen Zimmern mit den Verdunklungsvorhängen vor sich ging.

»Das war ein Witz, Gwen«, sagte Clarence.

»Ich denke darüber nach«, sagte sie.

»Wir sind jetzt seit zwei Jahren fest zusammen«, sagte Clarence.

»Ich weiß.«

»Es ist ein besonderer Abend.«

Meine Mutter sah ihn an, so gut aussehend in seinem blauen Anzug, immer blau, niemals schwarz. Schwarz war für die Arbeit, wenn er hinter seinem Vater bereitstand, als Stellvertreter des Bestatters. Ihr blassgelbes Kleid mit den Puffärmeln und der hohen Taille hatte auf der Verpackung des Schnittmusters elegant gewirkt. Das Ergebnis begeisterte sie nicht gerade, aber nachdem sie so viel Zeit darauf verwendet hatte, den Stoff zurechtzuschneiden und die Knopflöcher zu verstärken, konnte sie es nicht einfach wegwerfen, nur weil es sich am Halsausschnitt kräuselte und ihr das Kleid insgesamt nicht schmeichelte.

Als sie wegblickte, bemerkte sie eine rote Nelke auf dem Sitz neben Clarence. »Du hast deine Ansteckblume verloren.« Sie nahm sie, zog die Hutnadel von seinem Revers ab und steckte die Blume wieder fest. Im Radio klagte Smokey Robinson: »A taste of honey is worse than none at all.«

Clarence packte ihr Handgelenk, nicht zu fest, nicht bedrohlich, aber entschieden. »Ich habe das Zimmer schon bezahlt.«

»Tatsächlich?«

»Ich wollte, dass wir an einem schönen Ort zusammen sind.«

»Du nimmst dir ganz schön was raus, dafür, dass Sadie-Hawkins-Tag ist.«

»Sadie Hawkins bedeutet, dass die Mädels die Jungs zum Date bitten, aber es bedeutet nicht, dass die Jungs rumsitzen und Däumchen drehen.« Er lächelte. Seine Zähne waren so hübsch und weiß wie Marmorgrabsteine.

»Na, dann lass mich meinen Sadie-Hawkins-Tag haben«, sagte Mutter. »Wir verloben uns, und dann können wir zu Paschal's gehen.«

»Was sagst du da?«

»Willst du mich heiraten?«

Clarence ließ das Handgelenk meiner Mutter los, gab ihr wortwörtlich ihre Hand zurück, und rieb sich das Kinn und die weichen Barthaare, die dort gerade erst zu sprießen begannen. Er sah aus dem Fenster. Meine Mutter wurde schon nervös und fragte sich, ob sie ihr Blatt überreizt hatte. Es stand so viel auf dem Spiel, nicht nur ihr Herz und ihr Stolz. Ihr Vater arbeitete für Clarence' Vater, und seit sie und Clarence ein Paar waren, hatte seine Stellung sich verbessert. Und außerdem, wenn sie

Clarence nicht heiratete, wen würde sie dann heiraten? Sie war schon im letzten Highschooljahr.

»Willst du mich nicht?«

Endlich sprach Clarence: »Verdammt, und ob ich dich will. Ich habe mir das nur ein bisschen anders vorgestellt. Aber okay, wir können uns verloben. Wir sind jetzt verlobt. Okay?«

Meine Mutter nickte, ganz schwach vor Erleichterung.

Clarence ließ den Wagen an, und sie fuhren zu Paschal's.

Mittlerweile war Clarence lange passé, und sie trug wieder das selbst genähte gelbe Kleid. Nicht, weil es ihr inzwischen gefiel, sondern weil die hohe Taille ihre sich wandelnde Figur am besten kaschierte. Sie hatte Angst, meinem Vater zu sagen, dass sie vier Wochen überfällig war. Wie jeder weiß, gibt es nichts Schwierigeres, das man einem Mann sagen kann, selbst wenn es der eigene Ehemann ist, und mein Vater war der Ehemann einer anderen. Es bleibt einem nichts anderes übrig, als ihm die Neuigkeiten zu erzählen und ihn entscheiden zu lassen, ob er geht oder bleibt.

Meine Mutter konnte die Worte vor lauter Angst nicht aussprechen, weshalb sie sie wie eine taubstumme Bettlerin auf ein Stück Papier schrieb. Während er las, stieg das Stottern so schlimm in ihm auf, dass er nicht einmal den Ansatz einer Antwort hervorbrachte. Meine Mutter rief ihm in Erinnerung, wie sehr er sich ein Baby wünschte. Laverne hatte sich schon ganze zehn Jahre unter ihn gelegt, aber ihm nicht geben können, was er sich am meisten wünschte. Meine Mutter hatte nur wenige Monate gebraucht. Dieses Baby war entschlossen, zur Welt zu kommen, es war trotz aller Vorsicht gezeugt worden. Meine Mutter sagte, ich sei Bestimmung.

Schließlich sagte er: »Du schenkst mir einen Sohn.«

James setzte sich auf die Verandaschaukel des Wohnheims und dachte nach. Sie konnte sehen, wie es in ihm arbeitete, wie er im Kopf alles noch einmal durchging. Er überlegte eine Weile und sah dann zu ihr rüber – nicht ins Gesicht, sondern auf den Bauch, auf mich. Mutter hat zugegeben, dass sie ein bisschen eifersüchtig war. Er konnte nur daran denken, dass er bald Vater sein durfte, dass er einen Junior bekommen würde. Er und Laverne hatten vor langer Zeit einen kleinen Jungen bekommen, kurz nach ihrer Hochzeit. Das Baby kam mit den Füßen voran zur Welt und lebte nicht lang genug, um seinen ersten Atemzug zu tun. James schaukelte auf der Veranda und dachte, das wäre seine zweite Chance.

Während er sich an dem Gedanken berauschte, dass er bald Vater werden würde, und gestand, dass er es kaum erwarten könne, seinem Bruder davon zu erzählen, rückte meine Mutter mit ihrem Antrag heraus. Sie schlug einen spielerischen Ton an, als würde sie ihn auf ein Eiscreme-Soda einladen. »James«, sagte sie, »lass uns heiraten. Mach eine anständige Frau aus mir.«

Nur Sekunden vorher war alles an ihm in Bewegung gewesen, doch jetzt schien es, als wäre sein Körper starr wie eine Mumie. Schließlich rückte er raus mit der Sprache: »Ich werde Laverne nicht verlassen.«

Mutter wusste, dass es ihm ernst war, weil er seine Frau beim Namen nannte. Es erinnerte sie an ihren Vater. »Du bist nicht besser als Flora«, hatte der zu ihr gesagt, nachdem sie Clarence verlassen hatte. Und da wusste sie, dass er fertig mit ihr war.

Jetzt, da James sagte, er werde Laverne nicht verlassen, versuchte Mutter, so zu tun, als hätte er sie missverstanden, als hätte sie nicht vorgeschlagen, dass sie miteinander durchbrennen und wie normale Leute leben sollten, was auch mir ein normales Leben ermöglicht hätte.

»Wer hat denn gesagt, dass du jemanden verlassen sollst? Heirate mich einfach auch. Lass uns nach Birmingham fahren und in Alabama heiraten.« Natürlich war ihr klar, dass die Heirat nicht legal wäre, aber sie wäre immerhin etwas, besser als nichts.

Auch eine illegale Heirat würde mich davor bewahren, ein Bastard zu sein. Nur das hatte sie im Sinn. Mutter zufolge war es Willie Mae, die darauf hinwies, dass sie, wenn sie ihn dazu brächte, sie zu heiraten, noch ein Ass im Ärmel hätte, denn dann wäre er ein Bigamist, ein Krimineller. Aber als meine Mutter den Antrag machte, hatte sie keine Hintergedanken. Sie dachte nur an die Liebe und an mich.

Er saß da, starrte sie vom Hals abwärts an und versuchte, etwas zu sagen. Damals war es mit dem Stottern wirklich schlimm. Er zuckte, als hätte er einen Krampfanfall, und dann sagte er: »Nur ein Mal im Leben möchte ich eine Frau heiraten, die nicht schon schwanger ist.«

Meine Mutter lachte ihn aus. Sie konnte nicht anders. Nach allem, was sie miteinander geteilt hatten, wurde er plötzlich zimperlich, als würde man ihm eine Sommerhochzeit verweigern. Sie sagte: »Na, dann musst du aufhören, mit Frauen ins Bett zu gehen, mit denen du nicht verheiratet bist.«

Die gesamte Unterhaltung vollzog sich auf der mit Fliegengitter umspannten Veranda des Wohnheims. Sie hätte einen Ort mit mehr Privatsphäre wählen sollen, aber wo konnte sie schon hin?

Als er ging, sahen die anderen Mädchen von den Fenstern aus zu. Sie sah sie die Rollos anheben und hinausspähen.

Mutter behauptet, es sei wie eine Ohrfeige gewesen, und ich korrigiere sie nicht. Aber Verlassenwerden hat nichts von dem stechenden und doch flüchtigen Schmerz einer Ohrfeige. Es ist eher wie ein Schlag in die Magengrube, der für blaue Flecken sorgt und dem Körper die kostbare Luft raubt.

Nachdem mein Vater weggefahren war, kam Willie Mae auf die Veranda und setzte sich zu meiner Mutter auf die Schaukel. Da hatte Mutter schon begriffen, wie unvorteilhaft ihre Lage war, schwanger und allein. Und sie begriff, wie ungerecht das Leben sein konnte, weil sie diejenige war, an der alles hängen blieb.

James kehrte gewiss schweren Herzens in sein zweistöckiges Haus zurück. Mein Vater ist schließlich kein Monster, aber er hatte immerhin noch ein Heim, in das er zurückkehren konnte, und eine Frau, die ihm Abendessen machte.

Die frühere Schwiegermutter meiner Mutter hatte ihr zur Hochzeit eine Schachtel mit Briefpapier geschenkt. In das üppige Hadernpapier war das neue Monogramm meiner Mutter eingeprägt. Das Geschenk signalisierte zweierlei, und meine Mutter verstand sofort, wie es gemeint war. Erstens hieß das Monogramm sie aufrichtig willkommen – meine Mutter war nun eine Yarboro. (Als sie der Ehe den Rücken kehrte, gab sie den fünfzig Jahre alten Diamanten zurück, nicht jedoch ihren Ehenamen.) Die zweite Botschaft des geschenkten Papiers, das so ordentlich in seiner Schachtel lag, lautete, dass sie nun eine Frau mit einer gewissen Stellung war, und solche Frauen schrieben Dankesbriefe. Mutter wusste das schon, da sie gut in Hauswirtschaftslehre gewesen war, wo sie auch gelernt hatte, wie sie während eines Abendessens den Wert eines Porzellanservices bestimmte.

Sie hatte Briefe geschrieben und sich für die Hochzeitsgeschenke bedankt: edle Tischwäsche, versilberte Löffel und gusseiserne Pfannen, die erst zum Ende ihrer Ehe die richtige Patina hatten. Aber das Briefpapier von Crane hatte sie nicht dafür verwendet; vielmehr rebellierte sie mit Blümchenpapier von Woolworth. Das unbenutzte Monogrammpapier begleitete meine Mutter in ihr neues Leben an der Ashby Street.

Allein in ihrem Zimmer holte sie das Papier vom Regalbrett im Schrank.

Der Vater meiner Mutter, mein Großvater, lebte nur etwa fünf Meilen von der Ashby Street entfernt. Er wohnte um die Ecke von der Edgewood Avenue, aufmerksam beäugt von den Kirchgängerinnen, die Mitleid mit ihm hatten, weil er erst von Flora verlassen worden war und dann sein Leben für eine Tochter gegeben hatte, die kein bisschen anständiger war als ihre Mutter einst.

Als meine Mutter zum Monatsersten keine Antwort auf ihren Brief erhalten hatte, verdächtigte sie die Kirchenfrauen, ihn vernichtet zu haben. Sie hatte sich ein Leben lang unwohl mit diesen Ersatzstiefmüttern gefühlt, die so pflichteifrig und lieblos waren. Mit ungefähr zwölf Jahren hatte sie sie beschuldigt, Floras Briefe und Geburtstagstelegramme abgefangen zu haben. Natürlich bestritten die Frauen das, und Mutter begriff endlich, dass Flora sie einfach verlassen hatte. Die Kirchenfrauen waren streng, aber nicht grausam.

Obwohl der auf Mutters Hochzeitspapier verfasste Brief so kurz war, dass auch eine Postkarte genügt hätte, hatte es vier Entwürfe gebraucht, um ihn zu perfektionieren. (Die Briefbögen mit den misslungenen Anfängen liegen immer noch in der Schachtel mit dem restlichen Papier.)

Lieber Daddy,
ich bekomme ein Kind, und ich möchte nach Hause kommen.
In Liebe
Gwendolyn B. Yarboro

Nach neun Tagen kam endlich Antwort. Die Vermieterin übergab sie meiner Mutter. Sie war auch eine Frau der Kirche, eine Diakonin der Mount Moriah Baptist Church, und keineswegs herzlos, aber sie hatte klargemacht, dass sie schwangere Mädchen nicht bei sich beherbergen konnte. Mutter durfte so lange bleiben, wie man ihr ihren Zustand nicht ansah. Das Gleiche galt für ihre Arbeitsstelle.

»Ich hoffe, dieser Brief kommt von jemandem, der sich anständig verhält«, sagte die Vermieterin.

Mein Großvater hatte auf liniertem Papier geantwortet, das

oben, wo es vom Block abgerissen worden war, ein bisschen klebte. Er hatte auf eine Anrede verzichtet und auch nicht unterschrieben.

Das hier ist nicht dein Zuhause. Zu Hause ist, wo immer du gerade bist.

Als James schließlich zurückkam, war meine Mutter ein anderer Mensch. Es war nicht nur ihr Körper, der sich, aufgeblasen mit mir, verändert hatte. Auch ihr Geist war aufgedunsen und empfindlich. Sie würde das Wohnheim im Lauf der nächsten Wochen verlassen müssen. Willie Mae hatte meiner Mutter ihre gesamten Ersparnisse vermacht: Rollen mit Münzen und zusammengefaltete Scheine. Es war sauer verdientes Geld und roch auch so. Meine Mutter hatte selbst nur wenig angespart, da sie den Großteil ihres Geldes meist gleich bei Davison's ausgab; sie öffnete den Umschlag mit ihrem Gehalt noch im Laden und reservierte sich Waren per Anzahlung. Sie sah sich schon auf der Straße, ohne überhaupt die nötigen Koffer und Taschen für all die hübschen Davison's-Kleider zu haben.

Nachdem James geklingelt hatte, führte Willie Mae ihn nach oben. Das verstieß gegen die Regeln, aber Mutter würde ja ohnehin bald vor die Tür gesetzt werden. Sie lag in Arbeitskleidung auf dem Bett. Nur ihre Füße waren nackt. Wenn Willie Mae nicht jeden Abend um neun vorbeigekommen wäre und sie gezwungen hätte, ein Nachthemd anzuziehen, hätte sie einfach so geschlafen. All die schönen Kleider spannten nun um die Mitte.

James kam mit der Mütze in der Hand hinter Willie Mae ins Zimmer, als würde er einer Toten die letzte Ehre erweisen. Weiß der Himmel, was Willie Mae auf dem Weg von der Haustür zu dem kleinen Zimmer zu ihm gesagt hatte. Er sah aus wie jemand, dem man hinter dem Schuppen eine Tracht Prügel verabreicht hatte.

Und dann tauchte direkt hinter ihm Raleigh auf, in der gleichen Uniform wie James. Meine Mutter sah Raleigh zum ersten Mal und dachte kurz, er wäre ein Weißer, und fragte sich dann, in welche Schwierigkeiten sie sich gebracht hatte.

»Das ist Raleigh«, sagte James. »Wir sind zusammen aufgewachsen.«

Als sie ihn von Nahem betrachtete, sah sie, dass er schwarz, aber hellhäutiger als James war. Sie sah auch, dass er ein guter Mann war. Gutherzig. Weichherzig geradezu. Als sie dort im Wollkreppkostüm auf dem Bett lag und Raleigh ansah, wünschte sie sich kurz, sie wäre zuerst ihm begegnet und nicht James.

James kniete sich neben ihr Bett. Willie Maes Geld lag in einer Zigarrenkiste, die zwischen dem Körper meiner Mutter und der Wand klemmte. Willie Maes Parfüm, Charlie, prallte auf den Duft des Karamellbonbons, der in Raleighs Mund schmolz. James roch nach frischer Baumwolle, Aftershave und Mentholzigaretten. Und dann war da noch ihre eigene verschwitzte Duftnote, die gleiche wie die des Geldes.

»Gwen«, sagte er, »hör mir zu. Ich habe mir was überlegt.«

Meine Mutter antwortete nicht und drehte sich zur Wand, den Körper um die Kiste mit dem Geld geschlungen.

»Gwen«, sagte er, »ich versuche das Richtige zu tun. D-d-dreh dich um und sieh mich an.«

Meine Mutter drehte sich nicht um. Sie wollte hören, was er zu sagen hatte, ohne sich Gedanken machen zu müssen, wie ihr Gesicht reagieren würde.

»Raleigh«, sagte James, »komm her.«

Raleigh kam zum Bett und faltete seine lange, schmale Gestalt zusammen, bis auch er kniete.

Es war der Karamellduft, der meine Mutter dazu bewegte, sich den Gesichtern von James und Raleigh zuzuwenden. Sie konnte sich vorstellen, wie sie als Kinder gewesen waren – spitzbübisch, unzertrennlich und manchmal ängstlich. Gwen wusste es damals noch nicht, aber meine Großmutter, Miss Bunny, hatte die Jungen behandelt, als wären sie ein einziges Wesen; sie schlug und lobte sie immer im Doppelpack, egal, wer von ihnen gerade gesündigt oder geglänzt hatte.

»Willie Mae?«, rief meine Mutter, die eine Verbündete brauchte. Die Verbindung zwischen den beiden Männern war wie etwas Lebendiges, wie eine fünfte Person im Raum.

»Ich geh dann mal nach unten«, sagte Willie Mae. »Ich werde Ausschau nach der Vermieterin halten. Du willst doch nicht, dass sie dich hier oben mit den Burschen erwischt.«

»Ist doch egal«, sagte Gwen. »Geh nicht.« Aber Willie Mae ging trotzdem.

Ohne Willie Mae schien der Raum voller Männer zu sein. »Kannst du dich aufsetzen?«, fragte James.

Meine Mutter lehnte sich gegen die Kissen und sah James und Raleigh erwartungsvoll an.

»Es freut mich, Sie kennenzulernen«, sagte Raleigh. »Ich habe nur Gutes gehört.«

Meine Mutter wusste nicht, wie sie darauf reagieren sollte, deshalb nickte sie nur.

James sagte wieder: »Wir haben uns was überlegt, Raleigh und ich. W-w-wir ...« Er blickte zu Raleigh und stieß ihn an.

Raleigh führte den Satz fort. »Wir haben den Lincoln verkauft, zu einem guten Preis. Hier ist der Scheck, der auf Sie ausgestellt ist. Er geht zulasten meines Kontos, ist aber von James. Wir mussten es diskret machen, wissen Sie. Aber wir werden uns um Sie kümmern.«

Um sie kümmern! Einen Moment lang sah sie sich in der Rolle ihrer früheren Schwiegermutter, die nichts anderes zu tun gehabt hatte, als hübsch auszusehen und ordentliches Englisch zu sprechen. Wenn sich jemand kümmerte, musste man sich keine

Sorgen machen, dass man nicht genug Liebe bekam oder nicht genug Geld hatte. Es war, als würden James und Raleigh ihr die Chance bieten, jemand anders zu werden.

Meine Mutter blickte zu James, der nickte. »W-w-wir wollen das Richtige tun.«

Raleigh reichte meiner Mutter den Scheck. Er war von einem schlichten Meerschaumgrün, wie einer von denen, die man gratis mit dem Girokonto bekam. Ihr Name stand ordentlich auf der Linie ganz oben, und Raleighs scharf gestochene, aber schnörkellose Unterschrift stand unten. Die Zeile für den Verwendungszweck war leer.

Als sie mir diese Geschichte schließlich erzählte, war die Erinnerung schon verdorben, wie Fleisch, das man zu lange im Eisfach gelassen hatte. Sie konnte sich nicht mehr an die Begeisterung erinnern, die sie empfunden haben musste, weil ihre Gebete so schnell erhört wurden, weil der Herr ganz und gar nicht unergründlich, sondern klar und direkt zu Werke ging. Mittlerweile war es 1986, und sie sagte: »Überleg dir gut, was du dir wünschst.« Sie erinnerte sich noch an den Tabakduft im Atem meines Vaters und den scharfen Geschmack seines Kusses. Sie erinnerte sich noch daran, dass Raleighs Knie knackten, als er aufstand. Doch nun, da sie wusste, wie alles ausgegangen war, wollte sie mich glauben machen, dass sie schon damals Bedenken hatte, aber mir war klar, dass sie log. Ich beneidete sie um diesen Moment. Wer träumt nicht davon, gerettet zu werden? Wer wünscht sich keine großzügigen Gesten?

Im Krankenhaus unterschrieb Raleigh meine Geburtsbescheinigung, um mir die Demütigung zu ersparen, auf dem Papier vaterlos zu sein. Vier Monate nach meiner Geburt fuhren meine Mutter, mein Vater, Raleigh und Willie Mae nach Birmingham, Alabama, und traten vor einen Friedensrichter. Es überraschte meine Mutter, wie wenig nötig war, um Mann und Frau zu werden. Kein einziges Mal wurden sie gefragt, ob einer von ihnen schon verheiratet sei. Raleigh und Willie Mae unterschrieben als Trauzeugen. Ich war auch dabei, in meinem weißen Taufkleid, dessen Schleppe über Willie Maes Arme fiel. Auf dem Nachttisch meiner Mutter steht ein gerahmtes Foto. Da bin ich, klein und sauber und der Beweis, dass alles, was sich an diesem Nachmittag ereignete, heilig und echt war.

5
HERZENSTRÄUME

Mit fünfzehneinhalb war ich besessen von meinem eigenen Herzen. Mehrmals die Woche träumte ich nachts davon. Manchmal nahm es die Form einer Birne an und lag lädiert und schleimig in meinem Brustkorb. In einem anderen Traum sah es anatomisch korrekt aus und zog sich regelmäßig zusammen. Das Problem war nur, dass die Herzklappen fehlerhaft waren; mit jedem Schlag trat dickes Blut aus. Das waren die Albträume. Andere Herzträume strahlten wie ein Sommertag. In einem Traum war mein Herz ein Red Velvet Cake, der von Mutter auf wunderschönen Silbertellern serviert wurde. In einem anderen Traum, der sich weder fröhlich noch traurig anfühlte, war das Herz ein Weinglas, dem ich die Gnade erwies, es in ein Taschentuch zu wickeln und kurzerhand zu zertreten.

Ich hatte einen Freund, Marcus McCready, und er war das geheime Zentrum von allem. Er war achtzehn, und was wir taten, war streng genommen illegal. Ich schlug den Begriff *Unzucht* im Wörterbuch nach, fand aber nichts Hilfreiches. Er nannte mich seine »Lolita«; sein Mund schmeckte zuckrig nach Southern Comfort und Ginger Ale. »Wer hat sich das mit dem Schutzalter überhaupt ausgedacht?« Das fragte ich ihn, obwohl ich wusste, dass die Antwort so unergründlich wie unbedeutend war. Wenn ich von meinen Eltern etwas gelernt hatte, dann, dass die Gesetzeshüter nicht annähernd verstanden, was zwischen Männern und Frauen vor sich ging.

An Marcus gab es nichts, was ich nicht liebenswert fand. Er sah gut aus und wirkte manchmal ein bisschen überheblich, aber das war nur aufgesetzt. Die ganze Pose, der wiegende Zuhältergang, das arrogante Hochreißen des Kinns – das alles sollte nur kaschieren, dass er sich wegen seines Alters schämte. Marcus war mit einem Jahr Verspätung eingeschult worden, weil er Keuchhusten hatte und sein Geburtstag zudem auf den Jahresanfang fiel. Dadurch war er ein bisschen älter als der Rest der Klasse, aber es bedeutete nicht, dass er langsam im Kopf war. Er war nur zum falschen Zeitpunkt geboren worden, was wirklich jedem hätte passieren können.

Er stammte aus einem guten Elternhaus. Seine Mutter gab Grundschülern Musikunterricht, und sein Vater war Steuerberater. Marcus senior machte die Buchhaltung für meinen Vater, worüber ich nur zufällig stolperte und was ich ziemlich aufregend fand, weil ich dadurch James' echtem Leben so nahe kam. Als Marcus' Eltern ihr Eheversprechen im historischen Callanwolde-Anwesen erneuerten, fuhr mein Vater die Limousine zu einem Sonderpreis. Marcus' Vater nannte meinen nur »Jim«.

Marcus und ich führten uns ziemlich heimlichtuerisch auf. Wenn ich auf einem der Schulflure an ihm vorbeikam, sah er weg. Nach einem Monat hatte ich gelernt, meine Aufmerksamkeit als Erste auf etwas anderes zu richten. Es war nichts Persönliches. Es war nur so, dass Marcus sich im Jahr zuvor an der Woodward Academy in Schwierigkeiten gebracht hatte, weshalb er sich nicht mit jüngeren Schülern herumtreiben sollte. Die Rolle der inoffiziellen Freundin fiel mir leicht. Wenn man sowieso ein geheimes Leben führt, welche Mühe macht es dann schon, im Geheimen noch ein Geheimnis unterzubringen? Ich veränderte sogar mein Aussehen, um den Effekt meines doppelten Doppellebens noch zu verstärken. Im Alltag trug ich das Haar in Prinzessin-Leia-Schnecken über den Ohren und verzichtete auf Eyeliner. Ich bat meine Mutter, mir flache Halbschuhe zu kaufen, wie sie Olivia Newton-John in *Grease* trug, aber sie wurden nicht mehr hergestellt. Also begnügte ich mich mit Collegeschuhen, die ich mit weißen Söckchen trug, und staunte über meine keuschen Knöchel.

»Was ist denn los mit dir?«, fragte meine Mutter. »Es spricht nichts dagegen, sich hübsch zu machen. Ist das eine Phase?«

Sie fasste mich an den Schultern und suchte in meinem Gesicht nach Antworten. Wir hatten die Abmachung, einander alles zu erzählen. Sie berührte meine Stirn und meine Ohren. »Wo sind deine Ohrringe?«

»In meinem Schmuckkästchen«, sagte ich.

»Du trägst sie ja gar nicht mehr«, sagte sie traurig.

Doch das tat ich. Ich trug sie, wenn ich mit Marcus zusammen war.

Zu behaupten, dass Marcus mich veränderte, dass er ein süßes, stilles Mädchen, das Kinderärztin werden wollte, in den Freak der Woche verwandelte, wäre verkehrt gewesen. Ich weiß, dass manche Menschen hinter meinem Rücken so über mich redeten, aber das machte es nicht richtiger. Es war vielmehr so, dass Marcus mir neue Möglichkeiten aufzeigte. Wir begegneten uns ausgerechnet bei Kroger. Meine Mutter und ich wollten unsere Dosenvorräte aufstocken – im Wetterbericht waren zehn Zentimeter Schnee vorhergesagt worden, was die Stadt im Chaos versinken lassen würde. Mutter war erst spät nach Hause gekommen, und wir hetzten zum Laden, um zu sehen, was an Lebensmitteln noch übrig war. Sie schnappte sich die letzten verfügbaren Dosensuppen und schickte mich auf die Suche nach pikantem Schinkenaufstrich. Der Laden war voll mit panischen Kunden, die alles Haltbare aufkauften, sogar Austern in Salzlake. Der Schinkenaufstrich war längst weg, aber ich entdeckte ganz hinten im Regal noch ein paar verbeulte Dosen mit Wiener Würstchen.

Ich trug mehrere Dosen in den Armen, als ich ein Ziehen an einer meiner Gürtelschlaufen spürte. Ich sah mich um und entdeckte Marcus. Ich wusste, wer er war – es war ausgeschlossen, auf die Mays zu gehen und Marcus McCready III. nicht zu kennen.

Er hielt mich weiter fest und beugte sich zu mir, legte sein Nachrichtensprecherkinn von hinten auf meine Schulter. Sein Atem roch nach Orangenschale und etwas Würzigem wie Nelke. »Hey, Hübsche. Wenn du nicht minderjährig wärst, würde ich dich um eine Chance anflehen.« Seine Hand wanderte von meinem Gürtel den Rücken hoch. Ich stand reglos da und ließ zu, dass er mir mit der anderen Hand ins Haar griff. »Du bist vielleicht hübsch! Und sexy. Kurvig.« Mein Herz kam mir vor wie das kleine bimmelnde Glöckchen an einem Katzenhalsband.

Ich streckte die Knie durch, obwohl ich wusste, dass Mädchen das manchmal taten, um in Ohnmacht zu fallen, wenn sie sich vor dem Sportunterricht drücken wollten. Aber dennoch, ich streckte sie durch, um ganz aufrecht zu stehen. Es war reines Begehren. Das Wort kannte ich von Judith Krantz, aber die trashigen Taschenbücher hatten mich trotzdem nicht auf Marcus' Finger an meinem Schädel und seinen Potpourri-Atem vorbereitet. Ich lehnte mich seiner Hand entgegen, und er sagte: »Es gefällt dir.«

Plötzlich ließ er mich los und sagte heiter: »Hallo, Mrs Grant.«

Ich wandte mich um und sah eine hellhäutige Dame mit voll beladenem Einkaufswagen. »Hallo, Marcus.« Ich blinzelte, als hätte jemand grelles Licht angeknipst. Dann starrte ich auf meine Füße, zu beschämt, um mich all den Leuten zu stellen, die wer weiß was gesehen hatten.

»Gib mir deine Nummer«, sagte Marcus. »Ich könnte zwar dafür in den Knast kommen, aber egal. Verdammt, Mädchen. Du siehst so gut aus.«

Ich hatte einen Stift, aber kein Papier in meiner Pseudo-Louis-Vuitton-Tasche. Marcus riss einen Etikettfetzen von einer Thunfischdose, und ich schrieb in winzigen, aber ordentlichen Ziffern meine Nummer darauf. Er faltete den Zettel zu einem Kügelchen und steckte es in die Hosentasche. Ich blieb reglos stehen, spürte, wie mein Körper sich direkt unter der Haut ausdehnte und zusammenzog, bis meine Mutter ihren Wagen in den Gang schob.

»Da bist du ja.«

Ich reichte ihr die Wiener Würstchen und löste meine Knie. Ich lächelte, als wäre nichts gewesen, als wäre ich noch dasselbe Mädchen wie zehn Minuten zuvor. Aber ich war eine andere, entflammt und auserwählt.

6

ÜBERLEG'S DIR

Über Marcus fand ich eine beste Freundin. Ronalda Harris. Sie war oft auf seinen Partys, aber nicht, weil sie zu seiner Clique gehörte, sondern weil Marcus immer Mädchen für ein ausgeglichenes Geschlechterverhältnis brauchte. Ronalda wohnte gleich nebenan und hatte genau wie ich keinen guten Ruf zu verlieren. Auf diesen Partys nannte mich Marcus manchmal seine »Freundin« und küsste mich sogar vor den anderen. Ich setzte mich auf seinen Schoß und trank aus seinem Becher. Dann wieder gab es Tage, an denen er mich nur mit heimlichem Zwinkern und Lächeln über die Köpfe seiner Gäste hinweg zur Kenntnis nahm.

Wenn Marcus keine Zeit hatte, mit mir zu reden, hing ich mit Ronalda rum. Sie war die Neue und so anders als alle anderen, dass sie auch Austauschschülerin hätte sein können. Sie hatte versucht, ihr Haar selbst mit Glättungscreme zu behandeln, und nun war sie fast kahl, weshalb sie riesige Ohrringe und glitzernden Lidschatten trug, damit jeder sah, dass sie ein Mädchen war. Außerdem hatte sie eine eigentümliche Art zu reden; es war nicht so sehr die Aussprache, sondern eher die Art, wie sie die Wörter anordnete. Für mehr Nachdruck wiederholte sie ein Wort zweimal: »Der Test war schwer, schwer, schwer.« Sie sagte »Lebensmittel einholen«, als käme sie aus Louisiana. Ihr Gesicht war so durchschnittlich wie ein Laib Brot, aber ihr Freund war ein erwachsener Mann. Er war bei der Armee und holte sie manchmal in einem dunkelblauen Cutlass Supreme ab. Ein paar Mal fuhr ich auf der Rückbank mit und starrte auf den glänzenden gelben Deckenstoff, der mit einem Dutzend federverzierter Jointklammern befestigt war. Ich fand Ronalda faszinierend, aber Marcus fand sie schräg. »Landei«, sagte er und »Getto«.

Mit »Getto« konnte Ronalda leben, aber sie wollte von niemandem »Landei« genannt werden. »Wie kommt einer aus Georgia dazu, einen anderen Landei zu nennen?« Sie war aus Indianapolis, aus Indy, einer echten Stadt, noch dazu im Norden. »So weit nördlich, dass wir bei ein paar Schneeflocken nicht gleich durchdrehen. Marcus und die anderen sind ja vielleicht reiche Schnösel, aber vor allem sind sie Landeier. Schnöselige Landeier.«

Das erklärte sie mir, als ich bei ihr vorbeikam, um ihr Mathe-Nachhilfe zu geben. Ihre Schule in Indy hatte die Leute entweder aufs Collegegleis gesetzt oder auf das andere. Ronalda war auf dem anderen hängen geblieben, und deshalb fehlten ihr jetzt Kenntnisse, die sie an der Mays High brauchen würde. Fast ein halbes Jahr versuchte sie es allein, zog den Kopf ein und hörte den Lehrern zu. Wir anderen ließen Zettel herumgehen oder legten erste Listen mit Brautjungfern an, für Hochzeiten, die im Juni nach unserem einundzwanzigsten Geburtstag stattfinden sollten. In der Woche vor den Zwischenprüfungen drehte sich Ronalda sogar einmal auf ihrem Stuhl um und sagte »Ich bitte dich« zu jemandem, der ein Pfefferminzbonbon zu laut auswickelte. Aber Trigonometrie war schließlich keine Kleinigkeit, wenn man noch nicht mal Algebra II gehabt hatte. Ihr Vater hatte seine Beziehungen spielen lassen, um sie an der Schwerpunktschule für Mathe und Naturwissenschaften unterzubringen, und sie hatte eine Heidenangst, dass sie durchfallen und nach Indy zurückgeschickt werden würde.

Ich bot ihr meine Hilfe nicht nur an, weil ich sie mochte, obwohl das durchaus der Fall war. Neue Schüler am Anfang des

Schuljahrs sind immer interessant, aber neue Schüler, die aus heiterem Himmel zwei Monate später auftauchen – hinter denen verbirgt sich eine Geschichte, das weiß jeder. Und für verborgene Geschichten war ich die Expertin.

Ihr Haus, ein großer Bungalow, sah genauso aus wie das von Marcus, aber die McCreadys hatten eine Garage und Ronaldas Familie nur einen Carport. Trotzdem war es ein schönes Zuhause mit vier Schlafzimmern und zwei Bädern.

»Ich arbeite gern am Esstisch«, sagte sie und legte ihr Heft auf ein Rauchglasoval, das auf einem schwarzen Sockel ruhte. »Aber pass auf. Meine Stiefmutter flippt aus, aus, aus, wenn man Kratzer macht.«

Wir arbeiteten zwei Stunden miteinander. Ronalda begriff ziemlich schnell, aber im Stoff lag sie immer noch zurück. Wir brüteten noch über Sinus, Cosinus und Tangens, während die Klasse schon bei komplexen Zahlen war. Am Ende der Sitzung machte ich meine Hausaufgaben und ließ sie sie in ihrer nervösen Handschrift abschreiben.

»Wann musst du zu Hause sein?«, fragte sie.

»Zu keiner bestimmten Zeit«, sagte ich, »ich muss nur da sein, bevor meine Mutter um sieben heimkommt.«

»Soll ich dir den Keller zeigen?«

Ich folgte ihr die Treppe hinunter in die Waschküche, ein Luxus, der mich kurz innehalten ließ. Meine Mutter und ich mussten unsere schmutzige Wäsche zum Waschsalon bringen und neunzig Minuten dort herumsitzen, während unsere Kleider in den Münzautomaten umherwirbelten. James hatte angeboten, uns beim Kauf eines Wasch-Trocken-Turms behilflich zu sein, aber unsere Wohnung hatte kein Entlüftungsloch für den Trockner.

Das dunkel getäfelte Untergeschoss war so geräumig wie der Rest des Hauses, verströmte aber eine andere Stimmung. Oben war eindeutig das Reich von Ronaldas Stiefmutter, es war lichtdurchflutet, funkelte vor Kristallglas und Spiegeln. Blassblaue Porzellanplatten wurden aufrecht neben Kobaltglas präsentiert. Der Keller hingegen war eine männliche Domäne, ausgestattet mit Tischtennisplatte, einer kompletten Bar und Kabelfernsehen. Die Luft war kühl, klamm wie Regenwürmer und roch entfernt nach Erdbeer-Räucherstäbchen.

Ronalda stellte das Heizgerät an, das an der hinteren Wand neben der Stereoanlage thronte. Es handelte sich um einen künstlichen Kamin und war grün angestrichen. Als er brummend ansprang, begannen künstliche Holzscheite orange zu glimmen. »Schön, oder?«, fragte Ronalda.

»Ja«, sagte ich.

»Ich muss mal den Luftentfeuchter ausleeren. Das gehört zu meinen Aufgaben.« Sie ging zu etwas, das wie ein kleiner Metallschrank aussah, und zog einen Topf mit Wasser heraus, den sie in der Waschmaschine ausleerte.

»Mein Dad kommt oft hier runter«, sagte sie.

Die Ausstaffierung des Raums ließ keinen Zweifel daran, wie sehr Mr Harris es genoss, ein schwarzer Mann zu sein. An den Wänden hingen Zeichnungen von Männern, die mir immer wieder in der Schule während der Black History Week begegneten: Malcolm X, W. E. B. Du Bois und andere. Ich war mir nicht ganz sicher, aber ich glaube, einer von ihnen hatte die Verkehrsampel erfunden. Unter diesen Bildern befand sich auch ein Porträt von Ronaldas kleinem Bruder Nkrumah als Neugeborenem. An einer anderen Wand hing ein Poster von Hank Aaron, der seinen 735. Homerun erzielte. Die einzige Frau in dieser Galerie war halb nackt. Ich starrte auf das Poster und überlegte, ob sie nun heiß aussah oder nicht. Ihr dunkelhäutiger Körper glänzte eingeölt. Zwischen ihren spitzen Brüsten lag ein Patronengürtel. Ihr dichter Afro war ebenfalls mit Patronen gespickt, und auch um ihre Hüften hing ein Patronengürtel und verdeckte ihre Scham.

Das Bild verwirrte mich. Sie sollte wohl sexy sein, so nackt,

wie sie sich rekelte, aber ich hatte noch nie ein Pin-up-Girl ge-
sehen, das so dunkelhäutig war und so krauses Haar hatte. Ich
selbst sah mich irgendwo in der Mitte zwischen dieser Frau und
Marcus' Favoritin Jayne Kennedy. Mein Haar glich dem von Jay-
ne, aber meine Hautfarbe war so wie auf dem Traumbild von
Ronaldas Vater: dunkel wie brüniertes Messing. Unten auf dem
Poster, direkt unter ihren kniehohen Lederstiefeln, stand eine
Bildunterschrift: ÜBERLEG'S DIR.

Ich zeigte auf das Bild. »Ich kapier's nicht. Was überlegen?«

»Männer gucken sich gern Bilder von nackten Frauen an«,
sagte Ronalda. »Mein Freund, Jerome – du solltest mal sehen,
wie viele Bilder der hat.«

Ich nickte, als würde ich es verstehen, aber das Bild erfüllte mich mit einer rastlosen Traurigkeit. Ich fragte mich, wie es
wohl in James' privaten Gefilden aussah. Er war kein Mann der
Back-to-Africa-Bewegung, deshalb sah er sich bestimmt keine
nackten Frauen mit krausem Haar an. Vielleicht rekelten sich
die Frauen, die er sich ausmalte, auf den Motorhauben von Limousinen. Vielleicht saßen sie im Wagen und legten ihre Brüste
auf dem Lenkrad ab, mit nichts bekleidet außer einer Chauf-
feursmütze, unter der sich meterlanges glänzendes Haar ergoss.
Ich überlegte.

»Willst du dich umsehen?«

Ich nickte wieder.

»Das ist das Büro meines Vaters.« Sie öffnete eine Tür und
führte mich in ein kleines Zimmer mit lauter Büchern und noch
mehr Zeichnungen ernster schwarzer Männer. Sie zeigte auf
einen dunkelhäutigen Mann mit hoher Stirn. »Das ist Kwame
Nkrumah, nach dem mein kleiner Bruder benannt ist.«

»Wer ist das?«

»Ein afrikanischer Präsident. Mein Daddy hat's voll mit Afrika.
Vor allem mit Präsidenten.« Sie setzte sich auf einen Lederbüro-
stuhl und wirbelte herum. »Afrika, Afrika, Afrika.«

»Was ist mit deiner Mutter? Ich meine deine leibliche Mutter. Ist sie auch so?«

Ronalda zog einen Mundwinkel hoch und kniff die Lippen zusammen, bevor sie etwas sagte. »Meine Mutter ist tot. Ich möchte nicht darüber reden.«

»Das tut mir leid«, sagte ich, obwohl Ronalda nicht gerade traurig klang. Sie schien eher sauer auf mich zu sein, weil ich es angesprochen hatte.

»Führst du mich noch ein bisschen rum?«, fragte ich.

Sie öffnete ein weiteres Zimmer, genauso groß wie das Büro ihres Vaters, aber fast leer. Auch hier waren Bücherregale, aber nur auf einem Brett standen Bücher. Es gab auch hier einen Schreibtisch, aber er war nicht voll mit Papieren. In der Ecke stand ein elektrischer Bauchwegtrainer. Meine Mutter hatte auch so einen. Man stellte ihn an, und er rüttelte dir das Fett ab.

»Das ist das Büro meiner Stiefmutter«, sagte Ronalda. »Hier können wir rumhängen.«

»Wie nennst du sie?«

»Meine Stiefmutter?«

»Ja.«

»Jocelyn. Sie kommt nie hier runter.«

Ronalda öffnete eine der Schreibtischschubladen, in der acht Flaschen Erdbeer-Weinschorle lagen. »Mein Geheimvorrat. Möchtest du eine?«

Sie gab mir eine Flasche; ich schraubte den Deckel ab und gab sie ihr zurück. Sie reichte mir noch eine rüber. Wir tranken jede zwei Weinschorlen, so schnell, wie es die Kohlensäure erlaubte. Sie schmeckten süß und medizinisch zugleich. Wir öffneten jede noch eine dritte Flasche und tranken mit damenhaften kleinen Schlucken weiter.

»Das war gut«, sagte Ronalda.

»Fand ich auch.«

Wir saßen beide auf dem Schreibtisch aus Holz, weil es in

diesem Arbeitszimmer nicht mal einen Stuhl gab. Der Duft unserer Parfüms konkurrierte mit dem Geruch des Alkohols und unserer Körper. Die räumliche Enge war aufregend.

Ronalda fragte: »Darf ich deine Haare anfassen?«

Ich nickte, und sie strich sanft über mein Haar, das mir über die Schulterblätter hing. Ihre Berührung war ganz leicht, als hätte sie Angst, ihm wehzutun.

Ronaldas Haar wuchs auch langsam wieder nach. Es war nun lang genug, dass es geglättet werden und mit Lockenwicklern versehen werden konnte. Es war noch nicht lang genug für einen Pferdeschwanz, aber wenigstens wurde sie nicht mehr Glatzkopf genannt.

»Du hast so schöne Haare«, sagte sie.

»Ich sehe genauso aus wie meine Mutter«, entgegnete ich, damit ich nicht eingebildet wirkte.

»Ich auch«, sagte sie. »Wie aus dem Gesicht geschnitten.«

»Hast du ein Bild von ihr?«

Ronalda schüttelte den Kopf. »Ich habe nichts von zu Hause mitgenommen. Nur eine Papiertüte mit Wechselklamotten und eine Schachtel Binden, aber wenn ich in den Spiegel gucke, ist es, als würde ich meine Mutter sehen. Nur dass ich ein guter Mensch bin.«

Ich drängte sie nicht, aber ich wollte mehr erfahren. Von Marcus hatte ich schon ein paar Geschichten gehört. Seine Mutter war mit Ronaldas Stiefmutter befreundet. Ronalda, sagte die Stiefmutter, habe in Indiana wie eine Wilde gelebt. Völlig unbeaufsichtigt. Sich selbst überlassen.

»Wie ist deine Mutter so?«, fragte Ronalda.

Ich wusste nicht, was ich darauf antworten sollte. Meine Mutter war schwer zu beschreiben. Im Moment war sie bei der Arbeit, maß bei Leuten den Blutdruck, hörte ihr Herz ab. In ein paar Stunden käme sie nach Hause und würde essen machen wie jede normale Mutter. Ich hätte Ronalda fast erzählt, dass meine Mutter eine Superheldin mit einer geheimen Identität war, aber das stimmte eigentlich nicht. Das geheime Ich meiner Mutter war nahezu identisch mit ihrem wirklichen Ich. Man musste schon genau aufpassen, um die Verschiebung zu bemerken.

»Meine Mutter heißt Gwen.« Ich trank noch etwas Weinschorle. Ich empfand ein Spannungsgefühl hinter der Stirn und eine angenehme Leere darunter.

»Mag sie Marcus?«

»Sie kann nicht mögen, wovon sie nichts weiß.« Ich lachte.

»Meine Stiefmutter mag Jerome nicht. Sie findet ihn zu alt für mich, nur weil er bei der Armee ist. Stell dir vor, was sie zu mir gesagt hat: ›Auch wenn du körperlich voll entwickelt bist, heißt das noch lange nicht, dass dein Verstand mithält.‹ Ich hab sie angesehen, als wäre sie völlig verrückt, und dann hat sie mir noch reingedrückt, dass sie Jungfrau gewesen wäre, als sie meinen Vater geheiratet hat. Das hat sie mit so einem kleinen Lächeln gesagt.«

Ich kannte das kleine Lächeln, von dem sie redete. Man sieht es in den Gesichtern von Mädchen, die dazu bestimmt sind, jemandes Frau zu werden. Dieses Jungfrauenlächeln war schon bei Zehntklässlerinnen total nervig, aber bei erwachsenen Frauen war es zum Haareraufen. Das Gute an einer Mutter wie meiner ist, dass sie sich nie aufgeschwungen und von oben herab mit mir geredet hat.

»Weißt du, was ihr Lieblingswort ist? *Unangemessen.* Das einzig Angemessene für mich scheint Babysitten zu sein.«

»Bezahlt sie dich?«

»Ja«, sagte Ronalda. »Ich bekomme Taschengeld. Aber manchmal will ich nicht, dass sie mich bezahlt. Ich möchte einfach jemand sein, der zur Familie gehört, aber ich will auch nicht, dass man mich ausnutzt. Nächste Woche geht meine Stiefmutter mit ihren Nichten in *The Wiz.* Gestern hat sie mich gefragt, ob ich mitkommen möchte. Zuerst habe ich Ja gesagt, aber dann meinte sie, dass sie mir eine extra Karte kaufen müsste und ich vielleicht allein auf dem Rang oder so sitzen würde. Also habe ich gesagt, dass ich nicht mitgehen will, dass ich Theaterstücke nicht mag. Dabei habe ich noch nie eins gesehen.«

Sie sah so unglücklich aus, dass ich sie am liebsten gestreichelt hätte, aber ich wusste nicht, wohin mit meiner Hand. Am Ende streichelte ich mir selbst die Schulter. »Ich kann in ein Stück mit dir gehen, wenn du eins sehen möchtest.«

»Ich will keins sehen«, sagte sie. »Ich will einfach nur auch eingeladen werden.«

»Meine Mutter und ich, wir unternehmen manchmal was zusammen«, sagte ich. »Aber nichts Besonderes.«

Ronalda sah mich an, als könnte sie sich keinen Mutter-Tochter-Ausflug vorstellen, der nicht besonders wäre. Es war, als hätte ich ihr gesagt, ich besäße Geld, aber nicht von der Sorte, die man ausgeben konnte.

»Wirklich«, sagte ich.

Ronalda fasste wieder in mein Haar. »Hast du eine Bürste dabei?«

Ich kniete mich auf den Fliesenboden zwischen ihre Knie, während sie mir vom Schreibtisch aus die Haare bürstete. Seit ich denken kann, wollen Menschen mit meinem Kopf herumspielen. An meinem allerersten Schultag führte die Lehrerin mich ins Lehrerzimmer und löste meine Zöpfchen. Ronalda wollte wissen, ob ich eine empfindliche Kopfhaut hätte. Ich murmelte Nein und legte mein Gesicht an ihren Oberschenkel.

»Verrat mir, was du gerade sagen wolltest«, sagte sie. Die Borsten an meinem Kopf fühlten sich fest und gut an. Ich wusste, dass sie mir vermutlich gerade die Locken rausbürstete, aber ich bat sie nicht, aufzuhören. »Erzähl's mir. Erzähl mir von deiner Mutter.«

Es war, als hätte sie mir die Wahrheit aus dem Kopf gebürstet. »Ich bin unehelich.«

»Willkommen im Club«, sagte Ronalda.

»Nein«, sagte ich. »Es ist schlimmer. Ich bin ein Geheimnis.«

»Oh«, sagte Ronalda. »Du bist ein *außer*eheliches Kind?«

»Ja«, flüsterte ich.

»Kein Problem«, sagte sie. »Das sind viele.«

Ich atmete aus; ich hatte gar nicht gemerkt, dass ich die Luft anhielt. So war es, eine Freundin zu haben, eine Person, die genau wusste, wer man war, und einen nicht dafür verurteilte. Ich verdrehte mich, um sie anzusehen, aber falls ihr bewusst war, dass etwas Wichtiges zwischen uns passierte, ließ sie es sich nicht anmerken.

Ich fragte: »War dein Vater mit deiner Stiefmutter verheiratet, bevor du zur Welt kamst?«

Sie schüttelte den Kopf. »Nein. Sie sind zusammengekommen, als sie beide in Indy wohnten. Er hat sie in der Nacht geschwängert, bevor er zum Studium an der Notre Dame aufgebrochen ist.«

»Wenigstens erkennt er dich an. Ich frage mich manchmal, was mit mir passieren würde, wenn meine Mutter sterben sollte. Ich frage mich, ob mein Vater mich bei sich aufnehmen würde.«

Sie hielt mit dem Bürsten inne. Der Boden unter mir war kalt, aber die Wärme von Ronaldas Oberschenkel drang durch ihre Jeans. Ich hätte gern noch eine süße Weinschorle getrunken, aber ich konnte nicht danach fragen, weil es mir irgendwie die Sprache verschlagen hatte.

»Nicht weinen«, sagte Ronalda. »Ich habe auch ein Geheimnis. Meine Mutter ist nicht wirklich tot. Das erzähle ich den Leuten nur. Sie lebt, sie vernachlässigt mich bloß.« Sie sprach das Wort behutsam aus, als läse sie es in einem offiziellen Dokument. »Der Direktor meiner Schule hat das Jugendamt darüber informiert. Sie hat mich zwei Wochen lang allein gelassen. Als sie weg war, habe ich mir das Bein gebrochen, weil ich mit High Heels rumgelaufen bin, und niemand hat mich von der Schule abgeholt. Der Direktor hat eins und eins zusammengezählt, und ehe ich mich's versah, kam mein Daddy den ganzen Weg nach Indy gefahren und hat mich mit nach Atlanta genommen. Er ist die ganze Nacht gefahren, dabei war der Schnee echt schlimm, schlimm, schlimm.«

»Wo war deine Mama hin?«

»Keine Ahnung. Sie hat sogar ihr Glätteisen mitgenommen. Ich habe sie gefragt, wann sie wiederkommt, und sie meinte: ›Morgen‹, aber ich wusste, dass sie lügt, weil sie auch die Sachen von meinem kleinen Bruder eingepackt hat.

Sie war ganz vernarrt in den kleinen Kerl. Vor seiner Geburt hat sie getrunken, getrunken, getrunken! Sie hat sogar Whisky getrunken, als sie mit mir schwanger war. Ich habe echt Glück, dass ich nicht schiele oder behindert bin oder so was. Aber in Corey hat sie sich bis über beide Ohren verliebt. Sie hat mit dem Trinken aufgehört, sie hat niemanden mehr verprügelt. Sie hat sogar ein paarmal am Sonntag heiße Schokolade gemacht. Vor Corey dachte ich, meine Mama würde einfach keine Kinder mögen, aber als Corey geboren wurde und ich sah, wie verzaubert sie von ihm war, habe ich kapiert, dass sie nicht etwa keine Kinder mochte, sie mochte nur mich nicht.«

»Sie mag dich«, sagte ich. »Sie ist deine Mutter. Von der eigenen Mutter wird jeder gemocht.«

»Kann sein, dass sie mich liebt«, sagte Ronalda. »Ich meine, sie hat für Essen im Kühlschrank und ein Dach über dem Kopf gesorgt. Aber sie hat mich nie gemocht. Meinen kleinen Bruder hingegen, den hätte sie am liebsten aufgefressen. Deshalb hat sie ihn auch mitgenommen, als sie abgehauen ist.«

»So ist es nicht«, erklärte ich ihr. »Du bekommst die gleiche Liebe.«

»Hast du einen Bruder?«, fragte Ronalda.

Ich sagte Nein.

»Einen Bruder zu haben ist das Schlimmste. Wenn deine Mama einen Jungen zu umsorgen hat, dann fällt dir erst auf, zu welcher Art Liebe sie fähig ist. Und wenn du das einmal erlebt hast, wirst du nie darüber hinwegkommen. Dann wirst du den Rest deines Lebens einsam sein.«

Darauf wusste ich keine Antwort. Ich wusste nicht, wie meine Mutter auf einen Jungen in unserem Leben reagieren würde, aber ich wusste, dass mein Vater sich immer einen Sohn gewünscht hatte. James war in unserer Wohnung, als bei Laverne die Wehen einsetzten – sechs Wochen zu früh. Raleigh kam zu uns, und James stand vom Tisch meiner Mutter auf und ließ seinen Rührkuchen halb aufgegessen zurück. Meine Mutter sagt, sie sei neben meinem Stubenwagen auf die Knie gefallen und habe gebetet, dass Laverne keinen Jungen bekäme. »Ich bat den Herrn um eine gesunde Tochter. Das würde nicht zu sehr an seinem Herzen ziehen.«

»Mein Vater hat noch ein Kind, aber ein Mädchen«, sagte ich. »Mit seiner Frau.«

»Da kannst du von Glück reden«, sagte Ronalda. »Und hoffen, dass sie keine weiteren Kinder bekommen. Du willst ja nicht durchmachen, was ich erlebt habe.«

Ich versuchte mir zu sagen, dass sie recht hatte, dass ich Glück gehabt hatte. Aber zweite Wahl bleibt zweite Wahl, egal warum.

Zu Ronalda sagte ich: »Komm, wir trinken noch eine Schorle.«

Sie zog die Schublade auf, und wir nahmen die letzten beiden Flaschen, sodass wir jede auf vier kamen, was ungefähr anderthalb zu viel waren. Das wussten wir schon, als wir das warme, schaumige Getränk in unsere Münder strömen ließen. Wir stolperten aus dem Arbeitszimmer ihrer Stiefmutter in den Hobbyraum. Ronalda sah die Platten ihres Vaters durch und beschloss, Richard Pryor aufzulegen, nur um ihn fluchen zu hören.

»Wie geht's dir?« Ronalda streckte sich auf dem Teppich vor dem unechten Kamin aus.

»Mir ist schlecht.«

»Es bleibt ein Geheimnis, klar?«, sagte sie. »Alles über meine Mutter ist ein Geheimnis.«

»Gilt auch für meine.«

7

TRAU DICH

Meine Mutter musste hart für unseren Lebensunterhalt arbeiten. Wofür niemand etwas konnte. Sogar Frauen, die verheiratet waren, trugen ihren Teil dazu bei, dass die Familie zu essen hatte. Als ich klein war, besuchte sie ein paar Kurse, um Reisekauffrau zu werden, weil sie dachte, dann könnte sie von zu Hause arbeiten, per Telefon, aber irgendwann Mitte der Siebziger kam sie zur Vernunft und belegte Abendkurse am Atlanta Junior College, um Krankenpflegehelferin zu werden. Meistens hatte sie Glück mit ihrem Dienstplan – Schicht von sieben bis drei –, aber manchmal wurde ihr auch die Nachtschicht von elf bis sieben zugeteilt, und an Feiertagen schob sie Doppelschichten. Wenn sie an solchen Tagen morgens nach Hause kam, während ich gerade frühstückte, weichte sie ihre Füße in einer Schüssel mit Salzwasser ein und rieb sich die roten Stellen am Hals, wo das Stethoskop sie gekniffen hatte.

Sie hatte eine gute Stelle mit Vorzügen, die über eine Krankenversicherung samt Zahn- und Augenbehandlung hinausgingen. Mutter hatte jeden Tag Zugang zu Ärzten. Während sie ihnen assistierte und die niederen Aufgaben übernahm, fragte sie sie über ihre Töchter aus. Welche Fächer belegten sie, wo kauften sie ihre Kleidung, und auf welches College würden sie gehen? Gelegentlich unterhielt sie sich auch mit den Ehefrauen der Ärzte und forschte nach Persönlicherem, zum Beispiel ih-

rer Haltung zur Empfängnisverhütung und zum Sexualkunde-
unterricht in der Schule (sie überprüfte ihre Theorie, derzufolge
reiche Leute ihren Töchtern schon mit zwölf die Pille verord-
neten). In ihrer Pause machte sie sich geflissentlich Notizen auf
einem kleinen Block, den sie in ihrem Schrank aufbewahrte.
Anfang der Achtziger arbeitete sie sechs Wochen lang an der
Seite einer Assistenzärztin, die mit einem anderen Arzt verlobt
war. Diese Frau sagte, sie verdanke alles, was sie geworden sei,
Mount Holyoke, einem College in Massachusetts. Meine Mutter drückte auf ihrem Block extra fest auf und unterstrich den
Namen des Bundesstaats. In Klammern notierte sie: *Kennedy
etc.* Eine Ärztin, die einen Arzt heiraten würde! Mutter sprach
von einem »Dreier«, obwohl hier nur zwei vermählt werden
sollten.

Solche Informationen waren die mitunter ungewöhnlichen
Dienstzeiten wert. Als Marcus und ich anfingen, miteinander zu
gehen, arbeitete sie von acht bis vier in einer Kinderarztpraxis
und versorgte dann von halb acht bis Mitternacht Privatpa-
tienten. Es war nur ein vorübergehendes Arrangement für den
November, weil Weihnachten vor der Tür stand. Wenn sie gegen
Viertel nach sechs am Abend aufbrach, frisch und hübsch und
ganz in Weiß, versprach ich ihr, dass ich den Abend mit Übun-
gen für den Zulassungstest am neuen Commodore-Computer
verbringen würde, den sie von ihrem »eigenen Geld« gekauft
hatte. Ich mochte die Formulierung nicht; meine Mutter klang
wie ein Kind, das damit prahlte, was es mit seinem Babysitter-
lohn angestellt hatte. Dabei wollte sie nur sagen, dass dieses Geschenk von ihr kam, ohne dass mein Vater etwas beigesteuert
hatte. Hart verdient mit der Arbeit ihrer geschwollenen Beine
und steifen Finger. Ich benutzte den Computer nicht, aber ich
wusste die Geste zu schätzen, den Gedanken dahinter. Ich hatte
auch nichts gegen das Gerät oder den Zulassungstest fürs College; es war bloß so, dass ich Marcus nur sehen konnte, wenn

meine Mutter arbeitete, und das war abends zwischen halb acht und Mitternacht.

An einem bestimmten Abend wollten Marcus und ich mit ein paar Freunden in Akers Mill ins Kino gehen. Ich gab mir besondere Mühe mit meinen Haaren und meinem Make-up, weil ich wusste, dass Marcus mit mir angeben wollte. Ich genoss es, für alle gut sichtbar an seinem Arm präsentiert zu werden.

Ich sah aus meinem Zimmerfenster und rechnete mit Marcus' zweitürigem Jetta, aber stattdessen entdeckte ich den guten Lincoln, den neueren, der wirklich dunkelblau war, wenn man ihn von Nahem betrachtete. Aufgescheucht schlich ich ins Wohnzimmer und sah durchs Panoramafenster James auf der Beifahrerseite aussteigen. Raleigh saß am Steuer. Ich kann mich noch genau an die wenigen Begegnungen erinnern, da ich mit meinem Vater allein zu Hause war. Wenn meine Mutter nicht da war, brachte er immer Raleigh mit, als wäre ich die Tochter eines anderen und er müsste deutlich machen, dass nichts Ungebührliches vor sich ging.

James und Raleigh kamen den Gehweg zu unserer Wohnung hinauf. Es klingelte, und ich wusste, dass Raleigh geläutet haben musste, weil James gern seinen Schlüssel verwendete.

»Wer ist da?«, flötete ich.

»Raleigh. Und James.«

Ich entriegelte das Sicherheitsschloss und löste die Kette. Vom Türrahmen eingefasst wirkten sie wie ein Comedy-Duo. Mein Vater war kleiner als Raleigh, sah aber cool aus. Er hatte seine Mütze Detroit-mäßig etwas zur Seite gedreht, was mir verriet, dass sie auf einen Drink im Carousel gewesen waren. Nicht dass sie wankten, aber für einen kleinen Schwips hatte es gelangt. Raleigh war ganz rot im Gesicht. Wenn er trank, verschenkte er sein Herz an jeden in einem Umkreis von drei Meilen. Während James beim Blick ins Glas nur tiefer in seiner jeweiligen Stimmung versank. Ich wusste nicht, wie es ihm ging, als er im Carousel aufgeschlagen war, deswegen hatte ich auch keine Ahnung, was ihn beschäftigte, als er von dort wieder aufbrach.

Ich stand in der Tür und hoffte, dass sie nur gekommen waren, um etwas vorbeizubringen. »Hi«, sagte ich.

»Was ist los?«, fragte Raleigh lachend. »Willst du uns nicht reinbitten? Warum versperrst du uns den Weg?« Er stieß meinen Vater kichernd an, aber James stimmte nicht mit ein.

»Kommt rein«, sagte ich, hoffentlich so gelassen wie meine Mutter, und trat zur Seite. Sie hatte ein echtes Händchen dafür, ihnen das Gefühl zu geben, besondere Gäste und alte Freunde zugleich zu sein. Meinen Vater begrüßte sie immer mit einem flüchtigen Kuss auf die Lippen. Bei Raleigh stellte sie sich auf die Zehenspitzen und schlang die Arme um seinen schlanken Hals. Und ich stand einfach nur dabei. Wenn ich allein war, wie jetzt, wusste ich nie so recht, was ich machen sollte. Ohne meine Mutter war ich so unnütz wie ein einzelner Schuh.

»Möchtet ihr etwas trinken?«

»Was hast du denn da?«, fragte James.

Ich machte den Kühlschrank weit auf. Meine Mutter war gerade erst einkaufen gewesen, und ich war stolz auf die beiden vollen Gemüseschubladen, die zwei Dutzend Eier in ihrem Fach und die Saftflaschen. »Wir haben Cola light.«

James verzog das Gesicht.

»Gurkenwasser?« Das war das Gebräu meiner Mutter; eine Arztgattin hatte ihr erzählt, dass es in Spas gereicht wurde.

»Eiswasser genügt«, sagte Raleigh.

»Setzt euch ruhig ins Wohnzimmer«, sagte ich. »Ich bringe es gleich.«

James machte sich auf den Weg, aber Raleigh blickte sich noch einmal um.

»Meine Mutter ist nicht da«, sagte ich.

Er nickte ein bisschen enttäuscht und folgte meinem Vater.

Sowohl James als auch Raleigh fühlten sich in Gesellschaft meiner Mutter wohler als mit mir, und ich konnte es ihnen nicht verdenken. Sie gehörten zu ihr. Eigentlich wir alle.

Im Sommer feierten wir zu viert kleine Partys auf unserer Terrasse. Weil sie wusste, dass die Nachbarn sich niemals beschwerten, wenn James' wachsglänzender Wagen vor der Tür stand, drehte meine Mutter die Stereoanlage im Wohnzimmer auf, sodass die Stimmen von Harold Melvin and the Blue Notes durch die verstaubte Fliegengittertür schwebten und sich mit James' Zigarettenrauch mischten, der die Mücken fernhielt. Meine Mutter versuchte in der Regel zuerst, James zum Tanzen zu bewegen, obwohl sie wusste, dass er es nicht tun würde. Sie wirbelte ein bisschen herum, schüttelte ihre hübschen Schultern und traumhaften Haare und rief seinen Namen, bis James zu Raleigh sagte: »Tanz du mit dieser wunderschönen Frau.«

Meine Aufgabe war es, dafür zu sorgen, dass immer genug Eis in den Gläsern war, und die Gin Tonics zu mischen. Mit einem Gemüsemesser schnitt ich perfekte Limettenspiralen. Wenn ich sie in das Glas meines Vaters fallen ließ, küsste er mir die Finger.

Während meine Mutter mit Raleigh tanzte, behielt sie meinen Vater fest im Blick. Wenn Raleigh sie an der Hüfte fasste, ließ sie, die Haare voran, ihren Oberkörper nach hinten fallen und lachte, um sich kurz darauf wieder aufzurichten. Sie und ich, wir hatten das gleiche Haar, aber als Kind hatte ich noch nicht gelernt, wie ich es für mich einsetzen konnte. Sobald die Musik verklang, ließ Raleigh meine Mutter los, und seine Arme fielen zur Seite. Ich achtete genau auf diesen Moment, damit ich sofort zur Stelle war und seine leere Hand mit einem eisigen Glas versorgen konnte.

Dann verließ Mutter die Tanzfläche – nur eine schmale Stelle zwischen dem rostigen Geländer und den Terrassenmöbeln aus Drahtgeflecht –, setzte sich auf James' Schoß und schlang die Arme um seinen Hals. Raleigh ließ sich meistens einfach dort auf den Betonboden sinken, wo er gerade getanzt hatte, und lehnte sich ans Geländer, ohne sich Gedanken über Rostflecken zu machen. Ich setzte mich daneben und lehnte den Kopf an ihn. Meine Mutter nahm einen großen Schluck von James' Gin Tonic, blickte über den Glasrand und sagte:»Raleigh, von außen bist du vielleicht weiß, aber sobald Musik erklingt, bist du zu hundert Prozent amerikanischer Negro.«

Dann wurde Raleigh so rot wie die glänzenden Zehennägel meiner Mutter, und ich fragte mich, wie es wohl war, in solch verräterischer Haut zu stecken.

Der letzte Song gebührte immer Bobby Caldwell. Wenn er sang:»Makes me do for love what I would not do«, schloss meine Mutter die Augen, und James berührte ihre Lider. An diesen Sommerabenden lebten meine Eltern in einem Raum ganz für sich allein und atmeten nur die Luft des anderen. Ich saß neben Raleigh und atmete normal, und er saß so reglos da, als holte er überhaupt keine Luft.

Aber an dem Abend, als mein Vater vorbeikam, um mit mir über das Leben zu reden, war meine Mutter nicht zu Hause, und deshalb saß Raleigh auf dem Kunstledersofa, trank Wasser und spielte mit seiner Kleinbildkamera herum, die an einem roten Gurt um seinen Hals hing. Das war noch bevor er Ernst machte, als James ihn noch zum Fotografieren ermunterte, weil es eine gute Ergänzung zum Limousinen-Geschäft darstellte. Sie konnten Brautpaaren ein Paket anbieten: Fotos und Fahrservice.

»Kann ich euch noch was bringen?«, fragte ich und hoffte, dass James sein Eiswasser austrinken und gehen würde, bevor Marcus mich abholen kam.

»Nein«, sagte er. »Es sei denn, du möchtest was.«

»Nein«, sagte ich. »Ich brauche nichts. Was ist mit dir, Raleigh? Möchtest du was?«

»Ich möchte ein Stativ.«

»Tut mir leid«, sagte ich. »Heute nicht im Angebot.«

Mein Vater sagte: »Setz dich einfach. Ich will mit dir reden. Dir macht es doch nichts aus, wenn der alte Raleigh dabei ist, oder?«

»Stimmt irgendwas nicht?«

Ich kann nicht mit Gewissheit sagen, ob das Gespräch, das folgte, von dem kleinen Kreis nackter Haut unterhalb meiner Schlüsselbeine ausgelöst wurde oder ob James extra gekommen war, um mir die Vorzüge der Keuschheit nahezubringen, aber er bat mich wieder, mich zu setzen. Was ich tat, mit einem Blick auf die Uhr und beschleunigtem Puls.

»Sir?«, fragte ich.

»Nenn mich nicht Sir. Ich komme mir vor wie ein Aufseher, wenn du mich Sir nennst.«

Raleigh kicherte. »Mich kannst du immer Sir nennen.«

»Willst du noch irgendwohin?«, fragte James mich.

Ich wusste, dass Lügen zwecklos war. Das Make-up hätte ich noch erklären können, aber nicht die Bluse mit dem freizügigen Ausschnitt. Ich zuckte mit den Achseln. »Eigentlich schon.«

»Mit wem?«

»Mit ein paar Leuten, die ich kenne. Die ein Auto haben.«

»Weiß deine Mama davon?«

»Ja«, sagte ich.

»Würdest du mich anlügen, Dana?«, fragte James.

»Nein, Sir«, sagte ich mit besonderer Betonung des letzten Worts.

»Jim-Bo, entspann dich«, sagte Raleigh. Und zu mir: »Wir hatten schon ein paar Drinks. Schenk uns was von diesem Gurkenwasser ein, was zum Teufel das auch sein mag. Da ist kein Alkohol drin, oder?«

»Nein«, sagte ich. »Es ist hauptsächlich Wasser.«

»Genau das Richtige«, sagte Raleigh.

Ich sprang von meinem Sessel, nur um meinem Vater zu entkommen, der auf meinen Ausschnitt starrte, als hätte er gerade erst gemerkt, dass ich ein Teenager geworden war. Meinen Busen hatte ich jetzt seit fünf Jahren und meine Periode seit vier. Die Scham, die ich empfand, als sich die ersten Veränderungen zeigten und ich bis weit in den Frühling einen Pulli getragen hatte, um die BH-Träger zu verstecken, lag schon lange hinter mir. Mittlerweile knallte ich meine Tamponschachteln zusammen mit den Kaugummis und dem Nagellackentferner lässig auf den Drogerietresen. Aber vor den Augen meines Vaters wurde ich an diesem Abend wieder schüchtern und kam mir unanständig vor.

»Setz dich«, sagte James. »Wir brauchen kein Gurkenwasser. Was wir brauchen, ist eine Unterhaltung. Raleigh, du hast Augen im K-Kopf. Was wir t-t-tun müssen, ist, uns h-h-hinsetzen und reden.«

Als ich mich wieder setzte, täuschte ich ein Husten vor, damit ich mir auf die Brust klopfen und den Blusenausschnitt bedecken konnte.

»Du hast ein Date«, sagte James. »Lüg mich nicht an.« Seine Stimme wurde ärgerlich. Ich sah zu Raleigh, der sich eine Zeitschrift vom Sofatisch nahm und auf die Seiten starrte.

»Es ist kein richtiges Date«, sagte ich.

»Irgendwas wird es schon sein«, blaffte James zurück. »Seit wann trägst du so viel Make-up?«

Ehrlich gesagt benutzte ich Fashion Fair, seit Ronalda und ich dahintergekommen waren, wie man die Tester vom Tresen bei Rich's klauen konnte. Die Lidschatten waren am Display befestigt, aber man konnte ungestraft mit dem Lippenstift und dem Rouge davonkommen, wenn man es richtig anstellte.

James fuhr fort: »Sieh dich nur an.«

Ich erwiderte nichts. Ich ermahnte mich, ruhig zu bleiben, weil er bald anfangen würde zu stottern, weil das Gespräch, das er so dringend führen wollte, nie zustande käme.

»Wo hast du überhaupt d-d-dieses Oberteil gekauft? D-d-d-du platzt d-d-da gleich raus.«

»Ich wollte eine Jacke überziehen«, sagte ich.

»Sie wird langsam erwachsen«, sagte Raleigh. »Beide Mädchen werden langsam erwachsen.«

James schüttelte Raleighs Hand von seiner Schulter. »Das sagt sich so leicht. Es sind ja nicht deine Töchter.«

Ich blickte zu James hoch. Hatte er mich und Chaurisse jemals im gleichen Atemzug genannt? Es klang, als wären wir normale Schwestern, die ihren Daddy in den Wahnsinn treiben, wie die hellhäutigen Töchter in der *Cosby Show*.

»Dana«, sagte James. »Ich weiß, deine Mama hat schon mit dir darüber geredet.« Er sah mich forschend an, also nickte ich ein bisschen und grinste dümmlich. »Du bist ein gutes Mädchen. Ich weiß, dass du ein gutes Mädchen bist. Ich liebe dich, klar? Und dein Onkel Raleigh liebt dich auch. Oder, Raleigh?«

»Natürlich, Jimmy«, sagte er. »Wir lieben dich beide, Dana.« Er hob die Kamera ans Gesicht und schoss ein Bild von mir.

»Ich liebe dich auch«, sagte ich. »Daddy.« Mutig wiederholte ich den ganzen Satz. »Ich liebe dich auch, Daddy.« Das Wort schmeckte ein bisschen scharf, wie Milch kurz vorm Sauerwerden, trotzdem hätte ich es am liebsten wieder und wieder gesagt.

Raleigh drückte noch mal auf den Auslöser, und es war wie am vierten Juli. Ich blinzelte im lila Blitzlicht; die Flecken vor meinen Augen tanzten wie die kleinen Comic-Herzchen, die Popeyes Kopf umschwirren, wenn er Olivia ansieht. Mein Vater liebte mich. Er hatte es gesagt, gleich hier, und zwar nicht, um meiner Mutter zu gefallen, sondern nur, weil er es sagen wollte.

Mein Vater leckte seinen Daumen an und fasste in Richtung meiner Wange. Ein Teil von mir wusste, dass er mir mit seinem feuchten Finger nur etwas aus dem Gesicht wischen wollte, dass er vermutlich nur auf mein Schoko-Himbeer-Rouge abzielte. Mental verstand ich es, aber mein Körper zuckte. Meine Schulter hob sich, um mein Gesicht zu schützen.

Ich hätte mittlerweile darüber hinweg sein sollen, aber ich schreckte zurück, so wie ich es jedes Mal tat, wenn Marcus eine Hand erhob, und sei es nur, um das Licht auszuschalten, damit es intimer wurde. »Hab keine Angst vor mir«, hatte er erst am Tag zuvor gesagt, als ich in Deckung gegangen war, obwohl er nur die Innenraumbeleuchtung im Auto verstellen wollte. Ich sagte, ich hätte keine Angst. Ich wollte nicht alles noch mal von vorn durchkauen. Es passierte ja nicht ständig, und wenn es passierte, dann, weil Leute getrunken hatten.

Dass ich vor James so zurückzuckte, beschämte mich genauso wie der Ausschnitt meiner Bluse. Eine solche Aversion gegen Berührungen war doch nicht normal. Marcus hatte mir zu verstehen gegeben, dass andere Mädchen sich nicht so aufführten, was die Sache nur schlimmer machte. Das Zurückzucken war mittlerweile mehr als ein Reflex; es war ein Stottern des Körpers.

Ich ließ den Kopf hängen und sagte: »Ich ziehe mich um, bevor ich gehe. Ich hatte sowieso nicht vor, so loszugehen.« Ich stand auf und sah diskret zur Uhr, weil ich nicht verraten wollte, wie nervös ich war.

»Setz dich wieder hin«, sagte James. »Setz dich. Wann kommt er dich abholen? Ich will ihn kennenlernen.«

»Niemand kommt mich abholen«, sagte ich. »Ich treffe die anderen bei ihnen zu Hause. Es ist kein Date. Ich gehe mit mehreren Leuten aus.«

»Also trägst du dieses Oberteil, aus dem alles raushängt, um mal zu sehen, wer dir ins Netz geht?«

»Oh, Jimmy«, sagte Raleigh. »So mit ihr zu reden ist nicht fair.«

»Und ob das fair ist«, sagte James. »Mit Chaurisse würde ich genauso reden. Ich bin fair. Ausgewogen. Immer fifty-fifty.«

»So habe ich es nicht gemeint.«

»Misch dich nicht ein«, sagte James. »Ich versuche mit meiner Tochter zu reden. Das ist meine Pflicht.«

Ich fasste mir an die Ohrläppchen, brachte meine Ohrringe zum Schaukeln. Die Mutter meiner Mutter hatte sie ihr zur Geburt geschenkt, und meine Mutter hatte sie mir zur Geburt geschenkt. Ich sollte sie meiner Tochter vermachen. Ich hatte gefragt, was passieren würde, wenn ich keine Tochter bekäme, vielleicht nur einen Sohn oder gar keine Kinder. »In dem Fall«, sagte meine Mutter, »darfst du sie behalten und in deinem Sarg tragen.«

James leckte seinen Finger noch einmal an und zielte auf meinen Augenbrauenbogen. Wieder zuckte ich zurück.

»Dana?«, fragte Raleigh. »Was ist los?«

»Nichts«, sagte ich. »Nichts. Nur ein Reflex. Nichts.« Ich wiederholte das letzte Wort, unfähig, aufzuhören.

»Dana«, sagte Raleigh erneut.

»Hast du Angst vor mir?«, fragte James.

»Nein«, sagte ich. »Ganz bestimmt nicht.«

»Doch«, sagte James sanft. »Du hast Angst vor mir. Ich war dir immer ein guter Vater. Du hast keinen Grund, solche Angst vor mir zu haben.«

»Ich habe keine Angst«, sagte ich flehentlich. Ich wusste, dass man dieses Gefühl Déjà-vu nannte. »Ich habe keine Angst«, hatte ich zu Marcus in der Dunkelheit des elterlichen Schlafzimmers gesagt. »Habe ich nicht«, hatte ich gesagt, meine zitternden Hände zu Fäusten geballt und unter meine Oberschenkel geschoben.

Das war gerade zwei Wochen her. Ich hatte den 66er-Bus durch den Lynhurst Drive genommen, um zu Marcus zu fahren. Als der Bus direkt am Haus meines Vaters mit den Backsteinen in der Farbe von Orangensorbet vorbeifuhr, öffnete ich den Mund und schnappte nach Luft. Die Hausnummer war in kursiven Lettern ausgeschrieben, Sieben Neunundddreißig, statt in Ziffern wie bei normalen Leuten. Im Garten steckte ein Schild mit der Aufschrift *Chaurisse's Pink Fox*. Nach der West-Manor-Grundschu-

le zog ich am Halteband, und der Fahrer ließ mich raus. Marcus'
Eltern, die ich noch nie gesehen hatte, waren bei einem Bridge-
turnier. Das Haus war voller Kids, manche von anderen Schulen.
Auf der Suche nach Marcus ging ich in sein Zimmer, fand dort
aber nur Angie, ein wildes Mädchen, das sogar zur Schule Tops
mit Schlüssellochausschnitt trug. Sie lag auf seinem Bett, telefo-
nierte und betrachtete dabei das Jayne-Kennedy-Poster an der
Decke. Wenn ich auf Marcus' Bett lag, verschloss ich immer die
Augen vor der schönen Frau, die sich über mir rekelte.

Als ich ins Wohnzimmer zurückkam, entdeckte ich Ronalda,
die mich fragte, ob etwas nicht in Ordnung sei.

»Angie ist in seinem Zimmer.«

Sie korrigierte den Eyeliner mit dem Finger und runzelte die
Stirn. »Willst du gehen?«

»Ich weiß nicht«, sagte ich.

Ronalda seufzte schwer, als hätte sie schon alles erlebt. »Weißt
du, was meine Mama immer sagt? ›Dein Stolz oder dein Kerl.
Beides geht nicht.‹«

Die Jungs kamen vom Garten rein, wo sie den Grill angewor-
fen hatten.

»Die Kohlen glühen«, sagte Marcus. Er roch gefährlich, nach
Feuerzeugbenzin.

»Hi, Marcus«, sagte ich und winkte. Vielleicht klang ich zu eifrig, denn er verspannte sich.

»Bild dir bloß nichts ein«, sagte er. »So ernst ist es nicht, Baby.«

Alle außer Ronalda lachten.

Ich hatte wohl verletzt ausgesehen, denn Marcus näherte sich
mir von hinten, berührte mich an der Hüfte und sagte mir Hallo
ins Haar. Er begrüßte mich so, wie mein Vater meine Mutter begrüßte, nur dass wir es vor anderen Leuten taten. »Du siehst gut
aus«, sagte er und drückte sich an meinen Rücken. Ich wollte
mit ihm verschmelzen, aber das Gelächter seiner Freunde hing
noch im Raum.

»Es war nur Spaß«, sagte er sanft, die Worte immer noch an meine Kopfhaut gerichtet. »Nur Spaß. Warum musst du immer alles so ernst nehmen?«

»Ich bin nicht sauer«, sagte ich.

»Es war einfach nicht lustig«, sagte Ronalda laut vom Sofa.

Jetzt lachten seine Freunde ihn aus, obwohl Ronalda gar keinen Witz gemacht hatte.

»Glatzköpfige Schlampe«, sagte Marcus, aber falls Ronalda ihn gehört hatte, ließ sie es sich nicht anmerken.

Es war nicht wie im Fernsehen. Es war nicht wie in *Das brennende Bett*. Ich würde eigentlich nicht mal von Gewalt sprechen. Manchmal war es eher ein Schubsen und vielleicht ein bisschen Schütteln. Ja, es gab Ohrfeigen, aber bei Ohrfeigen ist eigentlich das Geräusch das Schockierendste. Es machte mir Angst, das war alles. Und ich hätte ihn nicht nach Angie fragen sollen. Die beiden kannten sich schon ewig. Sie besuchten die gleiche Kirche. Ihre Häuser hatten den gleichen Grundriss. Als Babys wurden sie zusammen gebadet. Ich musste lernen, Menschen zu vertrauen.

Meine Mutter sagt, man muss sofort gehen, wenn man von einem Mann geschlagen wird. Aber die Wirklichkeit sah anders aus – mein Vater hatte meiner Mutter quer übers Gesicht geschlagen, als ich sechs Monate alt war. Sie war aus dem Zimmer gestolpert, und er hatte vor meinem Bettchen gesessen und geweint. Sie sagt, das wäre das erste und einzige Mal gewesen. Es kommt also vor. Aber das kann man natürlich nicht rumerzählen.

Ich ging in die Küche, um mir ein Glas Gurkenwasser einzuschenken. James und Raleigh folgten mir wie Leibwächter. Der Uhr an der Mikrowelle zufolge war Marcus schon zehn Minuten zu spät; dieses eine Mal war ich dankbar dafür, dass er seine Versprechen selten einhielt. Es war nicht ausgeschlossen, dass er gar nicht auftauchte. Er hatte viele Freunde und Verpflichtungen und immer was zu tun. So war es einfach. Die Liebe zeigte sich nicht immer, wie man es von ihr erwarten würde.

»Also, wer ist dein Freund?«, wollte mein Vater wissen. Er wandte sich an Raleigh. »Sie ist zu jung, um so spät noch auszugehen, oder?«

Raleigh nahm seine Kamera und richtete sie auf das Gesicht meines Vaters. Als James seine Frage noch mal wiederholte, hörte ich den Auslöser klicken. Raleigh richtete die Kamera auf mich, und unwillkürlich stand ich gerader, verbesserte meine Haltung.

»Nicht in der Aufmachung, Raleigh. Fotografier sie nicht«, sagte James. »Was fällt dir denn ein?«

Raleigh ließ die Kamera sinken.

Ich sagte: »Ich habe doch gar nicht behauptet, dass ich einen Freund habe.« Die Lüge erinnerte mich an Marcus' Worte am Abend der Grillparty. *So ernst ist es nicht, Baby.* Beim Gedanken daran kribbelte mein linker Arm. Es war nicht richtig von Marcus, so mit mir zu reden, nicht vor anderen Leuten, aber ich wusste, dass mein Vater ein Mann war, den nur interessieren würde, was Marcus mit mir machte, was ich mit ihm machte oder was wir miteinander machten. James stand vor mir, und seine Faust pulsierte wie ein menschliches Herz. Er wollte irgendwas schlagen. Ich trat einen Schritt zurück.

»Was?«, fragte James.

»Nichts«, sagte ich.

James ging wieder ins Wohnzimmer und setzte sich aufs Sofa, sodass die Kissen seufzten. »Wo ist deine Mama?«, fragte er. »Warum hat mir Gwen nichts von diesem Freund erzählt?«

Ich gab keine Antwort; das Zimmer war still bis auf das Knacken von Raleighs Fingerknöcheln. Auch er hätte gern seine Hände benutzt. Ich spürte, dass er seine Kamera am liebsten erneut auf James gerichtet hätte. Mein Vater saß vorgebeugt auf dem Sofa wie ein trauernder Bär. »Ich dachte, dass deine Mutter dich ein bisschen besser erzogen hätte.«

»Lass meine Mutter da raus«, sagte ich.

»Er hat gar nichts über Gwen gesagt«, sagte Raleigh. »Dana, komm runter.«

»Meine Mutter ist bei der Arbeit. Nicht jeder hat einen Schönheitssalon im eigenen Haus. Nicht jeder kann einen Fuchspelzmantel tragen. Manche Menschen müssen arbeiten.«

Solche Sprüche ließ meine Mutter manchmal spätabends los, wenn wir allein zu Hause waren und sie etwas trank. Ich wählte den Ton, den sie im besten Moment des Abends anschlug, wenn sie Simon and Garfunkel auflegte und »Sail on, silver girl« sang, bis ihre Stimme hart und rau wurde. So klang sie, bevor sie anfing zu weinen.

»Sie ist eine gute Mutter.«

Raleigh murmelte: »Das wissen wir.«

»Jetzt lenk nicht ab«, sagte James. »Wer ist dein Freund? Wie alt ist er?« Er fing an, mit schweren Schritten im Wohnzimmer auf und ab zu gehen, sodass die Bilderrahmen an den Wänden klirrten. Raleighs Finger flatterten immer noch über das Kameragehäuse, und ich sah zur Uhr, unsicher, ob Marcus überhaupt noch kommen würde, und unsicher, ob ich es noch wollte.

James drehte sich zu mir. »W-w-w-ie …«

Ich wartete.

Er versuchte es wieder. »I-i-ich w-will wissen …«

James rollte die Lippen ein und atmete durch die Nase. Tiefe Atemzüge ließen den Brustkorb unter seinem Baumwollhemd anschwellen. »Der Name. Den k-k-k…«

Ich beugte mich etwas vor. Er würde was machen? Sich Marcus vorknöpfen? Ihn killen? Ein kleines Lächeln zupfte an meinem Mund.

Die Worte brachen sich mit einem Armschwinger Bahn, und ich duckte mich weg.

»Den mach ich platt«, sagte mein Vater. »Den mach ich platt. Wie heißt er?«

»Marcus McCready«, sagte ich, und die Miene meines Vaters veränderte sich.

»Ich kenne seinen Vater«, sagte James.

»Der Steuertyp«, sagte Raleigh.

James setzte sich wieder aufs Sofa. »Verdammt noch mal. Wie alt ist der? Ist er nicht schon fertig mit der Highschool?«

»Er ist nicht sitzen geblieben«, sagte ich. »Er ist nur spät eingeschult worden.«

Raleigh sagte: »War der nicht irgendwie in Schwierigkeiten?«

»Geht er ans College?«, fragte James mich so, als wüsste er die Antwort schon.

»Er will ein Jahr Pause machen«, sagte ich. »Er will arbeiten und ein bisschen was ansparen.«

Raleigh tätschelte James' Arm. »Dana, Marcus ist einer, der nicht mal den Namen der eigenen Tochter kennen sollte, geschweige denn ...« Er sah auf meinen Ausschnitt. »Geschweige denn irgendetwas anderes.«

»Er ist ein Loser, Kleines«, sagte James. »Ein Perverser. Er ist von irgendeiner Privatschule geflogen.«

»Irgendwas in der Art«, sagte Raleigh.

Jetzt pulsierten meine Hände wie mein Herz. »Er ist auf dem Weg hierher.«

»Den mach ich platt«, sagte mein Vater wieder, aber seine Stimme klang nicht mehr so entschlossen. Seine Hände waren nicht bereit.

»Nein, das wirst du nicht.«

»Den mach ich platt.«

»Und als wer oder was wirst du dich ihm vorstellen?«, fragte ich. »Als Nachbarschaftswache?«

»Pass auf, was du sagst«, sagte James.

Raleigh sah aus dem Fenster. »Fährt er einen roten Jetta?«

Mein Vater antwortete für mich. »Ja, das ist sein Wagen. Ich habe seinem Daddy geholfen, ihn auszusuchen.«

Wir hörten die Hupe. Sie hatte einen komischen Klang. Ausländische Autos waren noch ungewohnt.

»Er hupt einfach so nach dir?«, fragte James.

Ich zuckte mit den Achseln. »Macht doch nichts.«

»Du wirst dieses Haus nicht verlassen«, sagte mein Vater. »Kein Scherz, Dana.«

Ich griff nach meinem Schlüsselbund mit der lila Hasenpfote.

»Leg die Schlüssel wieder hin.«

Marcus drückte noch mal auf die Hupe. Zwei Mal.

Ich nahm die Schlüssel vom Sofatisch. »Er ist ein netter Kerl.«

Mein Vater folgte mir, als ich zur Wohnungstür ging.

»Pass auf«, sagte ich, »sonst sieht er dich noch.«

Mein Vater blieb wie angewurzelt stehen. Ich hielt mich länger im Eingangsflur auf als nötig und wartete darauf, dass er wie ein Superheld vorschnellte. Ich zog meine Bluse zurecht. Ich fuhr mir mit den Fingern durchs Haar und betrachtete mich kritisch im ovalen Spiegel. So machte meine Mutter es immer, bevor sie aus dem Haus ging. Ich presste mehrmals die Lippen aufeinander und wischte mir mit dem kleinen Finger eventuell verschmierten Eyeliner weg.

»Ich gehe jetzt«, sagte ich zu meinem Vater. »Schließ bitte hinter dir ab.«

»Dana«, sagte mein Vater, »geh nicht durch diese Tür.«

»Tschüss«, sagte ich. Ich öffnete die Tür und ging nach draußen, ohne hinter mir zuzumachen. Ich hoffte, die Schritte meines Vaters hinter mir zu hören, aber vom Haus kam kein Geräusch, als ich die Auffahrt mit dem rissigen Beton entlangging, wo Marcus in seinem Jetta wartete. Auf dem Rücksitz schienen sich vier andere Leute zu drängen, aber der Beifahrersitz neben Marcus war frei, reserviert für mich. Ich war sein Mädchen, und heute Abend war ihm egal, wer es mitbekam. Ich sah noch einmal zum Hauseingang und machte im Schatten das Gesicht meines Vaters aus. Seinen Ausdruck konnte ich nicht erkennen, aber mir war klar, dass er meinen erkennen konnte. Ich wusste, dass er das Feuer in meiner Miene sah, den herausfordernden Blick.

Rette mich, James. Trau dich.

8

FEIGENBLATT

Am Anfang meines vorletzten Highschooljahres entschloss Marcus sich, ohne viel Aufhebens und ohne dass wir uns im Bösen getrennt hätten, seinen Schulring einem Mädchen mit vier Namen zu schenken: Ruth Nicole Elizabeth Grant. Sie hatte langes Haar wie ich, es war nur nicht so voll. Ihre Haut war wie teures Porzellan, blass und so durchscheinend, dass man ein Netz aus lavendelfarbenen Adern in ihren Lidern erkennen konnte. Ich hätte den Ring überall wiedererkannt – den Granat mit den Diamanten von je einem Achtel Karat links und rechts. Ich hatte gerade Englisch, als mein Blick auf Ruth Nicole Elizabeths an sich schon beeindruckende Kette mit den dicken Kugeln fiel, die nun in der Mitte von dem Goldklumpen, der Marcus' Ring war, hinuntergezogen wurde. Ich war so außer mir, dass ich Ronalda anflehte, die dritte Stunde zu schwänzen, damit ich mich in der kühlen Geborgenheit ihres Kellers wieder beruhigen konnte. Sobald wir dort waren, fing ich an, Marcus' Haus durch die Eckfensterjalousie im Arbeitszimmer von Ronaldas Stiefmutter zu beobachten.

»Mach dir keinen Kopf«, sagte Ronalda. »Willst du mit mir zur FortMcPherson-Basis kommen? Da gibt's reichlich Typen.«

»Nein.«

»Du willst einfach auf ihn warten?«

»Er hat sicher eine Erklärung. Liebe ist kompliziert.«

»Tja«, sagte Ronalda mitfühlend, »da wär noch was, was meine Mama immer gesagt hat: ›Du magst, wen du magst, das lässt sich nicht ändern.‹«

Am nächsten Tag entdeckte ich Marcus auf dem Schülerparkplatz. Bei Unterrichtsschluss war er immer da, obwohl er angeblich von neun bis fünf bei seinem Vater arbeitete. Ich hatte mich vor dem letzten Klingeln hinausgeschlichen, damit ich mit ihm reden konnte, bevor all die Kids ausschwärmten und die Jüngeren ihm die Hand schüttelten, als wäre er der Präsident. Ohne den riesigen Ring wirkte sein Mittelfinger ganz nackt. Ich hatte ihn einmal anprobieren dürfen, aber er hatte mir nicht erlaubt, ihn zu behalten, obwohl ich versprochen hatte, ihn nie zur Schule zu tragen. Er hatte behauptet, das wäre zu gefährlich. »Belastendes Material«, nannte er ihn. Es war in Ordnung, dass seine Freunde von uns wussten, aber in der Schule und vor Erwachsenen musste er vorsichtiger sein. Das klang plausibel, aber Ruth Nicole war sogar noch jünger als ich. Wenn ich Lolita war, war sie Lolita hoch drei.

Als ich ihm das erklärte, bat Marcus mich, leiser zu sprechen und mich zu beruhigen. Wollte ich ihn ins Gefängnis bringen? Er sagte, ich solle mir keine Sorgen machen. Ruth Nicoles Familie kannte seine Familie. Er strich mir über den Arm und sprach so sanft, dass alles, was er sagte, nach Liebe klang. »Warum ist dir der Ring so wichtig? Er hat keine Bedeutung.«

Ich hätte wütend sein und mit ihm Schluss machen sollen, ich weiß. Ronalda, die einmal mehr ihre weise Mutter zitierte, sagte: »Du musst dich entscheiden, ob ein halber Nigger besser ist als gar keiner.«

»Nenn ihn nicht so.«

»Dich hat's voll erwischt.«

Im Untergeschoss durchwühlten wir die Schreibtischschublade von Ronaldas Vater und fanden ein Fünf-Dollar-Tütchen Gras. Es war nicht die beste Qualität, vor allem Samen, aber wir nahmen genug, um einen schmalen Joint zu drehen, den wir uns im Zimmer ihrer Stiefmutter genehmigten, nachdem wir die Tür unten mit einem Handtuch abgedichtet hatten. Ronalda nahm gierige Züge, um schnell high zu werden. Außer uns war niemand zu Hause, aber sie hatte große Angst, dass wir auffliegen könnten.

»Wenn die mich erwischen«, sagte sie, »dann war's das. Dann schicken sie mich zurück nach Indiana.«

»Wie können die sich aufregen? Du hast es aus der Schublade deines Vaters.«

»Es ist sein Haus; er kann tun und lassen, was er will.«

»Na gut«, sagte ich und nahm das glühende Röllchen. Ich steckte es in den Mund; es war feucht von ihren Lippen. »Ich mach schnell.«

Sie nahm den Joint wieder entgegen und zog kräftig daran. »Ich geb dir einen Shotgun.« Ich hielt mein Gesicht vor ihres, und sie blies mir den Rauch direkt in den Mund.

»Es ist nicht so, dass ich nicht nach Hause möchte«, sagte Ronalda.

»Zu Besuch, oder?«

»Ich meine, ich hätte nichts dagegen, zurückzugehen. Du weißt, dass ich hier nicht reinpasse.«

»Natürlich tust du das.«

»Jetzt spinn nicht rum«, sagte Ronalda. »Ich meine bloß, ich hätte nichts dagegen, zurückzugehen. Ich will nur nicht zurück-ge*schickt* werden.«

»Das ist doch das Gleiche«, sagte ich. »Weg ist weg.«

»Nein, ist es nicht.« Sie nahm den Jointstummel mit den Fingernägeln und zündete ihn neu an. Dann hielt sie ihn mir an die Lippen.

»Du bist dran.«

Ich zog kräftig daran, versuchte, genug für uns beide einzusaugen. Als sie ihren Mund vor meinen hielt, wollte ich die Worte *Bitte bleib* tief in ihren Körper stoßen.

»Nicht husten«, sagte sie. »Wenn du hustest, wirst du zu high.«
»Ich kann nicht anders«, sagte ich und keuchte und bellte, bis
mir die Kehle brannte und Tränen über mein Gesicht strömten.

Als Halloween nahte, hatte Marcus wieder angefangen, mit mir
rumzuhängen, aber nur spätabends und ohne andere Leute.
Eine Übergangslösung, wie er mir versprach. Da er arbeitete,
war er besser bei Kasse. Manchmal gingen wir zu Varsity oder
J.R. Crickets, wo er für alles zahlte und der Kellnerin ein dickes Trinkgeld gab, damit sie unser Alter nicht überprüfte. Die
Nachmittage verbrachte ich oft mit Ronalda, wir machten Hausaufgaben, rauchten Gras und guckten Cinemax. Es war kein
schlechtes Leben. Um sechs Uhr abends stieg ich in den 66er-
Lynhurst-Bus, ein bisschen hungrig und ein bisschen high. Ich
kiffte lieber, statt zu trinken. Alkohol machte mich emotional,
während Gras ein bisschen Tageslicht zwischen mich und meine Probleme warf. Es war nicht so, dass ich meine Sorgen vergaß,
sie waren nur nicht mehr ganz so dringlich.

Eines Nachmittags hatte Ronalda mir zum Abschied eine kleine Papiertüte mit Erdnüssen und Jelly Beans mitgegeben. Ich
freute mich darauf, mich in meinem Zimmer einzuschließen
und mich damit vollzustopfen. Als ich zu Hause ankam, stand
der Lincoln vor der Tür. Nicht der neue mit den automatischen
Fenstern, sondern der von '82, den Raleigh normalerweise fuhr.
Ich hatte meinen Onkel nicht an einem Montag erwartet. Normalerweise kam er donnerstagnachmittags vorbei, wenn James
am Flughafen arbeitete. Am Donnerstag bereitete meine Mutter
Raleigh ein kaltes Mittagessen zu, bevor sie die Karten für eine
Runde Tonk hervorholte. Ich weiß nicht, ob James von diesen
nachmittäglichen Spielen wusste; in meiner Anwesenheit wurden sie jedenfalls nie erwähnt.

Ich schloss mir auf und versuchte, nüchtern zu wirken, aber
ich weiß, dass ich sehr verwirrt geguckt haben muss, als ich

James und meine Mutter auf dem Sofa vorfand. Über ihnen grinste mir eine Collage von Fotos entgegen, alle von mir. Ich hatte sie nie wirklich beachtet, bis Ronalda mich darauf aufmerksam machte, doch jetzt kamen mir die Bilder, auf denen ich Jahr für Jahr das gleiche Lächeln zeigte, einfach dämlich vor. Auf jedem Bild war ich ein Stück älter, das war auch schon alles. Es war mein Fotogesicht, das ich schon zur Einschulung perfektioniert hatte.

»Hey«, sagte ich. »Was gibt's?«

»Dana«, sagte meine Mutter. »Ich muss mit dir reden.«

»Okay. Ich will nur kurz nach oben und mich frisch machen.«

James sagte: »Für mich siehst du frisch genug aus.«

Ich leckte mir die Lippen. Ich wusste, dass sich der Marihuanaduft in meine Kleider und Haare geschlichen hatte. Sogar meine Oberlippe schien den Geruch zu verströmen.

»Okay«, sagte ich und blieb an der Tür stehen. Ich fragte mich, wie ich wohl aussah. Aus dem Fernsehen wusste ich, dass Eltern ihren Kindern den Drogenmissbrauch an den Pupillen ablesen können, also hielt ich den Blick auf den Teppich geheftet. Die Papiertüte mit den Jelly Beans und den Erdnüssen raschelte in meiner Hand. »Was gibt's?«

»Wo warst du, Dana?«, fragte meine Mutter.

James hielt die Arme vor seiner Uniform verschränkt. Ein halbes Jahr nachdem ich meinen Vater herausgefordert hatte, mich vor Marcus zu retten, war ich so dumm gewesen, zu glauben, ich hätte irgendwas gewonnen. Natürlich sind sechs Monate für eine Sechzehnjährige eine lange Zeit. Für James war es allerdings gerade genug Zeit gewesen, um sich zu sammeln und einen Schlachtplan zu machen. Sein rundes Gesicht, unter die Mütze gequetscht und hinter der Brille versteckt, strahlte zufrieden.

»Unterwegs«, sagte ich.

»Siehst du, Gwen. Genau das habe ich gemeint.«

Als kleines Mädchen wäre ich begeistert gewesen, dass sie über mich gesprochen hatten, aber jetzt nervte es mich nur. Wie konnte er sich nur einbilden, mich zu kennen? Offenbar hatte er meiner Mutter nicht erzählt, dass er mich einmal halb nackt um Mitternacht aus dem Haus gehen ließ, nur weil er Angst hatte, sich zu zeigen. Das verriet mir seine selbstgerechte Pose. Ich hätte wetten können, dass er behauptete, es über seine Kontakte herausbekommen zu haben, all die wichtigen Leute in hohen Positionen überall in der Stadt.

Ich ging näher ans Sofa, weil ich plötzlich wollte, dass sie mich rochen. Ich quetschte mich direkt zwischen sie. Das Sofa war groß genug für drei, aber meine Eltern rührten sich nicht vom Fleck, als ich mich in die Mitte zwängte.

Meine Mutter schnupperte an meinem Haar. »Hast du Cannabis geraucht?«

Ich lachte über ihre Wortwahl: Cannabis. Mir war klar, dass es nicht witzig war, aber irgendwie war es das doch.

»Jetzt verleitet dich Marcus McCready also auch noch zu Drogen?«, fragte mein Vater.

Ich kicherte wieder, weil Marcus die Finger von Gras ließ. Das hätte seine Bewährungsauflagen verletzt. Die ganze Situation war urkomisch: meine Eltern, die um sechs Uhr abends dasaßen und auf mich warteten, als wäre es drei Uhr morgens, als wären sie normale Eltern, als wäre ich ein gewöhnliches Mädchen.

»Gwen«, sagte James, »wenn du sie nicht unter Kontrolle hast –«

»Wenn sie mich nicht unter Kontrolle hat, dann was?«

»Sie braucht keine Kontrolle«, sagte meine Mutter. »Sie braucht etwas anderes.«

»Rechtmäßigkeit«, sagte ich.

»Du bist rechtmäßig«, sagte meine Mutter.

»Was ist in der Papiertüte?«, fragte James und streckte die Hand danach aus.

Ich klemmte die Papiertüte zwischen meine Beine. »Das geht dich nichts an. Es ist ein Geschenk.«

»Sprich gefälligst nicht so mit mir«, sagte James. »Gib sie mir.« Meine Mutter wirkte gequält. »Was ist in der Tüte, Dana? Dana, Schatz, was ist da drin?«

»Es gehört mir.« Es kam mir vor, als würde ich die ganze Szene von außen betrachten, als wäre ich nicht wirklich ich und sie wären nicht wirklich meine Eltern.

»Du mochtest mich mal«, sagte ich zu James. »Als ich klein war, mochtest du mich.«

»Was redest du da?«, sagte er. »Ich mag dich immer noch. Ich muss nur wissen, was in der Tüte ist.«

Ich sah meine Mutter an. »Sag ihm, dass er mich in Ruhe lassen soll. In der Tüte ist nichts. Sag ihm, dass er mir vertrauen soll. Bitte. Mach, dass er mich in Ruhe lässt.«

Meine Mutter sah zur Tüte. »Was ist nur mit dir passiert, Dana? Was ist mit meinem kleinen Mädchen passiert? Wir haben doch immer alles zusammen gemacht.«

»Es ist nicht fair«, sagte ich.

»James«, sagte meine Mutter, »warum fährst du nicht nach Hause? Ich muss alleine mit Dana reden.«

»Du kannst mich nicht einfach wegschicken«, sagte James. »Du kannst mich nicht einfach wegschicken, als würde ich nicht hierhergehören. Sie ist meine Tochter. Ihr seid meine Familie. Ich muss sehen, was in der Tüte ist.«

»In der Tüte ist nichts«, sagte ich.

»In der Tüte ist sehr wohl was«, sagte James. »Zeig's mir.«

»Mutter, sag ihm, dass er mich in Ruhe lassen soll.«

Ihr Blick flackerte zwischen uns hin und her. Sie blickte lange auf die Tüte, versuchte wohl zu erraten, was drin war. Sie holte tief Luft und roch zweifellos das Gras, meine Wut und meinen Schweiß. Sie wusste, dass ich irgendwas ausgefressen hatte; ich hatte dem nichts entgegenzusetzen, keine plausible Ausrede, aber ich wollte, dass sie trotzdem für mich eintrat. Ist das nicht Liebe – wenn man jemanden verteidigt, obwohl man weiß, dass derjenige im Unrecht ist? Ich wollte nicht, dass sie für das Richtige eintrat, ich wollte, dass meine Mutter für mich eintrat.

»Mama«, sagte ich.

»Dana –«

»Mommy?«

»Dana, Schatz, zeig ihm einfach, was in der Tüte ist. Wenn es nichts ist, zeig ihm das. Was ist mit dir passiert, Dana? Was machst du nur? Du kommst nach Hause und riechst nach Gras. Du hast diesen Freund, einen Straftäter. Mach dein Leben nicht kaputt, Schatz. Zeig deinem Vater einfach, was in der Tüte ist.«

Den Blick auf meine Mutter geheftet öffnete ich die Tüte, drehte sie um und schüttete die Jelly Beans und die Erdnüsse auf den Boden. Ein herrliches Durcheinander. Ronalda hatte diese besonderen Jelly Beans in der Lenox Square Mall besorgt. Es gab sie in allen Farben, rosa mit braunen Flecken, lila, orange. Die Geschmacksrichtungen hatten exotische Namen wie Piña Colada oder Feigenblatt. Als ich sie auf dem hässlichen braunen Teppich sah, hätte ich am liebsten geweint.

»Zufrieden?«, sagte ich und wusste selbst nicht genau, ob ich meine Mutter oder meinen Vater meinte. Vielleicht machte Gras mich letztlich doch emotional. Eine Tüte mit Süßkram und Nüssen sollte mir eigentlich nicht so wichtig sein.

Meine Eltern betrachteten das Durcheinander auf dem Teppich und sahen sich dann an. Meine Mutter drehte ihre Ringe, und mein Vater stieß den Kopf nach vorn in dem Versuch, die Wörter in seiner Kehle zu lösen.

»Ich habe euch gesagt, dass in der Tüte nichts ist«, sagte ich. »Ihr habt mir nicht geglaubt.«

»Von wem?«, blaffte James. »V-v-v-von M-Marcus McCready?«

Welchen Anspruch hatte mein Vater auf die Einzelheiten meines Lebens? Er hatte seine Chance, den beschützenden Vater zu geben, verspielt. Man kann nicht sechs Monate später plötzlich zur Rettung herbeieilen. Ich war niemand, den man nur dann rettete, wenn es zeitlich gerade passte.

Meine Mutter sagte: »Der Junge ist nicht gut für dich. Von dem hast du nichts anderes zu erwarten als einen schlechten Ruf.«

»W-w-wenn d-du mit einem schlechten Ruf davonkommst, kannst du noch von Glück sagen.«

»Redest du mit Chaurisse auch so?«, fragte ich. »Ich hab sie gesehen. Sie läuft rum wie eine Nutte. Zu ihr sagst du anscheinend nichts.«

Meine Mutter sah mich streng an. Letzte Woche waren wir auf Beobachtungstour im JC Penney Outlet gewesen. Chaurisse hatte ein Trägertop getragen, das zu klein für sie war.

»Kein Wort über meine T-T-Tochter«, sagte James. »Du weißt gar nichts über sie.«

»Es reicht«, sagte meine Mutter. »Genug davon, bevor es aus dem Ruder läuft. Dana, du gehst in dein Zimmer. Du wirst deinen Freund nicht mehr treffen. Damit ist jetzt Schluss. Und du, James, solltest nach Hause fahren und dich abregen.«

Wir taten beide wie geheißen. Mein Vater ging zu seinem Wagen und hupte zweimal, als er wegfuhr, als wäre es ein Tag wie jeder andere. Meine Mutter machte sich in der Küche zu schaffen; ich hörte das Geklapper von Geschirr im Schrank, während ich auf meinem Bett lag und die Wasserflecken an der Decke anstarrte. Meine Mutter rief mich, aber ich gab keine Antwort.

»Dana«, sagte sie, »ich weiß, dass du nicht schläfst. Komm her.«

Ich ging ins Wohnzimmer, wo sie auf dem Sofa saß, das James gerade geräumt hatte.

»Sag mir, was dich beschäftigt«, sagte sie.

»Du weißt, was mich beschäftigt«, sagte ich.

»Nein, weiß ich nicht. Ich weiß nicht, was dir durch den Kopf geht; du hast mir nicht mal von dem Freund erzählt.«

»Habe ich kein Recht auf ein bisschen Privatsphäre?«, fragte ich. »Darf ich kein eigenes Leben haben?«

»Sei nicht albern, Dana. In deiner jetzigen Lebensphase brauchst du deine Mutter am meisten. Du bist sechzehn. Ein falscher Schritt, und du kannst dein Leben für immer ruinieren. Sprich mit mir, Dana. Sag mir, was dir durch den Kopf geht.«

»Du hast ihm geglaubt, dabei wohnt er nicht mal hier.«

»Erzähl mir von dem Jungen«, sagte meine Mutter.

»Er heißt Marcus, und James mag ihn nicht, weil Marcus' Dad für James die Steuern macht.«

Meine Mutter legte den Kopf schief, womit sie mich wissen ließ, dass James ihr dieses Detail unterschlagen hatte. »Dein Vater sagte, er wäre schlechter Umgang.«

»Er wohnt am Lynn Circle«, sagte ich. »In der Nähe von Ronalda.«

»Dein Vater sagte, er wäre schon zwanzig. Dass er sich nicht mit minderjährigen Mädchen abgeben dürfe.«

»So ist Marcus nicht. Und er ist erst neunzehn.«

Meine Mutter sah mich müde an. »Dana. Es ist wichtig, dass du mir die Wahrheit sagst. Seid ihr intim miteinander?«

»Nein«, sagte ich. »So ist es nicht. Wir warten bis zur Hochzeit.«

»Ich glaube kaum, dass ihr nur Karten spielt.«

Plötzlich sehnte ich mich verzweifelt nach ihrem Vertrauen. »Du kannst mit mir zum Arzt gehen. Der kann mich untersuchen, und dann sieht er, dass ich nichts getan habe.«

»Ist er ein guter Junge, Dana?«

»Ja«, sagte ich. »Er ist so nett zu mir. So gut zu mir. Er betrügt mich nicht. Viele Mädchen mögen ihn, aber ich bin die Einzige, mit der er geht. Er liebt mich. Er ist nicht aufbrausend. Er hat noch nie die Hand gegen mich erhoben.« Ich konnte hören, wie meine Stimme von all den Lügen ganz schrill wurde.

»Er schlägt dich?«, fragte meine Mutter. »Er schlägt dich, Dana? Oh, Schatz, komm her.«

Sie breitete die Arme aus, aber ich ignorierte sie.

»Ich sagte, dass er mich *nicht* schlägt.«

»Dana, ich bin deine Mutter. Du kannst mir nichts vormachen.«

»Du kannst doch nicht in meinen Kopf gucken.«

»Schatz, ich habe deinen Kopf gemacht.«

»Er schlägt mich nicht.«

»Doch, das tut er.«

Es war nicht in Ordnung, dass sie meine geheimsten Gedanken lesen konnte. Sie behauptet, es sei mütterliche Intuition gewesen, aber das stimmt nicht. Sie und ich, wir haben eine besondere Verbindung. Heute ist sie etwas eingerostet, der Strom unregelmäßig, aber irgendwas wird immer zwischen uns sein.

»Na und?«, sagte ich. »James hat dich auch mal geschlagen. Als ich noch klein war, habe ich gehört, wie du Willie Mae davon erzählt hast.«

»Das war ein Mal, das ist lange her, und er stand sehr unter Druck.«

»Tja, Marcus steht auch unter Druck. Er will sich fürs College bewerben.«

»Ja, dein Vater hat mich geschlagen, aber ich hatte ein Kind. Ich musste zusehen, dass es funktioniert. Und dein Vater ist kein gewalttätiger Mann. Dana, du hast keine Kinder. Warum bei einem Freund bleiben, der seine Hände nicht bei sich behalten kann?«

»Du willst einfach nicht, dass ich ein eigenes Leben habe.«

»Du wirst diesen Jungen nicht mehr treffen. Ende der Diskussion. Ich werde zur Schule gehen und dem Direktor berichten, dass er meine Tochter belästigt. James hat mir gesagt, dass er schon einmal wegen Unzucht mit Minderjährigen angeklagt wurde.«

»Mit sechzehn ist man mündig!«

»Du bist er seit Kurzem sechzehn. Ich werde ihn ins Gefängnis bringen, Dana. Zwing mich nicht dazu.«

»Mutter«, sagte ich. »Du stellst dich auf die Seite von James. Er will uns doch nur von seiner echten Familie fernhalten. Siehst du denn nicht, dass das alles ist?«

»Es ist mir egal, was James davon hat. Mir geht es um deine Sicherheit. Ich werde nicht zulassen, dass du dein Leben zerstörst, solange du unter meinem Dach lebst. Und nun Schluss. Du wirst diesen Jungen nicht wiedersehen, niemals. Falls ich je den Verdacht habe, dass du es doch tust, wandert er ins Gefängnis.«

»Mutter, tu das nicht.«

»Es ist vorbei. Die Beziehung ist vorbei. Sie ist nicht gut für dich.«

Ich weinte mich in den Schlaf. Welcher Teenager kennt das nicht? Ich wachte mit Kopfschmerzen auf, und dann fielen mir die verlorenen Jelly Beans wieder ein, und da weinte ich noch ein bisschen mehr. Um zehn klopfte meine Mutter an die Tür.

»Steh auf und zieh dich an. Lass uns auf Beobachtungstour gehen.«

»Nein«, sagte ich, einfach nur, um es ihr abzuschlagen. »Das will ich nie wieder machen.«

9

KEIN STREIT

Großeltern spielten in meinem Leben keine große Rolle. Flora, die wilde Frau, konnte mit ihrem eigenen Kind nichts anfangen, geschweige denn mit einer Enkeltochter. Und obwohl ich den Vater meiner Mutter jedes Frühjahr sah, sprach ich nur ein einziges Mal mit ihm. Meine Mutter glaubte an Rituale, und am ersten warmen Samstag im April fuhr sie immer mit mir zu ihm, und dann beobachteten wir ihn dabei, wie er die Hecke vor dem Haus schnitt. An verdeckte Ermittlungen waren wir ja gewöhnt, aber wenn wir meinen Großvater belauerten, fühlten wir uns anders. Wenn wir Chaurisse und ihre Mutter verfolgten, waren wir nervös und hibbelig wie junge Polizisten. Und hinterher so aufgedreht und hungrig, als wären wir schwimmen gewesen. Aber unsere jährlichen Besuche bei meinem Großvater machten uns nervös und unsicher. Als wir 1986 zu ihm fuhren, kaute meine Mutter an den Nägeln und ließ das Radio ausgeschaltet. Ich knibbelte an meiner Unterlippe, bis mein Lächeln wund und roh war.

Seit sie und mein Vater mir verboten hatten, Marcus zu sehen, war die Stimmung zwischen meiner Mutter und mir angespannt. Zu allem Überfluss hatte James mit Marcus' Vater ein Gespräch von Mann zu Mann geführt, woraufhin Marcus den Kontakt komplett abbrach. Ich weiß nicht, worüber sie sich ausgetauscht hatten, aber es war ziemlich sicher nicht die Wahrheit. Ich fragte meine Mutter, ob sie das Ganze nicht ein klein wenig

heuchlerisch fand. Nein, sagte sie. Sie fand, es entbehre nicht
einer gewissen Ironie. Der Konflikt stand zwischen uns, so greif-
bar und undurchlässig wie eine Gipswand.

Auf Bitten meiner Mutter trug ich Floras goldene Ohrringe,
weil sie hoffte, dass mein Großvater von seiner Gartenarbeit
aufblicken und bemerken würde, dass ich meiner Mutter und
deren Mutter wie aus dem Gesicht geschnitten war. In ihrer Fantasie würde er innehalten, genauer hinsehen und die goldenen
Creolen entdecken, den Beweis, dass ich Gwendolyns Tochter
war. Sie hoffte, dass mein Anblick ihn dazu veranlassen würde,
mir auf seine alten Tage mit Liebe zu begegnen, mich willkommen zu heißen. Ich wäre die Nadel und meine Mutter der Faden,
der durchs Öhr gefädelt würde.

Vielleicht teilte ich die Fantasien meiner Mutter. Ihre Sehn-
süchte waren so schlicht, ehrlich und universell. Wer will denn
nicht geliebt werden? Jeder, der schon einmal fallen gelassen
wurde, kennt den Schmerz. Wer hat denn nicht schon mal das
Bedürfnis gehabt, nur nach Hause zu gehen, sich in sein Bett
und auf ein Kissen zu legen, das nach dem eigenen Haar riecht?

Dazu kamen die Tagträume, denen ich selber nachhing.
Vielleicht würde Großvater von den Hortensien aufsehen, sich
in mich verlieben und gar nicht an meine Mutter denken. Ich
war strengstens angewiesen worden, meine Identität nicht
preiszugeben. Ich sollte nur »Guten Tag, Sir« sagen, wenn ich
vorbeiging. Ich durfte ihn zu seinen Blumen beglückwünschen,
aber ich durfte nicht verraten, dass ich mit ihm verwandt war.
Wir wollten niemanden zu etwas zwingen. Wir wollten nur eine
Gelegenheit schaffen, dem Schicksal auf die Sprünge helfen.

Mein Großvater, Luster Lee Abernathy, war ein schmaler Mann
mit so feinem weißem Haar, dass seine braune Kopfhaut durch-
schimmerte. Die Muskeln seiner dünnen, sehnigen Arme spannten sich, als er die Pflanzen mit einer manuellen Heckenschere

zu Kugeln stutzte. Ich weiß nicht, warum dieses Jahr anders war als die davor; aber als er mich näher kommen sah, hörte er mit dem geschäftigen Klappern auf und nahm seine Kappe ab, als wollte er mir Gelegenheit geben, mich vorzustellen.

»Guten Tag, Sir«, sagte ich.

»Tag«, sagte er.

»Hübschen Garten haben Sie da.«

»Danke sehr«, sagte er und sah mich prüfend an. »Wo willst du denn hin?«

»Oh, ich drehe nur 'ne Runde.« Ich zeigte Richtung Boulevard. »Vertrete mir ein bisschen die Beine.«

»Sei vorsichtig«, sagte er. »Es ist nicht mehr wie früher. Geh nicht zu weit in die Richtung. Die nehmen da alle dieses Crack. Ziemlich verrückt.«

»Oh«, sagte ich. »Das wusste ich nicht.«

Die Hecke zwischen uns war halb fertig. Die eine Seite war glatt und rund, die andere noch ganz wild mit jungen Trieben und Knospen. Mein Großvater kniff die Augen zusammen. »Wie lange bist du schon unterwegs?«

»Eine Weile«, sagte ich. »Sehe mich ein bisschen um.«

»Bist du von hier?«

»Nein«, sagte ich. »Ich komme aus North Carolina.« Die Spontaneität, mit der mir Lügen über die Lippen kamen, war mir ein Rätsel, ein Wunder wie Geysire oder Sturzfluten.

»Bist du vom King Center herübergelaufen?«

Ich nickte.

»Du suchst bestimmt MLKs Geburtshaus. Du musst ein paar Blocks da rüber. Du bist zu weit östlich. Man kann's leicht übersehen. Es sieht aus wie alle Häuser hier. Aber schau es dir an. Wie ich höre, bieten sie dort Führungen an.«

»Sie haben es nie besucht?«

»Kein Bedarf.«

»Danke, Sir.«

»Bitte entschuldige meine Aufmachung und so«, sagte er. »Ich bin gerade bei der Gartenarbeit. Ich habe nicht damit gerechnet, dir zu begegnen.«

Ich legte eine Hand an die Wange und spürte mich lächeln. »Sie wissen, wer ich bin?«

»Nein, Ma'am«, sagte er. »Ich habe dich noch nie gesehen.«

»Ich bin Gwens Tochter.«

»Ich kenne keine Gwen«, sagte er. »Ich kannte mal eine, aber das ist lange her. Ich weiß gar nicht, was ich zu ihr sagen würde. Das ist vorbei.«

»Ist es nicht«, sagte ich. »Ich könnte sie schnell holen.«

»Nein«, sagte er. »Tu das nicht. Du bist ein hübsches Mädchen. Sie scheint dich gut erzogen zu haben. Wirf dein Leben nicht weg, wie deine Mama es getan hat.«

»Soll ich sie schnell holen?«

»Nee«, sagte er. »Mein Leben ist so, wie ich es haben will. Warte kurz.«

Mein Großvater drehte sich um und ging zum Eingang des Bungalows. Als die Tür hinter ihm ins Schloss fiel, fuhr ich mit der Hand über die gestutzte Hälfte der Hecke, ließ mich von den frisch geschnittenen Zweigen in die Finger piksen. Ich stellte mir vor, wie meine Mutter im Wagen auf die Uhr sah. Vielleicht würde sie nach mir suchen.

Irgendwann kam Großvater wieder aus dem Haus, gefolgt von einer Frau, die ein strampelndes Baby im Arm trug. Sie war älter als ich, aber jünger als meine Mutter. Ihr Haar wurde von Silberspangen gebändigt und stand dort, wo sie es auf Lockenwickler gedreht hatte, in Beulen vom Kopf ab.

»Was gibt's, Luster?«, fragte sie.

Großvater sagte: »Ich möchte dieser jungen Dame den Weg zum King Center erklären. Sie hat sich verlaufen, und du weißt ja, wie vergesslich ich bin.«

»Seit wann bist du denn vergesslich?«, sagte sie in einem

Ton, der halb töchterlich und halb etwas anderes war. Sie setzte das unruhige Baby von einer Hüfte auf die andere. Ein pausbäckiger kleiner Junge mit glänzendem Gesicht. Er gurrte mir entgegen.

»Seht ihn euch an«, sagte die Mutter. »Schon am Flirten.«

»Komm, ich nehme ihn«, sagte Großvater. »Er heißt Anthony.«

Ich habe oft an diesen Augenblick zurückgedacht, wie an so viele Momente meines Lebens, und mich gefragt, warum ich mit den Geheimnissen anderer Leute immer so umsichtig war. Mein Großvater hatte sich nur etwa eine Minute mit mir unterhalten, bis er zu dem Schluss kam, dass ich mich bedeckt halten und mich vor seiner neuen Frau und seinem Sohn als Fremde ausgeben würde. Damals war ich ein bisschen geschmeichelt, als Hüterin von Informationen zu gelten. Die Frau meines Großvaters, die mir den Weg zum King Center wies, glaubte, glücklich zu sein. Sie glaubte, ihren Mann zu kennen, aber ich wusste Dinge, von denen sie nichts ahnte.

Sie war wie meine eigene Mutter, die mich ebenfalls zu kennen glaubte, aber nicht wusste, dass ich Marcus wiedergetroffen hatte, wenn auch nur für ein paar Stunden im Fernsehzimmer von Jamal Dixon. Wir hatten Pfefferminzlikör getrunken, und auch dort musste ich die Augen vor dem Poster von Jayne Kennedy verschließen. Meine Mutter wusste nicht, dass Ronalda und ich jeden Monat einen Schwangerschaftsschnelltest machten, und sie wusste nicht, dass ich James' Festnetznummer, die nicht im Telefonbuch stand, auswendig gelernt hatte und manchmal anrief, nur um Chaurisse' Stimme zu hören. Ich schätze, damit waren Mutter und ich so gut wie quitt. Bevor ich die Jelly Beans auf den Teppich gekippt hatte, war ich wiederum in dem Glauben gewesen, meine Mutter zu kennen. Aber als sie und James mich wegen Marcus zur Rede stellten, hatte sie sich wie die mädchenhafte Hälfte eines Paares verhalten und mich wie eine entbehrliche Freundin behandelt.

Nachdem die Frau mit Beschreiben und Zeigen fertig war, bedankte ich mich und brach auf.

»Auf Wiedersehen, Sir«, sagte ich zu meinem Großvater, der die Heckenschere wieder aufgehoben hatte und beherzt die Sträucher kappte. Er sagte nicht Auf Wiedersehen, gewährte mir aber ein kurzes, klares Nicken. Die abgetrennten Zweige und Blätter umschwirrten ihn wie ein Schwarm.

Meine Mutter saß unruhig im Auto, wandte den Kopf nach links und rechts, biss sich auf die Lippen. Sie glaubte, ihrer Mutter ähnlich zu sehen. Da ich meiner Großmutter nie begegnet war und auch nie ein Foto von ihr gesehen hatte, musste ich der Einschätzung meiner Mutter vertrauen. Aber als ich sie so aufgewühlt sah, erkannte ich, dass sie auch Ähnlichkeit mit ihrem Vater hatte. Sie hatte das gleiche Kinn, leicht fliehend, aber stur, und die gleichen traurig herabhängenden Schultern. Wenn ich sie danach gefragt hätte, wäre ihre Begründung wohl gewesen, dass sie beide Flora verloren hatten, aber ich vermute, es lag eher daran, dass sie einander verloren hatten.

»Hast du mit ihm geredet?«, wollte sie wissen.

»Ich habe ›Guten Tag, Sir‹ gesagt, genau wie letztes Jahr.«

Sie nickte, erwartete mehr.

»Das war alles«, sagte ich.

»Dana«, sagte meine Mutter. »Lüg mich nicht an, okay?« Das war keine Drohung, eher eine Aufforderung. »Du musst mir die Wahrheit sagen. Ich brauche Informationen.«

Ich zögerte kurz. Wenn ich meiner Mutter alles erzählt hätte, hätte ich den Moment zwischen mir und meinem Großvater zunichtegemacht. Es war aufregend, an die Minute zurückzudenken, in der ich dastand und ein Geheimnis mit ihm teilte, das er mit seiner jungen Frau, der Mutter seines zappeligen Babys, nicht teilen konnte. »Es war nichts weiter.«

»Irgendwas ist doch passiert«, sagte meine Mutter und ließ den

Wagen an. »Lüg mich nicht an. Das dulde ich nicht.« Ihre Stimme war anders als sonst; sie redete mir gut zu. »Sag's mir einfach.«

»Wir haben kurz gesprochen«, sagte ich.

»Hat er dich erkannt?«

»Ich weiß nicht genau.«

»Hör mal. Denk drüber nach. Wenn er dich erkannt hat, wenn er gewusst hat, wer du bist, dann hat er dich nicht als Dana erkannt. Wenn er dich erkannt hat, dann als mein Kind.«

»Keine Ahnung.«

»Nun sag schon«, bat meine Mutter. »Hat er dich nach deinem Namen gefragt?«

»Nein, Ma'am.« Ich seufzte. »Hat er nicht.«

»Siehst du«, sagte meine Mutter. »Jetzt erzähl mir, was passiert ist.«

»Nichts ist passiert.«

»Es ist gut für uns, wenn wir unser Wissen teilen«, sagte meine Mutter. »Das schweißt uns zusammen.«

»Er hat nichts gesagt.«

»Weshalb hast du dann so lange gebraucht?«

»Ich war nicht lange weg.«

Meine Mutter schlug mit den Handballen aufs Lenkrad. »Warum tust du mir das an? Weil ich dir verboten habe, diesen Jungen zu sehen?«

»Welchen Jungen?« Ich zuckte mit den Achseln und sah aus dem Fenster. Dieses Geheimnis gehörte mir, es war wie ein glänzendes Geschenk, das auf einem hohen Regalbrett lag, wo Mutter es sehen konnte, aber nicht herankam.

Meine Großmutter väterlicherseits, Miss Bunny, starb in ebendiesem Jahr. James Alexander Witherspoon liebte seine Mutter so, wie ein Sohn es sollte. Meiner Mutter zufolge würde ein Mann, der seine Mutter so gernhatte wie James Miss Bunny, eine Frau niemals absichtlich schlecht behandeln.

»Folgendes musst du wissen«, sagte meine Mutter. »James hat seinen Daddy verloren, als er noch klein war, weshalb Miss Bunny zu kämpfen hatte. Das hat er mitbekommen, und es hat einen bleibenden Eindruck hinterlassen. Deshalb kann er Laverne nicht verlassen und ihr auch solches Leid zufügen. Es wäre ein Schlag ins Gesicht seiner Mutter. Gleichzeitig kann er auch uns nicht hängen lassen. Auch das wäre eine Beleidigung seiner Mutter.«

»Aber Miss Bunny weiß doch gar nicht, dass es uns gibt«, sagte ich.

»Natürlich nicht, das würde ihr das Herz brechen.«

»Na, dann ergibt das, was du eben gesagt hast, aber keinen Sinn.«

»Tut es sehr wohl«, sagte sie. »Die Liebe ist ein Irrgarten. Wenn man einmal drin ist, sitzt man in der Falle. Vielleicht kann man sich irgendwie wieder rausziehen, aber was hätte man damit erreicht?«

1986 lag Miss Bunny im Sterben, während ich gerade die Biologieklausur des Advanced-Placement-Programms schrieb. Die Aufsicht tippte mir auf die Schulter.

»Dein Vater ist hier«, sagte sie.

Ungläubig blickte ich zur Tür. Dann sah ich wieder auf mein blaues Prüfungsheft. »Wo ist er denn?«

»Im Büro des Schulleiters.«

»Kann ich die Prüfung wiederholen? Meine Mutter hat dafür bezahlt.«

»Mach dir keine Sorgen deswegen.«

Ich erhob mich, aber ich machte mir sehr wohl Sorgen wegen der Prüfung. Wenn ich sie bestand, konnte ich im Sommer Collegekurse belegen, ohne dafür bezahlen zu müssen. Sie würde sich außerdem in meiner Bewerbung für Mount Holyoke gut machen. Ohne AP-Punkte kommt niemand an eine Elite-Uni.

Die Aufsicht half mir, leise meine Sachen zusammenzupacken, damit ich meine Klassenkameraden nicht störte. Sobald wir die Klassenraumtür geschlossen hatten, sagte sie: »Jetzt weiß ich, wem du dein schönes Haar zu verdanken hast.« Dann berührte sie die Locken, die mir über die Schulter fielen.

Raleigh, mein angeblicher Vater, wartete im Vorraum des Schulleiterbüros. Er sah furchtbar aus; auf seiner bleichen Haut, dünn unter den Augen, zeichneten sich lila Adern ab. Er trug Jeans und ein unförmiges braunes Hemd mit einer Noppenstruktur, die an lange Unterhosen erinnerte.

»Was ist los?«, fragte ich. »Geht es meiner Mutter gut?«

»Es ist nicht Gwen.« Er vergrub sein Gesicht in den Händen.

»Ist was mit James?«, fragte ich und glaubte, die Antwort schon zu kennen. Raleigh liebte niemanden so wie meinen Vater.

»Nein«, sagte Raleigh. »Nein.«

Ich war ratlos und ein bisschen verärgert. Die AP-Prüfung war wichtig. »Also, was ist dann?«

»Es ist Miss Bunny«, sagte er. »Sie liegt im Sterben.«

»Wer?«

»Miss Bunny«, sagte er. »Deine Großmutter.«

»Oh«, sagte ich. »Miss Bunny. Was hat sie denn?«

»Krebs«, sagte Raleigh. »Die Ärzte sagen, dass ihr nur noch ein paar Wochen bleiben, vielleicht ein Monat.«

Da stand ich vor dem Büro des Schulleiters und wusste nicht, was ich tun sollte. Ich hatte meine Großmutter nie kennengelernt, aber diese Geringschätzung störte meine Mutter mehr als mich. Raleigh stand von seinem Stuhl auf und nahm meinen Rucksack, meinen Wollmantel und meine Lunchbox. Er ging zur Tür.

»Warte«, sagte ich.

Raleigh sah sich um. »Was ist?«

»Ich stecke mitten in einer Prüfung.«

»Hast du mich nicht gehört? Miss Bunny liegt im Sterben.«

Ich stand begriffsstutzig da. »Das habe ich verstanden. Und es tut mir leid.«

»Dann komm jetzt«, sagte Raleigh.

Meine Beine brauchten einen Moment, bis die Botschaft ankam. »Ich soll mitkommen?«

»Sie kann nicht heimgehen, ohne dich kennengelernt zu haben.«

»Wird Mutter auch da sein?«

Raleigh ließ die Arme mit meinen Sachen sinken. »Nur du.«

»Weiß sie überhaupt davon?«

»James meinte, er würde sie anrufen.«

Wenn Raleigh fuhr, durfte ich vorne sitzen. James bestand immer darauf, dass ich hinten saß. *Schwarze Menschen müssen sich an Luxus gewöhnen.* Er lehrte mich das Protokoll, sodass ich, sollte ich je in eine Position kommen, in der ich tatsächlich einen Wagen mit Fahrer hätte, wusste, was zu tun war: *Niemals, unter keinen Umständen, den Türgriff anfassen.* Selbst wenn die verdammte Limousine in Flammen steht, darauf warten, dass einem der Schlag geöffnet wird. Genauso beim Einsteigen. Seine letzte Regel lautete: *Nie, nie zur Seite rutschen.* Wenn man eingestiegen ist, auf seinem Platz bleiben. Sollte noch jemand zusteigen, wird der Fahrer die Person zur richtigen Seite geleiten. Raleigh hingegen war nur wichtig, dass ich angeschnallt war. Ich setzte mich neben ihn und kurbelte das Fenster herunter. »Kann ich mich so sehen lassen?«

»Miss Bunny wird es egal sein«, sagte Raleigh. Seine Stimme brach. »Miss Bunny wird es vollkommen egal sein.«

»Hat sie nach mir gefragt?«, wollte ich wissen.

In Ackland waren mein Vater und Raleigh als »Miss Bunnys Jungs« bekannt, obwohl nur James ihr leibliches Kind war. Sie stellte sie mit den Worten »Das sind meine Söhne« vor und setzte darauf, dass die Leute es nicht wagen würden, James, dunkelhäutig wie sein verstorbener Vater, und Raleigh, weiß wie ein Porzellanteller, unterschiedlich zu behandeln. Miss Bunny selbst war von mittelbrauner Hautfarbe, als wäre sie das Produkt ihrer Jungs.

Raleighs leibliche Mutter, Lula, war ein Mädchen gemischter Herkunft aus Richmond, Virginia. Warum sie aus einer größeren Stadt wie Richmond in ein Kaff wie Ackland gezogen war, blieb ein Rätsel. Danach gefragt, entgegnete Lula nur: »Ich hab mich mit meinem Daddy nicht verstanden.« Sie war fünfzehn, als Miss Bunny sie kennenlernte. Sie arbeiteten als Haushaltshilfen bei denselben weißen Leuten. Miss Bunny kam morgens und ging abends nach dem Geschirrspülen zu Fuß nach Hause, wo sie sich und ihrem Ehemann etwas zu essen machte. Lula hatte die Aufgabe, sich um die Kinder zu kümmern, deshalb blieb sie über Nacht.

Miss Bunny und Lula entdeckten zur selben Zeit, dass sie schwanger waren, wobei Miss Bunny sich darüber freute. Sie war schon fast drei Jahre verheiratet, ohne dass sich ein Baby ankündigte. Ein Baby wünschten sich damals alle verheirateten Frauen, egal, ob sie es ernähren konnten oder nicht. Lula hingegen war am Boden zerstört, und Miss Bunny konnte es ihr nicht verdenken. Es war 1942, aber Lula sagte, es komme ihr vor, als würde sie auf einer Plantage leben. Miss Bunny ging es manchmal ähnlich, obwohl sie abends in ihr eigenes Zuhause und zu ihrem Ehemann zurückkehren konnte und einen schmalen vergoldeten Ring trug, der das verdeutlichte.

James und Raleigh kamen im selben Monat zur Welt, aber Miss Bunny hatte Lula nicht mehr gesehen, seit sie im siebten Monat mit sechsundzwanzig Dollar, die klein gefaltet im Futter ihres Koffers steckten, abgehauen war. Sie versuchte, nach Chicago zu gelangen, kam aber nur bis North Carolina. Als Raleigh sechs Monate alt war und allein aufrecht sitzen konnte, kehrte sie zurück.

Mittlerweile führte Miss Bunny anderen Weißen den Haushalt. Sie arbeitete mehr, aber die Arbeitgeber waren netter und erlaubten ihr, übrig gebliebene Speisen mitzunehmen. Ihrem Mann gefiel es nicht, die Reste zu essen, aber Miss Bunny sagte, es sei gutes Essen, sie habe es selbst zubereitet. War es nicht einerlei, ob sie zu Hause auf ihrem eigenen Herd kochte oder drüben im Haus der Weißen? Diese neuen Weißen brauchten ein Mädchen, das über Nacht blieb. Miss Bunny erzählte Lula von der Stelle.

»Wie ist der Mann?«, fragte Lula. »Ich kann das nicht noch mal durchmachen.«

»Er ist behindert«, sagte Miss Bunny. »Kinderlähmung.«

Sie arbeiteten noch einige Jahre im selben Haushalt. Miss Bunny und Lula redeten über alles außer über ihre Söhne. Miss Bunny war verrückt nach James junior, während Lula den Anblick des armen Raleigh nicht ertrug. Und es war tatsächlich sein Anblick, den sie nicht ertrug. Wer hätte sich schon an Raleighs sanftem Wesen und freundlichem Lächeln stören können? Es waren die schlammgrünen Augen und die Dienstherrenhautfarbe, die sie nicht ausstehen konnte. Miss Bunny versuchte sich da rauszuhalten. Raleigh war Lulas Kind; sie arbeitete hart, um ihn zu ernähren und ordentlich anzuziehen. Sie konnte tun, was sie für richtig hielt. Und doch sagte Miss Bunny dann und wann: »Versuch einfach, ihn zu lieben, Lula. Er ist ein guter Junge.«

1949, als James junior fast acht war, kam James senior bei einem Arbeitsunfall in der Fabrik ums Leben. So weit wusste ich Bescheid. James senior starb Mitte der Woche, deshalb bekam Miss Bunny sein Gehalt bis Mittwoch, und das war's. Ihr war zum Weinen zumute, und sie weinte auch, aber ihr blieb nicht viel Zeit, um heulend im Bett zu liegen. Sie musste essen. James junior musste essen. Miss Bunny wusste, sie würde eine Stelle brauchen, bei der sie mit den Arbeitgebern im selben Haus lebte.

Raleigh behauptet, nicht zu wissen, wessen Idee es war. Er wisse nicht, welche Frau – seine Mama oder Miss Bunny – glaubte, das bessere Los gezogen zu haben. Er erinnert sich nur noch daran, dass Lula sein gesamtes Zeug in einen Pappkoffer packte, der von einem Gurt zusammengehalten wurde.

»Du wirst bei Miss Bunny und James leben. Sie wird sich von nun an um dich kümmern, okay? Guck nicht so traurig. Sie ist eine viel bessere Mutter als ich. Wenn du groß bist, wirst du mich vielleicht hassen, aber auch wenn du über mich herziehst, wirst du nicht sagen können, ich hätte gelogen. Du kannst mich verfluchen, wenn du willst, aber du wirst nicht abstreiten können, dass es das Beste war, das jemals wer für dich getan hat.«

Raleigh war nur ein kleiner Junge, manchmal hungrig und immer einsam. Er weinte, was untypisch für ihn war. Sein ganzes kurzes Leben lang war er zu wenig geliebt worden und hatte gelernt, nicht mit etwas Negativem die Aufmerksamkeit seiner Mutter zu erregen. Als ihm dämmerte, dass sie ihn entsorgte wie einen leeren Eierkarton, verlor er die Beherrschung.

Er hat keine Erinnerung daran, dass er sich auf den Boden warf und dass der Weinkrampf erst endete, als sich seine Blase entleerte. Er weiß nur davon, weil Miss Bunny ihm erzählt hat, wie Lula zu ihnen gerannt war und gesagt hatte: »Du musst ihn holen, Bunny. Ich kann ihm nicht gegenübertreten. Er liegt da und heult wie ein Hund. Ich halte das nicht aus.«

Miss Bunny sagte: »Lula, er ist nur ein kleiner Junge. Was meinst du damit, du kannst ihm nicht gegenübertreten?«

»Geh einfach rüber und hol ihn, Bunny«, flüsterte Lula. »Wenn du ihn willst, geh und hol ihn.«

Miss Bunny hat Raleigh erzählt, dass sie ihn auf dem Betonboden der Veranda vorfand. *Vollgepinkelt* war eins ihrer Worte. *Untröstlich* ein anderes.

»Ich gehe mit dir?«, fragte er.

»Ja, mein Sohn. Genau.«

Sie nahm seine Hand, und sie liefen die halbe Meile nach Hause. Seine nasse Hose scheuerte seine Oberschenkel wund, aber er hatte schon lange gelernt, sich nicht zu beklagen.

»Ich bin jetzt dein Junge?«

»Das bist du«, sagte Miss Bunny.

»Wieso?«

»Weil ich dich liebe.«

Raleigh ist mittlerweile klar, dass Miss Bunny ihn unmöglich geliebt haben konnte. Er war ein kleiner Fremder, vollgepisst und verzweifelt. Miss Bunny brauchte vielmehr einen Kameraden für James, den sie wirklich liebte. Sie brauchte jemanden, der mit ihm im Haus schlief, während sie sich bei der Arbeit um die weißen Kinder kümmerte.

Miss Bunny war eine freundliche und großzügige Frau. Als sie Raleigh sagte, dass sie ihn liebe, war das wie die Musik eines Lachens. Aus den abgewetzten Büchern in der Schule wusste er, was er zu entgegnen hatte. »Ich liebe dich auch.«

Raleigh erzählte mir diese Geschichte, als wir mit der Limousine zu Miss Bunny unterwegs waren, damit ich sie endlich kennenlernte. Er redete die ganze dreistündige Fahrt über, aber den Rest der Geschichte hatte ich schon mal gehört: dass James und Raleigh sechs Tage die Woche allein in Miss Bunnys Haus gelebt hatten. Dass sie sich von kalten Sandwiches, aber auch von warmen Mahlzeiten ernährten, die die Nachbarn vorbeibrachten. Als er bei seinem und James' vorletzten Highschooljahr angelangt war, brach er ab. Raleigh sagte, er würde an dieser Stelle aufhören, weil ich den Rest wahrscheinlich schon kannte. Ich widersprach ihm nicht, da ich den wahren Grund wusste: An diesem Punkt war Laverne in ihr Leben getreten.

»Raleigh, was ist aus Lula geworden?«, fragte ich. »Hast du je versucht, sie wiederzufinden?«

»Ich weiß, wo sie ist«, sagte er. »Ich habe mal jemanden engagiert, um sie aufzuspüren. Sie lebt in Mississippi. Sie hat geheiratet und einen Sohn namens Lincoln bekommen.« Er lächelte auf eine Weise, die mir nicht gefiel. »Ich weiß nicht, ob sie ihn nach Abraham Lincoln benannt hat oder ob er vielleicht in Nebraska zur Welt kam. Vielleicht hat sie auch einfach eine Schwäche für Lincoln Town Cars.«

»Hast du sie besucht?«

»Ich hab einen Anlauf genommen«, sagte er. »Ich bin mit dem Cadillac bis Hattiesburg gefahren, was eine Menge Benzin gekostet hat, aber ich wollte den besten Wagen nehmen. Ich habe vor ihrem Haus geparkt und gewartet, bis sie rauskam.«

»Hast du sie angesprochen?«

»Nein. Ich hab nur dagestanden, und sie hielt mich für einen Weißen. Das habe ich gemerkt, weil mein Anblick sie nervös zu machen schien und weil sie mich Sir genannt hat. Ich habe zum Gruß an meine Mütze gefasst, und sie hat sich umgedreht und ist wieder ins Haus gegangen.«

»Raleigh«, sagte ich. »Raleigh, ich verrate dir ein Geheimnis, okay?«

»Na gut«, sagte er.

»Meine Mama und ich, wir machen so was auch. Die ganze Zeit. Wir nennen es ›beobachten‹.«

Raleigh tätschelte mein Knie. »Dana, Kleines. Das ist kein Geheimnis.«

»Wie meinst du das?« Ich hörte die Angst in meiner Stimme.

»Es ist schon in Ordnung«, sagte er. »Ich habe dich und Gwen schon ein paar Mal an Orten gesehen, an denen ihr nichts verloren hattet.«

»Hast du James davon erzählt?«

Raleigh schüttelte den Kopf. »Warum sollte ich Gwen das antun? Ich würde nie etwas tun, das deiner Mutter schadet.«

»Weiß sie, dass du es weißt?«

Raleigh schüttelte wieder den Kopf. »Es würde sie nur aufregen. Behalten wir dieses ganze Gespräch lieber für uns.«

Dann lächelte er mich an, und ich erkannte die Sehnsucht in seinem Blick. Wie sie ihn überfiel. Stockend schnappte ich nach Luft.

»Miss Bunny liebt dich«, sagte Raleigh. »Sie weiß es noch nicht, aber sie liebt dich.«

Miss Bunny hatte fast zwei Wochen im Krankenhaus gelegen, doch zum Sterben wollte sie nach Hause kommen. In ihr windschiefes Häuschen, in dem sie ihre beiden Jungs und auch Laverne großgezogen hatte. Es war grau und hatte eine Veranda mit Betonboden. An einem Spalier wuchsen Ranken empor. Raleigh zeigte darauf. »Später im Jahr sind die Rosen einfach unglaublich. Ich weiß noch, wie sie aussahen, als Miss Bunny mich hierherbrachte. Rote Rosen, die in der Mitte gelb waren.«

»Ist James schon da?«, fragte ich.

»Seit zwei Tagen. Wir haben beide bei ihr gesessen, aber James wollte, dass ich dich herbringe. Wir möchten, dass du sie kennenlernst, solange sie noch sie selbst ist.«

Ich wartete darauf, dass Raleigh mir die Wagentür öffnete, dann stieg ich aus, wie mein Vater es mich gelehrt hatte, setzte den rechten Fuß fest auf den Boden auf und streckte die linke Hand aus, damit der Fahrer mir helfen konnte. Ich hoffte, dass mein Vater vom Fenster aus zusah.

»Vorsicht«, sagte Raleigh. »Da ist ein Graben.«

Der Graben verlief dort, wo ich einen Bordstein erwartet hätte, und war halb voll mit braunem Wasser. Ich verzog das Gesicht.

»Ein Landmädchen bist du definitiv nicht«, sagte Raleigh.

Ich hatte nicht bemerkt, dass mein Vater auf die Veranda gekommen war, bis er etwas sagte. »Wir sind nicht auf dem Land. Sondern in einer Kleinstadt.« Er breitete die Arme aus.

Ich rannte vielleicht etwas zu schnell in seine Arme, denn

er stolperte zwei Schritte rückwärts. Da wir mittlerweile gleich groß waren, sprach er direkt in mein Ohr.

»Oh, Dana«, sagte er. »Ich bin so f-froh, dass du da bist.«

Später habe ich in Selbsthilfebüchern gelesen, dass Menschen, die Zuneigung nicht gewohnt sind, nicht wissen, wie sie sie empfangen sollen. Aber das ist ein Mythos. Mein Vater hielt mich für alle Welt sichtbar auf der Veranda meiner Großmutter in den Armen, und ich genoss es. Man musste nicht vorher proben, wie man den Kopf auf der Schulter seines Vaters ablegt, seinen Tabakgeruch einatmet. Man weiß auch so, wie man jemandes Tochter wird.

Raleigh fragte: »Wie geht es ihr?«

»Unverändert«, sagte James. »Wir haben fast den ganzen Morgen geredet.«

»Hast du es ihr erzählt?«, fragte Raleigh leise.

James nickte.

»Will sie mich kennenlernen?« Ich flüsterte fast, also räusperte ich mich und versuchte es noch mal. »Was hast du ihr über mich erzählt?«

»Ich habe ihr erzählt, dass du meine Tochter bist. Ich habe ihr erzählt, wie klug du bist.«

»Was hast du ihr über meine Mama erzählt?«

»Über Gwen haben wir nicht so viel geredet«, sagte James.

Das fühlte sich nicht richtig an. »Wollte sie nicht wissen, wo ich herkomme?«

»Dana, sprich bitte leiser«, sagte Raleigh. »Miss Bunny ist krank. Sie kann Streitereien nicht gebrauchen. Sie ist in einer schlechten Verfassung. Lass sie in Frieden gehen.«

»Raleigh«, sagte ich und schüttelte seine Hand ab. Er wich zurück, und kurz tat es mir leid, dass ich ihn verletzt hatte. »Ich streite mit niemandem. Ich versuche nur rauszufinden, was James Miss Bunny alles erzählt hat. Ich will wissen, was er ihr über meine Mama erzählt hat.«

James sagte: »Ich h-h-habe ihr von dir erzählt. Du bist mit ihr verwandt, und ich will, dass sie dich sieht, bevor sie heimgeht.«

»Aber was ist mit meiner Mama?«, fragte ich. »Sie ist auch wichtig.«

Raleigh schien den Tränen nahe. »Bitte hört auf zu streiten. Gehen wir einfach rein.«

»Du hast meine Mutter nicht als Nutte hingestellt, oder?«, fragte ich.

»Nein«, sagte Raleigh. »So was würde James doch nie tun. Sag's ihr, Jimmy. Sag ihr, was du erzählt hast.«

»Ich habe ihr erzählt, deine Mutter wäre tot«, sagte James. »Ich habe ihr erzählt, deine Großmutter hätte dich aufgezogen.«

»Hast du ihr wenigstens gesagt, dass du meine Mutter geliebt hast? Dass es nicht nur eine schnelle Nummer war?«

James nickte. »Ich habe ihr gesagt, dass ich dich liebe, Dana. Sie weiß, dass deine Mama etwas Besonderes sein muss, wenn ich dich liebe.«

Ich schüttelte den Kopf. So lief das nicht.

»Dana«, sagte Raleigh, »bitte verschwende Miss Bunnys Zeit nicht. Ihr bleibt nicht mehr viel.«

Mein Vater nahm meine Hand und führte mich in Miss Bunnys Schlafzimmer, das vom Wohnzimmer nur mit einem Vorhang abgetrennt war. Obwohl ich gehört hatte, wie krank Miss Bunny war, stellte ich sie mir trotzdem so wohlgenährt und zitronenfrisch vor wie eine Grundschullehrerin. Ich hatte keine Ahnung, wie Sterben wirklich aussah. Schwerkranke hatte ich bisher nur in Krankenhausserien wie *Trapper John, M. D.* gesehen. Fernsehpatienten trugen Lippenstift und frische Baumwollkittel. Wenn sie schließlich starben, waren sie so höflich, die Augen zu schließen.

Miss Bunny war fünfundsechzig, was mir damals alt vorkam, aber nun, da meine Mutter auf die fünfzig zugeht, begreife ich, wie jung meine Großmutter war, als Jahre harter Arbeit und stärkehaltiger Speisen und noch dazu schlechte Gene sie schließlich einholten. Sie wirkte uralt; jemand Älteres war mir noch nie begegnet. Ihre Haut war dick und grobporig wie Orangenschalen, ihre Augen waren trüb. Am traurigsten wirkte ihr Haar. Es war, vermutlich von Laverne, mit einem Dutzend Haarklammern zu kleinen Kringeln aufgesteckt worden, als würde Großmutter sich auf eine Party später am Abend vorbereiten.

»Mama«, sagte James und drückte ihre Hand. »Das ist meine Tochter Dana Lynn.«

»Komm her«, sagte Miss Bunny mit kräftiger, fast männlich tiefer Stimme. »Komm her, mein Kind.« Zu James sagte sie: »Geh du mit Raleigh zum Burger Inn oder so was. Geht einfach. Macht euch keine Sorgen. Ich werde nicht heimgehen, bevor ihr nicht zurück seid.« Sie lachte, aber niemand stimmte mit ein. »Ernsthaft. Verschwindet, ihr zwei. Ihr wolltet, dass ich meine Enkelin kennenlerne. Wie soll ich sie denn kennenlernen, wenn ihr mir auf die Finger schaut?«

Raleigh steckte den Kopf durch die blassen Vorhänge, die Miss Bunnys Schlafzimmer abtrennten. »Jimmy?«

Ich sah förmlich vor mir, wie sie als Kinder gewesen sein mussten. Raleigh, der bei James, nicht bei Miss Bunny, nach Orientierung suchte. James sah seine Mutter an.

»W-w-worüber m-m-musst du denn mit ihr reden? Warum k-k-können wir dich nicht alle zusammen sehen?« Er ging zum Fenster und öffnete die Lamellen der Jalousie.

»James, ich möchte mit ihr über Frauensachen reden. Jetzt raus mit dir, Junge.«

James ging rückwärts Richtung Vorhang, als wollte er uns nicht aus den Augen lassen. Er stieß gegen Raleigh, und wieder lachte Miss Bunny. Kein schallendes Lachen, dafür war sie zu schwach. Trotzdem bestand kein Zweifel, dass die Situation sie amüsierte. Sie lachte keuchend weiter, bis James und Raleigh mit dem Lincoln weggefahren waren.

Ohne sie fühlte sich das Haus leerer und stiller an, als ich es gewohnt war. Miss Bunny ließ den Kopf wieder auf das Spitzenkissen sinken. Sie lag eine Weile einfach nur atmend da, und ich störte sie nicht.

»Mein linkes Bein ist ab«, sagte sie zu mir.

»Ja, Ma'am«, sagte ich.

»Die Ärzte meinten, das Bein abzunehmen würde mich retten. Es war kein schönes Bein, aber es war meins, und ich hätte nie gedacht, dass ich einmal unvollständig im Sarg liegen würde. Das Leben steckt voller Überraschungen.«

Ich entgegnete nichts. Ich wusste, dass ich eine Überraschung für Miss Bunny war, aber mich überraschte gar nichts.

»Wenn ich aufstehen könnte, würde ich dich umarmen«, sagte sie. »Ich habe nie jemanden abgewiesen. Dein Daddy weiß das. Ich habe Raleigh aufgenommen und später Laverne. Ich habe nie jemanden abgewiesen. Nie jemanden weggeschickt.« Sie verstummte und konzentrierte sich wieder aufs Atmen. »Ich liebe dich«, sagte sie zu mir, so wie sie es vor vielen Jahren zu Raleigh gesagt hatte. Ich wusste, dass ich mich dadurch herzlich willkommen fühlen sollte, aber stattdessen fragte ich mich, ob sie mich so sah wie Raleigh damals – als unglücklichen Bastard, ungeliebt und eingenässt.

»Sehen Sie mich nicht so an wie eine Waise. Meine Mutter ist nicht tot«, platzte ich heraus. »Sie ist Krankenschwester, und sie kümmert sich gut um mich. Ich habe gerade die AP-Prüfung in Biologie geschrieben, als Raleigh mich aus der Schule geholt hat, um hier hochzufahren. Der Test hat fünfzig Dollar gekostet, meine Mutter hat ihn bezahlt.«

»Ich vermute, sie kümmert sich auch gut um meinen James.« Miss Bunny seufzte.

»Das tut sie«, sagte ich. »Sie heißt Gwendolyn Yarboro.«

»Und wie heißt du?«

»Dana«, sagte ich.

»Das weiß ich. Aber wie heißt du mit vollem Namen?«

»Dana Lynn Yarboro.«

Miss Bunny fasste sich an die Stirn. »Hat James deine Geburtsbescheinigung unterschrieben?«

»Nein, Ma'am«, sagte ich. »Aber Raleigh.«

Sie schüttelte den Kopf. »Diese Jungs. Brüder, egal, was die Leute sagen. Wenn sie was ausgefressen haben, dann immer gemeinsam. Bist du Einzelkind, Schätzchen?«

Ich antwortete mit Bedacht: »Wie könnte ich Einzelkind sein?«

Ihre Miene veränderte sich, und sie berührte die Stelle auf dem Bett, wo ihr Bein hätte sein sollen. »Ich hab mir nichts dabei gedacht. Himmel. Was für ein Durcheinander. Bist du Chaurisse schon mal begegnet?«

Ich zuckte mit den Achseln. »Nicht so richtig.«

»Sie ist ein nettes Mädchen«, sagte Miss Bunny. »Ich bin mächtig stolz auf sie. Das hier wird sie umbringen. Ihre Mutter auch. Aber Laverne kommt von hier. Sie hatte eine schwere Kindheit; sie wird sich fangen. Doch Chaurisse ist in Atlanta geboren und aufgewachsen. Sie kennt kein Leid. Das hier wird sie fertigmachen.«

»Das ist nicht meine Schuld«, sagte ich.

Miss Bunny klopfte wieder auf die Stelle auf dem Bett. »Setz dich.«

Ich setzte mich, was den Plastikmatratzenüberzug zum Knarzen brachte. Ich sah meine Großmutter nicht an, hielt den Blick auf den dünnen Trennvorhang gerichtet. Sie legte mir eine Hand auf den Rücken.

»Du erinnerst mich an Laverne. Als sie mir zum ersten Mal begegnete, war sie ungefähr so alt wie du. Wütend auf die ganze Welt, und mit gutem Grund. Sie lag im Streit mit ihrer Mutter. Du streitest mit James, und das ist dein Recht. Ich will dir nichts wegnehmen. Du hast eine raue Schale. Chaurisse, die hat nichts dergleichen.«

»Ich habe kein Mitleid mit ihr.«

»Dana, ich wünschte, James hätte es für richtig befunden, mir früher von dir zu erzählen. Ich wünschte, er hätte deine Mama heute mit hierhergebracht.«

»Sie wollte Sie immer kennenlernen«, sagte ich.

Miss Bunny lehnte sich auf dem Krankenhausbett zurück. »Ich weiß wirklich nicht, wie wir da wieder heil rauskommen.«

Wir schwiegen noch eine Weile. Ich konzentrierte mich auf meine Atmung, obwohl das Zimmer nach Kampfer und einem Hauch Urin roch. Neben dem Bett stand ein Strauß roter Rosen, der keinerlei Duft verströmte.

»Nimm dir etwas von mir«, sagte Miss Bunny. »Nimm dir aus diesem Zimmer, was immer du magst.«

Ich ging durch den kleinen Raum. Es gab keine große Auswahl. Auf der Kommode, wo Parfümflakons und Figürchen hätten stehen sollen, lagen bernsteinfarbene Tablettendosen, ein Stapel Gummihandschuhe und eine Schachtel mit Spritzen. Das einzig Dekorative war ein Ringhalter aus Porzellan, zwei Finger, einer mit dem Ehering eines Mannes. Auf dem Nachttisch stand ein Schmuckkästchen aus Holz. Als ich es öffnete, erklang klimpernd Musik. Drinnen befand sich nur eine sternförmige Brosche aus geschliffenen Aquamarinen.

»Die?«, fragte ich.

»Warum hast du die gewählt?«

Ich zuckte mit den Achseln. »Sie gefällt mir einfach. Sie ist hübsch.« Ich wusste zu wenig von der Familiengeschichte, um beurteilen zu können, was von Bedeutung war und was nicht. Ich hatte die Brosche ausgesucht wie etwas in einem Geschäft.

»Also schön«, sagte sie. »Ich hatte Raleigh gesagt, ich wolle die Brosche bei meiner Beerdigung tragen.«

Ich ließ sie wieder in das Schmuckkästchen fallen. Sie hatte das Wort *Beerdigung* ausgestoßen, als hätte sie sich dazu zwingen müssen. Ich wandte mich zu ihr um, aber sie hatte das Gesicht zur Wand gedreht. »Ich kann mir etwas anderes aussuchen. Ist sie ein Geschenk von jemand Besonderem?«

»Nein. Ich habe sie mir von meinem eigenen Geld gekauft. Vor Jahren, als es mir noch wichtig war, hübsch auszusehen. Ein paar Steine sind rausgefallen, aber es ist immer noch ein schönes Stück.«

»Ja, Ma'am.«

»Ich werde Raleigh sagen, er soll sie mir abnehmen, bevor sie den Sarg schließen und mich unter die Erde bringen.«

»Ma'am, bitte sagen Sie so was nicht.«

Meine Großmutter nahm meine lebende Hand in ihre sterbende. »Ich hatte nie Streit mit der Wahrheit. Ich hoffe, jemand sagt so etwas bei meiner Trauerfeier.«

10

ONKEL RALEIGH

Im Sommer 1978 stand meine Mutter am Scheideweg. Ich bin weder religiös noch abergläubisch, aber die Stelle, an der zwei Wege sich kreuzen, hat etwas, was nicht von dieser Welt zu sein scheint. Es heißt, der Teufel betreibe dort sein Geschäft, falls man seine Seele für etwas Nützlicheres eintauschen wolle. Und wenn man der Meinung ist, Gott lasse sich bestechen, ist diese Stelle der heilige Boden, um Opfer darzubringen. Im wörtlichen Sinn ist es der Ort für einen Richtungswechsel, aber hat man erst mal eine neue Richtung eingeschlagen, dann muss man dabei bleiben, bis man an den nächsten Scheideweg kommt, und wer weiß schon, wie lange man auf den warten muss.

Obwohl ich erst neun war, verbrachte ich in jenem Sommer zwei Wochen fern von zu Hause. Meine Patentante Willie Mae nahm mich mit nach Alabama, damit ich ein paar Tage bei ihrer Familie auf dem Land verbringen konnte. Sie fand, ich sei zu sehr Stadtkind und müsse mal ein bisschen barfuß laufen. Wenn sie mir abends ein Bad in die Wanne mit den gusseisernen Füßen einließ, wirkte Willie Mae viel kompetenter als zu Hause in unserem Wohnzimmer bei Gin Tonics mit meiner Mutter. Auf dem Land trug sie ihr Haar in zwei geflochtenen Zöpfen, deren Enden im Nacken untergesteckt waren; sie stieg mit nackten Füßen in ihre Schuhe.

Heiße, stickige Sommer war ich gewohnt, aber die Hitze in

Opelika war allumfassend. Im August war Einmachsaison, weshalb die Frauen eifrig Tomaten, Pfirsiche und Rote Bete wuschen. Willie Mae sparte auf zwei Fensterklimaanlagen; in der Zwischenzeit begnügten wir uns mit Ventilatoren und Pappfächern. Die Eingangstür klapperte beständig hinter einer schier endlosen Parade von Nichten, Neffen, Cousinen und Cousins, die Eier aus dem Eisschrank klauten, um herauszufinden, ob sie sich auf dem schwarzen Asphalt der Straße braten ließen. Auf der anderen Straßenseite verkaufte eine Dame für zehn Cents Styroporbecher mit gefrorenem Kool-Aid, aber meine Mutter hatte mir eingeschärft, nichts aus den Häusern fremder Leute zu essen. Meistens blieb ich in der Küche, in der Nähe von Willie Mae, die ab und zu über mich stolperte. In der Luft hing der zuckrige Duft köchelnder Früchte. Wenn ich meinen Unterarm ableckte, schmeckte ich Salz.

Nachts teilte ich mir ein Ausziehbett mit Willie Mae, die sich überall mit Talkum einpuderte, das mit Maisstärke gestreckt war. Ich vermisste mein eigenes Zimmer, die Geräusche der Stadt und meine wunderschöne Mutter. »Warum hat sie mich heute nicht angerufen?«

Willie Mae drapierte das schweißgetränkte Laken um mich. »Sie kann dich nicht jeden Tag anrufen. Sie liebt dich. Ich liebe dich. Raleigh liebt dich. Alle lieben dich. Du musst jetzt einfach schlafen und Geduld haben.«

Ich wusste nicht, was ich dazu sagen sollte, deshalb legte ich den Kopf auf das viel zu weiche Kissen.

»Sie kommt dich holen, Dana. So viel ist sicher.«

In den zwei Wochen in Alabama lernte ich so einiges. Ich lernte, wie man ein Baby wickelt und wie man die Wäsche so aufhängt, dass Bett- und Tischtücher die Frauensachen verdecken. Ich lernte, wie und wann man beim katholischen Gottesdienst niederkniet, und ich lernte, dass es ausgewachsene Männer gibt, die kleine Mädchen sehr hübsch finden.

Als die Kirche aus war, wollte Willie Maes Onkel, Mr Sanders, dass ich mich auf seinen Schoß setze. Das Kaugummi, das er mir anbot, lehnte ich ab, aber ich kletterte auf seinen Schoß, weil ich nicht wusste, dass ich einem Erwachsenen eine Bitte abschlagen konnte. Ich setzte mich auf seine Knie, aber er zog mich an sich, bis mein Kreuz fest an seinem Bauch lag und mein Kopf unter seinem Kinn steckte. Er trug noch die grüne Krawatte von der Messe, während er mich auf seinen Oberschenkeln wippen ließ und mir Apfelatem ins Ohr blies.

Willie Mae kam ins Schlafzimmer, nur im Unterkleid, das an der Taille durchgeschwitzt war.

»Sanders«, sagte sie, »lass sofort das Mädchen runter, und halt dich verdammt noch mal fern von ihr. Wenn du sie noch ein Mal anfasst, stech ich dich ab, Nigger. Du weißt, ich mein's ernst.« Dann packte sie mich unter den Armen und zog mich weg.

»Ich hab ihr nix getan«, sagte ihr Onkel.

»Du bist ein übler Hund, Sanders«, sagte Willie Mae. »Raus hier.«

Der Onkel schlenderte hinaus, und Willie Mae schloss mich fest in die Arme. »Alles okay? Geht's dir gut, Dana? Was ist passiert?«

»Nichts«, sagte ich.

»Du hast auf seinem Schoß gesessen, und das war's? Er hat dich nicht angefasst?«

»Nein.«

»Gott sei Dank.«

»Aber –«

»Aber was?«

»Aber könnte er mich anfassen, ohne dass ich's merke?«

Willie Mae umarmte mich wieder und lachte erleichtert auf. »Himmel«, sagte sie. »Bleib immer dicht bei mir, bis deine Mama dich holen kommt.«

»Ich will nach Hause.«

»Ich weiß, aber es sind nur noch ein paar Tage. Gwen muss sich um ein paar Dinge kümmern.«

An jenem Abend führte sie ein R-Gespräch mit meiner Mutter. Am nächsten Tag saß ich gerade mit Willie Mae auf der Veranda und pulte Erbsen, als ich den alten Lincoln die Straße hinaufkommen sah.

Willie Mae blickte mit zusammengekniffenen Augen zum Wagen und zum Staub, den er aufwirbelte. »Dana, deine Augen sind noch jung. Sag mir, wer fährt.«

»Es ist der alte Lincoln. Das ist Onkel Raleigh.«

»Gelobt sei Jesus Christus«, sagte Willie Mae. »Gelobt sei der Herr.«

Ich fragte mich, was meine Mutter sagen würde, wenn sie mich so sah. Ich hatte die Warnung von Willie Maes Mutter, dass ich nicht in der Sonne spielen sollte, in den Wind geschlagen; meine Hautfarbe, die ohnehin schon dunkel war, hatte eine noch tiefere Note bekommen. Der Schweiß hatte die geglätteten Haarwellen längst ruiniert, und ich kratzte mir die schmutzige Kopfhaut, als Raleigh meiner Mutter aus dem Wagen half. Sie trug ein hellblaues Kostüm und einen dazu passenden Hut. Sogar ihre Schuhe waren von dem gleichen Schwimmbadblau.

»Habt ihr's erledigt?«, fragte Willie Mae.

»Noch nicht«, sagte Raleigh.

»Ich wollte es nicht ohne Dana machen«, sagte meine Mutter.

»Was machen?«, fragte ich.

»Willie Mae«, sagte meine Mutter, »kann ich irgendwo mit Dana alleine reden?«

Willie Mae sah zu all den Kindern, die im Garten spielten. Sie sah zum Haus ihrer Mutter, das zweifellos voll mit Frauen war, die Gemüse einkochten. »Tut mir leid, Gwen. Hier ist alles ausgebucht.«

Raleigh sagte: »Nimm meine Schlüssel. Ihr könnt euch ins Auto setzen. Stellt euch die Lüftung an.«

Meine Mutter nahm meine Hand und lächelte. »Du siehst aus wie ein wildes Tier.«

Auf der Veranda nahm Raleigh meinen Platz neben Willie Mae ein und fing an, Erbsen zu pulen. Sie beugte sich vor und flüsterte ihm etwas zu, das ihn zum Lächeln brachte.

Raleigh wollte meine Mutter heiraten. Am Donnerstag beim Tonk hatte er seine Karten in doppelter Hinsicht auf den Tisch gelegt. Er sagte: »Gwen, du verdienst etwas Besseres. Du verdienst es, die einzige Frau eines Mannes zu sein.«

Zuerst nahm sie ihn nicht ernst. »Nimm die Hand wieder hoch, Raleigh. Ich kann ja die ganzen Karten sehen, so macht es keinen Spaß.«

»Ich mein's ernst.«

Sie lachte. »Und, denkst du da an jemand Bestimmten? Kennst du jemanden, der mich hier rausholt?«

»Ich mein's ernst, Gwen«, sagte er. »Ich denke schon seit ein paar Jahren darüber nach, und ich möchte dir und Dana gegenüber eine echte Verpflichtung eingehen.«

Meine Mutter legte ihre Karten verdeckt auf den Tisch, als glaubte sie, sie könnten ihr Spiel wieder aufnehmen, sobald dieses seltsame Gespräch beendet war. »Was willst du damit sagen, Raleigh? Was genau willst du damit sagen?«

»Ich frage, ob du mich heiraten willst. Ob du meine Frau werden willst. Rechtmäßig. Respektabel.«

Meine Mutter stand vom Tisch auf, ging zum Sofa und setzte sich genau dahin, wo die Polster sich trafen. Raleigh folgte ihr. Er war so groß und schlaksig, als hätte man ihn eigens so konstruiert, dass er sich im Wind wiegte.

Raleigh redete weiter. »Wir könnten uns ein eigenes Haus suchen und wie normale Menschen leben. Auf dem Papier bin ich ja schon Danas Vater, das ist also nicht weiter kompliziert. Und mach dir keine Sorgen wegen James. Der wird sich schon daran gewöhnen. Er muss einsehen, dass er nicht ewig so viele Vorrechte genießen kann wie in den letzten neun Jahren. Er muss einsehen, dass es vernünftig wäre, wenn du und ich uns zusammentäten. Es wäre auch besser für Dana. James hat doch schon mehr, als ein Mensch sich erträumen kann.« Er nahm die Hände meiner Mutter und führte sie an seine Lippen. »Was meinst du, Gwen?«

»Du hast noch nicht gesagt, dass du mich liebst«, entgegnete meine Mutter. »Warum tust du das? Du liebst mich doch gar nicht.«

»Doch, das tue ich«, sagte Raleigh. »Ich liebe dich wie verrückt. Ich liebe dich mit Haut und Haaren. Ich liebe dich, Gwendolyn Yarboro.«

»Nein, tust du nicht«, sagte meine Mutter.

»Doch. Ich liebe dich schon seit dem Tag, als du dich in diesem Wohnheim in deinem Bett verkrochen hast. Bitte, Gwen. Tun wir's einfach.«

»Ich weiß nicht.«

»Du weißt was nicht?«, fragte Raleigh. »Du weißt nicht, ob ich dich liebe oder ob du mich liebst?«

»Ich weiß ganz sicher, dass ich dich nicht liebe«, sagte meine Mutter. »Nicht auf diese Weise. Aber ich weiß auch nicht, ob du mich liebst.«

Raleigh lehnte sich auf dem Sofa zurück. »Du liebst mich nicht? Gar nicht?«

»Ein bisschen vielleicht«, sagte Gwen. »Aber du bist der Bruder meines Ehemanns. Seinen Schwager liebt man auf andere Art.«

»Du bist nicht die Frau meines Bruders«, sagte Raleigh. »Er ist nicht mein Bruder, und du bist nicht seine Frau.«

»Ich weiß nicht«, sagte Gwen.

»Doch, Gwen«, sagte Raleigh. »Du weißt es.« Er stand auf und legte eine Platte von Louis Armstrong auf. »Tanz mit mir«, sagte er und streckte ihr die Hände entgegen.

»Das ist hier kein Film«, sagte meine Mutter, plötzlich wütend. »Tanzen macht es weder richtig noch falsch. Du bittest mich, mein ganzes Leben aufzugeben.«

»Ich bitte dich um deine Hand.«

»Ich weiß nicht, Raleigh«, sagte meine Mutter.

Fünf Tage später saß sie in ihrem blauen Kostüm neben mir im Fond des Lincoln.

»Dana«, sagte meine Mutter. »Wie fändest du es, wenn Raleigh dein neuer Daddy werden würde?«

»Wie meinst du das?«

»Ich meine, wie es dir gefallen würde, wenn wir mit Onkel Raleigh zusammenleben würden, und er wäre dein Daddy und ich deine Mutter – ich werde immer deine Mutter sein, das wird sich nie ändern –, aber ich, du und Raleigh würden zusammenleben.«

»Das geht?«

»Wenn man will, geht alles.«

Ich dachte darüber nach, während ich an den Mückenstichen an meinem Bein kratzte. »Was ist mit James? Ich kann nicht zwei Daddys haben, oder?«

»James wird immer dein Vater sein.«

»Aber was ist dann mit Onkel Raleigh?«

»Okay«, sagte meine Mutter. »Es ist so. Wenn du älter wirst, sagst du den Leuten: ›Mein echter Vater hat mich nicht großgezogen. Meine Mutter hat meinen Onkel geheiratet, und deshalb betrachte ich meinen Onkel als meinen Vater.‹ Verstehst du?«

»Nein.«

»Dana«, sagte meine Mutter, »probieren wir's noch mal anders. Wenn du dir einen Daddy aussuchen könntest, welchen würdest du nehmen? Raleigh oder James?«

»Ich weiß es nicht.«

»Du hast die Wahl, Dana. Sag mir, was du willst, denn ich will nur das Beste für dich.«

»Wenn wir Raleigh auswählen, ist James dann sauer auf uns?« Meine Mutter sagte: »Ja.«

»Was ist mit Onkel Raleigh? Wenn du sagst, dass er nicht mein Daddy sein kann, ist er dann sauer auf mich?«

»Er wäre verletzt.«

»So, dass er weint?«

Meine Mutter dachte kurz darüber nach. »Vielleicht ja, aber nicht, wenn du dabei bist. Du musst ihn nicht weinen sehen.«

Im Fond des Lincoln fühlte ich mich zum ersten Mal seit fast zwei Wochen wohl und erfrischt. Ich wünschte, meine Mutter und ich könnten für immer hier drin sitzen, unsere Optionen überdenken und von meinem Vater und Raleigh gleichzeitig geliebt werden.

»Ich will Onkel Raleigh nicht verletzen.«

»Ich auch nicht, mein Schatz, aber irgendwer wird verletzt sein. Das lässt sich nicht vermeiden.« Sie zog mich an sich, obwohl sie so sauber und hübsch war und ich so Alabama-dreckig und melasseverklebt. »Ich liebe dich, Dana«, sagte sie. »Ich liebe dich mehr als irgendwen sonst.« Sie presste ihr Gesicht in mein schmutziges Haar. »Du bist mein Leben.«

Ihre verzweifelte Liebe für mich, ihre bedeutungsschweren Küsse – früher habe ich das genossen. Diese aufgeladene Zuneigung, die alles, was sie berührte, versengte und mich zurückließ wie einen Blitzableiter.

»Mama«, sagte ich.

»Ja?«

»Was ist mit James? Wenn wir mit Raleigh mitgehen, wird er dann einfach mit seiner Frau und seiner anderen Tochter zusammenleben?«

»Ja.«

»Das ist nicht fair.«

»Nicht fair für wen, mein Schatz?«

»Es ist nicht fair, dass sie James ganz für sich haben dürfen.«

»Nein«, sagte meine Mutter. »Das ist nicht fair.«

»Warum können sie nicht mit Raleigh gehen?«

»So funktioniert das nicht«, sagte meine Mutter.

Meine Mutter saß neben mir und legte die ganze Angelegenheit in meine neunjährigen Hände. Ich ertrug den Gedanken nicht, dass Chaurisse meinen Vater ganz für sich haben sollte, ihn Daddy nannte und ein Leben führte wie aus einem Kinderbuch. Mir war schon damals klar, dass Raleigh ein guter Mensch war, ein ausgezeichneter Onkel, aber ein Onkel war nicht dasselbe wie ein Daddy. So etwas wie ein »neuer Daddy« existierte nicht. Man bekam einen Vater ganz am Anfang, und das war's.

Durch die dunklen Scheiben des Lincoln wirkte die Szene auf der Veranda Unheil verkündend, als hätte ein Sturm die Stadt heimgesucht wie ein düsterer Karneval. Raleigh zielte mit seiner Kamera auf Willie Mae, die lachte und ihm eine Handvoll Erbsen entgegenschleuderte. Er drückte wieder und wieder auf den Auslöser.

(Als wir Willie Mae 1988 zu Grabe trugen, hätte ich gern einige dieser Bilder ins Programmheft ihrer Trauerfeier aufgenommen, aber meine Mutter sagte, Willie Mae hätte ungern so provinziell ausgesehen. Ich habe die Bilder noch, in einer silbernen Dose, zusammen mit meinen goldenen Ohrringen.)

»Werden wir Onkel Raleigh noch sehen, auch wenn er nicht mein neuer Daddy wird?«

Meine Mutter nickte. »Raleigh ist wie wir. Er kann nirgendwo anders hin.«

»Dann lassen wir es doch so«, sagte ich. »Geht das?«

Meine Mutter und ich stiegen zusammen aus dem Wagen. Sie hielt meine Hand, als wäre ich ein Blumenmädchen. Als wir uns der Veranda näherten, stand Raleigh auf, sodass lila Erbsenschoten zu Boden und auch auf seine frisch polierten Schuhe rieselten.

»Wir müssen mit dir reden«, sagte meine Mutter.

»Okay«, sagte Raleigh.

»Ungestört«, sagte meine Mutter.

Willie Mae nahm meinen Arm mit dem gleichen festen Griff, den sie am Tag zuvor angewandt hatte, als sie mich den Fängen ihres Onkels entriss. »Lass sie hier bei mir, Gwen. Verstrick sie nicht in die Angelegenheiten von Erwachsenen.«

Meine Mutter ließ mich los; meine Hand fiel zur Seite.

»Hier ist man nirgends ungestört«, sagte Willie Mae. »Außer im Auto.«

Raleigh sagte: »Ich will nicht im Auto darüber reden. Ich will nicht in dieses Auto steigen.« Er wurde nervös, verlagerte das Gewicht von einem Fuß auf den anderen, was die Kamera um seinen Hals gegen seine hübsche gelbe Krawatte hüpfen ließ.

»Dann geht hinten in den Garten«, sagte Willie Mae. »Ihr müsst durch die Küche, aber da draußen seid ihr allein.«

Sie gingen ins Haus, entschuldigten sich bei den Frauen und Kindern, die sich dort drängten. Die waren verwirrt und blieben es, bis wir abreisten und Willie Mae ihnen erklärte, dass Raleigh kein Weißer war, dass er nur so aussah. Mindestens eine Person behauptete, es von Anfang an geahnt zu haben.

Ich setzte mich wieder zu Willie Mae und dem Erbsentopf auf die Veranda. Sie öffnete die Schoten mit ihrem Fingernagel und schob die glänzenden Erbsen mit dem Daumen hinaus.

»Sie bricht ihm da draußen das Herz, was?«, fragte Willie Mae, ohne mich anzusehen.

»Wir lassen alles so, wie es ist«, sagte ich.

Willie Mae zuckte mit den Achseln. »Es ist ihr Leben.«

Ich kämpfte eine Weile mit den Erbsen, während Willie Maes Finger ihre Aufgabe spielend erledigten.

»Sie hat mich gefragt, wen ich als Daddy will.«

»Tatsächlich?«

»Ich hab ihr gesagt, ich will meinen Daddy behalten.«

»Gwen sollte dich mit so was nicht belasten.«

»Wird sie Onkel Raleigh sagen, dass ich ihn nicht als Daddy wollte?«

Willie Mae stellte den Topf mit den Erbsen neben ihre Füße.

»Nein, Liebes. Gwen würde dich nie vorschieben. Was immer du als Erwachsene von ihr halten magst, du wirst nie sagen können, sie hätte dich verraten.«

Raleigh und meine Mutter führten ihr Gespräch im Garten zwischen der Wäsche. Die Laken fungierten als feuchte Vorhänge, umhüllten sie mit ihrer frischen Seifensüße und dem scharfen Geruch nach Bleiche. Sie standen dort, wo gemäß Willie Maes Lehre meine geheimen Sachen hingen, die Kleidungsstücke, die von der Straße nicht zu sehen sein sollten. Ich hatte sie gebeten, alle meine Sachen dort aufzuhängen, nicht nur meine Unterwäsche, sondern auch Shorts, T-Shirts, sogar meine Handtücher. Sie hatte gelacht, war aber meiner Bitte gefolgt.

Willie Mae und ich verlagerten uns in die Küche, wo die Frauen in Töpfen rührten und sich den Schweiß von den Gesichtern wischten. Wir behielten die Fliegengittertür im Auge, sahen aber nichts außer reglosen Laken.

»Sperr die Ohren auf«, sagte Willie Mae. »Man weiß nie, wozu ein Mann in der Lage ist, wenn man versucht, ihn loszuwerden.«

»Onkel Raleigh wird meiner Mama nie was tun.«

»Dabei geht es nicht um deinen Onkel, Liebes. Nur ums Erwachsensein. Achte einfach darauf, ob irgendwas nicht richtig klingt.«

Ich lauschte, aber ich hörte nur die Geräusche vom Einkochen. Ihre Stimmen waren nicht auszumachen. Ich hörte auch das Klicken des Auslösers nicht, obwohl ich mittlerweile weiß, dass Raleigh fotografierte; ich habe die Bilder gesehen. Nahaufnahmen vom Gesicht meiner Mutter, mit gesenktem Blick. Auf einem Bild sind nur ihre Füße zu sehen, die schmalen Absätze ihrer Satinpumps, die in der Erde Alabamas versinken. Ein Bild zeigt ihre Handfläche, die das Objektiv bedeckt. Die letzten Bilder der Serie sind sechs, sieben Aufnahmen von seinem eigenen verletzten Gesicht, die Arme ausgestreckt, um die Kamera auf Abstand zu halten. Die musste er gemacht haben, nachdem meine Mutter ihn zwischen der Wäsche zurückgelassen hatte und in die Küche und in Willie Maes offene Arme gerannt war.

»Ich hab's ihm gesagt.«

»Was genau?«, fragte Willie Mae.

»Ich habe ihm gesagt, dass ich es Dana nicht antun kann. Dass sie ihren echten Vater braucht. Er fing an: ›Liebst du mich, Gwen? Liebst du mich, Gwen?‹ Ich habe ihm gesagt, dass es darum nicht geht, dass es kein Spiel ist.«

»Geht es dir gut?«, fragte Willie Mae.

»Ja«, sagte meine Mutter. »Es hätte schlimmer kommen können. Es hätte so viel schlimmer kommen können.«

Ich stand an der Fliegengittertür und starrte auf die Laken. Wir hatten sie frühmorgens aufgehängt, doch jetzt, am späten Nachmittag, waren sie immer noch tropfnass. Unter dem Haus winselten Hundewelpen, die darauf warteten, dass Willie Maes Mutter die Essensreste von gestern rausstellte. Die Welpen waren flauschig und hübsch, aber ich durfte sie nicht anfassen, weil sie noch nicht geimpft waren.

Ich drückte die Tür auf.

Meine Mutter fragte: »Was hast du vor?«

»Ich will mir nur die Hundebabys angucken«, sagte ich. »Ich fasse sie auch nicht an.«

»Okay«, sagte meine Mutter.

Ich öffnete die Tür und schlüpfte hinaus. Als die Tür gegen

den Rahmen schlug, rannte ich zur Wäscheleine. Ein nasses Laken klatschte mir ins Gesicht, als ich mich daran vorbeidrängte. Dann entdeckte ich Raleigh, der dastand und gen Himmel starrte.

»Hey, Onkel Raleigh«, sagte ich.

Er antwortete nicht.

»Bist du sauer auf mich?«

»Nee, Dana«, sagte er. »Ich könnte niemals sauer auf dich sein. Du bist ein liebes Mädchen.«

»Willst du ein Foto von mir machen?«

Er schüttelte den Kopf. »Fürs Erste habe ich genug vom Fotografieren. Nächstes Mal mache ich ein Bild von dir.« Er setzte sich auf den Boden, der von der tropfenden Wäsche ganz nass war. »Dana, ich hab's wirklich schwer gehabt im Leben«, sagte er und streckte mir die Arme entgegen. »Setz dich einen Moment zu mir.«

Mir fiel Willie Maes Onkel wieder ein, der das Gleiche gesagt hatte. Ich schüttelte den Kopf. »Darf ich nicht.«

»In Ordnung«, sagte er, und ich schob mich durch den feuchten Lakenvorhang. »Sag ihr, ich komme gleich«, ergänzte er. »Sag ihr, ich muss mich kurz sammeln.«

Die Fahrt von Opelika nach Atlanta dauert ungefähr zwei Stunden, wenn man den direkten Weg über die I-85 nimmt. Aber Raleigh entschied sich dafür, Landstraße zu fahren, weil er angeblich etwas von der Gegend sehen wollte. Meine Mutter war zunächst dagegen; sie hielt es für keine gute Idee, dass drei Schwarze in einem schönen Wagen die Nebenstraßen von Dixieland erkundeten. Raleigh entgegnete, dass vorbeikommende Rednecks nicht drei Schwarze sehen würden, sondern einen weißen Mann, eine schwarze Frau und ein kleines Mädchen. Als wir das Schild passierten, das die Auffahrt zur Interstate anzeigte, setzte er nicht den Blinker, sondern blieb auf der Landstraße. Vor jeder Kreuzung wurde er langsamer und gab meiner Mutter die Chance, ihn doch noch um einen anderen Kurs zu bitten.

11

DER GEWINNER

Als das vorletzte Schuljahr zu Ende ging und ich anfing, über meine Collegebewerbungen nachzudenken, versicherte mir James zig Mal, dass Chaurisse ans Spelman College in Atlanta gehen würde. »Sie bleibt am liebsten zu Hause«, sagte er. »Kommt ganz nach ihrer Mama, genau wie du nach deiner.« Er sagte das voller Überzeugung, ohne den Anflug eines Stotterns, aber konnte ich seinen Aussagen auch trauen? Ich wusste besser als irgendwer sonst, wie begrenzt die Fähigkeiten meines Vaters waren, die Wünsche, Handlungen und Motivationen eines Teenagers vorherzusagen. Außerdem war James nicht gut beieinander, seit seine Mutter gestorben war.

Seit Miss Bunnys Beerdigung sprach James mit leiser Stimme und aß weniger. Er war geistesabwesend, behielt die Mütze auf, nachdem er ins Haus gekommen war, rief meine Mutter und mich bei den Namen unserer Rivalinnen. Wie hätten wir es ihm verübeln können, so bedauernswert, wie er war? Die Bartstoppeln an seinem Kinn waren borstig und weiß gesprenkelt. Wenn er das Jackett auszog, sah ich, dass er nur den Kragen seines weißen Hemds gebügelt hatte, der Rest war bloß getrocknet. Seine Brille hatte er mit einer auseinandergebogenen Büroklammer geflickt.

Meine besorgte Mutter bat mich, den Schulbus zu nehmen, damit ich binnen einer Stunde nach dem letzten Klingeln zu Hause war und mein Vater jemanden antraf, falls er überraschend vorbeikam. Eines Nachmittags im Mai war sie vor mir da gewesen und hatte ihn wartend auf der hinteren Veranda entdeckt, wo er mit den Fingerknöcheln geknackt hatte, bis sie geschwollen waren und schmerzten. Als er aufstand, hinterließ der rostige Stuhl einen schmierigen Schmetterling auf dem Hosenboden seiner guten Wollhose.

»James braucht uns jetzt«, sagte meine Mutter.

Er kam nicht oft vorbei, sodass ich viele Nachmittage allein zu Hause verbrachte, die Souvenirs auf meiner Kommode neu arrangierte, Collegebroschüren durchblätterte und mich nach Ronaldas Kellerrefugium sehnte. Als wir eines Donnerstags zwischen zwei Schulstunden im Flur aneinander vorbeikamen, drückte sie mir einen dünnen Joint in die Hand, der mit Butterbrotpapier gerollt war. Zu Hause stellte ich den Badezimmerventilator an, zog das dünne Papier auf und leckte den Falz an, aber ohne Ronalda zu kiffen machte mich nur paranoid und traurig.

Wenn mein Vater tatsächlich am frühen Nachmittag vorbeikam, löcherte er mich mit Fragen zu meiner einzigen Unterhaltung mit Miss Bunny.

»Was hat sie zu dir gesagt?«

»Das habe ich dir doch schon erzählt.«

»Du hast es mir nicht Wort für Wort erzählt.«

»Ich erinnere mich auch nicht mehr an jedes einzelne Wort. Soll ich dir einen Aschenbecher holen? Brauchst du einen Gin Tonic?«

»Würdest du mir einen bringen?«

Ich stellte den Gin Tonic auf einen Untersetzer vor ihm, während er mit der Zigarettenschachtel gegen sein Knie klopfte.

»Wie läuft's in der Schule?«

»Gut.«

»Sitzt du schon an deinen Collegebewerbungen?«

»Die für Mount Holyoke ist fast fertig. Da will ich unbedingt hin. Okay?«

»Ich habe dir schon gesagt, dass du dir keine Sorgen zu machen brauchst. Mount Holyoke ist teuer, aber ich werde dafür aufkommen. Hast du Miss Bunny davon erzählt?«

»Woher weißt du, dass Chaurisse sich nicht auch fürs Mount Holyoke bewirbt?«

»Das tut sie nicht.«

»Aber woher weißt du das?«

Er nahm einen Schluck von seinem Drink. »Sie mag das kalte Klima nicht. Und jetzt beantworte mir meine Frage zu deiner Großmutter. Hast du ihr erzählt, dass ich dein Studium bezahlen werde?«

»Sie hat nicht danach gefragt.«

»Du hättest es irgendwie einfließen lassen sollen. Was hast du denn alles zu ihr gesagt? Ich weiß, dass ich das schon gefragt habe, aber bring mich noch ein letztes Mal auf Stand.«

Er machte sich solche Sorgen wegen des Gesprächs, dass meine Mutter ebenfalls begann, sich Sorgen zu machen, obwohl ich ihr alles erzählt hatte, als ich an jenem Abend nach Hause gekommen war. Alles, jede Einzelheit, angefangen bei der glänzenden blauen Brosche, die mein einziges Erbstück sein sollte. Als ich berichtete, dass James Miss Bunny erzählt hatte, meine Mutter sei tot, schnappte sie nach Luft, als hätte man sie an empfindlicher Stelle gepikst, und vergoss ein paar Tränen, bevor sie sich wieder fasste. Es war nicht das erste Mal, dass ich meine Mutter weinen sah, aber die Erfahrung erschütterte mich bis ins Mark.

»Ich verlange doch wirklich nicht viel«, sagte sie.

»Ich weiß, Mutter.«

Als sie mich drei Monate später wieder nach den Einzelheiten des Gesprächs mit Miss Bunny fragte, sagte ich: »Ich habe dir alles erzählt. Du willst es doch nicht etwa noch einmal hören?«

Sie sagte: »Beim ersten Mal war ich abgelenkt, weil ich so unter Schock stand. Jetzt will ich einfach nur die Fakten hören. Dein Vater ist völlig durcheinander, und ich versuche zu verstehen, warum.«

»Ich weiß nicht, was er von mir hören will. Jedes Mal fragt er danach, und ich weiß nicht, was ich sagen soll.«

Mutter setzte sich und zog ihre Schwesternschuhe aus. »Das ist ja das Komische.« In der Küche füllte sie eine Waschschüssel mit warmem Wasser und gab etwas Bittersalz und Seife dazu, bevor sie sie vor dem Sofa abstellte, wobei etwas von dem schaumigen Wasser auf den Teppich schwappte. Sie steckte die Füße in die Schüssel. »Ich glaube, Dana, dass sie etwas zu ihm gesagt hat. Auf dem Sterbebett sagen die Leute alles Mögliche. Ganz am Ende ziehen sie sich in sich selbst zurück, aber ein paar Tage vorher sprechen sie aus, was ihnen auf der Seele liegt. Sie muss irgendwas über uns gesagt haben.« Meine Mutter lächelte und berührte mich an der Schulter. »Was immer du gemacht hast, du hast uns anscheinend gut verkauft.« Sie wackelte in der Waschschüssel mit den Zehen und tränkte wieder den Teppich. »Drück die Daumen. Manchmal ändert sich was zum Guten.«

Ronalda machte sich keine Gedanken wegen ihrer Collegebewerbungen. Sie hatte schon beschlossen, dass sie zur Southern University in Baton Rouge gehen würde. Sie bewunderte deren Marschkapelle schon lange und hoffte, als Tänzerin ausgewählt zu werden. Ich zeigte ihr die Broschüren von Mount Holyoke und den Standardbrief, der mich ermunterte, mich zu bewerben.

»Guck mal, wie schön es da ist«, sagte ich.

»Bist du dir sicher, dass du da oben unter lauter Weißen leben willst?«, fragte Ronalda.

»Es ist ein gutes College«, sagte ich.

»Schon«, sagte sie. »Aber da zu leben – du kennst dich mit Weißen doch gar nicht aus. Wo ich herkomme, ist alles durchmischt. In Atlanta aber, zumindest hier draußen bei uns, ist alles so schwarz, dass ihr gar nicht wisst, wie es sich anfühlt, schwarz zu sein.«

»Das ist doch total unlogisch«, sagte ich.

»Du wirst schon sehen«, sagte sie. »Geh du mal nach Holyoke mit all diesen Weißen, dann verstehst du, was ich meine.«

»Ich habe nur Angst«, sagte ich, »dass Chaurisse plötzlich auftaucht und verkündet, dass sie ans Mount Holyoke geht. Genau wie damals bei Six Flags, nur schlimmer.«

»Das kann ich immer noch nicht glauben«, sagte sie und schnalzte mit der Zunge.

»Ich auch nicht«, entgegnete ich. »Man sollte meinen, ich wäre die Scheiße gewohnt.«

Doch das war ich nicht. Der Freizeitpark Six Flags Over Georgia bot für Teenager in Atlanta die attraktivsten Ferienjobs. Ronalda und ich hatten uns zusammen bewerben wollen, aber sie verdiente letzten Endes besser, wenn sie sich um ihren kleinen Bruder kümmerte. Nach drei Vorstellungsgesprächen wurde mir angeboten, Zuckerwatte zu spinnen, für fünf Cent über dem Mindestlohn. Meine erste Wahl wäre es gewesen, Runden durch den Park zu drehen und Familien für Fotos aufzustellen. Trotzdem war ich froh über den Zuckerwattejob; ich würde lernen, mit Menschen umzugehen, und das Geld käme mir auch gelegen. Damit ich ans Mount Holyoke passte, würde ich Ivy-League-Klamotten brauchen, Röcke und Blazer. Meiner Mutter gefiel der Gedanke, dass ich jobbte, denn: »Wenn du versuchen willst, ein Härtefall-Stipendium zu bekommen, wirst du beweisen müssen, dass du schon mal gearbeitet hast, sonst denken die, du willst was geschenkt.«

Ich war noch nicht in der Personalabteilung gewesen, um mir meine rot-blaue Uniform und mein Namensschild abzuholen, als James mit Geschenken bei uns in der Continental Colony auftauchte. »Ich habe dir eine Kleinigkeit mitgebracht«, sagte er, und damit war mir klar, dass er schlechte Neuigkeiten hatte.

Er erklärte, dass Chaurisse sich auch bei Six Flags beworben hatte. Sie würde die Gäste im Great Gasp, einem hohen Fahrgeschäft mit Fallschirmen, anschnallen.

Ich sah zu meiner Mutter, die gerade zwei Gläser mit Eis befüllte. Auf ihrem Gesicht flammte kein Ärger auf, sie wirkte nur müde. Ich biss mir auf die Lippe. Wieso hatte ich daran nicht gedacht? Natürlich würde Chaurisse bei Six Flags arbeiten wollen. Das wollten doch alle. Und natürlich hatte sie den Job bekommen. Sie bekam alles.

»Es tut mir leid, Dana. Ich habe erst jetzt davon erfahren.« James streckte mir eine orangefarbene Papiertüte entgegen, aber ich reagierte nicht.

»Nimm schon«, sagte er und zog eine Schallplatte heraus. Michael Jackson, der in einem weißen Anzug ein Tigerbaby knuddelte. »Ich hab's bei Turtle's besorgt. Sammelst du nicht die Treuemarken von denen?« James stupste mich mit einer Ecke des Plattencovers an.

Ich verschränkte die Arme vor der Brust. »Ich höre keine Platten. Ich mag Kassetten.«

»Die ist n-n-neu«, sagte er.

»Ich hab den Job zuerst bekommen«, sagte ich. »Ich habe sogar schon die Uniform anprobiert.«

»So was passiert nun mal«, sagte James. »So was passiert. Was soll ich denn machen?«

Ich wusste sehr wohl, was er machen könnte, aber ich wusste auch, dass es nie dazu käme.

Meine Mutter schwebte aus der Küche herein und reichte James seinen Gin Tonic. Mir gab sie ein Glas Orangensaft.

»Und wie soll Dana jetzt ihren Sommer verbringen? Ich würde für etwas Schulisches plädieren. Vielleicht könntest du einen kleinen Zuschuss springen lassen. Sie hatte ja damit gerechnet, sich etwas dazuzuverdienen.« Meine Mutter war ganz ruhig. So redet sie bestimmt mit Patienten, die sich weigern, ihre Medizin zu nehmen. Sie lässt sie wissen, dass sie keine Wahl haben, indem sie sehr schnell und prononciert spricht.

Als mein Vater ging, war es beschlossene Sache, dass ich fünfundzwanzig Dollar die Woche bekommen sollte, von denen fünfzehn auf mein Konto gingen und zehn in meine Tasche. Außerdem würde ich den Sommer über an einem Fernkurs teilnehmen, der Schülern dabei half, beim Zulassungstest hohe Punktzahlen zu erzielen. Meine Mutter war zufrieden; mein Vater dachte, er wäre billig davongekommen, und ich war immer noch wütend.

Den restlichen Juni und den Großteil des Julis verbrachte ich damit, dahinterzusteigen, wie man bei Multiple-Choice-Tests am schlauesten riet, wenn man keine Ahnung von der Antwort hatte. Die Strategie unterschied sich von der, die man anwenden sollte, wenn man zumindest eine der Antworten ausschließen konnte. Es war nicht einfach ein Ratespiel; es fühlte sich eher wie eine spezielle Form von Lüge an. Raleigh kam donnerstags vorbei, um mit meiner Mutter Karten zu spielen, und fragte mich Vokabeln ab. Er fotografierte mich, als ich eine Wörterbuchseite auswendig lernte. Jahre später verkaufte er das Bild an den United Negro College Fund, zusammen mit einem Bild von Ronalda, die *Die Farbe Lila* las, während sie ihren kleinen Bruder auf der Hüfte balancierte und gleichzeitig einen gegrillten Käse wendete.

Es war nicht der beste Sommer meines Lebens, aber er war auszuhalten, bis meine Mutter an den Briefkästen unseres Wohnkomplexes angegriffen wurde. Ein Mann raubte ihr die Post und ihre Handtasche. Und schlimmer noch: Er zog ein Messer mit

Ledergriff und schnitt sich eine Strähne ihres Haars ab. Die kahle Stelle direkt über ihrem linken Ohr hatte die Größe eines Kennedy-Halbdollars. Sie ließ sich problemlos mit dem restlichen glänzenden Haar verdecken, aber meine Mutter fasste immer wieder hin, was sie nervös und alt wirken ließ.

»Diese Nachbarschaft geht vor die Hunde«, sagte sie. »Vor siebzehn Jahren waren das schöne Wohnungen. Ich hatte nie Angst, zum Briefkasten zu gehen. Ich bin um zwei, drei Uhr nachts spazieren gegangen.«

»Ich weiß, Mutter.«

»Ich hoffe, dass du am Mount Holyoke einen guten Mann kennenlernst. Ich meine keinen Rockefeller oder Footballstar. Nur jemanden, der versteht, dass du Verpflichtungen hast, dem es nichts ausmacht, etwas auszuhelfen. Ich kann hier nicht alleine wohnen.«

Als meiner Mutter ihr Haar geraubt wurde, guckte ich gerade die *Bill Cosby Show* und trank Traubenlimonade. Sie öffnete ruhig die Tür, schloss hinter sich ab und kam zum Sofa, wo ich mir mit einer Zeitschrift Luft zufächelte. Sie sank auf die Knie, nahm mir die Zeitschrift aus der Hand und führte meine Finger durch ihr Haar.

»Kann James uns nicht helfen, etwas anderes zu finden?«, fragte ich sie.

»Dein Vater hat versprochen, deine Ausbildung zu finanzieren«, sagte sie. »Mehr kann er nicht leisten. Bigamie ist teuer.«

Ich rechnete damit, dass sie ihren eigenen Witz mit einem trockenen, wütenden Lachen quittieren würde, aber sie hielt nur ihre Hand auf meine und drückte meine Fingerspitzen auf die stoppelige Stelle.

»Vergiss mich nicht«, sagte sie, als ich sie sanft wiegte, überschwemmt von einer salzigen Mischung aus Schuld und Dankbarkeit.

Aber in den darauffolgenden Wochen wurde ich ihr Unglück, diese unmögliche Last, allmählich leid.

»Es wächst doch nach«, sagte ich. Ich packte eine Handvoll meines eigenen Haars, das ihrem so ähnlich war, und sagte: »Ich würde dir ja welches abgeben, wenn ich könnte.«

»Tu nicht so, als wüsstet du nicht, worum es hier geht«, sagte sie.

Ich verbrachte möglichst viel Zeit außer Haus. Es machte mich krank, wie zwanghaft ordentlich meine Mutter war, so als wenn wir ständig Gäste erwarteten. Ich wollte in einem Haus wohnen, in dem die Wände in verschiedenen Blau- und Grüntönen gestrichen waren, nicht in der Eierschalenfarbe, die verriet, dass wir Mieter waren. Ich verwendete einen Teil meines Sommerzuschusses darauf, mir eine Monatskarte zu kaufen, damit ich jederzeit den 66er-Lynhurst-Bus nehmen konnte. Marcus war zu Hause, packte aber gerade für seinen Umzug nach Chapel Hill. Ruth Nicole Elizabeth war immer noch seine Freundin, aber er und ich verbrachten die Vormittage miteinander. Gegen Mittag waren wir fertig, und ich ging rüber zu Ronalda.

Wenn es nötig war, strich Ronalda die Knutschflecken an meinem Hals und an meiner Brust aus. Sie nannte Marcus »Graf Schokula«, nach dem Frühstücksflocken-Vampir, und bearbeitete die Flecken vorsichtig mit den Zähnen ihres Kamms, sodass sich das Blut verteilte. Wenn sie fertig war, deckte ich die Reste mit Make-up ab und sagte: »Lust auf Telefonstreiche?«

Ich bewahrte Lavernes Karte in meiner Handtasche auf, obwohl Ronalda und ich die Nummer mittlerweile auswendig kannten; die laminierte Oberfläche war von meinen fettigen Fingern ganz kaputt. Die Karte stammte von dem Stapel, den meine Mutter in der Küche hinter der Mehldose versteckte. Mir gefiel das Logo: ein träger Fuchs, der sich auf den Buchstaben aalte. MRS LAVERNE WITHERSPOON, INHABERIN.

»Telefonstreiche« bedeutete, dass wir bei Pink Fox anriefen

und uns als potenzielle Kundinnen ausgaben. Ronalda fragte, was Glätten und Ondulieren kosten würde. Chaurisse – zumindest glaubten wir, dass sie es war – sagte, achtundzwanzig Dollar mit Schnitt. Ronalda bedankte sich und legte auf. »Zu teuer für meinen Geldbeutel«, sagte sie. Einmal rief ich von der Schule an. »Ich wüsste gern, was eine Jheri-Dauerwelle kostet?« Diesmal war ich mir ziemlich sicher, mit Laverne zu sprechen. »Das kommt drauf an. Möchten Sie für eine Beratung vorbeikommen?«

Ronalda stöpselte das Telefon aus dem Schlafzimmer ihrer Eltern aus, nahm es mit in den Keller und stöpselte es im Büro ihrer Stiefmutter wieder ein. Wir gewöhnten uns an, mehrmals die Woche anzurufen, fragten mit verstellten Stimmen nach aufwendigen Stylings. »Was kostet nur Glätten, ohne Ondulieren?« »Was kostet Glätten bei unbehandeltem Haar?« »Machen Sie Wasserwellen?« »Kann man ohne Termin vorbeikommen?«

»Das sollten wir machen«, sagte Ronalda. »Wir sollten irgendwann einfach vorbeigehen.«

»Nein«, sagte ich. »Auf keinen Fall. Wenn man mich dabei erwischt, wäre das das Ende meiner Familie.«

Ungefähr nach der Hälfte dieses trübseligen Sommers gewann Raleigh einen örtlichen Fotowettbewerb, was ihm vierhundert Dollar Preisgeld einbrachte. Das prämierte Foto, das in den Tagen nach Miss Bunnys Tod aufgenommen worden war, wurde sechzig Tage lang in der Greenbriar Mall ausgestellt. Im Fokus des Bildes stand Laverne, die sich darauf vorbereitete, Miss Bunny ein letztes Mal die Haare zu machen. Lavernes Gesicht ist gramerfüllt, während das Glätteisen auf der Heizplatte des Bestatters dampft. Im Hintergrund sieht man Chaurisse, die eine Plastikschürze trägt und über die Schulter zu Miss Bunny blickt, die sich außerhalb des Bildausschnitts befindet, leblos und noch nicht zurechtgemacht. Meine Mutter ging sich das

Siegerfoto ansehen, stellte sich so dicht davor, dass von ihrem Atem das Glas beschlug.

»Es liegt etwas sehr Schönes darin«, sagte sie. »Ich bin kein Fan von Laverne, aber man kann nicht behaupten, dass sie ihrer Pflicht nicht nachgekommen sei.«

Ich sah mir das Bild auch an, aber ich interessierte mich mehr für meine Schwester. Sie wurde immer hübscher, je älter wir wurden. Ihre Gesichtszüge schienen ihren Platz zu finden.

»Was würde mit mir passieren, falls du stirbst?«, fragte ich meine Mutter.

»Du bist fast achtzehn. Darüber musst du dir keine Sorgen machen.«

»Aber wenn du morgen stirbst?«

»Ich sterbe nicht morgen.«

Meine Mutter und ich holten uns bei Baskin Robbins ein Eis und aßen es, während wir die Leute beobachteten, die sich das Foto ansahen. Die Bildunterschrift lautete Heimgang, sodass die Leute nicht wussten, was sie davon halten sollten. »Ich kann nicht glauben, dass er vierhundert Dollar dafür bekommen hat«, war die übliche Reaktion. Andere Leute starrten es einen Augenblick lang schweigend an und zogen dann beunruhigt von dannen.

»Das war wahrscheinlich keine so gute Idee«, sagte ich zu meiner Mutter.

Sie strahlte mich an. »Kannst du meine Gedanken lesen?«

Ich erwiderte ihr Lächeln, freute mich über unsere Verbindung. Ich stand auf, um zu gehen, und sie folgte mir, nachdem sie ihre Eiswaffel im Mülleimer versenkt hatte. Sie steuerte auf das Siegerbild zu, das an der Wand zwischen dem Optiker und dem Laden für Leasing-Möbel hing. Weil sie sich so dicht davor stellte, legte sich ihr Spiegelbild über die Personen im Rahmen.

»Mutter«, sagte ich. »Ich dachte, wir gehen.«

»Diese Leute sind nicht besser als wir«, sagte meine Mutter durch zusammengebissene Zähne. »Wir haben alles, was sie haben. Ich arbeite hart, jeden Tag. Ich habe meinen Abschluss vom Junior College. Sie war nur auf einer Schönheitsschule. Und du bist die bessere Tochter. Wir sind die besseren Leute.«

Sie stand jetzt so dicht am Foto, dass sie Lippenstift auf dem Glas hinterließ.

»Komm jetzt«, sagte ich und nahm ihren Arm.

»Dir geht es gut, oder, Dana? Du bist zufrieden mit deiner Kindheit, richtig?«

»Ja«, sagte ich. »Mir geht's gut.«

»Du weißt ja, dass viele schwarze Kinder ihre Väter gar nicht kennenlernen.«

»Chaurisse kennt ihren Vater auch nicht«, sagte ich in dem Versuch, sie zum Lachen zu bringen.

Meine Mutter blickte nach links, dann nach rechts, als wollte sie eine Straße überqueren. Dann fasste sie den Rahmen an den Seiten und hob ihn an, bis sich der Draht vom Haken löste. Sie klemmte sich das Foto unter den Arm, als hätte sie dafür bezahlt.

»Los geht's«, sagte sie.

»Mutter, du musst es wieder hinhängen.«

»Ich muss gar nichts«, sagte sie und schritt entschlossen und seltsam professionell zur Tür.

Ich joggte ihr hinterher und griff nach dem Rahmen, aber sie schwang ihn außer Reichweite. Sie schaffte es durch die Eingangstüren und auf den Parkplatz. Sie rannte jetzt und lachte, als hätte sie gerade die Mona Lisa gestohlen. Mutter war zu schnell für mich, unter anderem, weil mir meine Gummisandalen, die eine halbe Größe zu klein waren, bei jedem Schritt in die Hacke schnitten, aber auch, weil sie für etwas brannte, das ich nicht nachempfinden konnte. Der Wind blies ihr das Haar hoch und legte die kahle Stelle frei.

»Mutter, mach langsamer, bitte.«

»Kann ich nicht«, rief sie mir über die Schulter zu. »Kann ich einfach nicht.«

TEIL ZWEI

~*~

BUNNY CHAURISSE WITHERSPOON

12

EIN MERKWÜRDIGER
ANFANG

Meine Familiengeschichte beginnt 1958 in Ackland, Georgia, als meine Mutter, Laverne Witherspoon, vierzehn Jahre alt war.

Sie hatte ihr Osterkleid getragen, fliederfarbene Baumwolle mit sorgfältig gebügelten Falten. Damals war das Kleid ihre größte Leistung. Sogar in der Kirche, wo der Priester die Gemeinde durchs Gebet leitete, ließ sie sich von den hübschen Ärmeln und den feinen Stickereien ablenken. Nun wurde es ihr Hochzeitskleid. Einen Moment lang dachte Mama, dies sei vielleicht die Strafe dafür, dass sie zu viel an sich gedacht, dass sie zu viel Geld für das glatte Nylonfutter ausgegeben hatte. Als Mama am Ostersonntag vor der Kirche herumgewirbelt war, hatte ihre Mutter gesagt: »Du siehst aus wie eine Braut.«

Nun zog Grandma Mattie das einstige Osterkleid aus dem Schrank und warf es aufs Bett, auf dem meine Mutter lag, reglos wie eine Leiche. »Komm schon, Laverne«, sagte Mattie. »Der Junge sagt, er heiratet dich.«

Meine Mama rührte sich immer noch nicht. Mattie zog die Decke zurück und fand meine Mutter nackt bis auf die Unterhose, aschfahl bis auf das tränenglänzende Gesicht und mager bis auf den sich schon wölbenden Bauch. Mattie versuchte es mit ein paar halbherzigen Drohungen und sogar mit sanften

169

Worten, wie es von einer Mutter erwartet wurde, aber irgendwann machte sie sich daran, Mattie anzuziehen, so wie man das Laken unter einem Bettlägerigen wechselt.

»Du solltest freudig durch die Straßen springen, statt so zu tun, als wärst du tot.« Mattie zerrte das Oberteil des Kleids über Mamas Hüften. Mama wimmerte, als sie hörte, wie ihre sorgsam gearbeiteten Nähte nachgaben, aber weder half sie noch wehrte sie sich, als Mattie sie in Sitzposition hievte. »Was für eine Mutter wirst du mal abgeben? Du kannst nicht dumm sein und zugleich eine anständige Mama.«

Meine Mama war so bestürzt, dass sie nicht sprechen konnte. Sie hatte meinen Daddy ja noch gar nicht richtig kennengelernt. Wie jeder in der Stadt erkannte sie ihn an seiner eckigen Brille mit den dicken Gläsern, hässlich wie etwas aus Armeebeständen. Sie wusste, wie er hieß und welche Kirche er und seine Mutter besuchten. Sein Vater war schon lange tot, und seine Mutter lebte als Haushaltshilfe bei Weißen, weshalb sie Daddy und Onkel Raleigh sechs Tage die Woche allein zu Hause ließ. So viel wussten alle über meinen Daddy.

Zu dem Schlamassel kam es, weil ihre Cousine Diane sich in Onkel Raleigh verliebt hatte. Jedenfalls sprach Diane von Liebe, doch Mama wusste, dass es ein klarer Fall von Farbverknalltheit war. Daddy und Onkel Raleigh waren erst im vorletzten Highschooljahr, während Diane auf den Abschluss zuging und anfing, nach einem Ehemann Ausschau zu halten, mit dem sie hübsche Babys machen konnte. Mama kam überhaupt nur mit, weil Diane nicht allein in das bekanntermaßen unbeaufsichtigte Haus gehen wollte, was nur zu Spekulationen geführt hätte. Also begleitete Mama ihre Cousine nach der Schule dorthin, und als ihre Cousine mit Onkel Raleigh verschwand, blieb Mama allein mit Daddy zurück. Es war alles nur eine Frage, wer wann zufällig neben wem landete. Und ehe sie sich's versah, wuchs ein Baby in ihrem Bauch, und es war nichts mehr zu machen. Mit vierzehn konnte meine Mama einfach nicht glauben, dass die Ereignisse eines unbedarften Abends zu so etwas geführt hatten. Sie hatte gar nicht gewusst, dass es möglich war.

Als Mama ihr Mittagessen nicht mehr bei sich behalten konnte, machte sie sich Sorgen, aber es war der Geschmack nach verbrannter Kupfermünze im Mund, der sie schließlich zu Miss Sparks führte. Von acht Uhr morgens bis mittags arbeitete Miss Sparks als Schulkrankenschwester, aber Mama schätzte sie vor allem als Hauswirtschaftslehrerin, die ihre Nähkünste lobte. Miss Sparks war bekannt für ihre schrille Stimme, die fast nach Oper klang, wenn sie wilde Schüler mit dem immer selben Spruch zurechtwies: »Werte Brüder und Schwestern! Denkt an eure Würde.« Miss Sparks' freundliche Ermahnung konnte einen Faustkampf unter Jungs oder Gezänk unter Mädchen auflösen. Einmal, als ein silbernes Armband verschwunden war, hatte ein Wort von Miss Sparks dazu geführt, dass der Dieb das Armband zurückbrachte, frisch poliert und in Seidenpapier eingeschlagen.

Mama erzählte ihrer Mutter alles, was Miss Sparks über ihren Zustand gesagt hatte, aber die Abschiedsworte ihrer Lehrerin behielt sie für sich: »Was für eine Verschwendung.« Daran musste Mama denken, als Mattie sie ankleidete; das war die Erinnerung, die sie erstarren ließ, was Mattie derart aufbrachte, dass sie meiner Mama auf den Mund schlug, weil sie es wagte zu weinen.

Am Morgen, nachdem Miss Sparks ihr das mit der Verschwendung gesagt hatte, und am Tag, bevor ihr Osterkleid sich in ein Hochzeitskleid verwandelte, stand Mama um sieben Uhr auf und bügelte eine blaue Bluse mit Bubikragen. Sie erhitzte gerade einen Topf Wasser für ihr Bad, als Mattie verschlafen und verkatert in die Küche stolperte.

»Was machst du denn, Laverne?«

»Ich mache mich für die Schule fertig.«

Mattie fasste Mama am Arm. »Haben sie es dir nicht gesagt? Du kannst nicht mehr zur Schule gehen.«

»Oh«, sagte Mama. »Oh«, sagte sie noch einmal, hängte die Bluse mit dem weißen Kragen zurück in den Schrank und drehte die Flamme unter dem Topf mit Badewasser aus.

Sie klappte ihr Schrankbett aus, breitete trotz der Hitze dicke Decken darauf aus und legte sich hin. Als ihre Mutter das Haus verließ, um die Wäsche der Weißen abzuholen, schlug Mama die Augen auf. »Was für eine Verschwendung.« Sie sagte es wieder und wieder.

Der Friedensrichter des Henry County wollte es nicht machen, obwohl Mattie immer wieder ausrief: »Sie ist schwanger!« Mama zuckte jedes Mal zusammen, wenn ihre Mutter das schreckliche Wort aussprach und es auf der ersten Silbe betonte. »Sie ist *schwang*er!« Der Richter lehnte sich über seinen unordentlichen Tisch und wandte sich an meine Mama.

»Bist du schwanger?«

Mama sah zu Daddy, der gekleidet war wie sonst zum Jugendchor. Sauberes weißes Hemd und eine blaue Hose, die mit zu viel Wäschestärke gebügelt war. Durch seine Brille blickte Daddy zu Grandma Bunny. Sie war auch da, nicht in ihrem Sonntagsstaat, aber in einem guten Kleid im Grün unreifer Tomaten. Mama folgte Daddys Blick und wartete darauf, dass er wieder zu ihr sah, aber das tat er nicht. Nachdem er das Gesicht seiner Mutter erforscht hatte, drehte er sich zu Onkel Raleigh, der sich gerade die Hemdärmel über die knochigen Handgelenke zog.

»Junge Dame«, sagte der Richter.

»Sir«, sagte sie leise.

»Bist du schwanger?«

»Oh«, sagte Mama.

Daddy ergriff das Wort. »Ich m-m-möchte mich m-m-meiner

Verantwortung stellen, Sir.« Er sah wieder zu Grandma Bunny, die ihm ein kleines, aber wohlwollendes Lächeln gewährte. Mama fragte sich, wie es sich wohl anfühlte, wenn man auf jemanden so stolz war.

»Mein Sohn, dich hat niemand gefragt. Junge Dame ...«, sagte er wieder.

»Ich weiß nicht«, sagte Mama, in der Hoffnung, dass sie ihn davon abhalten konnte, das schreckliche Wort zu wiederholen.

»Du weißt es«, sagte Mattie.

Der Richter beugte sich noch weiter über seinen Schreibtisch. Er hatte den Ruf, ein anständiger weißer Mann zu sein, viel besser als der Rest. Matties Cousine führte seiner Familie seit mehr als dreißig Jahren den Haushalt, und niemand hatte sie je angefasst.

»Willst du denn heiraten, Mädchen? Willst du die Frau dieses Jungen werden?«

»Ich weiß nicht«, sagte Mama wieder und sah ihn direkt an.

Er lehnte sich zurück und spielte mit den winzigen Steintieren, die auf seinem Tisch standen. Er polierte einen Quarzhasen an seinem Hemd, bevor er sagte: »Ich werde es nicht tun. Ich kann euch die Erlaubnis nicht geben.«

»Wie meinen Sie das, Sie können nicht?«, sagte Mattie. »Ich bin ihre Mutter. Da ist seine Mutter. Wir geben unsere Erlaubnis.«

Der Richter schüttelte den Kopf. »Das Mädchen gibt sein Einverständnis nicht.«

»Aber sie ist schwanger«, sagte Mattie Lee. »Was würden Sie bei Ihrem eigenen Kind tun?«

»Nichts zu machen«, sagte der Richter.

»Dann fahren wir eben nach Cobb County«, sagte Mattie Lee.

»Das müssen Sie dann wohl.« Der Richter blickte zur Wanduhr. »Am besten morgen. Heute ist es zu spät.«

Beim zweiten Versuch warf sich nur Daddy in Schale. Mama trug die Bluse, die sie an jenem Tag gebügelt hatte, als sie erfuhr, dass sie nicht mehr zur Schule gehen durfte. Grandma Bunny fehlte, weil sie nicht noch einen Tag freibekommen konnte, aber die weiße Familie stellte immerhin ihr Auto zur Verfügung, einen Packard, den Daddy die zwanzig Meilen nach Marietta, Cobb County, fuhr. Sie brachen früh auf, weil Marietta nach Sonnenuntergang kein guter Ort für Schwarze war; er war so rassistisch, dass man sogar Juden gelyncht hatte.

Mattie saß mit Daddy vorn und hielt sich mit einer Hand am Armaturenbrett fest. Hinten lehnte sich Mama an die Tür, und Raleigh streckte seinen langen, bleichen Arm herüber, um sie am Ärmel zu berühren.

Der zweite Richter verkaufte ihnen die Urkunde, ohne Mama oder Daddy noch irgendwelche Fragen zu stellen. Er sah Onkel Raleigh schief an. »Bist du farbig, Junge?«

»Ja, Sir«, sagte Onkel Raleigh.

»Wollte nur sichergehen«, sagte der Richter, blickte wieder auf die Heiratsurkunde und unterzeichnete sie mit Tinte. Danach hielt er Daddy das Dokument hin, aber Mattie pflückte es ihm aus den Händen und ließ ihre dreieckige Handtasche darüber zuschnappen.

Sie fasste Mama am Ärmel ihrer Schulbluse und zog sie Richtung Tür. »Los, los, los.«

Mama stolperte hinterher, während Daddy und Onkel Raleigh die Nachhut bildeten, so eng wie Brüder und losgelöst von der Eile der Frauen.

Die Jungen lebten wie wilde Tiere. Das sagten jedenfalls die Leute. Grandma Bunny zog ihren Sohn allein groß, seit sein Vater bei einem Unfall in der Papierfabrik sein Leben gelassen hatte. Ungefähr zur gleichen Zeit nahm Grandma Bunny Onkel Raleigh auf, weil seine echte Mama, ein Mädchen gemischter

Herkunft, auf der Suche nach einem besseren Leben abgehauen war. Sie konnte den Anblick seiner weißen Haut nicht ertragen, hieß es.

Grandma Bunny war eine gutherzige Frau, großzügig gegenüber Waisen, räudigen Kätzchen und anderen Streunern. Unter ihrem Haus lebten Generationen von Katzen, die mit Essensresten gefüttert wurden. Viele Jahre später, als Grandma Bunny nur noch sich selbst zu versorgen hatte, reicherte sie den übrig gebliebenen Haferbrei mit Trockenfutter an.

Nach der Hochzeit, wenn man sie denn so nennen konnte, was Mama nicht tat – sie wird mit dem Gefühl ins Grab fahren, fast ihr ganzes Leben als Ehefrau verbracht zu haben, ohne jemals eine Braut gewesen zu sein –, begab sie sich in ihr neues Zuhause. Sie blieb allein im Haus, während Daddy und Onkel Raleigh das Auto der Weißen zurückbrachten. Sie warf einen Blick in die Küche und stellte fest, dass sie genauso aussah wie die im Haus ihrer Mutter: Keramikspülbecken mit angeschlagenen schwarzen Stellen, Gasherd mit zwei Flammen, Kühlschrank. Das Gleiche galt für das Badezimmer. Mama drehte den linken Wasserhahn auf und lächelte, als warmes Wasser über ihre Hand lief. Wenigstens würde sie für ein Bad kein Wasser mehr erhitzen müssen. Dann verging ihr das Grinsen. Sie war noch nie woanders nackt gewesen als in ihrem eigenen Zuhause. Selbst an dem Abend, als es passierte, hatte sie sich nicht ganz ausgezogen. Himmel, dachte sie. Was hatte sie getan? In welchen Schlamassel hatte sie sich da nur hineingeritten?

Sie verließ das Bad und schlich auf Zehenspitzen in ein Schlafzimmer, das nach Talkumpuder roch. Es gehörte wohl Grandma Bunny. Auf dem kleinen Nachttisch lag eine große weiße Bibel mit Goldschnitt. Ein gerahmtes Foto zeigte einen Mann, der an einem alten Auto lehnte. Mama hielt sich nicht länger damit auf, weil ihre Mutter ein ähnliches Bild im Schlafzimmer hatte; es war ein Foto von Mamas Vater, und das hier war vermutlich James senior. Sie neidete ihm seine Pose, wie er am Kotflügel lehnte, mit geneigtem Kopf und schiefem Lächeln. Für Mama war es die Haltung von jemandem, der nie zurückkehren würde.

Schließlich betrat sie das Zimmer, das James und ihr gehören würde. Das Bett war so riesig, dass es sie peinlich berührte. Das Laken dagegen war zu schmal, sodass es die Seiten der Matratze nicht bedeckte. Hier würde sie nachts schlafen, in ihrem Nachthemd aus dünner Baumwolle. Hier würde sie neben James Witherspoon schlafen, einem Jungen, den sie kaum kannte und der nun ihr Ehemann war. Was für ein Wort: *Ehemann*. Es klang nicht so, als hätte es auch nur irgendwas mit ihr zu tun. Als sie das Bett genauer betrachtete, stellte sie fest, dass dieses eine große Bett aus zwei zusammengeschobenen Einzelbetten bestand. Sie sah sich um, und ihr wurde klar, dass die Jungs sich dieses Zimmer teilten. Das Bett hatte sie so abgelenkt, die schiere Größe und was sie nahezulegen schien, dass sie nicht bemerkt hatte, dass dieser Raum nicht für ein Mädchen gedacht war. Es roch entfernt nach Jungen: Schweiß, Backhähnchen und frisch gemähtes Gras. Mama ging zur Ritze zwischen den Betten und schob so kräftig, bis sich zwischen den Matratzen ein Spalt auftat. Es gab nur eine Decke, und sie breitete sie auf dem Bett aus, das sie für Daddys hielt.

Die Jungs. Das waren die beiden für sie. Noch heute nennt sie sie so. Ein paar Jahre später konnte sie sich Daddy als Mann vorstellen und Onkel Raleigh auch, aber zusammen würde sie in ihnen immer nur die Jungs sehen, die sie waren, als sie von dem langen Fußmarsch nach Hause kamen, nachdem sie das Auto zurückgebracht hatten.

Daddy und Onkel Raleigh – »Salz und Pfeffer«, wie manche Leute sie wegen ihrer Hautfarben nannten – kamen verschwitzt und schmutzig zurück. Die frischen Hemden, die sie für den

Richter getragen hatten, waren jetzt feucht und muffig. Sie drückten sich auf ihrer eigenen Veranda herum und klingelten dann.

Mama öffnete ihnen die Tür. »Kommt rein«, sagte sie, als gehörte das Haus ihr und nicht ihnen, als wäre sie die Dame des Hauses, als wäre sie überhaupt eine Dame. »Wollt ihr Wasser?«

Daddy sagte: »Ja.« Und Onkel Raleigh sagte: »Ja, Ma'am.« Das war irgendwie lustig, und sie mussten alle drei lachen.

»Habt ihr Hunger?«

»Ja«, sagte Daddy. »Kannst du kochen?«

Mama zuckte mit den Achseln. »Kommt drauf an, was ihr essen wollt.«

»Ich habe keinen Hunger«, sagte Raleigh.

»Gab's drüben bei den Weißen was zu essen?«

»Nein, da haben wir n-n-nichts gehabt. M-M-Mama hat uns weggeschickt und gesagt, wir müssen zu Hause essen. Sie meinte, wir müssen eine Routine entwickeln, zu bestimmten Zeiten nach Hause kommen, und du musst lernen, wie du das Essen fertig bekommst und alles.«

»Oh«, sagte Mama.

Daddy fuhr fort: »Und sie meinte, ich soll dir zeigen, wo sie die Stärke aufbewahrt und alles für die Wäsche.«

»Ich weiß schon, wie man Wäsche macht«, sagte Mama.

»Von meinen Kleidern musst du nichts waschen«, sagte Onkel Raleigh. »Miss Bunny sagt, sie macht meine Wäsche wie immer. Du musst dich nur um James kümmern, weil du jetzt seine Frau bist.« Den letzten Teil sagte er leise, fast so, als würde er sich schämen.

Mama sah zu Daddy hoch, der mit den Achseln zuckte. »Es wird schon gehen. Wenn sich erst mal alle dran gewöhnt haben. Im Kühlschrank ist Hähnchen. Mama hat's schon zerkleinert. Du musst es nur noch ausbacken. Das geht leicht. Und sie meinte, wir sollen dir sagen, dass du hier willkommen bist.«

»Ihr beiden geht weiter zur Schule?«

Sie sahen sich verwirrt an. »Ja.«

»Ich kann nicht mehr hin«, sagte Mama leise.

»Weil du verheiratet bist?«, fragte Onkel Raleigh.

»Nein«, sagte James. »Weil sie sch-sch-sch…«

Das Wort schien ihm im Hals stecken zu bleiben. Mama hatte sich schon dagegen gewappnet, aber es dauerte zu lange, bis es rauskam.

»Schwanger ist«, sagte sie und beendete seinen Satz, bevor sie abrupt kehrtmachte und in die Küche ging.

Das Haus kam ihr klapprig vor; die kleinen blauen Tassen im Geschirrschrank klirrten bei jedem Schritt. Sie spürte die Blicke der Jungs im Rücken. Sie musste daran denken, wie sie das letzte Mal hier gewesen war, zusammen mit Diane, die nicht schwanger war und Onkel Raleigh nicht mal mehr mochte. Das Haus wirkte jetzt anders, heller. Damals waren die Tage viel kürzer gewesen; um sechs Uhr abends war es schon dunkel, und sie hatte Daddys Gesicht kaum erkennen können. Er hatte überhaupt nicht gestottert, als er sie fragte, ob sie schon einmal einen Jungen geküsst habe. Sie hatte Ja gesagt, obwohl es nicht stimmte. Und auf die Frage, ob sie noch »etwas anderes« getan habe, hatte sie genickt. Nun fragte sie sich, warum sie ihren Kopf eine solche Lüge vollführen ließ. Damals wirkte er älter als jetzt, drei Monate später. Damals hatte er nicht nachgeplappert, was seine Mutter ihm alles aufgetragen hatte und was für ihn zum Essen vorgesehen war. An jenem Tag wirkte es so, als wären er und Onkel Raleigh die Hausherren, als lebten sie hier allein.

Mama erinnerte sich an die schwarzen Härchen, die an Onkel Raleighs Adamsapfel zu sehen waren, als er Schnaps in das Gebräu in Grandma Bunnys Punschschüssel mischte. Die kleinen Glastassen, die am Rand der Kristallschüssel eingehängt waren, klimperten gegeneinander und klangen wie Weihnachtsglöckchen. Sie war ein edles Objekt, diese Punschschüssel, gehörte zu den Dingen, über die Miss Sparks gern redete, wenn sie Tischmanieren lehrte. Miss Sparks zufolge konnte man am Klang erkennen, ob es sich um Kristallglas oder normales Glas handelte. Mama hatte darauf bestanden, ihren Punsch aus der zugehörigen Tasse mit dem zierlichen Henkel zu trinken; sie lachte und bat um mehr. Der Punsch schmeckte irgendwie süß und scharf zugleich.

Als er ihr nachschenkte, befand sie, dass Raleigh ihr durchaus gefallen würde, hätte ihre Cousine nicht schon Anspruch auf ihn erhoben. Sie mochte, dass er immer alle nach ihren Befindlichkeiten fragte.

»Fühlst du dich wohl?«, fragte er Laverne ohne erkennbaren Grund.

Da saß Daddy schon dicht neben ihr und spielte mit ihrem Haar. Sie genoss es, seinen Atem an ihrem Hals zu spüren, mochte sogar den süßlichen Schnapsgeruch. Er platzierte einen prickelnden Kuss genau an der Stelle unter ihrem Haar, die er mit seinem Atem gewärmt hatte. »Ist das schön?«, fragte er sie.

Sie nickte, fühlte sich wunderbar und wollte mehr Punsch. Sie streckte ihre Tasse aus, aber Daddy nahm sie ihr ab und stellte sie auf einen Beistelltisch aus Kirschholz. »Trink nicht zu viel«, sagte er. »Sonst wird dir noch schlecht.«

»Okay«, sagte sie wie ein braves Kind.

»Soll ich dir mein Zimmer zeigen?«, fragte Daddy.

»Okay«, sagte sie wieder, als er ihre Hand nahm und sie hochzog.

Ihre Cousine Diane lehnte an Raleighs Schulter und sagte: »Tu nichts, was ich nicht auch tun würde.«

Bei dem Gedanken wurde ihr schwindelig. Diane war drei Jahre älter, und die Möglichkeiten schienen endlos. Sie lachte wieder.

»James«, sagte Diane, »treib's nicht zu weit mit ihr. Sie ist erst vierzehn und Alkohol nicht gewohnt.«

»Fünfzehn«, sagte meine Mutter, der die Lüge vom früheren Nachmittag wieder einfiel. »Fünfzehn, weißt du noch?«

Onkel Raleigh sagte: »James weiß sich zu benehmen. Keine Sorge.«

Diane legte ihre Hände auf Onkel Raleighs Kopf. »Du hast wirklich schönes Haar.«

Mama zog an Daddys Arm, und er führte sie zum Schlafzimmer. »Lassen wir die Turteltäubchen mal allein.«

Es war ein abgekartetes Spiel. Aber zu ihrem Plan gehörte nicht, Mamas Leben komplett auf den Kopf zu stellen, genauso wenig ein Baby und eine viel zu frühe Ehe. Die Jungs hatten nur gehofft, jemandem »an die Wäsche« gehen zu können. Das waren jedenfalls Daddys Worte, nachdem sie abends das misslungene Essen verspeist hatten, das Hähnchen außen verbrannt und am Knochen noch blutig. Daddy erzählte ihr davon, als sie in den Einzelbetten lagen, jeder auf seiner Seite des Spalts. Mama hatte ihre Kleider angelassen. Sie hatte die Schuhe, aber nicht die Strümpfe ausgezogen und war ins Bett gehuscht. Daddy hatte vermutlich nur seine Boxershorts an, aber sicher war sie nicht, weil sie sich weggedreht hatte, als er aus dem Badezimmer kam. Sie sah ihn erst an, als er unter der Decke lag, weniger als dreißig Zentimeter von ihr entfernt. Sein Körper roch nach kräftiger Seife und sein Atem entfernt nach Backpulver.

»Wann kommt Miss Bunny nach Hause?«, fragte Mama. Sie wusste nicht, was sie von dieser Frau halten sollte, deren Anweisungen zu dem Fiasko des Abendessens geführt und sie außerdem veranlasst hatten, den Rest des Abends damit zu verbringen, James' Schulhemden mit Laugenseife zu waschen und sie auszuwringen, bevor sie sie hinten im Garten auf die Leine hängte, wo herrenlose Katzen um ihre Beine strichen. Ihre Hände waren noch empfindlich; sie rieb sie und spürte dem Pochen nach.

»Es ist ganz natürlich, wenn du nicht gleich in einem Bett mit mir schlafen willst«, sagte Daddy. Gelobt sei der Herr für Miss

Bunnys Worte an ihren Sohn, die ihn darauf vorbereitet hatten, von seiner jungen Frau nicht zu viel zu erwarten. Ihre eigene Mutter hingegen hatte sie ermuntert, nicht schüchtern zu sein. »Du willst schließlich nicht, dass er es sich anders überlegt. Was soll dann aus dir werden?«, hatte Mattie Lee gesagt. »Ich ziehe kein Kind für dich groß, Laverne. Ich bin zu alt, um noch mal von vorn anzufangen.«

»James«, sagte Mama, »wusstest du, dass das passieren würde?«

Er erwiderte nichts. Er lag bloß mit geschlossenen Augen da und atmete tief ein und aus. Mama betrachtete sein Gesicht, das ohne die Brille weicher wirkte. Sie bemerkte die Einbuchtung seiner Oberlippe und die Hitzepickel, die sich die Stirn entlangzogen. »Wusstest du's?«

»Ich mache mal das Licht aus«, sagte er.

Daddy warf die Decke von sich, kniete sich aufs Bett und streckte den Arm zu der ausgefransten Schnur, die mit dem Lichtdotter an der Decke verbunden war. Sein Oberkörper war nackt, und unter seinen Achseln wuchs krauses Haar; seine Brust war glatt wie eine Glaskugel. Er riss am Band, und das Licht ging aus. Sie konnte nur seine Umrisse erkennen, als er sich wieder hinlegte.

»Dass du dabei bist, war nicht geplant. Deine Cousine Diane, sie hat R-R-Raleigh im Kino gesehen, vielleicht einen Tag oder zwei Tage bevor ... na ja, was dann passiert ist. Sie hat gesagt, sie mag ihn, und er hat sie gefragt, ob sie nicht vorbeikommen will. Sie meinte, dass sie nicht alleine kommen kann, und Raleigh hat gesagt, das wäre in Ordnung, weil er wollte, dass sie eine Freundin für mich mitbringt. Und Diane sagte, sie hätte eine Cousine, die sechzehn ist, genauso alt wie sie. Sie hat uns deinen Namen nicht gesagt. Wenn sie gesagt hätte, wie du heißt, h-h-hätte ich gesagt, auf keinen Fall, weil du zu jung bist, um auf d-d-diese Art Zeit mit uns zu verbringen.«

»Aber als ich da war, wusstest du ja, dass ich es bin«, sagte Mama.

Daddy sagte: »Ich wollte nicht, dass was passiert. Alle hatten ihren Spaß, und du hast gar nicht ängstlich gewirkt oder so, alle hatten nur ihren Spaß. Du w-w-weißt doch noch, dass du deinen Spaß hattest, oder?«

Mama erinnerte sich noch an den Tag und daran, dass sie ihren Spaß gehabt hatte. Daran, wie die Glastassen gegen die Schüssel klirrten und wie süßlich scharf der Alkohol schmeckte. Es hatte Spaß gemacht. Sich selbst konnte sie das eingestehen, aber Daddy gegenüber nicht. Sie wusste, dass ihr etwas Übles angetan worden war, dass man sich eher an ihr versündigt hätte, als dass sie selbst gesündigt hätte, und sie würde nicht zugeben, dass sie sich amüsiert hatte, denn das gehörte ja zum Trick, oder? »Ich hatte zu viel Angst«, sagte sie.

»Es sah aber nicht so aus, als hättest du Angst. Du wolltest mehr Punsch, weißt du noch? Und den habe ich dir nicht gegeben, weil ich Sorge hatte, dass dir schlecht wird. Ich habe versucht, auf dich aufzupassen.«

Mama flüsterte die nächste Frage. Sie sprach ganz leise, weil da ein Wort war, das noch beschämender war als das andere, das alle sagten: *schwanger*. Dieses Wort war schlimmer, aber sie musste es aussprechen, weil es ihr im Hals steckte, seit sie herausgefunden hatte, dass sie nicht mehr in die Schule gehen konnte. »James, wurde ich vergewaltigt?«

Es dauerte eine Weile, bis die Worte kamen. Sie hörte die gequälten Laute, kein Grunzen, aber etwas Ähnliches, als er versuchte, Mund, Lungen und Kehlkopf so zu koordinieren, dass er sprechen konnte. Mama, die in den Tagen zuvor mehrmals selbst sprachlos gewesen war, hatte kurz Mitleid mit Daddy.

Sie fragte ihn wieder, seltsam dankbar, dass sie überhaupt sprechen konnte. »James, hast du mich vergewaltigt?«

In seinem Bett zuckte es.

»Nein, M-Ma'am«, sagte er. »So etwas habe ich nicht getan. Meine Mama hat mich das Gleiche gefragt, sie hat mich eine Hand auf ihre gute Bibel legen und die Wahrheit sagen lassen. Nein. Ich habe mich nie einem Mädchen aufgezwungen. Das kann mir keiner nachsagen. Warum fragst du überhaupt? Du warst doch da. Du weißt, dass du dich auf genau dieses Bett gelegt hast. Niemand hat dich geschubst.«

Und Mama erinnerte sich daran, wie sie sich hingelegt hatte, niemand hatte sie geschubst.

Daddy sprach langsam, immer nur ein Wort nach dem anderen. »Und ich habe dich immer wieder gefragt, ob ich dir wehtue. Ich habe gesagt: ›Alles okay?‹, und du hast nichts gesagt. Und du hast nicht geweint. Hinterher hast du dich einfach angezogen und dich verabschiedet. Ganz höflich. Du hast gesagt: ›Auf Wiedersehen, James.‹ Und dann bist du mit deiner Cousine gegangen. Ich habe von der vorderen Veranda gewinkt, aber du hast dich nicht mal umgedreht.«

»Aber ich hatte keine Ahnung«, sagte Mama.

»Du hattest keine Ahnung wovon? Dass du schwanger werden könntest?«

Im Dunkel ihres Schlafzimmers, in ihrem getrennten Ehebett, vergrub Mama das Gesicht im Kissen. Sie hatte gewusst, dass sie schwanger werden konnte. Ihre Mutter hatte es ihr erklärt, als sie zum ersten Mal ihre Tage bekam, aber ihr war nicht klar gewesen, wie es genau vonstattenging und dass so etwas Schönes wie ein Punschservice aus Kristallglas dabei eine Rolle spielen konnte. Sie hatte nicht gewusst, dass es so schnell passieren konnte, ohne viel Schmerzen und ohne einen Tropfen Blut. Sie hatte nicht gewusst, dass es fast zwei Monate lang keine Hinweise, keine Anzeichen geben würde, dass irgendetwas nicht in Ordnung war. Sie hatte nicht gewusst, dass die Ereignisse eines Nachmittags dazu führen konnten, dass sie von der Schule flog und noch dazu aus dem Haus ihrer Mutter. Sie vermisste ihr

Schrankbett im Wohnzimmer und das heiß gemachte Badewasser. Als sie sich von der Schule abgemeldet hatte, musste sie ihre Schulbücher abgeben. Zerfledderte Bände, Ausschuss von der Schule für weiße Kinder, auf jeder Seite bekritzelt, sodass alle Antworten schon verraten waren, bevor man selbst dahinterkommen konnte. Sie war sämtliche Bücher mit einem Radiergummi durchgegangen, hatte so viel wie möglich ausradiert und jedes Buch mit einem Einband versehen, den sie aus Fleischerpapier und Klebefilm selbst gebastelt hatte. Wenn sie schon ihre Bücher nicht mehr haben durfte, hätte sie wenigstens gern diese Einbände abgenommen. Sie gehörten schließlich ihr. Sie hatte sie selbst gemacht.

Nach einer Weile sagte Daddy: »Meine Mama hat außerdem gesagt, dass viele gute Ehen merkwürdig anfangen. Die Leute tun sich wegen der Umstände zusammen, so wie wir, und dann sind sie irgendwann immer noch zusammen, das muss also nichts heißen. Und das Einzige, worauf es wirklich ankommt, ist nicht, wie die beiden dazu gekommen sind, zu heiraten, sondern dass sie geheiratet haben, bevor das Baby da ist. Niemand will sagen müssen, dass sein Kind ein Bastard ist. Nur das zählt.« Dann senkte er die Stimme. »Guck dir Raleigh an. Er ist ein Bastard.«

»Mein Daddy hat meine Mama nicht geheiratet«, sagte Mama. »Ich hab den Mann nie gesehen.«

»Aber das macht nichts. Du musst an die Zukunft denken. Das sagt jedenfalls meine Mama.«

Meine Mama lag im Dunkeln da. Sie hatte ihr Mieder schon zu lange an, und ihre Füße fingen an zu kribbeln. Sie sehnte sich nach ihrer Mutter. Sie hatte noch nie woanders geschlafen als zu Hause. Sie presste die Hände auf ihren Unterleib. Manchmal starben Frauen bei der Geburt, das wusste sie, und mit etwas Glück, dachte sie, würde ihr das auch passieren.

Nach ein paar Minuten fing Daddy wieder an zu reden. »Meine Mama sagt auch, dass ich mir nicht zu viele Gedanken machen soll, wenn du dich in den Schlaf weinst. Sie sagt, das ist ganz natürlich, und niemand soll sich zu viele Gedanken machen, weil du dich in ein paar Tagen ausgeweint hast.«

Mama wurde allmählich schläfrig, aber eine Frage hatte sie noch. »Wie wird das Baby aus mir rauskommen?«

Daddy stotterte so heftig, dass sie glaubte, er würde daran ersticken. »R-r-red mit meiner Mama. Die wird dir alles erklären.«

»Und das hat sie auch«, erzählte meine Mutter mir an jenem Tag beim Bestatter, als wir Miss Bunny für ihr Grab herrichteten.

Mama sagte immer wieder: »Miss Bunny war mein ganzes Leben gut zu mir, und wir werden sie anständig behandeln. Wir werden sie perfekt zurechtmachen.« Für mich gab es nicht viel zu tun. Ich reichte Mama, was sie brauchte, und vermied es, Grandma Bunnys erstarrtes Gesicht anzusehen. Als ich schließlich doch hinspähte, musste ich zugeben, dass Mama ganze Arbeit geleistet hatte. Nun, da Grandma Bunny angekleidet, geschminkt und ihr Haar in Wellen gelegt war, war von der großen Traurigkeit, die sie am Ende niedergedrückt hatte, nichts mehr zu erkennen. Mama hielt sich tapfer, bis es an der Zeit war, die Aquamarinbrosche anzustecken, die Grandma Bunny so mochte, dass sie mit ihr begraben werden wollte.

Mein Vater kam ins Zimmer, als Mama gerade mit der Brosche herumfummelte. Sie stach sich an der Nadel und hinterließ einen blassroten Streifen auf Miss Bunnys Kragen. »M-m-mach dir keinen Kopf«, sagte er, während er die Brosche in seine Brusttasche gleiten ließ. Ich wandte mich ab und starrte auf die Heizplatte, auf der das Glätteisen dampfte. Hinter mir hörte ich, wie der Film einer Kamera weitertransportiert wurde, nachdem Onkel Raleigh ein Foto von uns geschossen hatte. Während ich noch im Blitzlicht blinzelte, machte er drei oder vier weitere.

»Mach dir keine Sorgen, Raleigh«, sagte Mama zu ihm. »Wir haben Miss Bunny richtig hübsch gemacht. Das war das Mindeste, was ich tun konnte.«

Onkel Raleigh sagte: »Sie fehlt mir jetzt schon.«

»Mir auch«, sagte Mama. »Als mein Sohn zur Welt kam, mit der Nabelschnur um den Hals, so tot wie nur irgendwer, so still wie Miss Bunny hier auf diesem Tisch, da hat sie sich um mich gekümmert. Sie hat mich gewaschen, mich ins Bett gebracht, die Laken gewechselt.«

Zum Zeitpunkt der Entbindung hatte meine Mutter sich daran gewöhnt, verheiratet zu sein und mit Daddy und Raleigh zu leben. Es war zu spät, um an die Schule zurückzukehren; sie wäre nicht mehr angenommen worden. Nachdem sie den kleinen Jungen auf dem Friedhof beerdigt hatten, fragte sie Grandma Bunny: »Schickst du mich jetzt weg?«

»Nicht, wenn du nicht willst«, sagte Grandma Bunny.

»Sie hat sich mir gegenüber anständig verhalten, anständiger als anständig und anständiger als meine eigene Mama«, sagte sie.

»Sie fehlt mir«, sagte Onkel Raleigh wieder. Er wandte sich von Grandma Bunny auf dem Metalltisch ab. Meine Mama nahm das Glätteisen von der Heizplatte und legte es auf ein feuchtes Handtuch. Während es zischte, drehte sie sich zu Onkel Raleigh, schlang die Arme um ihn und presste ihr nasses Gesicht an sein sauberes Hemd.

Mein Vater und ich standen bloß da, ausgeschlossen aus ihrer Umarmung. Miss Bunny war unsere Blutsverwandte; wir waren nicht ihre Pflegekinder, aber wir liebten sie auch. »K-k-komm her«, sagte er zu mir und breitete die Arme aus. Ich versank in seiner Umarmung, die stark nach Tabak und vielleicht einer Spur Gin roch. Er klopfte mir auf den Rücken wie einem Baby mit Koliken. Ich glaube, er gab mir einen Kuss aufs Haar. An meiner Wange konnte ich Grandma Bunnys Brosche in seiner Brusttasche spüren. Ich drückte mich fester dagegen, in der Hoffnung, dadurch das sternförmige Schmucksteinmuster in mein Gesicht einzuprägen.

13

UNSCHULDIG
WIE EIN ENGEL

»Man weiß nie«, sagte meine Mutter zu mir. »Man weiß nie, was etwas bedeutet.«

»Stimmt«, sagte ich. Ich war erst ungefähr neun, aber ich hatte gelernt, meine Mutter nicht zu unterbrechen, wenn sie einmal in Fahrt war, vor allem nicht, wenn sie in der tiefen Stimme mit mir redete, die normalerweise den Frauen im Schönheitssalon vorbehalten war. Natürlich redete sie nicht mit allen von ihnen so; unterschiedliche Leute wurden unterschiedlich behandelt, und manche von ihnen mussten für jedes Scherenklappern bezahlen, während andere den Pony gratis gestutzt bekamen. An jenem Tag im Auto sprach sie mit mir so wie mit den Stammkundinnen, deren Oberlippenwaxing aufs Haus ging und die mich »Miss Lady« und meine Mutter »Girl« nannten.

»George Burns hat Gracie betrogen«, sagte Mama. »Ist das zu glauben?«

Das konnte ich nicht beantworten, denn ich war mir nicht ganz sicher, wer George Burns war. »Der Mann, der in diesem einen Film Gott gespielt hat?«

»Ja«, sagte sie. »Der. Er war nicht schon immer alt, weißt du. Er war mal jung und schön und mit Gracie verheiratet.«

»Oh«, sagte ich. »Jetzt weiß ich.« Das war der Trick. Wenn ich zu viel redete, zu viel nachfragte, dann würde ihr wieder einfallen, dass ich ein Kind war, und sie würde nicht mehr so mit mir reden.

Das ist lange her, damals hatte Jimmy Carter sich gerade zum Affen gemacht, als er dem *Playboy* gestand, er habe innerlich Ehebruch begangen, weil er hübschen Frauen nachgeblickt und an die falschen Dinge gedacht habe. Meine Mama fand es rührend, wie sehr der Präsident seiner Frau ergeben war, aber mein Vater wirkte ganz verstört, als er Johnny Carson im Fernsehen darüber witzeln hörte. »Er ist jeden Abend zu Rosalynn nach Hause gekommen, oder? Meine Güte, die Weißen zerbrechen sich aber auch über alles den Kopf.«

»Ich weiß nicht«, sagte meine Mama. »Ich fand gut, was er zum Schluss gesagt hat – dass die Leute nicht übereinander richten sollen.«

Nachdem sie das gesagt hatte, rückte Daddy auf dem Sofa näher an sie heran und berührte ihre Wange mit einem Glas Gin Tonic. »Gibt's was, wofür du nicht gerichtet werden möchtest, Mädchen?«

Mama lachte und schob das Glas weg. »James, du bist so verrückt.«

»Ich lauf mich gerade erst warm«, sagte er.

Vielleicht lag es daran, dass ich mein halbes Leben im Schönheitssalon meiner Mutter verbracht hatte, jedenfalls schien ich schon als kleines Mädchen einiges von der Ehe zu verstehen. Es war wahrscheinlich kein gutes Zeichen, dass ich meine Kindergärtnerin am Knie berührte, als sie unglücklich aussah, und sagte: »Die Ehe ist kompliziert.«

Das war die Lieblingsphrase meiner Mutter. Sie äußerte sie mindestens einmal am Tag irgendeiner Frau gegenüber, die mit tropfendem Schopf über dem Haarwaschbecken hing. Je nach Betonung konnte sich die Bedeutung völlig ändern, aber die Wörter waren immer dieselben. An jenem Tag, als wir im Auto zum Großhändler für Schönheitsbedarf fuhren und über George und Gracie sprachen, schwang in »Die Ehe ist kompliziert« nichts mit, das nicht für mich bestimmt war. Diesmal sagte sie es so, als wenn sie eigentlich ein Wort aus einer anderen Sprache benötigte, aber nur »kompliziert« zur Verfügung hatte.

Ich nickte, genoss den Klang ihrer Stimme. Es war, als wäre ich ihre beste Freundin. Vielleicht stimmte das ja auch. Ohne Zweifel war sie meine. Schon bevor die Pubertät alles veränderte, hatte ich nie viel Kontakt zu anderen Mädchen gehabt. All die Zeit unter erwachsenen Frauen hatte mein Timing durcheinandergebracht und ließ meine Sprache altklug klingen, deshalb galt ich bei meinen Altersgenossinnen als langweilig. So sehr ich es auch versuchte, es gelang mir nie, bei ihnen Fuß zu fassen. Nicht dass ich eine Außenseiterin gewesen wäre. Ich wurde zu Übernachtungspartys eingeladen und ging so begeistert hin wie alle anderen auch, aber ich war niemandes beste Freundin, und die beste Freundin ist die einzige Freundin, die zählt.

»Also, wo war ich stehen geblieben?«, fragte Mama.

»Du hast über Gott geredet.«

»Nein, hab ich nicht«, sagte sie. »Ich habe davon geredet, wie sehr es mich nervt, meinen Samstag damit zu vertun, diesen Föhn zurückzubringen. ›Ist er auch leise?‹, habe ich die Verkäuferin gefragt. Und sie sagte, so leise wie sanfter Regen, und dann stelle ich ihn an, und er klingt schlimmer als ein Rasenmäher.« Sie senkte die Stimme und zwinkerte. »Eine der Kundinnen meinte, er klinge wie ein billiger Vibrator.«

Ich nickte, obwohl ich keine Ahnung hatte, was sie meinte.

Sie rückte ihren *Bezaubernde Jeannie*-Pferdeschwanz zurecht, der so weit oben auf ihrem Kopf festgesteckt war, dass er das Wagendach streifte. Meine Mutter sammelte Haarteile und Perücken wie andere Frauen Lladró- oder Swarovski-Figuren oder Fingerhüte. Die Perücken präsentierte sie auf Styroporköpfen, die vor ihrer Schlafzimmerwand aufragten wie Jagdtrophäen. Die Halbperücken und kleineren Haarteile lagerten in ihrer Kommode. Weil sie dagegen war, dass Mädchen sich wie erwachsene Frauen zurechtmachten, durfte ich sie nie tragen, sondern höchstens einmal über die festen Locken streichen, bevor ich sie in ihre Nester aus parfümiertem Seidenpapier zurücklegte.

Ab und zu fragte ich trotzdem, ob ich nicht wenigstens einen der Pferdeschwänze ausprobieren dürfe – am meisten reizte mich Tempest Tousled, eine lange, spiralförmige Locke. Andere Mädchen, die ich kannte, behalfen sich mit Handtüchern anstelle von langem, wallendem Haar. Ein Junge aus unserer Kirchengemeinde hatte mal einen muffigen Wischmopp auf seinem Kopf arrangiert, nur um herauszufinden, wie er aussehen würde, wenn er ein weißes Mädchen wäre. Ich wollte keine von diesen selbst gemachten Verkleidungen, da ich doch wusste, dass meine Mutter eine ganze Schublade mit dem echten Zeug besaß, aber sie ließ mich das Haar nicht einmal an mein Gesicht halten, selbst wenn ich versprach, dass ich es nicht ausprobieren und anklemmen würde. »Du musst erst mal ein Gefühl dafür bekommen, wie du tatsächlich aussiehst, bevor du anfängst, etwas vorzutäuschen.«

Wenn neun Jahre nicht genug waren, um ein Gefühl für mein Aussehen zu bekommen, dann wusste ich auch nicht. Ich war noch im Kindergarten, als mir klar wurde, dass ich nicht hübsch war. Das ist das Schlimmste an kleinen Kindern: Sie halten mit solchen Dingen nicht hinterm Berg. Der Feuerwehrmann, der dir beibringt, dich auf dem Boden hin und her zu wälzen, solltest du einmal Feuer fangen, der nimmt doch das süßeste Mädchen auf den Schoß und lässt es seinen Helm probieren. In der Weihnachtszeit sind es die zehn hübschesten Mädchen, die den Chor der Engel bilden. Die unscheinbaren Mädchen dürfen beim Zuckerstangentanz herumwirbeln. Und die hässlichen Mädchen

verteilen das Programmheft. Das musste ich nie, aber ich habe
keine Sekunde lang geglaubt, dass ich in den Engelschor käme.
Meine Eltern sind auch keine gut aussehenden Menschen.
Mein Dad ist in allem so mittel: mittelgroß, für einen Vater mit-
telalt, mittelbraun, mittelkraus. Seine Brillengläser sind so dick
wie die Panzerglasscheiben des Schnapsladens. Zum Glück
habe ich das nicht geerbt. Es ist schon schlimm genug, mit seinem Haar zu leben, das so fein wie gesponnene Baumwolle ist;
sogar eine Bürste mit weichen Naturborsten rupft es mir gleich
aus. Und wenn meine Mutter keins ihrer langen Haarteile trägt,
könnte sie die Mutter von so gut wie jedem sein – so durchschnittlich wie mein Vater, aber ein bisschen auf der molligen
Seite. Wenn man die beiden auf der Straße sähe, sofern man sie
überhaupt bemerkte, könnte man glatt auf die Idee kommen,
dass sie unsichtbare Kinder zeugen können.

»Also, wie gesagt. George Burns hat Gracie betrogen.« Meine
Mutter kicherte und richtete mit ihrer freien Hand den Pferdeschwanz. »Lange bevor du geboren wurdest, hatte er eine Frau
namens Gracie, und er liebte sie von ganzem Herzen. Ich meine,
er war verrückt nach ihr. Es war die Art von Liebe, die den meisten Menschen nie vergönnt ist. L-i-e-b-e.«
Ich nickte. »Liebe.«
»Aber er geriet auf Abwege. Er hat sie mit irgendeiner Schlampe betrogen. Nur ein einziges Mal. Ich glaube, er hatte getrunken.«
Ich nickte.
»Hier kommt der gute Teil der Geschichte. Er hatte seine einzig wahre Liebe betrogen. Was, wenn sie ihn verließ? Er liebte
sie doch! Also kaufte er ihr ein Tennisarmband.«
»Ein Tennisarmband?«
»Diamanten, Chaurisse. Mordsklunker. Und er hat sich nie
wieder einen Fehltritt geleistet. Sie betrogen zu haben hat ihn

gelehrt, Prioritäten zu setzen. Er hätte sie fast verloren, und es machte ihn fertig. Jedes Mal, wenn er das Armband an ihrem Handgelenk sah, fiel ihm wieder ein, wie viel sie ihm bedeutete. Ist das nicht schön?«

»Ich weiß nicht.«

»Und es kommt noch besser. Das ist der wichtige Teil. Hör gut zu, Chaurisse. Das wird dir für den Rest deines Lebens von Nutzen sein.«

»Okay«, sagte ich.

»Viele Jahre später saß Gracie mit ein paar Country-Club-Ladys bei Martinis zusammen, als George sie sagen hörte: ›Ich habe immer gehofft, dass George noch mal eine Affäre hat. Ich will noch ein Armband für den anderen Arm!‹« Daraufhin lachte meine Mutter aus vollem Hals. Sie schlug sogar ein paarmal mit der Hand aufs Lenkrad. »Kapierst du?«

Ich schüttelte den Kopf. »Der Blinker ist an.«

»Aber kapierst du's?«

»So ungefähr«, sagte ich.

»Der Witz ist, dass Gracie die ganze Zeit Bescheid wusste. Sie hat sich nur nichts anmerken lassen. Zwei Lehren kann man daraus ziehen: a) Tief drinnen weißt du, wer dich liebt.«

»Aber warum hat er's dann getan?«

Meine Mutter lächelte mich an. »Manchmal vergesse ich, wie jung du bist. Ich liebe dich so sehr, weißt du das?«

Ich sah aus dem Fenster. Ich mochte es, wenn ich ganz ins Licht ihrer Aufmerksamkeit rückte, aber es war mir auch peinlich. »Ja, Ma'am.«

»Folgendes solltest du dir merken, dann lassen wir es gut sein.«

»Okay.«

»Männer tun ständig Dinge, die sie nicht so meinen«, erklärte sie. »Das Einzige, was zählt, ist, dass er dich liebt. George hat Gracie geliebt. Er hat sie so sehr geliebt, dass er nach seinem

Tod unter ihr begraben werden will, damit sie immer an erster Stelle steht.«

»Aber warum hat er dann mit einer anderen Frau rumgemacht?«

»Chaurisse, du kapierst es einfach nicht. Die Lehre ist: b) Wenn du eine Ehefrau bist, benimm dich auch so. Es bringt nichts, sich blöd aufzuführen, die andere Frau zu Hause anzurufen, ihre Reifen aufzuschlitzen oder was auch immer. Meine Mutter war so, hatte immer irgendwo Streit wegen irgendeines Niggers.«

»Aber warum hat er es gemacht? Warum hat dieser Gott-Typ Gracie betrogen?«

Meine Mutter setzte den Blinker und seufzte. »Ich sage ja bloß: Wenn du eine Ehefrau bist, benimm dich auch so und nicht wie eine billige Nutte.«

Das Gespräch fand natürlich statt, bevor ich in den Ruf kam, eine Schlampe zu sein, und zwar ohne dass ich eine war. Mit vierzehn bekam mein Ruf einen Kratzer, und ich verlor meine Jungfräulichkeit. In dieser Reihenfolge, wohlgemerkt. Das Leben ist schon manchmal seltsam. Am Anfang stand im Grunde ein Missverständnis, ein Missverständnis, das sich in der Kirche ereignete – der denkbar schlechteste Ort für ein Missverständnis, das dich wie ein Flittchen aussehen lässt. Ich stand mit Jamal Dixon, dem Sohn des Priesters, in der Garderobenkammer des Chors. Wir redeten. Vielmehr er redete, ich hörte bloß zu. Zu diesem Zeitpunkt war ich unschuldig wie ein Engel. Jamal musste einigen Ballast loswerden, über seine Mutter. Anscheinend trank sie die ganze Zeit. Jeden Tag. Sie versteckte Flaschen hinter dem Boiler in der Waschküche. Sie trank aus Weingläsern, sie trank aus ihrem Zahnputzbecher. Um drei Uhr nachmittags baute sie mit dem Coupe DeVille des Reverends einen Unfall auf dem Supermarktparkplatz. Es wurde allmählich ein Problem. »Hast du was bemerkt?«, fragte er mich.

Ich zuckte mit den Achseln. »Nichts Menschliches ist mir fremd.«

Diesen Spruch hatte ich meine Mutter oft sagen hören. Es war die perfekte Reaktion, wenn sich eine Frau, die sich die Haare machen ließ, über ihren Mann beschwerte. Auf diese Weise konnte man ihr zustimmen, ohne schlecht über ihn zu reden. Und wenn sich das Paar wieder versöhnte, würde sich die Frau in deinem Frisierstuhl immer noch wohlfühlen. Wenn man Friseurin sein will, muss man verstehen, wie die Leute ticken.

Jamal tat mir leid. Mit seinen blinzelnden Augen und zuckenden Lippen sah er aus, als würde er jeden Moment in Tränen ausbrechen, und ich verstand genug von Männern, um zu wissen, dass er das nicht vor meinen Augen tun wollte. Ich wandte mich den Roben zu, machte mich nützlich, indem ich überprüfte, ob die Kleiderbügel richtig herum hingen. Jamal redete weiter über seine Mutter, darüber, dass sie die Finger nicht vom Pfefferminzlikör lassen konnte und sein Vater nichts dagegen unternahm, außer zu beten. Die Familie ging dann miteinander im Wohnzimmer auf die Knie, hielt sich an den Händen und atmete den alkoholischen Minzgeruch ein, den ihre Lippen und sogar ihre Haut verströmten. Er schwor, dass sogar die Butter, die sie morgens auf seinen Toast strich, nach Pfefferminz schmeckte. Ich erzählte ihm nicht von meiner Mutter, die gelegentlich selbst ein bisschen pfirsichbeschwipst sein konnte. Sie ruinierte keine Autos und brachte auch niemanden in Gefahr, aber montagnachmittags pichelte sie Fuzzy Navels und tupfte sich vor ihren Seifenopern die feuchten Augen.

Jamal sagte, er wisse nicht, ob er daran glaube, dass Gott jeden von uns im Blick habe. Er sagte, er habe da ein paar Fragen zu der ganzen Sache mit dem Sperling. Er sei einverstanden, dass Gott die Welt geschaffen habe; das Universum musste ja irgendwoher kommen. Aber wer konnte schon sagen, wer danach die Fäden in der Hand hielt? Ich dachte, dass der menschliche Verstand und die Kraft der Suggestion schon beachtlich waren, denn es roch irgendwie nach Doublemint on the Rocks. Er redete weiter, während ich die Lippen zusammenpresste und mir vorstellte, wie Pfefferminzlikör wohl schmeckte.

Dann teilten sich die Roben an der Stange wie das Rote Meer, und wer tauchte auf? Mrs Reverend Schnaps persönlich, groß und steil aufragend wie die Arbeit eines Architekten. Ich musste es ihr lassen; ihr asymmetrischer Haarschnitt mit mädchenhaft zu einer Seite geworfener Mähne stammte von jemandem, der sein Handwerk verstand.

»Jamal«, sagte sie. »Es reicht, mein Sohn.«

»Wir haben gar nichts gemacht«, sagte er. »Nur geredet.«

»So nennst du das also?«, fragte Mrs Reverend.

Während ich am Bordstein auf meine Mutter wartete, erzählte Mrs Reverend allen, wie besorgt sie meinetwegen sei. Die Frauen, die als Saaldienerinnen fungierten, und einige der Diakoninnen wurden aufgefordert, für mich zu beten. Und während Mrs Reverends Worte sie zum Beten aufforderten, gemahnte ihr Ton sie, an Salome zu denken. Noch bevor meine Mutter mir das in einem geflüsterten, aber dringlichen Gespräch in ihrem Schlafzimmer, unter den wachsamen Augen der Perückenköpfe, bestätigte, wusste ich, dass die Frauen in der Kirche mit gewetzten Gebeten auf mich zielten.

Damals war ich ein stilles Mädchen. Ich war nicht schüchtern, aber ich hatte einfach nichts zu sagen.

»Ich habe deinem Vater nicht davon erzählt«, sagte sie.

»Wovon erzählt?«

»Von Jamal Dixon.«

»Da gibt es nichts zu erzählen.«

»Ich weiß, Schatz«, sagte sie.

Eine Woche später, als wir nach Decatur zu einem Termin mit ihrem Gynäkologen fuhren, verteidigte ich mich immer noch. Als er mich das letzte Mal gesehen hatte, war ich gerade auf die

Welt gekommen. Ich sagte ihm das Gleiche: »Ich hab gar nichts gemacht.«

»Es soll nur deinen Zyklus regulieren«, sagte er.

Als wir auf der I-20 nach Hause fuhren, gerieten wir in einen Stau, und ich versuchte es noch einmal. »Ich hab nichts gemacht.«

»Weißt du, was für ein Glück du hast, dass es diese Pillen gibt? Weißt du, was für ein Glück du hast, dass ich dich zum Arzt bringe?«

»Aber es war doch gar nichts.«

»Nimm sie mir zuliebe, Schatz«, sagte Mama. »Einfach, um sicherzugehen.«

Jamal Dixon war der Erste. Wir machten aus, uns nachmittags nach der Schule bei Marcus McCready zu treffen. Während ich auf das Jayne-Kennedy-Poster an der Decke starrte, entschuldigte er sich für das Verhalten seiner Mutter. Er habe mich da nicht mit reinziehen wollen. Er wisse, dass ich ein anständiges Mädchen sei, und es tue ihm leid, dass alle so über mich redeten.

»Es ist mir egal, ob die Leute über mich reden.«

»Es tut mir leid«, sagte er. »So was hat sie noch nie gemacht.«

»Ich versteh schon«, sagte ich.

Er sah mich an und dann weg. »In welcher Klasse bist du?«

»In der neunten.«

»Ich in der elften«, sagte er.

Ich hielt ihn weder davon ab noch lud ich ihn ein. Ich war einfach neugierig, was passieren würde. Jamal sah aus wie eine jüngere, dünnere Version seines Vaters, den ich oft bewundert hatte, wenn er mit gereckten Armen in seinen wunderschönen Roben auf der Kanzel stand. Er predigte mit donnernder Stimme, aber er sang manchmal in einem süßen Al-Green-Tenor.

»Du bist ein nettes Mädchen«, sagte Jamal in einem Ton, als wollte er einen möglicherweise bissigen Hund beruhigen.

»Hübsch?«, fragte ich.

Er nickte. »Du hast schöne Lippen.«

Ich hatte ein bisschen Angst, aber ich wusste ja, dass ich auf der sicheren Seite war.

»Hände weg von meinem Haar«, sagte ich. »Bring es nicht durcheinander.«

Er sagte, es tue ihm leid. Das sagte er zweimal.

Dann war ich eine andere, obwohl ich genauso aussah wie vorher.

Die Pille war ein Geheimnis zwischen mir und meiner Mutter. Mein Vater durfte von der pfirsichfarbenen Verpackung nichts wissen, von den weißen Tabletten, die nach nichts schmeckten, aber wirkungsvoll waren, und den sieben grünen Zuckerpillen, die die Blutung ermöglichten. Das war Frauensache. Außerdem war ich meinem Vater als sein kleines Mädchen, seine kleine Butterblume, immer noch am liebsten. So sind Väter nun mal. Du sollst sauber, amüsant und bezaubernd sein, mehr nicht. Wenn er von der Arbeit kam, holte ich Daddy einen Gin Tonic, gab ihm einen Kuss auf den Kopf und streichelte seine müden Schultern.

Obwohl Väter einfach gestrickt sind, sind Ehemänner es nicht. Ehen sind knifflig, aber Kinder füllen noch die komplizierteste Situation mit Liebe. Sie sind ein Gottesgeschenk. Ich war das Wunderkind meiner Mutter, Ersatz für den kleinen Jungen, der gestorben war. Mein Eintritt in die Welt war ebenfalls heikel, kam ich doch vier Wochen zu früh. Fast hätten sie auch mich verloren. Über eine Woche lag ich im Brutkasten. Meine Mutter konnte sich erst darauf einlassen, mich zu lieben, als klar war, dass ich überleben würde, aber mein Daddy war von Anfang an voll dabei, ballte die Fäuste, murmelte: »Komm schon, Champ. Komm schon.«

Wenn wir echte Afrikaner gewesen wären, hätte mein Daddy mich in den Himmel gereckt wie der Daddy von Kunta Kinte. Stattdessen fuhr mein Daddy mit mir zu Olan Mills und ließ Porträts machen; er zahlte sogar extra, um die Bilder auf Leinwand drucken zu lassen, wo sie in sanften Pinselstrichen ausliefen. Er spendete großzügig an die Kirche und gab das Rauchen auf. Natürlich holte ihn diese Angewohnheit nach einer guten Woche wieder ein, aber er rauchte nie in meinem Kinderzimmer. Die Wände unseres Hauses mussten jedes Jahr gestrichen werden, um den Rauchergilb zu übertünchen, aber in meinem Zimmer hielt sich das hoffnungsvolle Rosa meiner Geburtsanzeige über sechs Jahre. Mein Vater liebte mich. Meine Geburt veränderte ihn. Das sagen alle.

14

SILVER GIRL

Der Sommer vor meinem letzten Highschooljahr war schwer für unsere Familie. Als Grandma Bunny starb, brachte das meine drei Elternteile beinahe um. Ich kann nicht sagen, wen von ihnen es am härtesten traf, weil jeder auf seine eigene Art zusammenbrach. Onkel Raleigh fand Trost nur in Tränen. Wir saßen zum Beispiel beim Abendessen, er schob sich eine Gabel Kartoffeln in den Mund, und mit einem Mal fingen seine Lippen an zu beben, und er musste sich zurückziehen. Auch beim Fahren liefen ihm die Tränen; zum Glück sahen die Fahrgäste nur seinen Hinterkopf und bemerkten nichts. Mein Daddy hingegen trank und ließ sich echt gehen. Das bittere Kratzen seines unrasierten Gutenachtkusses wird für mich auf ewig die Verkörperung von Trauer bleiben. Meine Mama veränderte sich nicht ganz so offensichtlich. Sie machte immer noch um 7 Uhr 30 den Laden auf, versorgte die alten Damen, die schon um 5 Uhr aufstanden, und machte um 20 Uhr 30 zu, nachdem sie sich um die Frauen mit Bürojobs gekümmert hatte. Bei ihr war fast alles wie immer, aber sie erledigte ihre Arbeit auf eine Weise, die mich an ein altes Streichholzbriefchen denken ließ. Man kann den Kopf so oft man will über den rauen Streifen reißen, der Funke wird einfach nicht überspringen.

Ich war so erschüttert wie die anderen, nur gab es nicht viel, was mich von meiner Trauer abgelenkt hätte. Da gab es Jamal, aber jedes Mal, wenn wir zusammen waren, verlangte er von mir, mit ihm niederzuknien und Jesus um Vergebung zu bitten. Nach Grandma Bunnys Tod war mir jedoch nicht danach, Jesus um irgendwas zu bitten. Ich hätte Flöte üben sollen, schätze ich – nur deshalb ging ich ja zur Schwerpunktschule für Darstellende Künste –, aber ich war nicht gerade eine Virtuosin, und wie soll man Trost aus etwas beziehen, in dem man schlecht ist? Mir blieb nur die Mall.

Greenbriar war nicht das beste Einkaufszentrum. Nicht komplett gettomäßig wie West End, aber auch nicht schick wie Phipps Plaza. Doch immerhin war es in der Nähe, sodass ich hingehen konnte, ohne groß planen zu müssen. Manchmal machte ich mich schon um zehn auf den Weg, wenn die Mall gerade öffnete, und arbeitete mich systematisch durch jedes einzelne Geschäft, sogar durch den Laden mit den Leasing-Möbeln. Ich konnte eine ganze Stunde bei Pearle Vision verbringen und durch leere Brillenfassungen in den Spiegel starren. Ich tat alles, um mit meinen Gedanken an Grandma Bunny nur nicht allein zu sein. Ihr Bein war achtzehn Monate vor ihrem Tod amputiert worden. In der Nacht vor der Operation rief sie meine Mutter nach Mitternacht mit einem R-Gespräch an. Ich hob beim ersten Klingeln ab – der Instinkt eines Teenagers. Ich akzeptierte das Gespräch und rief nach meiner Mama. Sie ging am anderen Apparat ran und meldete sich mit schlaftrunkener Stimme.

»Hallo?«

»Laverne«, sagte sie. »Ich bin's, Miss Bunny.«

»Miss Bunny«, sagte Mama, »warum bist du denn wach? Wo sind James und Raleigh?«

»Die sind hinten und schlafen.«

»Miss Bunny, was ist los? Wenn du etwas brauchst, weck sie auf. Dafür sind sie doch da.«

»Laverne«, sagte Miss Bunny. »Hör mir zu, mein Kind. Ich hab's mir anders überlegt. Ich will diese Operation nicht. Die sollen mir nicht das Bein abnehmen. Welcher Mann wird denn noch Augen für mich haben, wenn ich nicht mal auf zwei Beinen stehen kann?«

»Miss Bunny«, sagte Mama. »Mach dir deswegen keinen Kopf. Geh und weck Raleigh. Miss Bunny, du klingst, als wärst du nicht ganz bei dir. Hilft dir denn jemand mit deinen Medikamenten?« Dann unterbrach meine Mutter das Gespräch und ließ ihre Stimme durchs Haus und nicht durchs Telefon schallen. »Chaurisse Witherspoon. Bitte sag mir, dass du nicht am Hörer hängst.«

Ich legte ganz leise auf und tat so, als würde ich schlafen. Aber ich war die ganze Nacht wach, weil es mich bedrückte, dass meine Großmutter um ihre Beine bettelte und immer noch hoffte, für jemanden schön zu sein.

Meine letzte Station in der Mall war die Drogerie. Es gibt zwei Arten von hübsch, sagte meine Mama immer. Natürliche Schönheit ist das, was deine Mama dir mitgegeben hat. Da nicht alle Glück dabei haben können, gibt es für unsereins Hübsch aus dem Töpfchen. Das ist für Menschen, die durchschnittlich oder schlechter aussehen und die sich mithilfe von Zeit und Kosmetik zurechtmachen können. Manchmal nannte sie es auch »Do-it-yourself-Schönheit«.

Im Gang mit den Kosmetika griff ich nach einem Lidschattenstift. Von der Farbe angezogen drehte ich den Stift in den Händen und überlegte, wo ich diesen bestimmten Grünton schon einmal gesehen hatte. An der Seite stand in goldenen Buchstaben VERBORGENER SCHATZ, aber da klingelte nichts bei mir. Über dem Ständer befand sich ein kleiner Spiegel, sodass man sich die Produkte ans Gesicht halten und sich vorstellen konnte, wie man mit dieser Farbe auf den Lidern aussehen würde.

Ich brauchte einen Moment, um zu begreifen, dass ich das Mädchen in dem winzigen Spiegel war. Meine Mutter, erschöpft von der Trauer und ermattet von meiner Bettelei, hatte sich endlich geschlagen gegeben und mir erlaubt, mein Haar anzureichern. So nannten wir das gegenüber unseren Kundinnen. Von *falschem* Haar war nie die Rede. Auch das Wort *künstlich* war, wenngleich freundlicher, verboten. Meine Mutter hatte mir vierzig Zentimeter Kunstfaser eingeflochten, so dunkel und glänzend wie Motoröl. Ich bewegte den Stift von meiner Wange zu meinem Haar. Dann neigte ich den Kopf und ließ das Haar nach vorn fallen, bevor ich es zurückwarf. Ich lächelte mein Spiegelbild an und wiederholte die Bewegung. Mein Haar war wunderschön.

Ich wollte es gerade wieder zurückwerfen, als ich hinter meiner linken Schulter ein komisches Geräusch hörte. Ich war mir nicht sicher, was es war. Vielleicht ein unterdrücktes Niesen, ein kleiner Aufschrei oder ein Schnappen nach Luft. Peinlich berührt, weil ich dabei erwischt worden war, wie ich mich in der Öffentlichkeit bewunderte, wandte ich mich um und ertappte ein *Silver Girl* dabei, wie es eine Tube Nagelhautentferner in der Tasche verschwinden ließ.

»Silver« nannte ich Mädchen, die natürliche Schönheiten waren und trotzdem noch eine Schicht Hübsch aus dem Töpfchen auftrugen. Es bezog sich nicht nur auf ihr Aussehen, sondern darauf, wie sie waren. Die Bezeichnung hatte ich aus einem Song, den meine Mutter manchmal sang, wenn sie sich für einen besonderen Anlass fertig machte. Am Ende sang sie mit Aretha Franklin im Chor: »Sail on, silver girl ... Your time has come to shine. All your dreams are on their way.«

Ich hatte mit der Spezies der Silver Girls allerdings nie viel Glück gehabt. Sie waren nie richtig gemein zu mir, einmal abgesehen von der einen, die mich während einer Nachmittagsvorstellung von *Purple Rain* auf der Damentoilette in die Enge getrieben hatte. Meistens waren Silver Girls höflich, vor allem, wenn ihre Eltern meine kannten, und vor allem, wenn meine Mama ihnen die Haare machte. Aber keine von ihnen ließ mich je an sich heran und erzählte mir ihre Geheimnisse. Man nehme zum Beispiel jemanden wie Ruth Nicole Elizabeth Grant. Ich hatte ihr fast drei Jahre lang alle zwei Wochen die Haare gewaschen, aber ich wusste nicht, dass sie mit Marcus McCready ging, bis sie sich seinen Schulring an die goldene Halskette hängte, und auch dann musste ich noch fragen, wem der Ring gehörte. Sie antwortete mir ganz beiläufig, damit deutlich wurde, dass es sich wahrlich nicht um ein Geheimnis handelte.

Silver Girls waren gern miteinander befreundet und behielten all ihren Silberglanz für sich, was mir ein bisschen egoistisch vorkam. Der Glanz war ansteckend, aber er wurde nur untereinander weitergegeben und nur, wenn sich beide Parteien wirklich bemühten. Den Freund mit einem Silver Girl zu teilen machte einen nicht silbern, sondern zu einer Schlampe. Aber einmal angenommen, man hatte in der Vergangenheit nicht viel mit gleichaltrigen Mädchen zu tun, weil man entweder in einer Limousine oder in einem Schönheitssalon eingesperrt war. Wenn man so jemand war und die Chance hatte, sich mit einem Silver Girl anzufreunden, dann konnte sie einem beibringen, wie man glänzt.

Bei allem Stillschweigen darüber macht angereichertes Haar dich mutig, wie süßer Hochzeitschampagner, der einem sofort zu Kopf steigt, verwandelt es dich in eine kühnere, hübschere Version deiner selbst. In dem Wissen, dass das Silver Girl zusah, ließ ich den Lidschattenstift in meine Tasche fallen; aus dem braven Mädchen wurde ein böses. »Hey.«

Das Silver Girl leckte sich die Lippen, blieb aber stumm. Sie sah so verängstigt aus, dass ich mich umblickte, um mich zu vergewissern, dass die Filialleiterin nicht dort stand. »Was ist?«, fragte ich, sobald ich gesehen hatte, dass hinter uns nur ein alter Mann einen Bimsstein aussuchte. Sie starrte mit hochgezogenen Augenbrauen in meine Richtung und atmete schnell und flach durch den Mund. Ich drehte mich um, bis ich sah, was sie sah: eine kleine Videokamera über den Nagelfeilen. »Oh«, sagte ich.

Das Silver Girl rührte sich immer noch nicht. Sie stand da wie Diana Ross in *Mahagoni*, erstarrt in ihrer Pose für den verrückten Fotografen. Obwohl die Lage wirklich brenzlig war, entging mir nicht, dass dieses Silver Girl ganz besonders schön war. Ich hätte sie am liebsten geküsst, nur auf die Wange, auf der sie fuchsienfarbenes Rouge verteilt hatte. Ich weiß, viele Leute stehen auf hellhäutige Mädchen, aber mir gefällt ein dunkelbraunes Mädchen mit einem hübschen Gesicht und jeder Menge Haare immer noch am besten. Dieses Mädchen hatte dichtes, volles, echtes Haar, das gut einen halben Meter lang war. Eine Barbiepuppe, die man in Schokolade getaucht hatte, das silbernste Mädchen, das ich je gesehen hatte.

»Leer deine Tasche aus«, sagte ich. »Leg einfach alles zurück.«

Sie rührte sich nicht, aber ich. Ich wühlte in meiner Flohmarkt-Gucci und zog den Lidschattenstift heraus. Sicherheitshalber ließ ich auch die Appetitzügler fallen, für die ich ganz normal hatte bezahlen wollen. Das Silver Girl stand immer noch reglos da, posierte immer noch für den unsichtbaren Fotografen. Ich griff nach ihrer Handtasche, schob meine Hand in ihre Louis Vuitton (eine hübsche Fälschung) und fand einen Aluminiumstreifen mit Kondomen, rosa Nagellack und eine Packung Badesalz, die aussah wie etwas, das man seiner Lehrerin schenkt.

»Was ist denn los mit dir?«, fragte ich. Endlich tat sie etwas, wenn auch etwas Blödsinniges – sie zog den Reißverschluss ihrer Tasche in dem Moment zu, als die Filialleiterin auf uns zugestürmt kam und fast einen Aufsteller mit Gesichtswasser umgeworfen hätte.

»Kommt sofort mit.« Die Filialleiterin war vermutlich im Alter meiner Mutter, trug onduliertes Haar und eine cremig-glatte Schicht Make-up, die gleich unter dem Kinn aufhörte.

»Wir müssen nicht mitgehen«, sagte das Silver Girl und warf das Haar zur anderen Seite. »Wir haben nichts Verbotenes gemacht.« Noch ein Wurf der Wallemähne – das war der passende Begriff. Haar wie aus dem Märchen. So hübsch, dass es mich in den Fingern juckte.

»Mach deine Tasche auf«, sagte die Drogerie-Dame zum Silver Girl.

»Sie muss gar nichts machen«, warf ich ein. »Sie hat Bürgerrechte.«

»Haben wir beide«, sagte das Silver Girl.

Ich lächelte über das Wort *beide*. »Ich werde meine Eltern anrufen«, sagte ich. Jetzt spielte ich mich auf. Vielleicht war es immer noch der Einfluss meiner neuen Haare, aber irgendwie fühlte sich der Moment nicht ganz real an. Es war wie im Film, eine Komödie, in der wir beide mitspielten, in der wir gleich schön und gleich charmant waren.

Die Filialleiterin ignorierte mich und durchwühlte meine Tasche. Als sie fertig war, ging sie zum Silver Girl, aber man sah ihr an, dass sie die Hoffnung, uns bestrafen zu können, schon aufgegeben hatte.

»Sie könnten sich zumindest bei ihr entschuldigen«, rief ich der Filialleiterin hinterher, nachdem sie uns gesagt hatte, wir sollten uns verpissen, und zurück zum Tresen ging.

Ich hakte mich beim Silver Girl unter wie zum Square Dance. Aus der Nähe konnte ich ihr Parfüm riechen. Anaïs Anaïs, das gleiche wie meins. Ihr wunderschönes Haar stank nach Zigaretten. »Du rauchst?«, fragte ich. Auf dem belebten Gehweg vor der Mall zogen Teenie-Mädchen in zusammenklüngelnden Grüppchen vorbei. Die Silver Girls unter ihnen redeten ausschließlich miteinander, während die gewöhnlichen Mädchen jede ansahen, an der sie vorbeikamen, in der Hoffnung, etwas zu entdecken, das sie verändern würde. Auf der Straße fuhren Jungs in aufgemotzten amerikanischen Schlitten vorbei. Sie hupten, was mich unwillkürlich lächeln ließ. Das Silver Girl lächelte auch, winkte sogar, obwohl sie zugleich nervös an ihrer Halskette mit den dicken goldenen Kugeln herumspielte.

»Alles okay?« Ich zog sie weg von der Straße, damit sie sich an die Wand lehnen konnte. Ich fasste sie an den Handgelenken. »Sag was.«

Sie atmete tief ein und schloss beim Ausatmen die Augen. Das wiederholte sie, während die Mädchen, die uns entgegenkamen, einen Blick riskierten und die Augenbrauen hochzogen.

»Hast du einen Anfall?«

Endlich schlug sie die Augen auf und stieß eine geflüsterte Frage aus. »Ist es eine Perücke?«

Ich trat einen kleinen Schritt zurück und legte die Fingerspitzen an die Nase. Mein Gesicht glühte, und obwohl ich nicht hellhäutig wie Onkel Raleigh war, wusste ich, dass das Silver Girl es bemerkte. Ich zog die Schultern hoch und verbarg mein Gesicht, falls Tränen aus meinen Augen schossen oder so was.

»Das ist mir so rausgerutscht«, sagte sie.

»Man sieht es, oder? Es sieht unecht aus.«

»Eigentlich nicht«, sagte sie. »Es sieht total natürlich aus.«

»Du willst mich bloß aufmuntern. Es war das Erste, was du gesagt hast.«

»Na ja«, sagte sie, »du hast mir als Erstes gesagt, dass mein Haar nach Rauch riecht.«

»Nein«, sagte ich. »So habe ich das nicht gemeint. Mein Haar riecht wahrscheinlich auch verqualmt. Mein Dad raucht zwei Packungen am Tag.«

»Meiner auch«, sagte sie.

Auf der Rückseite der Mall befanden sich bemalte Betonklötze, die wie riesige Mais-Muffins aussahen. Ich bin nie dahintergekommen, wofür sie gedacht waren. Trotz kleiner Schilder, die die Leute fernhalten sollten, lungerten die Jugendlichen darauf

herum und warteten, Frozen Yogurt essend, auf ihre Mitfahr-
gelegenheiten.

»Komm, wir setzen uns«, sagte das Silver Girl und ging zu
einem der Muffins. Mit ihren starken Armen stemmte sie sich
hinauf. Ich wusste zwar auch, wie ich hochkam, aber eine so sil-
brig-glatte Bewegung würde ich nie hinkriegen, weswegen ich
einfach neben ihr stehen blieb. Meine Augen waren ungefähr
auf der Höhe ihrer Brüste. Von Nahem erkannte ich, dass ihr
Polohemd doch kein echtes Izod war.

Es war heiß, aber das war im Juli ja nicht anders zu erwarten.
Ihr Babyflaum kräuselte sich am Haaransatz, und ich spürte, wie
mir unter den Armen das Wasser lief. Wir trugen beide Stretch-
jeans, die mittlerweile fast mit unserer Haut verschmolzen waren.

»Hast du einen Job für die Ferien?«, fragte sie.

Ich schüttelte den Kopf. »Ich sollte eigentlich bei Six Flags arbeiten, aber nach nur vier Tagen wurde mein Vorgesetzter komisch, deshalb musste ich kündigen.«

»Was ist passiert?«

»Es ist nicht völlig aus dem Ruder gelaufen, aber er hat
dauernd nach Gelegenheiten gesucht, mich zu berühren.«

»Hast du jemandem davon erzählt?«

»Meinem Onkel, der's meiner Mama erzählt hat, die's meinem Papa erzählt hat.« Ich versuchte zu lachen. »Bei uns zu
Hause geht's zu wie bei Stille Post.«

»Und was hat er gemacht?«

»Wer?«

»Dein Vater.«

»Er war so wütend, dass er kein Wort rausgebracht hat. Er
stottert, und es wird richtig schlimm, wenn ihn irgendwas em-
pört. Ich dachte, der geht gleich jemandem an die Gurgel. Er ist
in die Limousine gesprungen ...« Ich machte eine Pause, wartete darauf, dass sie sagte: *Moment mal! 'ne Limousine?*

Sie fragte: »Und dann?«

»Ich war nicht dabei, aber meine Mutter meinte, er hätte so eine Szene gemacht, dass sie den Sicherheitsdienst rufen mussten.« Ich lächelte in mich hinein; der Teil der Geschichte gefiel mir.

Sie fuhr sich mit den Fingern durchs Haar. Ich machte es ihr nach, aber angereichertes Haar ist zum Angucken gedacht, nicht zum Anfassen. Die steifen Strähnen wollten sich nicht so richtig an meine Finger schmiegen.

»Sei ehrlich«, sagte ich. »Sieht es doof aus?«

»Nein«, sagte sie. »Es ist hübsch.« Dabei senkte sie die Stimme ganz leicht, als spräche sie mit einem kleinen Kind.

»Okay«, sagte ich. »Sei noch mal ehrlich.«

»Okay.«

»Ist dein Haar echt?«

»Ja.« Sie sagte es, als hätte ich sie gefragt, ob sie an Gott glaube.

»Wirklich?«, fragte ich. »Ich dachte, wir wären ehrlich.«

»Es ist mein echtes Haar«, sagte sie und beugte sich tief von ihrem Beton-Muffin herunter. Nun war ihr Scheitel auf Höhe meines Gesichts; die Halskette baumelte ihr vor der Nase. Der Zigarettengeruch war so hartnäckig wie Liebe.

Menschenhaar gibt ein wenig nach, wenn man es drückt. Ich presste eine Strähne zwischen meinen Fingern zusammen. »Okay, es ist echt.«

»Sag ich ja.« Sie richtete sich wieder auf und streckte eine Hand nach meinem Kopf aus. »Darf ich?«

Meine Hand wanderte wieder zu meinem Gesicht. Sie duftete nach ihrem Haar, süß mit einem Ölfilm. Ich sah zu ihrer Hand hoch, die über meinem Kopf schwebte, als wäre ich ein Hund, den sie vielleicht lieber nicht streicheln sollte.

»Ja«, sagte ich leise. »Du darfst.«

Das Silver Girl drückte die Finger auf meinen Schädel, erkundete ihn mit den Fingernägeln. »Was ist das? Fühlt sich an wie eine Kante.«

»Da hat meine Mama den Faden eingeflochten. Sie ist Kosmetikerin und Friseurin.«

Ich fing an, ihr alles viel zu ausführlich zu erklären, erzählte ihr, dass der technische Begriff für dieses neue Verfahren »Haarintegration« lautete, dass sich als Kurzform aber »Weave« durchgesetzt habe und dass meine Mutter eine von nur zwanzig Friseurinnen der Stadt sei, die die Technik beherrschten. Ich prahlte, dass die Sache groß im Kommen sei. Ich plapperte immer weiter, während ihre vorsichtigen Hände meinen ganzen Kopf erkundeten. Passanten, sogar andere Silver Girls bemerkten uns und steckten die Köpfe zusammen, um über uns zu reden. Alte Leute guckten kurz hin und wandten dann den Blick ab, als hätten sie in der Bahn Menschen beim Knutschen erwischt. Die Vorstellung, wie sich mein künstliches Haar in ihren echten Händen anfühlen musste, war furchtbar. Ähnlich furchtbar wie das Gefühl, wenn man mit einem Jungen zu weit geht, den man nicht so gut kennt. Irgendwann ist es nicht mehr schön, aber man hat schon zu viel geschehen lassen, um ihn noch bitten zu können, aufzuhören.

Schließlich zog sie die Hände weg. »Tut mir leid«, sagte sie.

Ich lachte, um locker rüberzukommen. »Also, wie heißt du?«

Sie fasste sich wieder an die Halskette.

»Lass das lieber. Irgendwann reißt sie dir noch durch.«

»Ich weiß«, sagte sie. »Ich musste sie schon zweimal löten lassen.«

»Also, wie heißt du?« Als sie keine Antwort gab, machte ich den Anfang. »Ich bin Chaurisse.«

Sie nickte.

»Mein eigentlicher Name ist Bunny – keine Fragen, bitte –, aber ich werde Chaurisse genannt.« Anders als die meisten Leute lachte sie nicht. Bei der Anwesenheitskontrolle hatten oft ganze Klassenräume losgebrüllt, aber dieses Silver Girl zuckte stattdessen zusammen.

»Ich bin nach meiner Großmutter benannt.« Die Erinnerung an Grandma Bunny stürzte auf mich ein, blendete mich wie ein Blitzlicht. Etwas schnürte mir die Kehle zu, und ein Knoten hinter den Augen kündigte Kopfschmerzen an. »Sie fehlt mir.«

Silver Girl wickelte die Kette um ihren Finger und sagte: »Ich heiße Dana.«

»Dana«, wiederholte ich.

»Dana.«

»Ich gebe dir eine Karte«, sagte ich. »Meine Mama hat einen Schönheitssalon. Ruf einfach an, dann gibt's einmal Waschen und Legen. Aufs Haus. Oder wir hängen mal wieder zusammen rum?« Sie nahm die Karte entgegen und verstaute sie in ihrer Handtasche. Ich holte noch eine heraus. »Schreib mir doch deine Nummer hinten drauf.« Ich wühlte in meiner Tasche nach einem Stift, fand aber nur einen dunkelblauen Kajal. »Schätze, du musst den nehmen.«

Sie betrachtete die Marke. »Die sind teuer.«

»Er gehört meiner Mom, sie vermisst ihn bestimmt nicht. Willst du ihn haben?«

Sie drehte den Stift in den Händen. »Echt?«

»Nee«, sagte ich. »Nur Spaß.«

Sie wirkte verwirrt und sogar ein bisschen verletzt.

»Klar«, sagte ich. »Du kannst ihn haben.«

Sie steckte ihn in die Tasche und nickte kurz und entschieden. »Aber schreib mir deine Nummer auf.«

»Ich darf meine Nummer nicht rausgeben. Wir stehen nicht im Telefonbuch, und meine Mom mag es nicht, wenn Leute bei uns anrufen.«

»Oh«, sagte ich, unsicher, ob ich ihr glauben sollte. Ich kannte nur zwei Menschen, die ihre Telefonnummern nicht rausgeben durften. Zum einen Maria Simpson, deren Eltern einfach schon sehr alt waren. Zum anderen Angelique Fontnot, und da war es nachvollziehbar, weil ihr Vater Stadtrat oder so was war.

»Ich ruf dich an«, sagte sie. »Versprochen.«

»Okay.«

»Ich muss los«, sagte das Silver Girl. »Ich bin schon viel zu spät.«

»Renn nicht weg«, sagte ich. »Warte doch, bis ich abgeholt werde. Bist du schon mal Limousine gefahren?«

»Nein«, sagte sie. »Das geht nicht.«

Und dann war sie weg, wie Aschenputtel.

15

MÄDCHEN SIND
ZU UNORDENTLICH

Schönheitssalons im Allgemeinen sind Orte für Beichten und Geständnisse. Ein Laden wie das Pink Fox ist sogar noch intimer als der Durchschnittssalon, weil er sich in einem Privathaus befindet. Wenn eine Kundin zur Toilette muss, nutzt sie das Badezimmer, in dem ich morgens unter die Dusche steige. Im Notfall bedient sie sich vielleicht sogar bei den Slipeinlagen unter dem Waschbecken. Mal ganz abgesehen davon, dass es Kundinnen gibt, die schon bei meiner Mutter waren, als ich noch lange nicht geboren war.

Mit seinen zwei hydraulischen Stühlen, dem Haarwaschbecken und den drei Trockenhauben verkörpert das Pink Fox die Fortschritte einer ganzen Generation seit den Tagen, als meine Mama auf der Vordertreppe ihres Elternhauses noch Kunden für ihre Mama anlockte. »Miss Mattie glättet heute Haare. Zwei Dollar!« 1967 verdiente meine Mama schon ganz ordentlich mit einem gemieteten Stuhl in einem Salon an der Ashby Street, und Witherspoon-Limousinen war ebenfalls profitabel. Das Geld reichte aus, damit meine Eltern eine Anzahlung auf ein Haus leisten konnten, und Onkel Raleigh war zu dem Schluss gekommen, dass er versuchen sollte, allein zu leben. Die Peytoner Mauer war Geschichte, Bürgermeister Allen hatte sich entschuldigt, und schwarze Familien hielten Einzug in die einst weißen Viertel, während die Weißen in die Vororte flüchteten.

Mama und Daddy konnten sich zwischen mehreren Häusern entscheiden, weil der Markt übersättigt war. Sie steuerten den Lincoln langsam durch Cascade Heights, als würden sie im Tierheim die Käfige abschreiten, um den perfekten Welpen zu finden. Daddy tendierte zu einem neuen Haus, weil er nichts »Abgewohntes« haben wollte. Mama war neu egal, sie wollte nur eine zentrale Klimaanlage. Unser Haus, 739 Lynhurst, ein Bungalow mit drei Schlafzimmern an einem geschäftigen Straßenabschnitt nahe der Bushaltestelle, wurde noch preisgünstiger, weil die Garage in einen Schönheitssalon mit zwei Plätzen umgewandelt worden war. Auf einem Holzschild im Garten stand CHAURISSE'S PINK FOX.

Nach neun Jahren Ehe, ohne Schulabschluss und kinderlos, konnte man meine Mama nicht gerade als Glückspilz bezeichnen. Himmelsgeschenke waren so selten, dass sie ihr augenblicklich auffielen, wenn sie sich zeigten, und sie hatte genug gesunden Menschenverstand, um sofort zuzugreifen.

»Nehmen Sie auch Leute ohne Termin?«

Die ehrliche Antwort lautete »Manchmal«. Das Pink Fox war ein kleiner Salon. Ich fungierte als Shampoo-Mädchen. Notfalls konnte ich Waschen und Legen und ein paar andere nicht chemische Behandlungen übernehmen, während meine Mutter sich den Frauen widmete, die ihre Termine bis zu drei Wochen im Voraus buchten.

Es war Anfang November, und wir waren so voll wie zu Silvester. Mit dem Debütantinnenball von Sigma Gamma Rho, Ehemaligentreffen am Clark College und der Wiederaufnahme von *The Wiz* waren wir komplett ausgebucht. Obwohl mein Vater ausgeflippt wäre, hätte er davon erfahren, schwänzte ich an diesem Tag die Schule, um meiner Mutter aus der Patsche zu helfen. Es kam nicht darauf an; ich war im letzten Schuljahr. Die Wanduhr über dem Stuhl Nr. 2 zeigte 15 Uhr 45. Auf dem besten Platz föhnte meine Mutter jemandem die Haare. Ich stand über das Haarwaschbecken gebeugt da und stand einer jungen Schwangeren bei, die sich nachts am Kopf gekratzt hatte, obwohl sie wusste, dass sie einen Auffrischungstermin zum Glätten hatte; als das Wasser auf die von den Chemikalien wunden Stellen traf, kniff sie die Augen zusammen.

»Ich bin fast fertig«, sagte ich, blickte hoch zu der Interessentin ohne Termin – und wen sah ich da? Dana, mein silbernes Aschenputtel.

»Hi«, sagte ich. »Ich glaub's nicht, dass du gekommen bist!«

Meine Mama sagte: »Heute nicht ohne Termin, Schätzchen.«

»Vielleicht kannst du morgen wiederkommen?«, fragte ich. »Ich werde hier sein.«

»Schon okay«, sagte Dana. »Das macht nichts. Ich überlege, sie komplett abzuschneiden. Da könnte ich wahrscheinlich auch zum Herrenfriseur gehen.«

Man hätte meinen können, dass sie gerade verkündet hatte, den Kopf in den Ofen stecken zu wollen. Alle Gespräche verstummten. Das schwangere Mädchen hob den Kopf vom Becken, um sich Dana anzusehen. Die alte Dame im Stuhl Nr. 1 verzog so stark die Miene, dass sich ihr Gesicht zusammenzufalten schien. Nur Mama bewahrte die Fassung. »Was bringt dich denn auf diese Idee, Schätzchen?«

»Ich will's einfach abschneiden. Langes Haar ist so nervig. Ich bin's leid, so zu leben.«

Meine Mama fixierte Dana. Ich glaube, sie versuchte, dahinterzukommen, ob Dana wirklich vorhatte, sich von ihrem traumhaften Haar zu trennen. Selbst zu einem hohen Pferdeschwanz gebunden war nicht zu übersehen, dass es sich wie ein Wasserfall hinabstürzte, wild, glatt und wunderschön. Es ist weiß Gott nicht fair, wie die Natur ihre Gaben verteilt.

Meine Mutter fragte: »Wie alt bist du?«

»Siebzehn. Siebzehneinhalb. Heute ist mein halber Geburtstag.«

»Du bist zu jung, um dich selbst zu verstümmeln. Komm in sechs Monaten wieder, wenn du diesen Unsinn wirklich durchziehen willst.«

»Darf ich mich setzen?«, fragte Dana. »Ich bleibe auch nicht lang.«

»Chaurisse, wenn du mit Ausspülen fertig bist, trag noch eine Proteinkur auf, und dann bring diese junge Dame bitte nach oben und versorg sie mit einer Cola.«

»Ja, Ma'am.«

Man darf nicht vergessen, dass ich mitten im ersten Trimester meines letzten Highschooljahres war. Meine Mitschüler hatten Großes vor und hörten gar nicht mehr auf, darüber zu reden. Meine Schule, die Northside Highschool, war eine Schwerpunktschule für Darstellende Künste, wie im Film *Fame*. In der neunten Klasse, als ich angenommen wurde, dachte ich noch, ich könnte mit Quer- und Piccoloflöte etwas Bedeutendes erreichen – als wenn das möglich wäre, sogar für Menschen *mit* Talent. Dreieinhalb Jahre später hatte mir niemand vorgeschlagen, dass ich mich für ein Musikstudium bewerben sollte. Meine Vertrauenslehrerin ermunterte mich stattdessen, mich an einem Frauencollege zu bewerben, weil es meinem Selbstbewusstsein guttäte. Sie war am Smith College gewesen und meinte, dort würde man sich möglicherweise um eine vielfältigere Studentinnenschaft bemühen. Mit ihrer Hilfe bewarb ich mich bei den Seven Sisters und außerdem am Spelman College. »Die Stiefschwester«, sagte sie mit einem gemeinen Grinsen.

Meine Mutter hatte sich schon darauf versteift, dass ich ans Spelman ging, weil es ihr Traum gewesen war, dort zu studieren. Ihre Hauswirtschaftslehrerin, die, die den Schülern immer sagte: »Denkt an eure Würde«, war eine Spelman-Absolventin gewesen und hatte meine Mutter mit Schnappschüssen von schwarzen Mädchen mit geglättetem Haar und Chrysanthemensträußchen geblendet.

Ich gab vor, dass mich die Idee einer reinen Mädchenschule langweilte und auch ein bisschen unter meinem Niveau war. »Ich hänge nicht gern mit Mädchen rum.« Ich machte außerdem viel Aufhebens um eine Bewerbung an der FAMU in Tallahassee. Aber in Wahrheit war ich völlig verängstigt und zugleich fasziniert von der Vorstellung, ans Spelman College zu gehen. Als ich erklärte, warum ich nicht daran interessiert sei, Freundinnen zu finden, behauptete ich, »Mädchen sind zu unordentlich«, aber das war gelogen. Ich sehnte mich nach Unordnung. Ich sehnte mich danach, jemandem alles zu erzählen, was ich wusste. Ich wollte alles beim Namen nennen, die ganze Geschichte erzählen.

Als ich Dana damals im Einkaufszentrum traf, wusste ich noch nicht, ob sie vielleicht dieses Mädchen sein könnte, ob sie meinen Platz in der Welt verstehen würde, denn Mädchen mit dem richtigen Aussehen und den richtigen Haaren bewegen sich in anderen Kreisen als solche wie ich. Schon bei dem Gedanken hatte ich meine Vertrauenslehrerin wieder im Ohr, die mir etwas von Smith und Selbstbewusstsein erzählte, aber ich war nicht verrückt. Ich habe Augen im Kopf. Ich weiß, was ich weiß.

Dana war genauso zittrig verzagt wie in der Mall, als ich sie die Betontreppe hinaufführte, die den Rest unseres Hauses mit dem Pink Fox verband. Mama und Onkel Raleigh hatten diese Treppe selbst gebaut, als ich ungefähr zehn Jahre alt war. Jeden Montag den ganzen Sommer über hatten sie daran gearbeitet, dabei Bier aus winzigen Dosen getrunken und in einer Schubkarre Beton gemischt. Am Kopf der Treppe blieb Dana stehen. Sie presste eine Hand unten an ihren Hals und fasste sich dann an die Stirn, als würde sie ihre Temperatur fühlen.

»Die Tür ist offen. Du kannst einfach reingehen.«

Sie zögerte und wischte sich die Hände an den Jeans ab. »Wirklich?«

»Klar«, sagte ich. »Mach einfach auf.«

Sie drückte die Tür auf und ging so vorsichtig in die Küche, als wäre der Boden frisch gewischt.

»Alles okay bei dir?«, fragte ich sie.

»Esst ihr hier zu Abend? In der Küche? Oder habt ihr ein Esszimmer?«

»Du brauchst nicht zu flüstern«, sagte ich. »Wir essen in der Küche.«

»Wo sitzt du? Warum habt ihr vier Tischsets? Wer isst noch mit euch?« Sie ließ die Hände über einen Stuhl laufen und nahm ein kariertes Set hoch.

»Ist alles okay?«, fragte ich sie wieder.

»Wo sitzt dein Vater?«

Ich zeigte auf den Stuhl, der dem Fenster am nächsten war. »Da.«

Sie nahm darauf Platz und legte die Hände links und rechts auf das Tischset. Sie nickte und wirkte irgendwie zufrieden.

»Bist du sicher, dass es dir gut geht? Möchtest du eine Cola?«

»Ja«, sagte sie. »Kannst du sie in ein Glas einschenken?«

Ich goss Cola über eine Handvoll Eiswürfel und reichte sie ihr. »Also, was gibt's?«

Ich redete mit ihr, als wären wir alte Freundinnen, ein Trick, den ich von den Jungs gelernt hatte. Gib dich vertraut, und dann wird es vertraut. Das hier war anders als alles, was ich je für Jamal empfunden hatte. Meine Gefühle für Dana entsprangen direkt unter der Kopfhaut, dehnten sich bis hinter die Ohren, krochen meinen Nacken und die Wirbelsäule hinunter. Mädchen wie wir, solche, die aufgeflogen sind, sind so empfindlich wie ein kaputter Zahn.

»Du hast mir gesagt, ich soll kommen«, sagte sie. »Du hast mir eure Karte gegeben.«

»Du willst keine kurzen Haare, glaub mir«, erklärte ich.

»Ich dachte an einen Anita-Baker-Schnitt. An den Seiten kurz und oben lockig.«

Ich schüttelte den Kopf. »Kurzhaarschnitte sind für Leute, die sich die Haare nicht wachsen lassen können.«

»Wo ist dein Vater?«

»Mein Dad?« Ich zuckte die Achseln. »In der Taxi-Schlange am Flughafen. Wieso ist das wichtig?«

»Es ist nicht wichtig.«

»Okay, also, was ist los?«

Ich wollte, dass sie zugab, neugierig auf mich zu sein. Ich weiß, wie sich Leute aufführen, wenn sie Interesse an einem haben. Bei Jungs nennt mein Vater es »beschnuppern«. Ich hatte ihn einmal zu Raleigh sagen hören: »Ich hätte nie gedacht, dass es mir so viel ausmachen würde – all diese Schwanzträger, die meine Tochter beschnuppern.« Ein treffender Ausdruck, der das Animalische gut einfängt. Aber es sind nicht nur die Jungs. Mädchen machen es auch, wenn sie mehr über dich herausfinden wollen.

Sie sagte nichts, sah sich nur in unserer Küche um, als hätte sie noch nie eine gesehen. Dann stand sie auf und öffnete Schubladen, nahm einen Löffel heraus und runzelte die Stirn, als sie darin ihr Spiegelbild sah. »Darf ich den Kühlschrank aufmachen?«

Ich zuckte mit den Achseln, und sie öffnete die Tür, sah lange hinein, als zählte sie die Fresca-Dosen meiner Mutter in der Tür. Sie machte den Kühlschrank wieder zu und öffnete den Gefrierschrank. »Kein Eiswürfelspender?«

Ich zuckte wieder mit den Achseln, war aber peinlich berührt. »Mit Eiswürfelschalen geht das auch gut.«

»Ihr habt alle Geräte neu? Elektroherd?«

»Mir egal«, sagte ich. »Meine Mama ist die Einzige, die kocht.«

»Kocht sie jeden Tag?«

»Manchmal gehen wir essen. Alle zusammen. Red Lobster. Piccadilly.«

»Hat er sie schon mal ins Mansion ausgeführt?«

»Vielleicht an ihrem Hochzeitstag. Jetzt setz dich wieder hin. Hör auf, vom Thema abzulenken. Erzähl mir, warum du hier bist.« Das war ein Trick, den ich bei Jamal anwandte. So brachte ich ihn dazu, zu sagen, was er wirklich wollte.

»Das willst du gar nicht wissen«, sagte sie und setzte sich wieder auf den Stuhl meines Vaters. Sie schnupperte wie ein Kaninchen. »Ich rieche Zigaretten.«

»Mein Dad raucht, als gäbe es kein Morgen mehr.«

Dana beugte den Kopf vor. »Deine Mutter lässt ihn im Haus rauchen?«

»Von *lassen* kann keine Rede sein.«

Ich wusste, dass meine Mutter sich allmählich fragte, wo ich blieb. Wenn so viel los war wie heute, war es meine Aufgabe, die Kundinnen so schnell wie möglich ans Haarwaschbecken zu bekommen. Eine Frau mit trockenem Kopf kann einfach wieder gehen, wenn ihr die Warterei zu lang wird, aber mit tropfnassen Haaren wird sie nicht verschwinden. Ich wollte Dana wieder nach unten lotsen. Sie ans Becken kriegen und als Geisel nehmen.

»Darf ich dir die Haare waschen und legen?«

»Ich hab mich noch nicht entschieden. Mir geht viel durch den Kopf. Das wollte ich dir ja sagen.«

Ich sah sie aufmerksam an und neigte den Kopf. »Bist du schwanger?«, flüsterte ich.

Sie lachte. »Warum glauben immer alle, das wäre das einzige Problem, das Mädchen haben können?«

»Bist du's?«

»Ich dachte es mal.«

»Ich auch.«

»Es war dämlich, weil ich die Pille nehme.«

»Ich auch!«

»Aber nichts ist idiotensicher.«

Von den zufälligen Übereinstimmungen wurde mir ganz schwindelig. »Ich weiß!«

Sie lächelte und machte eine Handbewegung, als wollte sie mich anfassen, tat es dann aber nicht.

»Mir geht zu viel durch den Kopf. Ich bewerbe mich am Mount Holyoke«, sagte sie. »Stand frühzeitig fest. Wo gehst du hin?«

»Weiß ich noch nicht.«

»Wo bewirbst du dich denn?«

Ich zuckte mit den Achseln. »An vielen Schulen.«

»Mount Holyoke?«

»Wenn es zu den Seven Sisters gehört, dann ja, aber eigentlich ist mir nur Spelman wichtig.«

»Wenn du einen Platz bekommst, gehst du dann hin?«

»Schätze schon«, sagte ich. »Aber jetzt wechsel nicht das Thema. Sag mir, warum du hergekommen bist.«

Sie zog die Augenbrauen hoch und fuhr sich mit den Fingern durch den hohen Pferdeschwanz. »Vielleicht wollte ich, dass wir Freundinnen werden.«

Was für ein blöder Spruch war das denn. *Ich will, dass wir Freundinnen werden.* Menschen, die das wirklich wollten, sagten so was nicht. Wenn Menschen wirklich Freundschaft schließen wollten, taten sie es einfach. Sie nahmen deine Hand, hörten dir zu.

»Jetzt sei nicht beleidigt«, sagte sie. »Eigentlich bin ich hergekommen, weil ich dir danken wollte, dass du mich damals in der Drogerie gerettet hast.« Sie lächelte unsicher. »Du kannst mir die Haare machen, wenn du möchtest.«

Unter uns klopfte es. Im Salon stieß meine Mutter mit dem Besenstiel an die Decke.

»Ich muss wieder nach unten«, sagte ich. »Die Uhr läuft.«

»Sie bezahlt dich dafür, dass du im Laden hilfst?«

»Fünf Dollar die Stunde.«

»Hast du ein enges Verhältnis zu deinem Dad?«

»Es war enger, als ich noch klein war. Mit dem Älterwerden hat es sich verändert.«

»Bei mir auch«, sagte sie mit einem kleinen Seufzer. Sie deutete auf ihr Gesicht und ihre Brust. »Damit kommt er nicht klar.«

Ich nickte. »Ich weiß, was du meinst. Er kommt damit nicht klar, und dabei weiß er noch nicht mal die Hälfte.«

»Genau«, sagte Dana.

»Ich muss jetzt wirklich nach unten«, sagte ich. »Soll ich dir die Haare machen oder nicht?«

»Ich möchte dein Zimmer sehen.«

»Nächstes Mal.«

Sie drehte sich einmal um sich selbst, kreiste auf ihrem linken Fuß. »Eure Küche ist nichts Besonderes.«

»Hat das irgendwer behauptet?«

Beim Gehen hörte ich ihre Messingarmreifen klimpern, als sie die Serviette meines Vaters in ihre nachgemachte Louis Vuitton steckte.

Wir betraten den Laden durch die Hintertür. Meine Mutter föhnte gerade die Kundin, der ich die Haare gewaschen hatte. Der großen Uhr zufolge, die zwei Scherenklingen als Zeiger hatte, waren wir nur fünfzehn Minuten weg gewesen.

»Sind alle wieder zur Vernunft gekommen?«, fragte Mama.

»Ja, Ma'am«, antwortete Dana.

»Gut«, sagte Mama mit einem freundlichen Lächeln. »Komm ein anderes Mal wieder, und wir machen dir was Hübsches.«

»Morgen?«, fragte Dana.

»Morgen nicht«, sagte meine Mama. »Da habe ich was vor.« Meine Mutter klimperte mit den Wimpern, und alle Kundinnen lachten. »Mein Mann führt mich zum Essen aus, deshalb werde ich versuchen, was mit meinen eigenen Haaren anzustellen.« Dann sagte sie zu Dana: »Wehe, du schneidest dir die Haare ab, bevor wir dich das nächste Mal sehen.«

»Nein, Ma'am«, sagte Dana. Sie war jetzt ganz anders. Erst dachte ich, sie müsse sich ein Lachen verkneifen, aber jetzt wirkte es, als versuchte sie, nicht zu weinen.

»Die Tür findest du ja selbst«, sagte Mama. »Chaurisse hat zu tun.«

Ich nickte und schraubte den Deckel von einem großen Glas mit Öl. Dana stand mit der Hand auf der Druckstange an der Tür und sah uns an, als müsste sie in den Krieg ziehen. »Auf Wiedersehen«, sagte sie.

Sie war noch nicht die Auffahrt herunter, da redete schon der ganze Salon über sie.

»Das Mädchen hat was Trauriges an sich«, sagte meine Mama.

»Ich wollte gerade das Gleiche sagen«, meldete sich die Frau mit dem Babybauch zu Wort. »Ich frage mich, was sie für ein Zuhause hat.«

»So ein Mädchen ist mit mir zur Highschool gegangen«, sagte meine Mama. »Bekam ein Baby von ihrem Daddy. Sie wirkte auch immer so niedergeschlagen.«

»Dabei ist sie so ein hübsches Ding«, sagte die alte Dame. »Und diese Mähne ...«

»Hübsch sein ist nicht alles«, sagte ich, selbst überrascht, dass ich das Wort ergriff.

»Eifersüchtig, Chaurisse?«, fragte meine Mama.

»Nein. Ich will nur sagen, dass sie vielleicht noch mehr Facetten hat. Und vielleicht stammt sie auch aus einer heilen Familie. Vielleicht ist sie nur einsam. Es laufen viele Leute rum, die einsam sind.«

Da es ein Mittwoch war, aßen Mama und ich alleine zu Abend. Meine Mutter stand am Tresen und bereitete einen Salat zu. Sie achtete immer auf ihre Linie. Schon bei meiner Geburt war meine Mutter auf Diät. Ich habe ein Muttermal auf der Fußsohle, mehrere kleine braune Flecken, die wie ein Sternbild aussehen. Das seien Orangenkerne, hieß es immer. Es ging mal das Gerücht, dass Schwangere, die viel Vitamin C zu sich nahmen, ihren Babyspeck schneller wieder verlieren würden. Es hat nicht funktioniert. Nach meiner Geburt nahm meine Mutter um zwei Kleidergrößen zu und landete verlässlich bei Größe 48, sodass sie im Laden für Mollige einkaufen konnte.

Ich ging zum Kühlschrank und nahm zwei Dosen Cola heraus, light für Mama und normal für mich.

»Möchtest du ein Glas, Mama?«

»Ich trink aus der Dose.«

Wir nahmen gegenüber voneinander Platz, sie auf der Neun, ich auf der Drei. Die Zwölf und die Sechs waren für Daddy und Onkel Raleigh reserviert, selbst wenn sie nicht da waren.

Mama presste eine Zitrone über ihrem Salat aus, während ich meinen in Green-Goddess-Dressing ertränkte.

»Es hat keinen Sinn, Salat zu essen, wenn du das machst.«

»Ich weiß«, sagte ich.

Sie schüttelte den Kopf. »Dieses Mädchen heute Nachmittag kam mir irgendwie bekannt vor. Was war denn mit ihr los?«

»Ich habe keine Ahnung.«

Mama sagte: »Sie hat mich ganz nervös gemacht.«

»Sie ist schon in Ordnung«, sagte ich. »Ich mag sie irgendwie.«

»Hat sie dir erzählt, was ihr Problem ist? Ist sie schwanger?«

»Sie macht sich Sorgen wegen der Collegefrage und so. Das hat sie jedenfalls erzählt.«

»Es ist gut, wenn sie sich Gedanken über ihre Ausbildung macht. So hätte ich sie gar nicht eingeschätzt.«

»Der Schein kann eben trügen.«

»Wie steht es denn bei dir in Sachen College?«

»Was hältst du von Mount Holyoke? Da will Dana wohl hin.«

»Davon habe ich noch nie gehört, es kann aber nicht besser sein als Spelman. Da wäre ich hingegangen, wenn die Dinge anders gelaufen wären.«

Meine Mutter aß ihren Salat auf und stierte dann unbefriedigt in die Schüssel. Sie nahm sich noch einen Cracker und aß ihn ganz langsam. Dann rieb sie sich die Augen mit den Handballen. »Dein Daddy kommt bald nach Hause. Was meinst du, was er essen möchte?« Sie stand auf, öffnete den Gefrierschrank und entdeckte vier Hähnchenschenkel. Zum Auftauen legte sie sie in eine Schüssel mit warmem Wasser. »Ich sollte für Raleigh mitkochen.«

»Ja«, sagte ich. »Warum nicht.«

16

DER REST IST GESCHICHTE, WIE ES SO SCHÖN HEIßT

Als ich drei Monate alt war und schwer geplagt von Koliken, war Daddy der Einzige, der mich beruhigen konnte. Zumindest erzählt er das. Ich wachte oft mit einem hohen, kläglichen Weinen auf, und dann quälte Daddy sich aus dem Bett, kam in mein Zimmer, wickelte mich in mehrere Decken und tourte mit mir den Rest der Nacht über die Nebenstraßen von DeKalb County. Es war nicht nur die frische Luft, die mich beruhigte, obwohl ich immer noch gern mit offenen Fenstern fahre, sogar im Winter. Das Fahren selbst gefiel mir. Ungefähr zur gleichen Zeit kaufte Raleigh mir eine Babyschaukel. Er baute die rosa-gelbe Vorrichtung mit einem Flachschraubendreher und einem Schraubenschlüssel zusammen. Sobald sie aufrecht und stabil dastand, warteten Onkel Raleigh und Mama darauf, dass ich in meinem Bettchen anfing zu weinen. Da ich ein Frühchen war, fast tot geboren, weinte ich eigentlich die ganze Zeit. Beim ersten Wimmern nahmen mich Mama und Onkel Raleigh hoch, schnallten mich in die Schaukel und gaben ihr Schwung. Als sich das Wimmern zu einem regelrechten Brüllen gesteigert hatte, kam schließlich Daddy zu meiner Rettung und erklärte den Versuch für gescheitert.

225

Während er und ich durch ganz Southwest Atlanta kurvten, runter nach Niskey Lake und dann noch über die schönen Wege des West-View-Friedhofs, nahmen Mama und Raleigh die Babyschaukel auseinander und verstauten sie wieder im Karton. Das Hin und Her der Schaukel funktionierte bei mir nicht. Ich brauchte die Vorwärtsbewegung und das sanfte Brummen eines gut eingestellten Motors.

Wir behielten unsere motorisierten Exkursionen auch bei, als ich schon lange nicht mehr weinend aufwachte. Heute ist es verboten, mit einer Dreijährigen auf dem Schoß zu fahren, die ihre kleinen Hände ans Lenkrad legt, aber für mich gehört es zu meinen liebsten Erinnerungen. Ich weiß noch, wie ich die Hände streckte, um das Steuer umklammern zu können, und Daddy sagte:»Genau so, Butterblume. Genau so.« Mit zwölf war es dann Zeit für den nächsten Schritt.

Obwohl ich es offiziell erst mit sechzehn durfte, war ich bereit, fahren zu lernen. Für meine erste Unterrichtsstunde nahm mich Daddy mit zur Ford-Fabrik an der I-75. Wir fuhren am Sonntag hin, als die fast dreitausend gewerkschaftlich organisierten Arbeiter zu Hause ausschliefen und der riesige Parkplatz so gut wie verwaist war.

»Weißt du was?«, fragte er mich auf dem Weg zu meiner ersten Fahrstunde. »Autofahren ist das Wichtigste, was man lernen kann. Als Junge habe ich Weiße herumgefahren, die gleichen Weißen, für die meine Mama putzte. Am Anfang, mit fünfzehn, sechzehn, habe ich mir immer gewünscht, dass ich derjenige auf der Rückbank wäre. Ich stellte mir vor, wie ich aus dem Schulgebäude kam und von einem Mann mit Mütze erwartet wurde, der mich irgendwo hinfahren würde.«

»Wo wolltest du denn hin?«, fragte ich.

»Das wusste ich gar nicht so genau. Ich malte mir wohl aus, der Wagen würde mich nach Atlanta bringen. Oder einfach zu einem schönen Restaurant, wo ich mich hinsetzen und etwas

Gutes essen konnte, zum Beispiel ein Steak und dazu ein Glas süßen Tee. Vielleicht eine Backkartoffel. Für einen Jungen vom Land war das schon das höchste der Gefühle. Sour Cream auf der Kartoffel. Dabei hatte ich die noch nie probiert, sondern hörte immer nur Weiße darum bitten oder sie ablehnen.« Er zuckte mit den Achseln und lächelte mir zu. »Hättest du nicht gedacht, dass dein Daddy so albern sein kann, oder?«

Ich erwiderte sein Lächeln und versuchte, mir ihn als Jungen vorzustellen. Ich hatte ein paar seiner alten Schulfotos gesehen, deren Schwarz-Weiß-Kontraste schon zu etwas Grauem, Unscharfem verschwommen waren. JIMMY WITHERSPOON stand direkt unter dem Kragen seines weißen Hemdes. Wenn ich im Sommer einen Monat bei Grandma Bunny verbrachte, war das Bild das Erste, was ich morgens beim Aufwachen sah, aber ich wäre nie auf die Idee gekommen, dass dieser Jimmy Witherspoon mit den schlechten Augen und dem selbstbewussten Lächeln mein Vater war.

»Wegen dieser Idee – also eines Tages meinen eigenen Fahrer zu haben – dachte ich darüber nach, welchen Beruf ich wohl haben müsste, um herumkutschiert zu werden. Die Weißen von meiner Mama, die hatten Geld, weil ihnen die Papierfabrik gehörte, aber ich war mir ganz sicher, dass ich nix mit der Papierfabrik zu tun haben wollte. Allein der Geruch war zum Davonlaufen; da war es egal, dass es gutes Geld gab. Mir ist aber nix anderes eingefallen, und das hat mich langsam bedrückt. Als wäre die Idee nicht schon verrückt genug, träumte ich von einem weißen Fahrer, damit der mal sieht, wie das ist.« Daddy lachte. »Meine Fantasie ist mit mir durchgegangen. Ein Schwarzer mit einem Chauffeur war ja schon irre, aber einen Weißen als Fahrer anstellen? Völlig bekloppt. Aber das war mein Traum, von dem ich niemandem erzählt hab außer Raleigh.«

»Und was hat Onkel Raleigh dazu gesagt?«

Daddy antwortete: »Du weißt ja, wie er ist. Streitet nicht gern.

Er hat mich nur gefragt, ob ich meinen weißen Fahrer die Vorder- oder die Hintertür benutzen lassen würde, wenn er sich zur Arbeit meldet. Ich meinte, er dürfte vorne rein. Dann fragte mich Raleigh, ob ich nicht vielleicht einen sehr hellhäutigen Schwarzen ans Steuer lassen könnte, sodass es aussieht, als hätte ich einen weißen Fahrer; dann müsste ich mich nicht mit den Problemen rumschlagen, die ich vielleicht hätte, wenn ich einen Weißen herumkommandieren wollte. Ich hab gelacht und ihm gesagt, der einzige Typ auf der Welt, der hochnäsiger ist als ein echter Weißer, ist ein hellhäutiger Nigger. Ich glaube, das hat ihn verletzt, aber ich hab ja nicht Raleigh gemeint. Dein Onkel ist ein Sonderfall, weißt du.«

Das wisse ich, sagte ich.

»Um ehrlich zu sein, war es Raleigh, der mich auf die Idee brachte, meine eigene Firma zu gründen, aber ich will nicht vorgreifen. Das hier ist 'ne gute Geschichte, und die will ich richtig erzählen.

Ich habe also die ganze Zeit diese Weißen herumgefahren. Raleigh und ich haben uns immer abgewechselt, aber die Weißen mochten Raleigh nicht so recht. Deswegen habe ich irgendwann Vollzeit übernommen, und Raleigh musste in die Papierfabrik. Der hat so schlimm gestunken, wenn er nach Hause kam, aber Laverne und ich haben nie was gesagt. Mussten wir wohl auch nicht. Er hat ja selbst 'ne Nase. Wir haben mit dem Essen gewartet, bis er sich gewaschen hatte, aber er roch immer noch nach Fabrik.

Eines Tages hab ich eine weiße Lady irgendwohin gefahren. Sie hatte sich in Schale geworfen, Hut, Handschuhe, rosa Lippenstift auf den Lippen – wenn sie denn welche gehabt hätte. Ich ließ sie einsteigen, hab die Tür hinter ihr geschlossen und bin losgefahren. Kein Radio, kein gar nichts, nur sie und ich und unsere Atemgeräusche. Dann seh ich links ein Schild für den Highway. Ich hatte das Schild schon hundert Mal gesehen, aber diesmal sah ich's wirklich, und plötzlich wurde mir klar, dass ich einfach nur die Arme ein bisschen bewegen und das Lenkrad drehen müsste, und schon könnte ich irgendwohin fahren. Die Lady hätte keine Wahl, die müsste einfach mit. Bei dem Gedanken hab ich schallend gelacht. Wäre fast dran erstickt, so hab ich gelacht. Die Lady auf dem Rücksitz hat richtig Angst bekommen, die dachte wahrscheinlich, sie sitzt bei 'nem irren Nigger im Wagen. Ich hätte nur das hier tun müssen« – er drehte das Lenkrad nach links und wechselte die Spur –, »und sie und ich wären auf dem Highway Richtung Hilton Head gedüst. Du kapierst, was das heißt, oder, Chaurisse?

Weißt du, man muss viel Vertrauen haben, wenn man sich von jemandem rumfahren lässt. Die Leute denken gar nicht drüber nach – du solltest mal sehen, wie die in Taxis springen, ohne zu wissen, wer am Steuer sitzt. Deshalb steig ich auch in kein Flugzeug. All das ist mir durch den Kopf gegangen, als ich im Auto saß und wie ein Wahnsinniger lachte. Die weiße Lady sah aus, als müsste sie sich gleich übergeben. Also hab ich mich am Riemen gerissen und versucht, vernünftig zu wirken. Aber es hat die ganze Zeit in mir gearbeitet.

Ich konnte kaum erwarten, Raleigh davon zu erzählen. Er war gerade aus der Fabrik gekommen. Normalerweise hab ich ihn in Ruhe gelassen, wenn er nach Hause kam, nicht nur wegen des Geruchs, sondern auch, weil er sich immer erst berappeln musste, bevor er unter Leute ging. Aber ich wollte es ihm unbedingt sofort erzählen. Er ist die Stufen zur Veranda hochgestiegen und hat es nicht mal bis zum Türgriff geschafft, da bin ich schon damit herausgeplatzt.

Ich sagte: ›Ich will niemals von irgendwem rumgefahren werden. Der, der fährt, hat die Kontrolle.‹

Raleigh hat mich angeguckt, als wollte er sagen: ›Darauf kommst du erst jetzt?‹ Dein Onkel ist ein sehr intelligenter Mann. Wie Albert Einstein und George Washington Carver in einem. Dann sagte er: ›Können wir darüber reden, nachdem ich gebadet habe?‹

Ich sagte: ›Okay.‹ Deine Mama war gerade in der Küche und briet Fisch. Wir waren seit zwei, vielleicht drei Jahren verheiratet, und sie hatte endlich doch noch gelernt, wie man kocht. Raleigh und ich wären beinahe mal an einer Lebensmittelvergiftung gestorben. Hab ich dir die Geschichte je erzählt? Jetzt kann man drüber lachen, aber damals war es überhaupt nicht lustig.

Ich hab total unter Strom gestanden wegen meinem Aha-Erlebnis. Raleigh hat sich reichlich Zeit mit seinem Bad gelassen. Jetzt ist er nicht mehr so, aber er war hübsch anzusehen, als er jünger war, rieb sich immer die Arme mit Babyöl ein, damit die Haare nicht abstanden. So was eben. Als er sich endlich herausgeputzt hatte, hatte ich deiner Mama schon alles erzählt, aber sie schien nicht viel darauf zu geben.

Schließlich setzten wir uns zum Essen. Deine Mama war damals noch religiös, also sagten wir ein Tischgebet. Als Raleigh sich ein Stück Fisch nahm, konnte ich nicht länger an mich halten.

›Du hast mir noch nicht gesagt, was du von meiner Idee hältst.‹

Raleigh sagte: ›Welche Idee?‹

›Meine Idee, dass man, wenn man am Steuer sitzt, immer der Chef ist. Hast du darüber schon mal nachgedacht?‹

›Chef ist der, der dich bezahlt‹, sagte Raleigh.

›Aber jedes Mal, wenn sie bei mir einsteigen, vertrauen sie mir ihr Leben an.‹

›Das stimmt‹, sagte deine Mama.«

Daddy lachte und schlug mit der Hand aufs Lenkrad. »Als wir jung waren, war deine Mama immer so ›Ja, Baby‹ dies und ›Ja, Baby‹ das«. Er lachte wieder. »Das war 'ne schöne Zeit. Wir hatten zu kämpfen, aber das war auf jeden Fall 'ne schöne Zeit.

Raleigh sagte: ›Der Chef ist der, dem das Auto gehört.‹

Und da machte es klick: Ich brauchte ein eigenes Auto und Leute, die mich fürs Fahren engagierten.

Ich kann nicht behaupten, dass die anderen beiden gleich Feuer und Flamme waren. Ich meine, wir wollten schon alle mehr vom Leben, das war uns klar. Deine Mama hat für weiße Leute die Wäsche gewaschen und keinen Schulabschluss gehabt. Raleigh und ich hatten die Schule zwar fertig gemacht, aber beide keine Jobs, auf die man stolz sein konnte. Wann war das? Sechzig? Zweiundsechzig? So um den Dreh. Wir waren jung und bereit, in die Welt hinauszuziehen. Raleigh hat mit dem College geliebäugelt. Er hatte keine Ahnung, wie er es anstellen sollte, aber er wollte es so sehr, dass er sogar an die Army dachte. Ich meinte: ›Mann, spinnst du?‹ Er hatte Schwein, dass er nicht eingezogen wurde. Ich sparte etwas Geld, und Miss Bunny steuerte ihr Erspartes bei. Raleigh und Laverne gaben mir auch jeden Cent. Sie hatten eigentlich anderes damit vorgehabt, aber ich wusste, dass dies unsere Eintrittskarte war. Wenn alles so lief wie geplant, hätten wir später Geld für Kosmetikschule und College. Ich hab also das erste Auto gekauft. Den Plymouth. War nicht so schön wie der Lincoln hier, aber ich hab dafür gesorgt, dass er immer blitzsauber war, und sogar ein kleines Duftkissen unter den Sitz geklemmt. Deine Mama hat es mit Zimtstangen und anderem wohlriechendem Zeugs bestückt; sie hat es sogar mit ein bisschen Spitze verziert.

Am Anfang hab ich Schwarze herumgefahren, keine wohlhabenden Leute, denn wer mietet schon einen Wagen, der nicht so gut ist wie der, den man in der Auffahrt stehen hat? Die Leute engagierten mich vor allem für Beerdigungen, Hochzeiten und so was. Nach ein paar Jahren konnte ich deiner Mama und Miss Bunny ihr Geld zurückgeben. Auch Raleigh sagte ich, dass ich ihm seine Investition jetzt zurückzahlen würde – ich hatte das Geld in einem braunen Umschlag parat, ganz offiziell und so. Ich sagte: ›Raleigh, bitte sehr, jeder einzelne Cent plus Zinsen.

Steckt alles hier drin für dich, oder wir machen einen Deal. Wir werden Partner, sparen auf ein zweites Auto und steigen zusammen ins Geschäft ein. Fifty-fifty.‹

Der Rest ist Geschichte, wie es so schön heißt.«

17

DAS
ANDERTHALBFACHE

In den Achtzigern durfte man in Restaurants noch rauchen, aber nur im Raucherbereich. Ich rauche nicht und habe nicht vor, es jemals zu tun. Ich weigere mich sogar, Raucher zu daten, weil mich ihre Aschenbecherküsse zu sehr an meinen Vater erinnern. Trotzdem erfasst mich ein Anflug von Mitgefühl, wenn ich ein RAUCHEN VERBOTEN-Schild sehe. Die diagonale Linie wirkt herzlos, sogar grausam. Mein Daddy nahm das Verbot persönlich, sagte, er fühle sich an Mississippi erinnert, tat es dann aber lachend mit dem immer gleichen traurigen Witz ab. »Jetzt haben sie gerade die ganzen FARBIGE VERBOTEN-Schilder abgenommen, und schon lassen sie sich was Neues einfallen, um mich auszusperren. Stimmt's, Raleigh?« Und Raleigh antwortete: »Irgendwas ist immer.«

»Davon kann ich ein Lied singen«, schaltete ich mich ein, wobei ich nicht an Rauchverbote dachte, sondern an die Masse von Sweet-Sixteen-Partys in diesem Jahr. Meine Mutter, die seit über fünfzehn Jahren als Friseurin arbeitete, hatte so etwas noch nicht erlebt. Daddy glaubte, dass es was mit Ronald Reagan zu tun hatte. Obwohl kein Schwarzer mit einem Funken Selbstachtung für diesen Witzbold gestimmt hätte, musste Daddy zugeben, dass er etwas Ansteckendes an sich hatte. »Carter war ein guter Mann, aber er hat dich nicht gerade dazu gebracht, für die Geburtstagsparty deiner Tochter eine Limousine zu mieten. Was meinst du, Butterblume?«

»Ich glaube, es liegt an *Denver-Clan*. Alle wollen wie Alexis sein.«

»Sogar Schwarze?«, fragte Onkel Raleigh.

»Alle«, sagte ich. »Sogar Diahann Carroll höchstpersönlich.«

»Was ist mit Bill Cosby? Glaubst du nicht, dass die Leute so prassen wollen wie die Cosbys?«

»Billy Cosby bringt dich vielleicht dazu, einen Hundert-Dollar-Pulli zu kaufen.«

»Nun«, sagte Onkel Raleigh, »ich gebe zu, dass ich einen schönen Cardigan zu schätzen weiß, aber im Allgemeinen bin ich ein einfacher Mann mit einfachen Bedürfnissen.« Er machte eine ausladende Armbewegung und verwies auf unsere Umgebung; seine Zigarette hinterließ eine gespenstische Spur.

Wir schlugen gerade im International House of Pancakes an der North Avenue die Zeit tot, während Ruth Nicole Elizabeth Grant im Hilton ihren sechzehnten Geburtstag feierte. Ihre Eltern hatten sich mächtig ins Zeug gelegt und die Town-Car-Limousine samt Fahrtbegleiterin gemietet – die war ich. Ich hatte mich bereitzuhalten, falls jemand auf der Fahrt ein Taschentuch oder ein Pfefferminz für frischen Atem brauchte. In meinem Leinenrucksack befand sich außerdem eine Flasche Sodawasser, sollte sich jemand bekleckern, sowie eine Rundbürste für mitreisende Shirley Temples, damit ich deren Locken auffrischen konnte. Ich hatte noch nie einen Fleck von einem Kleid tupfen müssen, aber um Locken konnte man sich gar nicht genug kümmern. In der Regel bekam ich sechs Dollar die Stunde für bloßes Herumfahren. Selbst im IHOP, wo wir Würstchen im Schlafrock aßen, lief die Uhr weiter.

Onkel Raleigh und Daddy trugen beide ihre Paradeuniform, aber sie hatten die Jacketts im Auto gelassen. Sie alberten herum wie kleine Jungs, während sie einen Kaffee nach dem anderen in sich hineinschütteten, eine dünne Brühe, die noch mit Sahne und Zucker gestreckt war. In unserer Nische saßen sie einander gegenüber und grinsten sich an. Ich wechselte immer mal den Platz, wenn ich mit den beiden unterwegs war. Ich weiß nicht, ob es ihnen je auffiel, aber es schien mir nicht richtig, dass Onkel Raleigh die ganze Zeit allein auf seiner Seite bleiben sollte.

Die Frauen im Pink Fox rätselten offen, warum Onkel Raleigh noch zu haben war, und ich wusste von mindestens drei Damen, die liebend gern etwas dagegen unternommen hätten. Onkel Raleigh kam nicht oft in den Salon, genau wie mein Daddy. (Meine Mama meint, sie wollten einfach nicht hinter das Geheimnis von Schönheit kommen.) Onkel Raleigh hielt seine Besuche kurz und charmant. Wenn er den Laden betrat, weil er ein Päckchen abzugeben hatte oder dergleichen, flirteten die Damen, die schon frisch frisiert und hübsch waren, hemmungslos mit ihm, während die mit nassem, krausem Haar sich hinter ihren Ausgaben von *Ebony* versteckten und neugierig über die Hochglanzseiten lugten. Onkel Raleigh, der sich seiner Rolle bewusst war, machte allen, auch meiner Mama und mir, Komplimente und verabschiedete sich dann mit einem kurzen Tippen an die Mütze.

Sobald er fort war, gingen die Spekulationen los. Zuerst klopften sie die ehrenwerten Möglichkeiten ab. War er von einer Frau verletzt worden, sodass er nun zurückscheute? War er mit dem Limousinen-Service verheiratet? War er – der Herr erbarme sich – in Vietnam gewesen? (An diesem Punkt konnte die Unterhaltung ziemlich intensiv werden, je nachdem, wie alt die Frauen waren, die gerade frisiert wurden. Es gab immer einen Schwager, der angeblich vom Krieg in den Wahnsinn getrieben worden war. Nie war es ein Ehemann oder, gelobt sei Jesus Christus, ein Sohn.) Die Romantikerinnen fragten sich, ob es eine Frau in Onkel Raleighs Leben gab, er sie aber aus irgendeinem Grund – vielleicht weil sie die Frau des Bürgermeisters war oder Ähnliches – geheim halten musste.

Mama widersprach all dem. »Er ist einfach so«, sagte sie, oder: »Er wartet noch auf die Richtige.« Manchmal traute sich dann eine Frau, die Frage zu stellen, die allen auf der Zunge lag. Die Fragestellerin war entweder die Älteste oder die Jüngste im Salon. »Er ist doch nicht komisch, oder, Verne?«

Mama sagte Nein, so sei es ganz und gar nicht.

In Wahrheit war Onkel Raleigh einfach kein richtiger Junggeselle. Er hatte ja uns.

Eines Montags, als sie gerade meine Glättungscreme einmassierte, hatte mir Mama erzählt, dass sie Onkel Raleigh schon einmal mit einer Frau gesehen hatte. Die Frau sei dunkelhäutig gewesen, sehr dunkel, so wie Cicely Tyson, und habe endlos langes Haar gehabt. Ich hatte die Frau auch schon gesehen, konnte das aber nicht zugeben. Es war kurz vor Jamals Schulabschluss gewesen, noch bevor ich herausfand, dass selbst wer auf Nummer sicher ging allen Grund zur Sorge haben konnte. Jamal und ich waren mitten am Schultag zum Adams Park gefahren. Wir konnten nirgendwo anders hin: Meine Mama führte ihr Geschäft von zu Hause aus, und seine Mutter »musste nicht arbeiten« (wie sie jedem auf die Nase band) und war deshalb den ganzen Tag daheim. Uns blieben nur öffentliche Orte. Er brannte darauf, zurück ins Auto zu kommen, das er diskret in der Nähe einer Gruppe Kiefern geparkt hatte. Ich behauptete, noch eine Weile bei den Schaukeln bleiben zu wollen. Das war gelogen, die Schaukeln waren mir egal, aber ich wollte, dass er mich zum Auto zurücklockte, dass er mir sagte, wie sehr er mich in der Schule vermisst habe, dass er mich antörnte, indem er meine Hand auf den Schritt seiner Jeans drückte, dass er mir gestand, vor lauter Liebe werde es gleich seinen Reißverschluss sprengen. Ich würde schaukeln und mich jedes Mal vor ihm entblößen, wenn die Luft meinen Rock hochwehte, bis es aus ihm herausbrach: »Chaurisse, ich bin verrückt nach dir.«

Ich hatte mich gerade auf der Schaukel niedergelassen und war auf den Zehenspitzen ein Stück zurückgewandert, als ich meinen Onkel und seine Freundin bemerkte. Onkel Raleigh und ich sahen uns direkt an. Meine Hand flog zu meiner Nase, wie immer, wenn ich Angst hatte. Onkel Raleigh legte den Kopf schief wie ein verwirrter Hund. Jamal wandte sich um, um herauszufinden, wohin ich blickte, und Onkel Raleighs Freundin tat das Gleiche. Alle vier waren wir in irgendwas verwickelt, aber damals hätte ich nicht sagen können, in was genau. Dann legte Onkel Raleigh den Finger an die Lippen wie eine wachsame Bibliothekarin.

Er brachte seine Freundin nie mit nach Hause, und ich habe nie nach ihr gefragt. Es war schlicht Höflichkeit, eine der Regeln unseres Haushalts. Damals waren wir noch eine Familie mit gewissen Umgangsformen. An diesem Samstagabend zum Beispiel fragte mich niemand, warum ich nicht zu Ruth Nicole Elizabeths sechzehntem Geburtstag eingeladen war, obwohl wir in der gleichen Nachbarschaft lebten, der gleichen Pfadfinderinnentruppe angehört hatten und unsere Mütter den gleichen Tanzkurs am YMCA besuchten. Und nicht nur das, ich war auch zu früheren Partys von Ruth Nicole Elizabeth eingeladen gewesen, und meine Mutter hatte immer dafür gesorgt, dass ich ein schönes Geschenk mitbrachte. Erst letztes Jahr hatte ich ihr drei geriffelte goldene Perlen geschenkt – vierzehn Karat. Bisher hatte sie immer in ihrem großen Garten oder in dem schön ausgebauten Keller gefeiert. Doch die Sweet-Sixteen-Party war als aufwendige Veranstaltung mit Catering geplant, das war etwas anderes. Ihre Eltern mussten für jeden Gast einen bestimmten Betrag zahlen. Wer kommen wollte, musste seine Teilnahme bestätigen, und Gerüchten zufolge gab es sogar eine Warteliste.

Onkel Raleigh riss ein Streichholz an und entzündete die

Zigarette, die von seinen schmalen Lippen hing. »Brauchst du Feuer, Jim-Bo?«, fragte er und streckte das brennende Hölzchen meinem Dad hin, der seine Zigarette an die Flamme hielt.

Ich bat die Kellnerin, mir Cola light nachzufüllen.

»Nimm eine normale Cola«, sagte Daddy und legte mir den Arm um die Schulter.

»Zu viele Kalorien«, sagte ich.

»Warum seid ihr Frauen nur alle so besessen von eurem Gewicht? Außer einem Hund mag doch keiner Knochen.«

»Und selbst der hat gern ein bisschen Fleisch dran«, sagte Onkel Raleigh.

Sie lachten und aßen weiter.

»Wie spät ist es?«, fragte ich, während ich das Haar auf die andere Seite warf.

Mein Dad runzelte die Stirn. Er machte sich nichts aus meinem künstlich angereicherten Look. Angeblich, weil ich es nicht nötig hatte.

»Es ist erst halb elf. Die Veranstaltung soll bis Mitternacht gehen«, sagte Onkel Raleigh.

»Schon 'ne große Sache, diese Party«, sagte ich. »Mama hat allen die Haare gemacht. Ruth Nicole Elizabeth, ihrer Mama, ihrer besten Freundin. Wir haben den ganzen Tag damit zu tun gehabt.«

Das stimmte, und es war ein ziemlich trübseliger Nachmittag gewesen. Ruth Nicole Elizabeth musste man allerdings zugutehalten, dass ihr das Wort *Party* nicht über die Lippen kam, als ich ihr die Haare einstrich. Sie beschwerte sich auch nicht, als ich zu fest an einer verkletteten Stelle hinter ihren Ohren zog und dabei die weichen Härchen an der Wurzel herausrupfte. Um halb fünf verließen sie endlich den Laden. Sie fuhren nach Hause, um sich in ihre Cocktailkleider zu werfen, und ich ging nach oben und zog meine Uniform an, damit ich mit Daddy und Onkel Raleigh arbeiten gehen konnte. Nur fürs Protokoll:

Ich besaß auch ein Cocktailkleid. Es war lavendelfarben, ein Stufenkleid aus asymmetrisch angeordneten Lagen, und hatte einen Herzausschnitt, Juniorgröße 13. Mein Daddy hatte es mir eines späten Abends mitgebracht; er hatte es beim Pokern gewonnen.

Obwohl wir den Frühling über förmlich überrannt wurden, hatte meine Mama nie gute Laune, wenn sie Frauen für festliche Anlässe zurechtmachte. Sie ließ es sich nicht anmerken, dafür war sie viel zu professionell. Wenn die Mädchen ihr sechs Wochen später Fotos von sich in *Vom Winde verweht*-Reifröcken schenkten, strahlte sie; über dem Haarwaschbecken hing eine Pinnwand nur für diese Bilder. Aber sobald wir den Salon abends schlossen, ließ sie sich mit einer Müdigkeit auf ihren Stuhl fallen, die über die Erschöpfung eines Arbeitstages hinausging. »Sie verdienen gutes Geld, aber ich beneide Raleigh und James nicht. Diese Mädchen herumkutschieren und sie auch noch mit Ma'am anreden! Sechzehn Jahre alt. Herr, erbarme dich. Und ehe wir uns versehen, beginnt die Saison für Schulbälle.«

»Deine Mama hat die falsche Einstellung«, sagte Daddy, als er in seine Würstchen schnitt. »Vor zwanzig Jahren wäre all das nicht möglich gewesen. Sie sieht das Gute direkt vor ihrer Nase nicht.«

»Was glaubt ihr – was kostet so eine Party?«, fragte Onkel Raleigh.

»Keine Ahnung«, sagte ich.

»Viertausend? Fünf?«, überlegte Daddy. »Aber ich rate nur. Ich habe von so was überhaupt keinen Schimmer. Willst du mal so eine Party, Butterblume?«

»Für 'ne Sweet-Sixteen-Party ist es zu spät, Daddy. Ich bin schon siebzehn.«

»Wie wär's mit Sweet Eighteen?«

»Gibt es nicht.«

»Schulabschlussparty?«, schlug Daddy vor.

»Nicht mein Ding.«

Onkel Raleigh sagte: »Ich hatte an eine für Laverne gedacht.«

»Ich weiß nicht«, sagte ich. »Ihr gehen diese Feiern auf die Nerven. Letzte Wochen hat sie so viele Korkenzieherlocken gewickelt, dass sie eine Bandage fürs Handgelenk brauchte.«

»Es ist was anderes«, sagte Daddy. »Es ist was anderes, wenn man der Ehrengast ist.«

»Nein, wirklich«, sagte ich. »Sie ist eigentlich nicht so.«

»Vielleicht doch«, sagte Onkel Raleigh.

»Ist sie nicht«, sagte ich. »Da bin ich mir sicher.«

»Wir kennen Laverne schon sehr viel länger als du«, fügte Daddy hinzu, und sie kicherten beide.

»Schicke Partys sind ihr ein Graus«, sagte ich. »Ich bin die ganze Zeit mit ihr zusammen. Ich weiß, wie sehr sie sie hasst.«

»Wenn mich nicht alles täuscht«, sagte Onkel Raleigh, »hat das Pink Fox bald zwanzigjähriges Jubiläum.«

»Na also«, sagte Daddy.

Sie grinsten sich an und sahen dann zu mir. Gegen die beiden hatte man keine Chance.

»Wir behaupten einfach, es war deine Idee«, sagte Raleigh.

»Ich dachte, es soll eine Überraschungsparty werden«, sagte ich.

»Das würde ihr nicht gefallen«, sagte Daddy.

»Verne mag keine Überraschungen.«

»Genau«, sagte Daddy.

Es ließ sich nicht bestreiten. Sie kannten Laverne schon sehr viel länger als ich. Und da die Angelegenheit entschieden war, kamen sie auf andere Themen. Zu Onkel Raleigh sagte Daddy: »Wir könnten wahrscheinlich gutes Geld machen, wenn wir den Fotoservice wieder mit anbieten.«

Onkel Raleigh goss sich eine kleine Pfütze Himbeersirup auf den Teller und tauchte die Zinken seiner Gabel ein. »Nee, Jim-Bo. Nee. Nee. Nee.«

»Warum nicht?«, fragte ich. »Du fotografierst gern. Teenie-Mädels werden gern fotografiert. Und ihre Eltern geben gern Geld aus. Klingt nach einem guten Deal für alle.«

»Ich will keine Schulballfotos schießen«, sagte Onkel Raleigh. »Ich will etwas evozieren.«

»Evozier in deiner Freizeit«, sagte Daddy. »Denk doch mal nach, Mann. Nächstes Jahr gehen die Leute zum College.«

Mit *Leuten* meinte er mich.

»An welches College willst du eigentlich?«, fragte Onkel Raleigh.

»Vielleicht nach Mount Holyoke«, sagte ich.

Mein Vater und mein Onkel sahen sich an. »Was d-d-du nicht sagst«, meinte Daddy.

»Es ist noch Zeit«, sagte Onkel Raleigh, mehr zu meinem Vater als zu mir. »Es ist noch Zeit.«

Nachdem wir gezahlt hatten, fuhren wir zurück zum Hilton. Daddy schickte mich um halb zwölf rein, damit ich mal nachsah, ob sich die Party langsam auflöste. Auf der Fahrt in den zweiundzwanzigsten Stock richtete ich meinen Kragen und die Plisseefalten meines Rocks. Der patronenförmige Fahrstuhl war verglast, sodass ich über ganz Atlanta blicken konnte. Oben suchte ich nach dem Magnolien-Saal. Ich lief ein paarmal den Flur mit der Auslegeware auf und ab, bevor ich auf Mr Grant stieß, Ruth Nicole Elizabeths Dad. In seinen Billy-Dee-Wellen waren winzige Kammspuren zu sehen.

»Witherspoon!«, rief er aus, nachdem er sein Hirn vergeblich nach meinem Vornamen durchforstet hatte. »Mit offenem Haar hätte ich dich fast nicht erkannt.«

»Hallo, Mr Grant. Ich wollte nur mal sehen, wie es hier oben läuft.«

»Es ist ein wunderschöner Abend«, sagte er. »Geh ruhig rein und mach dir einen Teller fertig.«

»Ach nein, Sir«, sagte ich und zog meinen Saum zurecht. »Ich bin im Dienst.«

»Sei nicht albern«, sagte er und legte mir den Arm um die Schultern. Mr Grant roch gut, nach gutem Eau de Cologne und Cognac. Ich wusste, dass ich nach Frittiertem und Zigaretten roch. »Du bist so ein hübsches Mädchen. So eine junge Dame.« Er gab mir einen Kuss auf den Kopf und drückte mich leicht. »Geh ruhig rein. Amüsier dich.«

Er öffnete die Tür zum Magnolien-Saal, sodass ich nicht anders konnte, als einzutreten. Einen Augenblick lang ließ mich ein Déjà-vu schwindeln, denn die Szenerie war die meines schlimmsten Albtraums. Im Traum komme ich auf eine schicke Party. Alle sind wie für einen Ball gekleidet, doch ich bin fett und trage einen Bikini. Mein Bauch hängt über die Hose mit dem Leopardenmuster, und ich habe Angst, die Arme zu heben, weil ich mich nicht rasiert habe. In letzter Zeit weiß ich während des Traums, dass ich träume, aber das genügt nicht, um wach zu werden. Wenn es mir endlich gelingt, die Augen aufzuschlagen, und ich dankbar das vertraute Bettzeug sehe, ist mein Körper nass geschwitzt und kalt.

Im Magnolien-Saal waren die Gäste so silbern wie ein Teeservice, und niemand nahm mich wahr.

Der DJ spielte gerade ein langsames Stück, »Against All Odds«. In der Mitte der Tanzfläche wiegte sich Ruth Nicole Elizabeth mit ihrem Freund, Marcus McCready, der vom College angereist war. Seine Hände ruhten respektvoll in ihrem Rücken, kurz über dem Satingürtel. Ruth Nicole Elizabeths Kleid war sandfarben wie ihre Haut. Das Haar schimmerte von der Glanzspülung und erinnerte mich an eine fettige Lunchtüte. Über ihren Kopf hinweg sah Marcus mir in die Augen und deutete ein Zwinkern an. Ich wandte mich ab und eilte zum Buffet.

Die Servierdame, so alt wie Grandma Bunny, war fast so gekleidet wie ich.

»Ist die gut?«, fragte ich.

»Sie sieht gut aus«, sagte sie und schob mir ein Stück Torte auf den Teller.

»Danke.« Ich machte mich auf zur Tür, obwohl der Teller den Magnolien-Saal vermutlich nicht verlassen sollte. Während ich zweiundzwanzig Stockwerke nach unten fuhr, stopfte ich mir mit schmutzigen Händen die Zitronenschichttorte in den Mund. Im Foyer stellte ich den Teller auf einem glänzenden Couchtisch ab. Ich war versucht, den Schildern zu den Toiletten zu folgen, um mir die Hände zu waschen, aber ich ertrug den Gedanken an Spiegel nicht. Stattdessen setzte ich mich aufs Sofa und leckte mir die Finger ab wie eine Wilde.

»Pssst«, machte jemand aus der Richtung der Toiletten. Meine Mutter hatte mich gelehrt, dass ein Mann, der nicht mit Worten mit dir redet, die Zeit nicht wert sei, aber ich blickte mich trotzdem um. Als ich niemanden entdeckte, wandte ich mich wieder meinen Händen zu. Blassgelber Zuckerguss säumte meine Nägel, weshalb ich den Daumen in den Mund steckte und mich fragte, ob im zweiundzwanzigsten Stock alles so aufeinander abgestimmt war, dass es zu Ruth Nicole Elizabeths Magnoliencremeteint passte. Ich war von der Party gestürmt, bevor ich das warme Buffet in Augenschein nehmen konnte. Die Vorstellung einer langen, blassen Tafel amüsierte mich – Blumenkohl, gebackener Fisch, Kartoffelbrei. Während ich mich an diesen kleinlichen, neiderfüllten Fantasien labte, nahm ich den Daumen aus dem Mund und richtete mein Haar.

»Ooh«, sagte eine Stimme. »Du hast Spucke in deinem Kunsthaar.«

»Dana!« Mein hoffnungsvoller Ton war mir sofort zuwider.

»Hey, Girlie«, sagte sie und spazierte zu mir. »Hast du hier einen Wachmann gesehen?«

Ich schüttelte den Kopf.

»Sicher?«, fragte sie. »Er ist süß, eher hellhäutig, aber er hat

243

uns genervt.« Dana sah sich um. Als sie winkte, kam ein anderes Mädchen zum Vorschein. Noch weniger silbern als ich. Ihr Haarschnitt wirkte selbst gemacht, als hätte sie mit einer Papierschere Hand angelegt; ihre Ohren waren verschorft, vermutlich von laienhaften Versuchen mit dem Lockenstab. Wie Dana trug sie ein lila Top mit Schlüssellochausschnitt und Gloria-Vanderbilt-Jeans. Sie hatten sogar die gleichen Schuhe an: farblich abgestimmte lila Pumps von der Sorte, die andere Mädchen zum Ballkleid trugen.

»Das ist Ronalda«, sagte Dana.

»Wir sind beste Freundinnen«, sagte Ronalda, als hätte ich den Partnerlook nicht bemerkt.

»Schön, dich kennenzulernen.« Ich seufzte.

Dana und Ronalda setzten sich auf ein Zweiersofa mir gegenüber. Ronalda wühlte in ihrer Tasche und holte eine Cremetube hervor. Sie drückte sich ein kleines bisschen Creme auf die Fingerspitzen und tupfte sie auf die Haut unter dem Schlüssellochausschnitt.

»Du bist echt verrückt«, sagte Dana, nahm die Creme und machte das Gleiche. »Willst du auch?«

»Nein«, sagte ich. »Kein Bedarf.«

»Also«, sagte Dana zu mir, »was glaubt deine Mutter, wo du steckst?« Sie stieß Ronalda mit der Schulter an. »Wir sind angeblich bei einer Übernachtungsparty meiner Kirche.«

Dana griff in ihr Haar und erstarrte dann. Sie fasste sich ans Ohr. »Ich habe meinen Ohrring verloren.«

Ronalda sagte: »Keiner bewegt sich«, als würde sie nach einer verlorenen Kontaktlinse suchen. Danas Stimme wurde schriller. »Hoffentlich habe ich ihn nicht in der Bahn verloren. Sie gehören meiner Mutter, und sie hat sie von ihrer Mutter geschenkt bekommen. Oh mein Gott.«

Ronalda war schon auf allen vieren und suchte unter dem Sofa. Dana zog murmelnd kleine, zittrige Kreise. Ich stand auf und fuhr mit der Hand durch die Sofaritzen. »Den finden wir schon.« Ich nahm ein Polster vom Sofa, obwohl die Damen an der Rezeption uns schon schief ansahen.

»Ich kann ihn nicht entdecken«, sagte Ronalda und richtete sich auf.

»Moment mal«, sagte ich zu Dana. Ich trat auf sie zu und hob ihr Haar an. Da, an ihrem Ausschnitt, hatte sich der Creolenohrring verhakt. Ich befreite ihn und gab ihn ihr. Er sah alt aus, wie etwas, das Grandma Bunny einst getragen hatte. In das Gold war ein feines Blattmuster graviert.

»Oh mein Gott«, sagte sie. »Danke. Tausend Dank.« Sie steckte ihn wieder durch ihr Ohrloch, während Ronalda die Möbel zurechtrückte.

Ich setzte mich auf das kleine Sofa, und diesmal ließ Dana sich neben mich fallen. »Du hast mir das Leben gerettet«, sagte sie.

Ich war so glücklich, dass ich am liebsten gesungen hätte, aber ich verkniff es mir. »Das war doch keine große Sache.«

»Also, was machst du hier?«, fragte Ronalda.

»Was macht ihr hier?«, schoss ich zurück.

»Wir haben versucht, oben auf die Party zu kommen«, sagte Dana. »Aber wir wurden abgewiesen.«

»Nur weil wir nicht eingeladen waren«, sagte Ronalda prustend.

»Ich war drinnen. So toll war's nicht.«

»Wer war denn da?«

»Keine Ahnung. Alle möglichen Leute. Ruth Nicole Elizabeth, ihr Freund Marcus.«

Ronalda sog scharf die Luft ein, und Dana tippte sich mit den Fingern gegen die Wange.

Dana sagte: »Also bist du mit Ruth Nicole Elizabeth befreundet?«

»Nein«, sagte ich schnell. »Ich kenne sie seit dem Kindergarten, und sie hat mich nicht mal eingeladen.«

»Sie wohnt in meiner Straße«, sagte Ronalda.

»Sie sitzt neben mir in Mathe«, sagte Dana.

»Also«, sagte Ronalda, »wenn du nicht wegen der Party hier bist, warum dann?«

»Ich arbeite. Mein Dad hat einen Limousinen-Service. Wir fahren Ruth Nicole Elizabeth und ihre Familie.«

»Du kannst eine Limousine fahren?«, fragte Ronalda.

»Das kann ich tatsächlich, aber das ist nicht meine Aufgabe. Ich bin Fahrtbegleiterin.« Ich redete langsam mit ihr, als verstünde sie kein Englisch.

»Dein Dad ist hier?« Das kam von Dana.

»Ja«, sagte ich. »Wollt ihr mit mir mitkommen und euch die Autos ansehen?«

Ronalda ergriff das Wort. »Nein, das ist nicht so unser Ding.« Sie stand auf und streckte eine Hand aus. Dana nahm sie und zog sich daran vom Sofa hoch. »Wir müssen los.«

»Wartet«, sagte ich und rappelte mich auf. »Dana, du hast nie einen Termin zum Waschen und Legen gemacht. Willst du am Dienstag vorbeikommen?«

»Nein«, sagte sie, während sie sich kurz umblickte und überprüfte, dass sie nichts liegen gelassen hatte. »Ich kann nur mittwochs.«

»Tschüss«, rief ich, während Ronalda mein Silver Girl fortzog. Es war ein bisschen wie in einem Stück von Shakespeare; sie entschwanden einfach zur Seitenbühne, während Dana mich noch über die Schulter hinweg ansah.

Ich stieg wieder in den Fahrstuhl und fuhr in die Tiefgarage. Onkel Raleigh und Daddy lehnten an der Motorhaube des Lincoln Town Car und reichten eine Zigarette hin und her wie einen Joint.

»Ist diese Party langsam mal zu Ende? Raleigh und mir gehen die Fluppen aus.«

»Sie kommen bald raus«, sagte ich.

246

Etwas an meiner Stimme ließ meinen Daddy von seiner Zigarette aufblicken. »Was ist los, Butterblume?«

»Nichts«, sagte ich.

»Oh doch, irgendwas ist«, sagte Onkel Raleigh.

»Ich habe keine Freunde, das ist«, sagte ich. »Ich kenne Leute, ja, aber wer ist meine beste Freundin? Wer wird mich zum Sechzehnten einladen und mit mir Limousine fahren?« Ich bedeckte mein Gesicht mit den tortenverklebten Händen. Mein Vater und Onkel Raleigh sahen sich an. Von außen betrachtet war es sicher lustig. Ihre Verwirrung hatte Sitcom-Qualitäten, wie zwei Männer, die mitansehen müssen, wie eine Frau in den Wehen liegt.

»V-v-vergiss die anderen«, sagte Daddy. »Unsere Party wird zehnmal größer als die hier. Und wir werden weder Ruth noch Nicole noch Elizabeth einladen.«

»Und wir berechnen ihnen das Anderthalbfache für all die Überstunden, die wir hier absitzen«, sagte Onkel Raleigh.

Daddy sagte: »Verdammt richtig.«

18
»LOVE AND HAPPINESS«

Am achtzehnten Oktober 1974 schleuderte eine wirklich wü-
tende schwarze Frau einen Topf Maisgrütze auf Al Green, und
niemand anderes als meine Mama hatte ihr kurz zuvor das Haar
frisch geglättet und gewellt. Diese Kollision mit der Negro-Ge-
schichte hatte zur Folge, dass bei uns niemand Al-Green-Witze
riss, nicht einmal im Pink Fox, wo, wie man sich vorstellen kann,
viele Frauen von der Rache an einem Lügner träumten. Ich glaube, die Frauen schätzten an der Geschichte nicht nur das Drama,
sondern auch, dass Maisgrütze zur Waffe der Wahl wurde. Der
brodelnde Getreidebrei erinnerte sie an die Zeiten, als sie arm
und barfuß in einer heißen Küche festsaßen, damals, als sie von
Waffeln oder Sauce hollandaise noch nie gehört hatten. Dieses
Mädchen, wie auch immer es hieß, hatte sich gewissermaßen
ganz Mississippi geschnappt, um es jemandem heimzuzahlen.
Es brauchte nur die Worte »Al Green« und »Grütze«, und schon
ging das Gekicher los, aber meine Mama setzte dem mit einem
ruhigen »Das ist nicht lustig« ein Ende. Ihrer Stimme war es
nicht anzuhören, aber wenn man ihr ins Gesicht sah, sah, wie
sie die Augen schloss und den Kopf wie zum Gebet senkte, dann
begriff man, dass sie es ernst meinte.

Die Frau mit der Maisgrütze hieß Mary. Im *Atlanta Journal*
wurde als Nachname Sanford genannt, während *Jet* von Wood-
son sprach. Sie erzählte meiner Mutter, sie sei ein paar Tage in

Atlanta zu Besuch, weil sie an einer Saaldiener-Konferenz der African Methodist Episcopal Church teilnehme. Schon bevor ihr Marys Kreuz an der Halskette auffiel – es war ganz schlicht, wie zwei zusammengebundene Stöckchen –, wusste Mama, dass die Frau errettet war. Selbst nach dem Vorfall zweifelte Mama nie daran, dass Mary zu Jesus Christus gefunden hatte. Die wahrlich Erretteten erzählen es nicht überall herum. Sie haben einfach diese Ruhe in sich, als wüssten sie genau, wo's langgeht.

Mary kam eines Dienstagabends hereingeschneit; um halb acht ging die Tür auf, als Mama gerade mit ihrer letzten Kundin fertig war. Genau genommen band Mama sich gerade die Schürze los und stellte das Gas unter den Glätteisen aus, als Mary über die Schwelle trat und aussah wie eine Kindergärtnerin am Ende eines langen Tages. Sie trug einen rosa Hosenanzug, ein modisches Modell, aber die Absteppnähte an den Taschen verrieten, dass er selbst genäht war. Mama sagte, sie werde das Gesicht nie vergessen; es war so glatt wie ein braunes Ei, ohne Fältchen oder Runzeln, als hätte Mary noch nie im Leben gelacht oder geweint.

Es war kein guter Abend für eine späte Kundin. Meine Mama war noch ein bisschen wackelig auf den Beinen, weil es ihre erste Arbeitswoche nach einer Gallenblasen-OP war. Heute lässt sich das alles mittels Laser und einem kleinen Loch im Bauchnabel beheben, aber 1974 musste man sich noch schön der Länge nach aufschneiden lassen, wie ein Fisch, der ausgenommen werden soll. Mama lag zwei Wochen flach; Grandma Bunny reiste an und kümmerte sich um sie. Als Mary in den Salon kam, war Grandma Bunny schon seit zwei Tagen wieder in Ackland. Zu allem Übel hatte ich mir auch noch eine Erkältung eingefangen und fieberte. Ich lag in einer Ecke des Ladens auf einer Pritsche und dämmerte unruhig vor mich hin, hustete und wimmerte im

Schlaf. Außerdem war es an der Zeit, dass Mama ihren Verband wechselte.

»Nehmen Sie auch Kunden ohne Termin?«, fragte Mary. »Mir ist klar, dass Sie wahrscheinlich gerade schließen wollten, aber vielleicht hätten Sie die Güte, mir auszuhelfen?«

Obwohl es noch Oktober war, musste meine Mutter an Weihnachten denken. Vielleicht lag es einfach an dem Namen Mary, aber Mama hatte das Gefühl, es sei von Gott gewollt, dass sie diese Fremde aufnahm. »Ich bin etwas angeschlagen, aber ich könnte Ihnen eventuell behilflich sein«, sagte meine Mutter. »Es kommt darauf an, was Sie brauchen.«

»Ich werde Ihnen ein gutes Trinkgeld geben«, sagte Mary und setzte sich auf den Stuhl, als hätte meine Mutter schon Ja gesagt. Sie zog ein halbes Dutzend Klammern aus ihrem mickrigen Haarknoten und löste ein rotes Gummiband, an dem lauter Haare hängen blieben. »Danke. Gott segne Sie.«

Mama ließ Mary den Kopf ins Haarwaschbecken senken, und ein paar Strähnen lagen glatt und fügsam unter dem Wasserhahn. So was kommt vor, wenn man sich die Haare über zwanzig Jahre stark glätten lässt. Die Naturkrause verliert sich ein bisschen.

»Darf ich Ihnen was erzählen?«, fragte Mary meine Mutter.

»Natürlich«, sagte Mama. »Wir sind ja unter uns.«

»Ich werde meinen Mann verlassen«, sagte sie. »Wir sind nicht in unserem Glauben vereint.« Wie meine Mutter hatte Mary jung geheiratet. Mama entgegnete nichts. Sie kämmte einfach Marys halb krauses Haar, unterteilte es und bildete Zöpfe zum Trocknen.

»In der Bibel heißt es, dein Partner müsse dir ebenbürtig sein. Ihr müsst dem Herrn die gleiche Liebe entgegenbringen.« Marys Stimme war ruhig und fest.

Es war warm für Oktober, weshalb Mama die Tür aufgelassen hatte, damit etwas frische Luft hereinkam. Man roch brennendes Laub. »Haben Sie Kinder?«

Mary sagte, sie habe drei, aber die wären bei ihrem Vater gut aufgehoben. Der Herr, sagte sie, habe sie zu einem anderen Mann gerufen. Sie würden zusammen vor den Altar treten. Dieser neue Mann würde etwas Arbeit und einige Gebete erfordern, aber der Herr sei in ihm. Sie könne spüren, wie er in ihm brenne. Dieser Freund, sagte Mary, sei auserwählt. »Haben Sie je die Hand eines Predigers berührt, der wahrlich gerecht ist? Der heilende Hände hat? Sie wissen schon, so als würde er Ihren Körper leeren und dann mit Geist erfüllen?«

Mama nickte, denn so jemandem war sie vor Jahren einmal begegnet, als sie noch in Ackland lebte, kurz nachdem ihr kleiner Junge gestorben war und sie herumlief und nicht wusste, wohin. Dieser Jemand, der meine Mutter berührt hatte, war ein Kind, ein kleines Mädchen, schwarz wie eine gusseiserne Pfanne, mit einer Schwesternhaube auf dem kurzen Haar. Meine Mutter kam gerade vorbei und kämpfte mit einem Wäschekorb, als dieses Predigermädchen sie am Arm packte; Mama fühlte sich, als würde sie ausgehöhlt und mit Licht gefüllt. Das Mädchen hielt eine weiße Lederbibel in seiner dunklen Hand. »Betest du mit mir, Schwester?« Meine Mama sagte, sie habe keine Zeit, obwohl ihr von der Berührung des Mädchens ganz warm geworden war. »Sind die schmutzigen Unterhosen von Weißen wichtiger als deine Seele, Schwester? Komm her«, sagte das kleine Mädchen. »Knie mit mir nieder.« Meine Mutter sah sich um. Sie standen vor der Highschool für Schwarze, wo Raleigh und James gerade Unterricht hatten. Mama sah ihre Hauswirtschaftslehrerin vor sich, wie sie aus dem Fenster blickte und sie mit diesem pechschwarzen Kindchen und dem Wäschekorb auf der Straße knien sah. »Ich kann nicht«, sagte Mama. »Ich kann einfach nicht.« Das kleine Mädchen sagte: »Das ist Stolz. Gib mir deine Hand, Schwester. Deine Eitelkeit ist dir eine Last. Leg sie ab. Lass mich deine Seele berühren.« Meine Mama streckte ihre Hand aus, sie sehnte sich nach einer weiteren Dosis jener

Berührung. Das Kind drückte die Hand meiner Mutter. »Du musst nicht niederknien. Er kann dein Herz auch berühren, wenn du auf den Beinen bist.« Meine Mama sagte, ihre Beine seien einfach eingeknickt, und schon kniete sie auf der Straße, und das kleine Mädchen streichelte ihr Gesicht und sprach mit Jesus, während meine Mama schluchzte. »Bitte den Herrn, sich um mein Baby zu kümmern«, flehte Mama das Mädchen an. »Er wird sich auch um dich kümmern«, sagte das Mädchen, und mit jedem Streicheln seiner winzigen Hände spürte meine Mutter, wie ihre Seele heilte.

»Ja«, sagte Mama zu Mary. »Ich bin schon von einer Erwählten berührt worden. Ein einziges Mal.«

»Dieser Mann, den ich da habe«, sagte Mary. »Er singt. Egal, was er singt, er trägt Gott in sich. Die Leute kommen, um ihn zu hören, und fangen an zu weinen. Sie glauben, er säusele über die Liebe zwischen Mann und Frau, über die weltliche Liebe, aber eigentlich bringt er sie dazu, dass sie Jesus spüren. Er ist ein Wunder. Er wird Prediger werden; wir werden zusammen alles aufbauen.«

Verschwitzt und verwirrt erwachte ich auf meiner Pritsche. Ich setzte mich auf und rief nach meiner Mutter. Ängstlich rief ich nach ihr, als wäre es mitten in der Nacht und ich ganz allein.

»Ich bin hier, Schatz«, sagte Mama zu mir. »Leg dich wieder hin, ja?« Mary erklärte sie: »Sie ist heute Morgen mit Fieber aufgewacht. Ich habe ihr Aspirin gegeben.«

»Ginger Ale hilft auch«, sagte Mary. »Wenn Sie frischen Ingwer haben, reiben Sie etwas davon ins Glas. Sie wird es nicht mögen, aber es hilft.«

Ich rief mit tränenerstickter Stimme nach meiner Mutter. Sie legte das Glätteisen beiseite und kam zu mir, beugte sich aber nicht hinunter, um mich in den Arm zu nehmen. Ich stand auf und klammerte mich an ihre Beine.

»Mary«, sagte Mama. »Könnten Sie mir behilflich sein? Ich hatte eine Operation. Ich kann sie nicht hochheben.«

»Wo ist Ihr Mann?«, fragte Mary, als sie zu mir kam.

»Falls sie sich nicht hochnehmen lässt, nehmen Sie's nicht persönlich«, sagte Mama. »Manchmal fremdelt sie.«

»Ich liebe Kinder«, sagte Mary. »Ich habe drei. Zwei Mädchen, einen Jungen. Sie fehlen mir. Aber man muss tun, wozu der Herr einen berufen hat.« Sie griff nach mir, und ich ließ die Knie meiner Mutter los und streckte ihr meine Arme entgegen. Ich war groß für mein Alter, aber sie hob mich mühelos hoch. »Sie hat erhöhte Temperatur«, sagte Mary zu meiner Mutter. Angeblich hielt sie mich in ihrem Schoß wie ein kleines Baby, obwohl ich fast fünf Jahre alt war. Ich legte meinen Kopf an ihre Brust und hinterließ einen dunklen Schweißfleck auf ihrem rosa Revers.

Nachdem Mama mit dem Glätteisen fertig war, zog sie eine Bürste mit Wildschweinborsten durch Marys Haar. Es war so fein, dass es elektrisch knisterte; einzelne Strähnen richteten sich wie von Geisterhand auf und tanzten.

»Es ist nicht nur Begierde, wenn wir zusammen sind.« Mary rutschte auf dem Stuhl herum und versuchte, im Gesicht meiner Mutter zu lesen.

»Ich weiß«, sagte Mama.

Mary wollte die Locken nicht herausgekämmt haben, da sie acht Stunden Busfahrt nach Memphis vor sich hatte, und ihr Haar musste frisch aussehen, wenn sie dort ankam. Sie notierte sich Mamas Adresse, schrieb die Hausnummer auf eine gefaltete Karteikarte, die sie aus den Tiefen ihrer Tasche fischte. »Ich werde Ihnen schreiben, wenn ich alles eingerichtet habe. Sie müssen ihn kennenlernen. Sie müssen die heilende Berührung wieder erfahren. Mein Mann ist wahrhaftig«, sagte sie. »So wahrhaftig wie das Wort.«

Als sie fertig war, mochte Mama nicht einmal Geld annehmen,

weshalb Mary den Zwanzigdollarschein in die kleine Tasche meines Kleids steckte. Mama bemerkte es gar nicht, weil ich Theater machte, als Mary aufbrechen wollte. Sie setzte mich ab und ging zur Tür, woraufhin ich einen Trotzanfall bekam. »Geh nicht«, sagte ich immer wieder und griff nach Marys Beinen. Mama war das so peinlich, dass sie ihren Zustand vergaß und sich hinunterbeugte, um mich wegzuziehen. Der Schmerz überraschte sie und ließ sie taumeln. Mary nahm mich wieder hoch und küsste mein fiebriges kleines Gesicht. »Jesus liebt dich«, sagte sie. »Und Sie auch, Laverne. Sie müssen nur darauf vertrauen und glauben.« Mary strich mir kreisend über den Rücken, während ich über ihre Schulter hinweg zu meiner Mutter sah und mich so festklammerte, dass Mama ein bisschen eifersüchtig wurde.

Genau da kam Daddy in den Salon, mit Onkel Raleigh im Schlepptau, der einen Behälter mit frittiertem Hühnchen trug.

»W-was ist denn hier los?«, fragte er und griff nach mir. Er musste mich wegziehen, weil ich mich weigerte, die Arme zu lösen. »L-lass los.« Er zerrte so heftig an mir, dass ich anfing zu weinen.

Mama war unangenehm berührt. »Es ist alles in Ordnung«, sagte sie. »Sie ist nur eingesprungen, weil meine Narbe wehtut.«

»Auf Wiedersehen, Laverne«, sagte Mary. »Machen Sie sich keinen Kopf. Wir werden uns wiedersehen.«

Als die Tür hinter ihr zuklappte, beugte mein Daddy sich vor, um mir einen Kuss aufs Gesicht zu geben, zuckte aber zurück, als ein elektrischer Schlag ihn an der Lippe traf.

Sie stritten sich darüber, meine Eltern. Mama beschwerte sich beim Abendessen, während sie versuchte, etwas von dem Hühnchen runterzubringen, das Daddy und Onkel Raleigh mitgebracht hatten. »Du willst einfach nicht, dass ich eine Freundin habe«, sagte Mama. »Warum hast du sie so behandelt?«

»Du hast ihr Gesicht nicht gesehen«, sagte Daddy. »Da war etwas Wildes.«

Mama wischte sich die Augen mit der billigen Serviette vom Hühnchengrill. »Ich muss eine Tablette nehmen. Mir geht es nicht gut.«

Onkel Raleigh stand auf, um ihr ein Glas Wasser zu holen. Daddy sagte: »Du darfst Codein nicht auf leeren Magen nehmen. Iss erst mal was.«

»Der Arzt hat gemeint, nichts Frittiertes. Das habe ich dir erzählt.«

»Es tut mir leid, Verne. Soll ich dir ein Sandwich machen?«

»Ich finde es einfach furchtbar, wie du sie behandelt hast«, sagte Mama. »Wann habe ich schon mal die Chance auf eine Freundin?«

Nach ungefähr drei Wochen kam Daddy eines Mittwochs früher nach Hause. Er schneite in den Salon, als meine Mama gerade versuchte, drei Köpfe auf einmal zu versorgen. Irgendjemand hatte mich auf dem Arm, aber Daddy achtete nicht weiter darauf.

»Laverne, kann ich kurz mit dir reden?«, fragte er.

Meine Mama war gerade nicht mit chemischen Prozeduren beschäftigt, weshalb sie nach draußen ging und sich mit Daddy auf die Veranda setzte. »Was ist los? Geht es Miss Bunny gut? Raleigh?«

»Das ist es nicht«, sagte er. »Ich habe mich nur was gefragt. Diese Frau, die abends spät in den Salon gekommen ist, die in Rosa?«

»Mary«, sagte Mama. »Sie hieß Mary.«

»Ich habe ein Foto von ihr in *Jet* gesehen«, sagte Daddy und reichte meiner Mutter das Heft mit der umgeschlagenen Seite. »Sie ist diejenige, die heiße Grütze auf Al Green geworfen hat. Ich hab dir ja gesagt, sie ist verrückt.«

Mama blickte auf den Artikel, folgte den Worten und bewegte

die Lippen, während sie las, was in Memphis, genau einen Abend nachdem Mary unseren Laden verlassen hatte, geschehen war.

»Was hat er ihr angetan?«, fragte Mama.

»Was er ihr angetan hat? Sie hat einen Topf mit heißer Grütze auf den Mann geschleudert, als er gerade aus der Badewanne stieg, und du willst wissen, was *er* ihr angetan hat?«

»Ach, Mary«, sagte Mama.

»Schwarze Frauen«, sagte Daddy. »Ihr wisst schon, dass ihr alle durchdreht, wenn ihr euren Willen nicht bekommt.«

»Ach, Mary«, sagte Mama wieder. »Ach, Mädchen.«

Diese Geschichte erzählt meine Mama nicht oft. Für sie ist sie nicht einfach Klatsch und Tratsch, sondern eher so etwas wie eine Heilsbotschaft. Eines späten Abends machte Mama ein Mädchen zurecht, das auf der linken Seite fast kahl war, weil es sich selbst die Haare ausriss. Das Mädchen öffnete den Mund, um Mama zu zeigen, dass es sich einen Backenzahn zerstört hatte, weil es die Zähne so stark zusammenbiss. Während Mama Haarwuchsmittel auf die kahlen Stellen schmierte, bis die nackte Kopfhaut glänzte, als wäre sie nass, erzählte sie dem Mädchen die Geschichte von Mary.

»Hörst du zu, Schätzchen?«, fragte Mama. »Wenn du einen Mann zu sehr liebst, ist es an der Zeit, ihn loszulassen.«

19

EINEN TICK MEHR

Nach Ruth Nicole Elizabeths sechzehntem Geburtstag waren
mein Vater und Raleigh wie besessen von der Idee, eine Party für
meine Mama zu schmeißen. Über Funk, von Lincoln zu Lincoln,
wechselten sie Worte wie *Soiree* und *Salon*. Eines Samstagmor-
gens warfen sie sich in ihre Dreiteiler und fuhren zum Hilton,
um herauszufinden, was es kosten würde, den Magnolien-Saal
für den Abend des siebzehnten Juni zu mieten. Nachdem sie
aufgebrochen waren, fragte meine Mutter mich: »Wo wollen
die beiden denn hin, zurechtgemacht wie zwei Bestatter?« Sie
erklärten dem Veranstaltungsmanager des Hilton, dass sie wollten, was immer Harold Grant für seine Tochter bestellt hatte,
nur noch »einen Tick mehr«, was auf ein Premium-Catering
hinauslief: Mini-Krabbenpuffer, eine Roastbeef-Station und vier
Stunden Freigetränke. Während er am Flughafen auf Fahrgäste
wartete, blätterte mein Vater durch Hochzeitszeitschriften, riss
Seiten heraus, die ihm gefielen, und steckte sie sich in die In-
nentasche seines Fahrermantels.

Auf der Einladung, beschlossen sie, sollte »semi-formal«
stehen. Ja, »Abendgarderobe« klang eleganter, aber sie wollten
keine Verwirrung stiften. »Und«, sagte Daddy, »ungeachtet dessen, was wir den Leuten sagen, werden Raleigh und ich einen
Cutaway tragen.«

Ich ging den Haufen Bilder durch, die er aus *Modern Bride*

herausgerissen hatte. Die Kleider rangierten alle zwischen Prinzessin und Kurtisane: tiefe Ausschnitte, Wespentaillen und ausgesprochen dramatische Röcke, die sich über steifen Krinolinen bauschten.

Ich ging den Stapel zweimal durch und suchte nach einem Kleid, das eine Mutter tragen konnte. Das Agenturfoto von Lady Diana Spencer kommentierte ich gar nicht erst. »Das Kleid musst du sie selbst aussuchen lassen.«

»Du hast recht«, sagte Daddy. »Sie wird es anprobieren müssen und was nicht alles. Wir werden ihr die Bilder nur als Beispiel zeigen, damit sie weiß, dass es nach oben keine Grenzen gibt.«

An einem Mittwoch zehn Tage nach Ruth Nicole Elizabeths Party tauchte Dana auf, endlich bereit für Waschen und Legen. Ich senkte ihren Kopf zum Haarwaschbecken, wobei ich ihren Nacken vorsichtig auf ein gefaltetes Handtuch bettete. Aus der Nähe konnte ich ihr Parfüm riechen. Heute duftete sie wie meine Mutter, nach White Shoulders.

»Dein Vater und dein Onkel schmeißen eine Geburtstagsparty für das Pink Fox?«, fragte sie.

»Nein«, sagte ich. »Für meine Mutter. Das Jubiläum ist nur der Anlass.«

»Warum?«

»Für all die harte Arbeit, die sie leistet.«

Dana richtete sich vom Haarwaschbecken auf und betrachtete meine Mutter, die gerade Ammoniak auf den Haaransatz einer Kundin gab.

»Meine Mutter arbeitet auch hart«, sagte Dana, »aber für sie gab es noch nie eine Party oder irgendwas in der Art. Wusstest du das?«

»Leg den Kopf wieder zurück, wenn du Shampoo willst«, sagte ich und unterdrückte den Drang, die verrückte Idee meines

Vaters zu verteidigen. »Und sprich leiser; es soll eine Art Überraschung werden.« Dana senkte den Kopf wieder, und ich stellte
das Wasser an und betätigte die Handbrause. »Ist es so ange-
nehm?«

»Ja«, sagte sie, aber die Muskelstränge an ihrem Hals blieben
straff.

»Entspann dich«, sagte ich. »Ich weiß, was ich tue.«

Ich spritzte Shampoo auf meine Hand und arbeitete es in ihr
dickes Haar ein, wobei ich mit den Fingernägeln über ihre Kopfhaut fuhr, bis sie stöhnte.

»Gut so?«

Glättungsmittel sind prima fürs Geschäft, keine Frage. Früher,
als alle sich die Haare noch mechanisch glätten und ondulieren ließen, kamen sie nur in den Laden, wenn sie gerade Geld
übrig hatten. Jeder hatte ein Glätteisen in der Küchenschublade,
und man konnte sich im Handumdrehen die krausen Ansätze
rausbügeln. Aber Glättungsmittel mussten von Profis einge-
arbeitet werden, damit das Haar ganz gerade wurde, ohne dass
es sich gleich von der Kopfhaut löste. Selbst meine Mutter war
nicht in der Lage, ihren eigenen Hinterkopf zu behandeln. Ich
arbeitete die Creme für sie ein und zog die Krause mit meinen
Handschuhfingern glatt. Trotzdem sehnten wir uns beide nach
der Zeit, als noch mechanisch geglättet und onduliert wurde,
einfach weil die Verwandlung so verblüffend war. Wenn man
damals einer Frau die Haare wusch, nahmen sie wieder ihre
natürliche Form an, so wie sie schon im Mutterleib waren. Sie
würde sich mit Zöpfen im Haar in deinem Stuhl aufrichten und
dir zeigen, wie sie als kleines Mädchen ausgesehen hatte, als sie
zwischen den Knien ihrer Mutter saß. Es war magisch, die Frau-
en von dem, was sie einmal gewesen waren, zu dem zu machen,
was sie sein wollten. Immer wieder ein Wunder.

Heute setzt man sie unter die Brause, und das Haar wird einfach nur nass; man muss sich mit einer winzigen Andeutung an

den Haaransätzen zufriedengeben. Man fasst mit den Händen unter die behandelte Mähne wie ein Blinder, der herauszufinden versucht, ob er verliebt ist oder nicht. Unter meinen Fingerspitzen fühlten sich Danas Ansätze kraus und drahtig an.

»Ich werde nass«, sagte sie.

»Wenn wir unsere Party feiern, bist du eingeladen«, flüsterte ich.

Dana schüttelte den Kopf. »Das glaube ich nicht.«

»Was, wenn du deine Freundin Ronalda mitbringen kannst? Laut Einladung darfst du eine Begleitung mitbringen.«

Sie seufzte. »Weißt du, ich komme kaum aus dem Haus.«

»Na, dann bring deine Mutter mit.« Danas Kopf zuckte in meinen Händen, weshalb ich das Wasser kühler stellte. »So besser?«

»Chaurisse«, sagte sie mit bebender Stimme. »Ich kann einfach nicht, okay?«

»Warum nicht?«

»Zum einen wird Ronalda dann schon weg sein.«

»Weg wo?« Ich half Dana, sich aufzusetzen, und schlug ein frisches Handtuch um ihren kalten, nassen Kopf.

»Sie geht wieder nach Indiana«, sagte sie, und dann ließ sie den ganzen Salon wissen, was passiert war. Anscheinend hatte Ronalda Nkrumah zu einer kurzen Erledigung mitgenommen, und der kleine Junge war von einem Auto angefahren worden. Nicht so schlimm, dass er die Nacht im Krankenhaus verbringen musste, aber schlimm genug, dass er gebrüllt und geheult hatte, als würde er gleich sterben. Jemand hatte die Polizei gerufen, und dann kam eins zum anderen. Ronaldas Vater und ihre Stiefmutter hatten den heftigsten, kompliziertesten Streit aller Zeiten gehabt. Und dabei war dem kleinen Jungen gar nichts passiert. Dana schien das total übertrieben. Aber Ronaldas Stiefmutter war völlig hysterisch.

»Die Gegend um die Fairburn Townhouses ist vielleicht ein bisschen zwielichtig«, gab Dana zu, »aber nur abends. Und da

wohnt nun mal Ronaldas Freund, deshalb musste sie da hin.
Aber das kann man Ronaldas Eltern nicht begreiflich machen,
weil die so verdammt bürgerlich sind, verstehen Sie?«

Meine Mutter sagte, das verstehe sie.

Was hätte Ronalda denn tun sollen? Nkrumah alleine zu Hause lassen? Ronalda konnte ja gar nichts anderes machen, als ihn mitzunehmen. »Sie haben sie immer wie ein Dienstmädchen behandelt, verstehen Sie? Man sah sie nie ohne den kleinen Jungen auf der Hüfte.«

Ronalda habe diesen Freund geliebt. »Sie hatte ein paar Probleme, sie konnte ihn nicht einfach ignorieren. Er brauchte sie!«

Dana zufolge behaupteten die Eltern, den Freund nicht zu mögen, weil er vierundzwanzig und in der Armee war und damit angeblich zu alt, um mit einem Highschoolmädchen zusammen zu sein, aber in Wahrheit fanden sie ihn einfach zu ungebildet. Außerdem steckte der Freund in ernsten, ernsten Schwierigkeiten, und er brauchte eine Freundin und fünfzig Dollar. Man konnte Ronalda wirklich nicht vorwerfen, dass sie es sich leicht gemacht hatte.

Sie fuhr zu den Fairburn Townhouses, um das Geld vorbeizubringen – das sie sich mit Aufpassen auf diesen ungezogenen kleinen Jungen verdient hatte –, und alles lief gut, bis Ronalda reinging, um sich von der Mutter ihres Freundes zu verabschieden. Während Ronalda nur versuchte, höflich zu sein, rannte der kleine Junge auf den Parkplatz und wurde von einem Auto angefahren. Eigentlich eher angestupst. Aber dennoch. In fünf Sekunden war die Polizei vor Ort. Und fragte Ronalda, ob Nkrumah ihr Kind sei.

Ihre Stiefmutter traf ein und flippte aus, weil Nkrumah eine winzige Schramme an der Augenbraue hatte. Man hätte meinen können, er wäre angeschossen worden oder so was.

»Das kann ich schon verstehen«, sagte meine Mama.

Ja, Dana konnte auch verstehen, dass sie aufgebracht war,

aber das war doch kein Grund, sich so aufzuspielen. Wenn so mit einem geredet wurde, war das schlimmer, als angespuckt zu werden. Und jetzt wurde Ronalda nach Indiana zurückgeschickt. Meine Mama sagte:»Das ist ein Jammer, für alle Beteiligten. Ich werde für sie alle beten.«

»Nein«, sagte Dana.»Beten Sie für Ronalda. Sie hat es am nötigsten.«

Meine Mutter blickte von ihrer Arbeit auf.»Ich habe genug Gebete für alle.«

Dana nahm einen Zipfel von ihrem Umhang und tupfte sich die Nase ab.»Sie wird mir so fehlen. Und es ist nicht ihre Schuld. Sie kann ja nichts für ihre Mutter.«

Meine Mutter steckte vier oder fünf Haarklammern in die Jheri-Dauerwelle, gesellte sich dann zu mir an Stuhl Nr. 2 und übernahm das Föhnen. Sie sprach murmelnd mit Dana, wie mit einem weinenden Baby, das Hilfe beim Einschlafen braucht. Als meine Mutter ihr das Haar nach vorn bürstete, schloss Dana die Augen, bevor es ihr Gesicht wie ein Schleier bedeckte.

Ich war deutlich vor der Stoßzeit um halb sechs mit Danas Haaren fertig, aber sie blieb noch da und redete mit meiner Mutter. Ihre Stimmung hatte sich rätselhafterweise gebessert, während sie meiner Mutter wie eine freundliche Reporterin Frage um Frage stellte. Was aß meine Mutter gern? Glaubte sie, es sei von großer Bedeutung, auf welches College jemand ging? Könnte sie ihr einen Rat geben? Meine Mutter öffnete sich wie eine Blume, lachte über Danas Witze und schlug ihre Komplimente in den Wind. Nur eine Frage schien einen wunden Punkt zu treffen.»Mrs Witherspoon, würden Sie sich als glücklichen Menschen bezeichnen?«

Mama legte den Lockenstab auf ein feuchtes Handtuch und runzelte die Stirn, als es zischte. Sie leckte einen Finger an und berührte, noch immer stirnrunzelnd, das heiße Metall.»Das weiß ich nicht«, sagte sie.

»Und wessen Schuld mag das sein? Wen würden Sie dafür verantwortlich machen?«

Mama sah aus, als wäre ihr schwindelig. Zu ihrer Kundin sagte sie: »Die Kinder von heute. Sind so viel weltgewandter, als wir es waren.«

Die Kundin sagte: »Niemand ist wirklich glücklich.«

»Aber könnten Sie es sein?«, fragte Dana mit Blick zu meiner Mutter.

»Ich bin glücklich«, warf ich ein.

»Ich nicht«, sagte Dana. »Ich glaube, ich bin einsam.«

»Ach, Schätzchen«, sagte Mama und lud sie ein, zum Essen zu bleiben.

Wir guckten beide etwas betrübt, als Dana sagte: »Danke, aber ich muss los.«

Sie lehnte es auch ab, mit dem Auto gebracht zu werden, deshalb ging ich mit ihr die Straße hinunter zur Bushaltestelle.

»Bist du manchmal einsam?«, fragte sie.

»Manchmal.«

»Das liegt daran, dass du etwas Besonderes bist. Die Leute werden aus dir nicht recht schlau.«

Ich zuckte mit den Achseln, denn ich war so gewöhnlich wie Rührei, aber ich wusste das Kompliment zu schätzen. »Ist Besonderheit der Grund, warum du einsam bist?«

»Nein«, sagte sie. »Ich bin aus all den normalen Gründen einsam.«

Wir erreichten die Haltestelle, die von einem Betonpfahl mit klumpigem weißem Anstrich markiert wurde. »Du musst nicht mit mir warten«, sagte sie.

»Es macht mir nichts aus. Vergiss nicht, dein Haar für die Nacht hochzubinden. Wenn du mit dem Haar direkt auf dem Kopfkissen schläfst, bekommst du Spliss.«

Sie sagte, sie werde versuchen, daran zu denken. »Warum schenkt dein Dad deiner Mom diese Party wirklich?«

Ihre Miene war freundlich, aber ich spürte, wie ein Angstschauer von meinen Händen zu den Ellbogen kroch. »Ich schätze, er liebt sie.«

Vielleicht verriet mein Gesicht ihr etwas, das ich nicht hatte zeigen wollen, denn sie berührte mich am Arm. »Schon dein ganzes Leben wirst du über alles geliebt, und du ahnst es vermutlich gar nicht.«

Ich lachte angespannt. »Ich brauche mehr als die Liebe meiner Eltern.«

Sie flüsterte: »Ich liebe dich. Merkst du das denn nicht?«

Zuerst erwiderte ich nichts. Es war, als hätte mich plötzlich das Stottern meines Vaters befallen, nur steckten die Worte in meinem Kopf fest, nicht in meiner Kehle. Manchmal fragte ich mich, ob Dana mich überhaupt mochte. Sie konnte sarkastisch sein und sogar ein bisschen gemein. Gab es womöglich noch andere Menschen, die mich liebten, es mir gegenüber aber nie erwähnt hatten? Ich dachte an Jamal, der fünfhundert Meilen entfernt in Hampton, Virginia war. Liebte er mich, während er für seine Prüfungen lernte, einen Schwur auf seine Burschenschaft leistete, Arzttöchtern nachjagte, sie zum Essen ausführte, sie fragte, ob er sie seinen Eltern vorstellen dürfe? Mit Ausnahme meiner Kindergärtnerin hatte niemand außerhalb meiner Familie je behauptet, mich zu lieben. Es war markerschütternd, verblüffend und sehr aufregend.

»Siehst du?«, sagte sie. »Du hast es nicht mal gemerkt.« Sie schüttelte den Kopf, als könnte sie nicht glauben, wie blind ich war. Als der nahende Bus zu hören war, rückte sie von mir ab. »Kommt es dir nicht so vor, als wären wir schon lange Freundinnen?«

»Ja, doch«, sagte ich, immer noch benebelt von all dem Gerede über Liebe, fassungslos angesichts der Möglichkeit, vielleicht schon mein ganzes Leben lang heimlich verehrt worden zu sein.

Als sie in den Bus stieg, blickte sie traurig über ihre Schulter. »Du hast mir nichts erwidert.«

»Was erwidert?«, fragte ich, als die Türen sich schlossen. Sie ging zu einem Fensterplatz, aber sah nicht zu mir, obwohl ich an der Ecke stand und winkte wie ein Kind.

Wenn mein Vater sich etwas Großes in den Kopf gesetzt hatte, war es unmöglich, ihn davon abzubringen. Als er Witherspoon-Limousinen gründen wollte, hielt das niemand außer Raleigh für eine gute Idee. Miss Bunny, Gott hab sie selig, wollte, dass er sich eine Anstellung als Fahrer bei Weißen suchte. Sogar meine Mama war zögerlich. Sie fand, er solle vielleicht lieber zur Armee gehen; dann könne er mithilfe der G. I. Bill ein College besuchen und mit der Unterstützung für Veteranen ein Haus in Macon kaufen. Er behauptet, sein Bauchgefühl habe ihm damals gesagt, dass er und Raleigh auf eigenen Füßen stehen, ihr eigener Herr sein sollten, und jetzt sage ihm sein Bauchgefühl, dass meine Mutter sich dringend eine elegante Feier wünsche. »Ich weiß, was ich weiß, Butterblume.«

»Aber ich bin die ganze Zeit mit ihr zusammen«, lautete mein Standardspruch, als wir den Schreibwarenladen hinter uns ließen. »Wenn ein großes Fest ansteht, sagt sie immer: ›Das bringt doch nichts.‹ Und während der Ballsaison bekommt sie Migräne.«

Mein Vater zog die Augenbrauen hoch. »Tatsächlich?«

»Tatsächlich.«

»Schon mal was von Missgunst gehört?«

Er öffnete das Handschuhfach und fischte ein Taschentuch mit Monogramm heraus. »Du hast da was am Kinn.«

Ich führte das Tuch ans Gesicht. »Sie ist nicht neidisch.«

»Du musst lernen, die Zwischentöne zu hören, um zu verstehen, was Menschen wirklich meinen.« Er hielt vor dem Salon. »Jetzt sträub dich nicht. Eines Tages werden wir auch was für dich veranstalten.«

»Ich bin nicht missgünstig, falls du darauf hinauswillst.«

Daddy ließ sein Fenster automatisch hinuntergleiten. »Ich mein's ernst. Du bekommst auch noch deine Party.« Er legte die Hand an die Mütze, und ich spürte, wie ich lächelte, als der Wagen die Auffahrt hinauffuhr.

Sie beschlossen, ihr die Neuigkeiten an einem Montagnachmittag zu erzählen, als sie auf dem Sofa saß, sich einen Fuzzy Navel genehmigte und ihre Geschichten guckte. Ich war gerade von der Schule gekommen, als laut mein Name geflüstert wurde. Ich wandte mich um und entdeckte meinen Dad und Raleigh, die sich im Eingang zum Gästezimmer versteckten.

»Sie ist da drinnen und guckt Seifenopern«, sagte Raleigh. »Sie ist völlig ahnungslos.«

»Ich weiß nicht«, sagte ich, was ich seit drei Wochen in einer Tour zu ihnen gesagt hatte. »Stimmt wenigstens das Datum mit ihr ab«, hatte ich gefleht, als sie Anzahlungen bei Caterern, Floristen und Schreibwarenläden leisteten.

»Es ist eine Überraschung, Chaurisse.«

»Sie mag keine Überraschungen.«

»Sie mag keine Überraschungspartys, aber sie wird nichts dagegen haben, mit einer Party überrascht zu werden. Vertrau uns. Wir kennen deine Mutter schon sehr lange.«

Ich sollte mit den in Papier eingeschlagenen Rosen, die Raleigh mir reichte, ins Wohnzimmer gehen. Daddy würde Musik auflegen: Stevie Wonder, der »I just called to say I love you« sang. Nein, versicherten sie mir, das wäre nicht kitschig. »Es ist a-a-aufrichtig.« Daddy wollte, dass ich mich im Takt bewegte »wie eine Brautjungfer«. Nachdem ich die Blumen präsentiert hatte, würde Daddy mir die Einladung reichen, ich würde sie Mama reichen, und Raleigh würde ungefähr tausend Bilder schießen.

»Alles k-k-klar?«, fragte Daddy.

Ich verdrehte die Augen. »Okay. Aber glaubt mir, es wird ihr nicht gefallen.«

»Sie wird es lieben«, sagte Raleigh.

Daddy fragte: »Kannst du dir ein Kleid anziehen?«

Ich zog mir wirklich ein Kleid an, ein rotes mit weißen Punkten, das ich mir von meinem eigenen Geld bei Lerner Shops gekauft hatte. Ich schlüpfte sogar in ein Paar Lackleder-Slingbacks, verzichtete aber auf eine Strumpfhose. Irgendwann musste auch mal Schluss sein. Ich sah in den Spiegel und trug Lippenstift auf. Ich sah noch länger hin und legte etwas Make-up auf, um die Aknenarben abzudecken. Dana ging mir nicht mehr aus dem Kopf, ihre wissenden Blicke. Ich fragte mich, was ich davon halten sollte, wie sie mit meiner Mutter geredet hatte. Ein bisschen von Frau zu Frau, ein bisschen von Tochter zu Mutter, ein bisschen von Schülerin zu Lehrerin und vielleicht auch ein bisschen die Umkehrung all dessen. Es war, als könnten alle wie in einem offenen Buch in meiner Mutter lesen, alle außer mir.

Unter meinen Füßen knisterte der Wohnzimmerteppich. So albern es auch klingt, ich versuchte, mich im Takt der Musik zu bewegen.

Meine Mutter hatte sich in gemütlichen Klamotten aufs Sofa gekuschelt. Sie nannte die Aufmachung ihre »Gefängniskluft«, um sie von den verzierten Trainingsanzügen zu unterscheiden, die sie gern zur Mall trug. An Montagen, so ihre Devise, waren »Körperpflege und äußeres Erscheinungsbild optional«, und an diesem Tag hatte sie sich entschieden, sich ein speckiges Satintuch um den Kopf zu binden. Rechts von ihr, neben der Fernbedienung, stand eine Schüssel mit M&Ms, denn auch Diäten wurden an Montagen ausgesetzt.

Ich hatte meinen Vater mal mit einem jungen Mann witzeln hören, den wir vom Flughafen mitnahmen. Es hatte etwas Streberhaftes an sich, wie er einen dürftigen Gerberastrauß umklammerte, den er seiner Verlobten schenken wollte. Der junge Mann erzählte uns, dass er zum ersten Mal seine zukünftigen Schwiegereltern treffen werde. »Kluger Schachzug«, scherzte mein Vater. »Man sollte kein Mädchen heiraten, bevor man nicht die Mama gesehen hat. Man muss ja wissen, worauf man sich einlässt.« Mein Dad lachte, und der junge Mann auf dem Rücksitz starrte in seine Blumen und sorgte sich, in welchen Zauberspiegel er wohl gleich gucken würde. Ich betrachtete meine Mutter, wie sie erschöpft auf dem Sofa lümmelte, und fragte mich, ob ich auch so werden würde. Wenn dieser nervöse junge Mann vom Rücksitz der Limousine meine Mutter sähe, wie sie ihn von der Veranda aus hereinwinkt, was ginge ihm durch den Kopf?

Ich schritt mit dem Rosenstrauß auf sie zu, und sie sah verschreckt auf. Mein Blick ging zu Daddy und Raleigh. Da versuchten wir also, etwas Nettes zu tun, und schon hatten wir ihr Angst gemacht.

»Chaurisse««, sagte Mama, »was hast du da? Hat dir jemand Blumen geschickt?«

Ich sah wieder zu meinem Dad, denn auf ein Gespräch waren wir nicht eingestellt. Raleigh wedelte mit der Hand, weshalb ich das mittlere Tempo des Songs ignorierte und mit ausgestreckten Rosen zu ihr eilte.

»Die sind für dich.«

Der Rest verlief fast wie geplant, obwohl ich die Blumen, die ich ihr eigentlich hätte überreichen sollen, versehentlich auf dem Sofatisch ablegte. Daddy wirkte etwas irritiert, aber er gab mir den Umschlag mit der Einladung, und ich gab ihn weiter. Mama öffnete das Kuvert und kicherte, als sie ein kleineres darin fand.

»Was ist das?«, fragte sie und grinste, als Raleigh ein Bild schoss.

Als sie zu dem kleinen Seidenpapierquadrat gelangte, das der Einladung beigegeben war, sagte sie: »Oooh, teuer«, und zwar nicht in dem schnippischen Ton, den sie anschlug, wenn sie die Einladungen von Kundinnen öffnete, sondern mit echter Wertschätzung. Dann las sie sie und stieß einen kleinen Schrei aus.

Miss Bunny Chaurisse Witherspoon
bittet anlässlich des zwanzigsten Jubiläums des
Pink Fox Salons
zu einer Soiree zu Ehren ihrer Mutter,
Mrs Laverne Vertena Johnson Witherspoon,
am 17. Juni 1987 um 19 Uhr.

Sie erhob sich vom Sofa und schloss mich fest in die Arme. Ihr Körper bebte, als sie an meiner Schulter weinte. Ich wusste nicht recht, was los war. Ich erwiderte die Umarmung und tätschelte ihr den Rücken, während sie maunzte wie ein neugeborenes Kätzchen. Mit der Einladung in der Hand konnte sie gar nicht genug von unserer innigen Umarmung bekommen. Dann ließ sie mich los, griff nach Onkel Raleigh und weinte einen nassen Fleck in sein weißes Hemd. Schließlich war Daddy dran, und sie schnappte sich ihn, als hätte sie gerade die Glücksradrunde bei *Der Preis ist heiß* gewonnen. Danach war ich wieder an die Reihe. »So etwas Schönes habe ich noch nie erlebt«, sagte sie. Ich erwiderte nichts, sprachlos von der Energie ihrer überraschenden Umarmung.

Schon seltsam, wie überzeugt man sein kann, jemanden zu kennen.

20

GEPLATZT

1987 war das Jahr der Partys. Es fing mit der anlässlich Ruth Nicole Elizabeths sechzehntem Geburtstag im Februar an, die Maßstäbe setzte und der ähnlich noble Partys folgten. Irgendwann kam es so weit, dass es sich nicht mal mehr richtig anfühlte, eine Party ganz ohne Catering zu veranstalten. Marcus McCready widersetzte sich dem Trend, als er im April aus Hampton nach Hause kam und beschloss, eine Fete zu schmeißen, die nicht schick sein, sondern sich an der Filmkomödie *Animal House* orientieren sollte, nur, dass die meisten der Eingeladenen noch zur Highschool gingen. Die Feier sollte am Ufer von Lake Lanier stattfinden, etwa anderthalb Stunden nördlich von Atlanta.

Dana war so aus dem Häuschen, dass sie nicht mal ihr übliches Hin und Her zwischen »Ich kann – ich kann nicht« abspulte. Sie sagte sofort zu, und am großen Tag wartete sie auf dem hinteren Parkplatz der Greenbriar Mall auf mich, pünktlich und mit Geschenken: zwei identische Schlauchtops, die allen zeigen würden, dass wir beste Freundinnen waren. So hätten sie und Ronalda das auch immer gehalten, sagte sie, als wir uns auf dem Rücksitz des Lincoln umzogen und darauf vertrauten, dass die getönten Scheiben uns vor neugierigen Blicken schützten.

Neunzig Meilen klingen nicht allzu weit, aber der alte Witz ist ja bekannt: »Vorsicht! Wenn du aus Atlanta rausfährst, landest du in Georgia.« Marcus' Familie hatte das Haus am Lake Lanier gekauft, nachdem sein Vater, ein Landjunge aus Mobile, in zweiter Ehe eine Frau aus New York geheiratet hatte, die unbedingt ein »Landhaus« brauchte. Gedrängt von einem Immobilienmakler, der behauptete, dass Lake Lanier zum Martha's Vineyard des Südens werden würde, hatte Marcus senior zugeschlagen, obwohl mein Daddy ihm persönlich davon abgeraten hatte. »Forsyth County ist nichts als ein Haufen Kuhkäffer, in denen man als Schwarzer nachts nicht vor die Tür gehn kann.«

Sobald wir die Stadtgrenze hinter uns gelassen hatten und der Verkehr sich lichtete, hielt ich an einer Tankstelle, um aufzutanken und einen Blick auf die Karte zu werfen.

»Lässt du dich immer vom Tankwart bedienen?«, fragte Dana.

»Ich zahle mit der Karte meines Vaters. Er mag es nicht, wenn ich selbst tanke.«

Sie grinste.

»Es ist nicht meine Entscheidung«, sagte ich und faltete die Straßenkarte auseinander, während ein dünner weißer Junge den Tankdeckel abschraubte.

»Ich kenne den Weg«, sagte Dana. »Ich war schon mal dort.«

Ich muss verwirrt geguckt haben, denn sie spielte sich ein bisschen auf. »Du bist nicht die Einzige, die reiche Leute kennt.«

»Darum geht es nicht«, sagte ich. »Ich habe mich nur gefragt, warum du mir nicht früher davon erzählt hast. Ich dachte, wir wären Freundinnen.«

»Sind wir auch.« Dana kniete sich falsch herum auf ihren Sitz, wobei sie meine Karte zerknitterte. »Dieser Wagen hat eine riesige Rückbank. Benutzt du die auch manchmal zur Freizeitgestaltung?« Sie lächelte auf eine Art, die vermuten ließ, dass sie schon viel Zeit in parkenden Autos verbracht hatte.

Ich hatte es nur ein Mal gemacht, und es war ehrlich gesagt nicht sehr bequem gewesen. »Sex im Auto funktioniert eigentlich nur im Film«, sagte ich in der Hoffnung, weltgewandt zu klingen.

»Ich wusste es«, sagte sie. »Ich wusste, dass die Nummer mit dem anständigen Mädchen nur Fassade ist.«

Ich zog die Augenbrauen hoch und versuchte, raffiniert und rätselhaft auszusehen, aber Dana heulte und johlte, als hätte sie eine Wette gewonnen. »Ich wusste es!«

Ich spürte, wie mir das Lächeln entglitt. »Aber nicht mit vielen. Ich meine, mit einem, aber nicht in letzter Zeit. Vor allem, als ich in der zehnten Klasse war, und einmal letzten Sommer.«

»Sei nicht traurig«, sagte Dana. »Du hast eine Vergangenheit, das ist alles. Mit wem denn? Du musst nicht alle aufzählen. Ein paar Highlights reichen schon.«

»Jamal«, sagte ich. »Jamal Dixon.«

»Wow«, sagte sie. »Der Sohn von diesem Superprediger?«

»Ja«, sagte ich und wusste nicht, ob ich angab oder beichtete.

»Er wirkt wie ein netter Kerl. Ohne Hintergedanken, wenn du weißt, was ich meine. Ich hätte nicht gedacht, dass er auf Unzucht mit Minderjährigen steht.«

»So war es nicht.«

»Jetzt werd nicht komisch«, sagte sie und betrachtete ihr Dekolleté. »Ich weiß, wie das ist. Kannst du mir glauben.«

»Wir waren in der gleichen Kirche«, erklärte ich. »Jamal ist ein netter Junge. Ich bedeute ihm was.«

»Ich weiß«, sagte sie. »Ich bin ihm auch schon mal begegnet. Marcus dagegen ist kein netter Junge.«

»Wenn du Marcus nicht magst, warum willst du dann zu dieser Party?«

»Weil ich ihn so hasse, dass ich mich nicht von ihm fernhalten kann.« Sie lächelte immer noch, aber etwas Wildes hatte sich in ihre Miene geschlichen. Wo hatte ich das schon mal gesehen? Ihr Lächeln war nur ein Zähneblecken. Dann fiel es mir wieder ein. Meine Mutter und ich waren unterwegs zu Grandma Bunny gewesen, als wir eine Gruppe Häftlinge am Rand des Highways passierten. Sie waren fast alle schwarz, manche waren alt, und sie sammelten Müll. Auf der Straße war eine Baustelle, weshalb wir langsam fuhren. Einer der Männer aus der Gruppe sah mich an. Ich winkte ihm zu. Er schenkte mir das gleiche nur aus Zähnen bestehende Lächeln, während der Rest seiner Miene und sogar seine Körperhaltung verrieten, dass er jemanden umbringen wollte.

»Fahren wir weiter«, sagte Dana.

»Nein«, sagte ich. »Lass uns über deinen Hass auf Marcus reden. Was hast du vor, wenn wir dort ankommen?«

»Das war bloß Spaß«, sagte Dana, aber sie hatte immer noch diese Sträflingsspannung im Kiefer. »Ich werde keine Szene machen. Ich bin nur ein bisschen gekränkt, das ist alles.« Ihre Stimme wurde butterweich. »Ich weiß, dass du weißt, was ich durchmache.«

Ich nickte. Das wusste ich tatsächlich. Ich erzählte ihr, dass Jamal aufgehört hatte, in Gegenwart anderer mit mir zu reden, solange wir noch die Mitchell Street Baptist Church besuchten. Es war nicht so, dass er sauer auf mich war; er schien nur mir und seiner Mama nicht gleichzeitig gegenübertreten zu können.

»Beug dich mal vor.«

Ich gehorchte, und sie zupfte mir mein Schlauchtop zurecht, sodass die Regenbogenstreifen gerade saßen. Dann strich sie mir über meinen *Bezaubernde Jeannie*-Pferdeschwanz. »Der sieht total natürlich aus«, sagte sie und fasste mir hinter den Kopf, um die krausen Härchen in meinem Nacken glatt zu streichen. »Lass uns fahren.«

Es wurde schnell dunkel. Wir waren erst fünf Meilen weiter auf der I-75, als ich die Scheinwerfer anstellte und Dana die Musik aufdrehte. »Kannst du tanzen?«

Ich schüttelte den Kopf. »Meine ganze Familie ist total unkoordiniert.«

»Deine Mama auch? Sie sieht so aus, als könnte sie mit 'ner Schwanzfeder wackeln.«

»Meine Mama hat ihre Federn lassen müssen«, sagte ich.

»Du hast einen guten Sinn für Humor.« Dana drehte den Knopf auf der Suche nach anderer Musik. Als ihr klar wurde, dass wir schon zu weit weg von Atlanta waren, um einen anderen R&B-Sender zu finden, bekam sie auch den Sender vom Anfang nicht mehr rein. »Wo wir gerade dabei sind«, sagte sie, »hast du schon von irgendwelchen Colleges gehört?«

»Mit Mount Holyoke oder einem der Seven Sisters hat es nicht geklappt. Am Spelman stehe ich auf der Warteliste.«

»Hat vielleicht auch sein Gutes«, sagte Dana. »Man weiß nie.«

Sie hatte sich gerade wieder an die aussichtslose Sendersuche gemacht, als wir den Knall hörten. Dana duckte sich, als wäre ein Schuss gefallen, aber ich wusste, dass ein Reifen geplatzt war.

Es fällt mir nicht leicht, mir vor Augen zu führen, was passierte; bis heute lasse ich den Film immer wieder ablaufen, nehme Einzelheiten unter die Lupe, und ich würde so gern sagen können, dass ich die Anzeichen bemerkte, spürte, dass etwas nicht stimmte. Es ist mir peinlich, nur auf meine beschränkten fünf Sinne zurückgreifen zu können.

»Ruhig, ganz ruhig«, sagte ich, ließ die Ellbogen locker und widerstand der Versuchung, das Lenkrad herumzureißen. Ich blickte auf die Geschwindigkeitsanzeige und war froh, dass wir nur knapp neunzig Stundenkilometer fuhren. Der Lincoln schüttelte sich wie eine Waschmaschine. Im Augenwinkel sah ich Gummistreifen vorbeifliegen. Neben mir wimmerte Dana wie ein herrenloser Welpe. Ich atmete so hektisch, dass ich fast mein Schlauchtop gesprengt hätte, aber ich behielt die Nerven und meisterte die Situation, wie mein Vater es mir beigebracht hatte. Irgendwann konnte ich leicht auf die Bremse treten, bis wir schließlich holpernd auf dem Seitenstreifen zum Stehen kamen.

»Was war das?«, fragte Dana.

»Ein Reifen ist geplatzt.«

Sie setzte sich auf und atmete tief durch und dann noch einmal. »Ich dachte, gleich sind wir tot.«

»Entscheidend ist«, sagte ich, »dass man nicht panisch wird.« Ich stellte den Warnblinker an. Der Doppelpfeil erhellte den Wagen mit regelmäßigen gelben Blitzen. Wir würden auf dem Seitenstreifen bis zur nächsten Ausfahrt schleichen müssen. Als ich losfuhr, erklärte ich Dana: »Es wird holperig.«

Sie nickte und atmete weiter tief in den Bauch.

»Wenn du so weiteratmen willst, solltest du dir eine Papiertüte nehmen. Sonst hyperventilierst du noch.«

»Okay«, sagte sie. »War das schrecklich. Ich dachte, wir würden sterben.«

»Wäre es nicht schrecklich zu sterben, wenn man noch in der Highschool ist?«

»Das wäre typisch für mich – zu sterben, bevor ich am Mount Holyoke anfangen kann.«

Ich drückte ein bisschen aufs Gas, und wir rumpelten etwas schneller voran. »Kein Grund, es mir reinzureiben. Ich muss vermutlich an die Georgia State.« Vielleicht war es nur, weil die Spannung langsam von mir abfiel, aber mit einem Mal war ich sehr traurig. Ich wollte reisen, weg aus Atlanta. Ich hatte noch nie an Massachusetts gedacht, aber jetzt wollte ich ganz dringend dorthin. Ich hatte fast sechstausend Dollar gespart – das waren viele, viele Fünfdollarstunden –, und ich wollte sie komplett für Tweedblazer und Hummerbrötchen ausgeben. Ich wollte eine Zukunft.

Die Ausfahrt hatte uns Benzin, Essen und Unterkunft versprochen, aber die Schilder verrieten uns nicht, wie weit diese Dienste von der Interstate entfernt waren. Auf dem Rückweg, nachdem alles passiert war, bemerkte ich ein Schild, das anzeigte, dass wir die ganze Zeit nur eine halbe Meile vom Freeway entfernt gewesen waren. Aber eine halbe Meile ist immer noch eine weite Strecke, wenn sich die Nacht auf zwei schwarze Mädchen herabsenkt, die allein in der Pampa unterwegs sind. Das Geräusch des platten Reifens auf der fast leeren, abendstillen Straße war unerträglich, so wie High Heels in einem verwaisten Korridor.

»Wein nicht, Chaurisse«, sagte Dana. »Man weiß nie, was kommt.«

21
»THE MEN ALL PAUSE«

Die Tankstelle war klein und in die Jahre gekommen – nicht so altmodisch wie Andy Griffith, aber doch schäbig genug, um uns bewusst zu machen, dass wir nicht mehr in Atlanta waren. An den kastenförmigen Zapfsäulen mit Zahlen zum Umklappen hing noch kein Schild, das darauf hinwies, dass man vorher bezahlen musste. Und der kleine Laden – das konnte man schon von außen erkennen – verkaufte bestimmt nicht mehr als Kaugummi, Coca-Cola und Motoröl. Ich steuerte den Lincoln in eine Ecke des Vorplatzes, wo sich ein Münztelefon in einer gläsernen Zelle befand.

Als wir anhielten, wurde das Licht auf dem kleinen Vorplatz etwas heller, als wenn jemand das Flutlicht angeknipst hätte. Die Kassiererin, eine Weiße im Alter meiner Mutter, steckte den Kopf aus der Tür und sah sich um. Ihre kastanienbraune Hochsteckfrisur, von Dauerwellen fast ruiniert, war der Beweis, dass man den Leuten verbieten sollte, mit Chemikalien zu hantieren.

Dana sagte: »Die kann uns beim Reifenwechsel nicht helfen.«

»Nein«, sagte ich. »Die Felge wird mittlerweile ohnehin völlig verbogen sein. Wir werden uns abschleppen lassen müssen.«

»Abschleppen wohin?« Sie sagte es so schnell, dass es wie ein einziges Wort klang.

»Zurück nach Hause«, sagte ich. »Zur Party werden wir es nicht schaffen.«

Ihr Gesicht nahm wieder den wilden Ausdruck an. »Es ist doch nur ein Reifen. Irgendwer wird uns schon wieder auf die Straße bringen.«

»Die Felge ist ganz verbogen. Wir sind ungefähr zwei Meilen darauf gefahren.« Ich sprach langsam wie mit einem Kind.

Sie antwortete noch langsamer. »Nein, Chaurisse. Wir fahren zu der Party. Du hast mich zu einer Party eingeladen.« Sie zupfte an dem Haar an ihren Schläfen. Das zarte Braun ihres Schädels schimmerte durch. »Ich werde drinnen um Hilfe bitten. Es ist schließlich eine Tankstelle; irgendjemand da drinnen muss doch wissen, wie man einen Reifen wechselt.« Sie sprang aus dem Wagen und lief in den kleinen Laden; die Beifahrertür ließ sie offen.

Es war nicht warm genug für unsere Schlauchtops im Partnerlook; das wurde mir klar, als ich zum Münztelefon hinüberging. Die Superman-Zelle ließ die ganze Szenerie unwirklich wirken, als wären wir an einem Filmset. »R-Gespräch von Chaurisse«, sagte ich zur Telefonistin.

»Was ist los, Butterblume? Geht's dir gut?«

»Mir geht's gut, Daddy. Aber dem Lincoln nicht.«

»Hattest du einen Unfall?«

»Nein, Daddy. Einen geplatzten Reifen.«

Ich hörte, wie er zu meiner Mutter sagte: »Es geht ihr gut.«

»Ich habe die Kontrolle über den Wagen behalten«, erklärte ich ihm. »Ich habe das Lenkrad nicht rumgerissen.«

»Das ist mein Mädchen. Wo bist du?«

»Die I-75 hoch. Wir sind an der Ausfahrt 12 raus. Da ist eine Chevron-Tankstelle.«

»Bist du allein?«

»Nein, ich bin mit einer meiner Freundinnen zusammen.«

»Tja«, sagte er, »Raleigh und ich fahren sofort los. Du und deine Freundin, ihr setzt euch ins Auto und verriegelt die Türen. Mit den Bleichgesichtern da draußen wollt ihr euch lieber nicht anlegen.«

»Okay, Daddy«, sagte ich, während ich Dana mit einem dünnen weißen Typen aus dem Laden tänzeln sah. Er war noch nicht ganz erwachsen, aber definitiv alt genug, um Alkohol zu kaufen.

Dana sagte: »Das ist Mike. Er wird den Reifen für uns wechseln.«

Mike grinste und überraschte mich mit hübschen Zähnen.

»Klar. Für 'ne angemessene Bezahlung.«

»Das geht in Ordnung«, sagte Dana zu mir. »Ich kann das übernehmen.«

Mike sah aus wie die Traumtypen in den Sweet-Valley-High-Romanzen. Sein Haar war noch dunkler als Danas, und seine Augen waren von dem gleichen Blau wie der Streifen auf ihren Turnschuhen.

»Hat dir schon mal jemand gesagt, dass du wie Robin Givens aussiehst?« Das galt Dana.

»Gelegentlich«, sagte sie. »Jetzt komm mal hier rüber und sieh dir unseren Reifen an.«

Aber Mike war gerade damit beschäftigt, mich anzusehen. Ich fasste nach oben und richtete meinen *Bezaubernde Jeannie*-Pferdeschwanz. Schon komisch, wie der Blick eines Mannes einem das Gefühl geben kann, in Einzelteile zerlegt zu werden. Mir meiner selbst überdeutlich bewusst – von der rundlichen Schulterpartie bis zu den Aknenarben, die ich mit Fashion Fair übertüncht hatte – fasste ich wieder nach oben und drückte die Klammern fest, die mein Haar zusammenhielten.

»Ich versuche dahinterzukommen, ob du wie jemand Berühmtes aussiehst.«

»Tue ich nicht«, sagte ich.

»Nein, wohl nicht«, sagte er bedauerlicherweise.

»Mike«, rief Dana. Also ging er zu dem kaputten Reifen rüber und stieß einen Pfiff durch seine strahlenden Zähne aus. »Kaum zu glauben, dass ihr nicht im Graben gelandet seid.«

»Ich habe nicht hektisch gegengesteuert«, sagte ich, aber er sah nicht zu mir hoch.

»Kriegst du das wieder hin?« Dana hockte sich neben ihn. Er legte ihr die Hand aufs Kreuz, berührte die nackte Haut über den Jeans, wo sich das Schlauchtop nach oben geschoben hatte.

»Weiß nicht«, sagte er und strich mit der Hand, die nicht Dana streichelte, über den Kotflügel. »Das ist ein schöner Wagen. Ich würde Lincolns immer Caddies vorziehen. Wem gehört das Auto?«

»Meinem Dad«, sagte ich.

»Er ist Fahrer«, erklärte Dana und warf mir einen Blick zu. »Das Auto gehört ihm nicht oder so.«

»Dachte ich mir«, sagte Mike.

»Also, kriegst du es hin?«, fragte Dana.

»Vielleicht. Wenn ihr einen Wagenheber habt.«

»Chaurisse? Haben wir einen Wagenheber?«, fragte sie in süßlichem Ton und klimperte mit den Wimpern, als wäre ich irgendein blöder Junge.

»Die Felge hat sich verbogen, das habe ich dir doch schon x-mal gesagt. Mein Vater kommt uns abholen.«

»Was?«, sagte Dana.

»Mein Dad kommt uns abholen.«

»Nein! Warum hast du ihn angerufen? Ich habe dir doch gesagt, dass ich Hilfe hole. Warum konntest du nicht zehn Minuten abwarten?«

Als sie im Licht der Tankstelle mit den Händen auf ihre Oberschenkel schlug, wirkte sie nicht silbern, sondern verrückt.

Mike stand mit knackenden Knien auf. »Na, da sich offenbar wer um all das kümmert ...«

»Warte«, sagte Dana und folgte ihm. »Bitte reparier unser Auto. Ich kann dafür bezahlen.« Sie stellte sich auf die Zehenspitzen und streckte ihren Körper, damit sie die Finger in die vordere Tasche ihrer engen Gloria-Vanderbilt-Jeans schieben konnte. Sie bewegte die Finger wie eine Pinzette, bis sie einen zusammengeknüllten Schein hervorzog. Sie faltete ihn auseinander und winkte ihm mit dem knitterigen Geld. »Kein Interesse an zwanzig Dollar?«

Mike blickte zum Geld und dann zu Dana. Das Licht wurde von ihrem Make-up zurückgeworfen, sodass sie wie ein Halloweenkürbis aussah, der von innen leuchtete. »Zwanzig Dollar«, sagte sie.

»Ich kann gar nix machen, wenn deine Schwester mir keinen Wagenheber gibt.«

»Sie ist nicht meine Schwester«, sagte Dana.

»Hör mal«, sagte Mike. »Ich will mich hier in nix einmischen. Ich halte mich nur an das, was du mir gesagt hast.«

»Dana, beruhig dich«, rief ich ihr zu. »Lass uns einfach im Auto warten.«

»Kann ich nicht«, sagte sie. Sie wirbelte zu Mike herum. »Fährst du mich für zwanzig Dollar nach Atlanta?«

»Nach Atlanta?«

»Ja«, sagte sie. »Ich hab das Geld ja hier.«

»Oh nein, Süße«, sagte er. »Ich fahre nicht im Dunkeln nach Atlanta. Ich bin kein Feigling, aber mein Leben ist mehr wert als zwanzig Dollar.«

Er ging Richtung Laden davon. Er hatte zwar ein Gesicht wie aus einem Hochglanzmagazin, aber als er in seiner Levi's wegging, musste ich an den Song »Jack and Diane« denken.

Dana stürzte zur Telefonzelle und schloss die Tür hinter sich. Beim Reden bedeckte sie ihren Mund, als hätte sie Angst, dass ich durch die Scheiben von ihren Lippen ablesen könnte. Obwohl es unmöglich war, glaubte ich, meinen Namen zu hören und auch »Raleigh«. Ich weiß ganz sicher, dass sie »Beeil dich« sagte, denn das schrie sie. Dann hängte sie den Telefonhörer ganz vorsichtig ein, als wäre er aus Zuckerwatte, bevor sie ein paarmal tief in die Brust einatmete. Sie lächelte mir zu, aber ihre Miene war ganz Sträflingskolonne.

»Ich will zu der Party«, sagte sie. »Deshalb habe ich meine Mom gebeten, dass sie mich holen kommt und dort hinbringt.«

»Ich dachte, sie hat kein Auto.«

»Meine Tante Willie Mae hat eins. Sie kommen zusammen.«

»Wie auch immer«, sagte ich, »lass uns im Lincoln warten.«

Die Uhr am Armaturenbrett zeigte schimmernd Viertel nach neun. Wenn wir die Reifenpanne nicht gehabt hätten, wären wir mittlerweile auf der Party aufgetaucht. Mit unseren Schlauchtops im Partnerlook würden wir wie zwei Mädchen aussehen, die ständig auf Partys gingen, zwei Mädchen mit tollem Haar. Marcus würde lila Punsch mischen und ihn allen Mädchen außer Ruth Nicole Elizabeth anbieten; sie würde die ganze Zeit an ihrer Cherry Coke nippen. Es wäre genau die gleiche Szene wie bei seiner Weihnachtsfeier letztes Jahr, nur ohne die blauen Blinklichter. Jamal säße in der Ecke, als wäre er am liebsten gar nicht da, und hätte einen Plastikbecher an den Lippen, als wäre es eine Tasse Kaffee. Er würde Hallo zu mir sagen, den Becher in meine Richtung recken und irgendjemandem erzählen, ich sei wie eine kleine Schwester für ihn. Das wäre der Moment, an dem ich ihm mein geduldiges Lächeln schenkte, »Nein, danke« zum Punsch sagte, abwartete, während er trank, sein Gesicht studierte und danach Ausschau hielt, dass seine Lider sich ein klein wenig senkten.

Weihnachten hatte Ruth Nicole Elizabeths Vater in seinem Volvo genau fünfundvierzig Minuten gewartet, bevor er dreimal ein ausländisches Hupen ertönen ließ. Marcus hatte sie nach draußen begleitet, während all die Partygirls von den Fenstern aus zusahen. Ihr Herringbone-Armband glitzerte an ihrem Handgelenk, als Marcus ihr die Tür aufhielt, ihrem Vater die Hand schüttelte, wieder reinging und die Party in

Schwung brachte. Jamal trank Eggnog, bis ich ihm nicht mehr wie eine Schwester vorkam. »Nimmst du die Pille noch?« Ja, ja, ja.

Eine Stunde ist lang, wenn man im Auto sitzt und wartet, selbst wenn es der gute Lincoln ist. Ich stellte die Heizung an, um die Kühle zu vertreiben, aber dann wurde uns zu warm. Ich öffnete das Fenster, und hartleibige Insekten fielen in den Wagen ein, krabbelten über unsere nackten Schultern.

»Wie furchtbar«, sagte Dana. »So eine Katastrophe.«

»Es ist doch keine große Sache«, sagte ich. »Nächstes Jahr bist du in Massachusetts und gehst auf richtige Collegepartys, während ich hier festsitze, zu Hause wohne und Haare wasche.«

»Kannst du bitte deinen Vater anrufen und ihm sagen, dass er nicht kommen soll?«, sagte Dana. »Meine Mama ist schon auf dem Weg. Wir könnten beide mit ihr fahren.«

Ich schüttelte den Kopf. »Mein Dad wird sich den Lincoln ansehen wollen.«

Sie öffnete die Tür und trat auf den Vorplatz. Mittlerweile war es spät, fast zehn. Die Angestellte mit der selbst gemachten Dauerwelle räumte den Laden auf und sah auf die Uhr. »Komm schon, Daddy«, murmelte ich. »Komm schon, Raleigh.«

Dana ging wieder in den Laden, redete mit der Kassiererin und gestikulierte zu stark. Vielleicht hatte sie Drogen genommen oder so was. Sie war wie ein Flipperautomat – voller Energie, Geflacker und Erschütterungen. Sie schlängelte sich aus dem Laden, in der Hand einen silbernen Schlüssel an einem Holzklotz. Ich verfolgte, wie sie zum Telefon lief, den Hörer abnahm und ihn wieder einhängte, als hätte sie es sich anders überlegt.

Sie klopfte mit der Faust gegen die Scheibe. »Ich gehe aufs Klo. Wenn dein Dad auftaucht, fahrt einfach ohne mich. Meine Mama ist auf dem Weg.«

»Mein Dad wird erst in fünfzehn, zwanzig Minuten hier sein«, erklärte ich. »Du hast noch Zeit.«

»Okay. Aber falls meine Mama als Erste kommt, sag ihr, wo ich bin.«

»Woran erkenne ich sie?«

»Sie ist nicht zu übersehen.«

Der Uhr zufolge war Dana seit zweiundzwanzig Minuten auf der Toilette, als Daddy und Raleigh in der anderen Limousine heranrollten. Sie waren im Garten gewesen und hatten die Hecke geschnitten. In schweißfleckigen T-Shirts und weiten Sportshorts rochen sie nach Zigaretten und Grünschnitt.

»Madame«, sagte Onkel Raleigh, als er mir die Tür aufhielt. Ich wand mich hinaus und blickte rüber zu meinem Vater, der die beschädigte Felge untersuchte, als überlegte er, ob er Wiederbelebungsmaßnahmen einleiten sollte. »Chaurisse, James meinte, du wärst mit einer Freundin hier? Wo ist sie denn?«

»Die ist total ausgerastet. Ich weiß nicht, was mit ihr los ist.«

»Wie heißt deine Freundin noch mal?«

»Dana«, sagte ich.

Raleigh formte ein kleines O mit den Lippen und kniff leicht die Augen zu. »Wie sieht sie aus?«

Jetzt, da alles gesagt und getan ist, ist es offensichtlich. Aber in dem Moment war es nur ein kleines bisschen seltsam. »Braune Haut, lange Haare. Sie hat sich in der Toilette eingeschlossen und will nicht rauskommen.«

»Ich gehe James mal mit dem Reifen zur Hand«, sagte Onkel Raleigh.

Er und Daddy hockten sich neben den Kotflügel und flüsterten miteinander wie Gangster. Während sie dort kauerten, gekleidet wie kleine Jungs, ging ich zur Toilettentür.

»Dana«, sagte ich. »Dana, alles in Ordnung?«

»Ist meine Mama da?«

»Nein«, sagte ich. »Aber mein Dad und mein Onkel sind hier. Komm schon raus.«

»Ich kann nicht«, sagte sie.

»Geht es dir gut?«

»Fahrt einfach, okay? Meine Mama ist auf dem Weg. Bitte, Chaurisse, James und Raleigh sollen fahren.« Durch die Tür konnte ich sie weinen hören, tiefe Schluchzer, so wie die, die meine Mama bei Grandma Bunnys Beerdigung geschüttelt hatten. Sie hatte sich auf die Kirchenbank gelegt und so gestrampelt, dass sie einen Schuh verlor. Raleigh und ich suchten auf allen vieren danach, aber fanden ihn nicht wieder. Mama stand in Strümpfen auf der schwarzen Erde, als Grandma Bunny ins Grab gelassen wurde.

Ich joggte zum Wagen hinüber, wo Daddy und Onkel Raleigh an der Motorhaube des lädierten Lincoln lehnten und Kools rauchten. »W-w-wie ist die L-l-lage da drinnen?«

»Daddy, irgendwas stimmt da überhaupt nicht. Sie weint. Redet wirres Zeug.«

»R-redet wirres Zeug? Wie wirr denn? Was hat sie gesagt?«

»Ruhig, Jim-Bo«, sagte Raleigh.

»Sie meinte, wir sollten ohne sie fahren. Dass ihre Mutter auf dem Weg wäre. Sie will in der Toilette auf sie warten.«

»Ihre Mama?«, fragte Daddy. »Sie hat gesagt, sie habe ihre Mama angerufen?«

»Ruhig, Jim-Bo«, sagte Raleigh.

Die Angestellte steckte den Kopf aus der Tür, und ich winkte ihr.

Mein Vater ging über den Vorplatz und klopfte sanft mit den Knöcheln an die Toilettentür, etwas, das er sich angewöhnt hatte, nachdem er mich mit zwölf einmal in der Badewanne überrascht hatte. Danach klopfte er wochenlang an alles, was entfernt an eine Tür erinnerte. Einmal ertappte ich ihn dabei, wie er an eine Küchenschranktür klopfte, bevor er eine Flasche Tonic Water herausnahm.

»Dana«, sagte er. »Hier ist James Witherspoon, der Dad von Chaurisse. Geht es dir gut, junge Dame?«

»Ja, Sir.« Ihre Stimme war gedämpft wie die eines geprügelten Kindes.

»Chaurisse sagt, du würdest auf deine M-Mutter warten. Stimmt das?«

Aus der Toilette kam keine Reaktion.

»Dana«, sagte Daddy. »Ist deine Mutter auf dem Weg? Ja oder nein?«

Noch immer kam keine Reaktion. Diesmal klopfte Daddy wie ein Polizist.

»Dana, ist deine Mutter auf dem Weg? Ja oder nein.« Als sie nichts sagte, schlug er fester gegen die Tür. »Ja oder nein, Dana. Ja oder nein.« Er hämmerte mit geballter Faust gegen die Tür.

»James. Behandle sie nicht so«, sagte Onkel Raleigh.

Daddy schlug noch einmal gegen die Tür.

»Daddy, hör auf, bevor die Weißen die Polizei rufen«, sagte ich.

Währenddessen blieb es auf der Toilette totenstill.

»Dana. Soll ich mit dir warten, bis deine Mutter kommt?«, bot ich ihr an.

»Chaurisse, du musst mit uns kommen.« Onkel Raleigh nahm mich sanft beim Arm.

»Wir können sie nicht hierlassen. Vielleicht ist sie krank. Sie könnte tot sein.«

»Sie ist nicht tot«, sagte Onkel Raleigh. »Sie hat nur Angst.«

»Ich kann nicht glauben, dass du dich auf Daddys Seite schlägst.«

»Wir müssen uns beeilen, Chaurisse«, sagte Onkel Raleigh.

Daddy sagte: »Du musst hier weg.« Er ging zur Limousine, ohne zu gucken, ob wir ihm folgten.

Ich löste mich aus Raleighs vorsichtigem Griff und presste

das Gesicht an den Schlitz zwischen Tür und Rahmen; es roch leicht nach Toilette, nach Pisse und WC-Steinen. »Was ist los? Bitte komm raus.«

»Es geht ihr gut.« Diesmal fasste Onkel Raleigh mich fester. »Sie ist nur durcheinander.«

Als er mich zur Limousine führte, ließ ich alle Muskeln erschlaffen, ich hielt nicht mal mehr den Kopf aufrecht.

»Jetzt lass dich bitte nicht von mir ziehen. Mach nicht alles noch schlimmer.« Auf dem Weg zum Auto zerkratzte der Asphalt die Spitzen meiner verzierten Sneakers. Mein Vater saß schon auf dem Fahrersitz; mit der Musik eines gut eingestellten Motors sprang der Wagen an.

Raleigh öffnete die Tür. »Steig ein, Chaurisse. Steig einfach ein.«

»Nein«, sagte ich. »Wir können sie nicht hierlassen.«

»Ihre Mutter kommt; vertrau mir.« Raleigh, der immer noch wie ein Chauffeur an der geöffneten Tür stand, fügte hinzu: »Bitte.«

Mein Vater öffnete die Fahrertür. »Aus dem Weg, Raleigh.« Er stellte sich vor mich. »Chaurisse, steig sofort in den verdammten Wagen. Ich habe keine Zeit für Spielchen. Steig ein.« Er legte eine Hand auf meine Schulter und die andere auf meinen Kopf und schob mich auf den Rücksitz. »Provozier mich nicht.«

Mein Vater ist mir gegenüber noch nie handgreiflich geworden. Als er in dieser Situation wortwörtlich mit der Hand nach mir griff, übertrug sich Wut von seiner Haut auf meine. Ich gehorchte wie ein Hund.

»Nicht weinen«, sagte Raleigh. »Wir lieben dich. Wir lieben dich alle drei. Ich, dein Daddy, Laverne, wir lieben dich mehr als irgendjemand sonst.«

»Raleigh«, sagte Daddy. »Steig in das Scheißauto.«

Onkel Raleigh hastete um das Heck des Wagens, um seinen Platz neben meinem Vater einzunehmen.

Daddy drückte sanft aufs Gaspedal. Limousinen sollen einem das Gefühl vermitteln, als würden sie schweben; der Luxus besteht darin, dass man gar nicht bemerkt, wie das Auto sich bewegt. Ich klemmte die Finger unter den Türgriff und lehnte mich gegen die Tür. Zwischen dem Klicken, als sich die Tür unter meiner eigensinnigen Hand öffnete, und meinem Sturz aufs Straßenpflaster dürften nur Sekunden gelegen haben, aber in dem Moment verspürte ich einen Tick Bedauern. Als mein Körper auf den Asphalt traf, wusste ich, wie lächerlich ich mich machte. Die raue Oberfläche schürfte ein Stück Haut von meiner nackten Schulter. Ich fiel aus höchstens dreißig, vielleicht zwanzig Zentimetern Höhe, aber es fühlte sich an wie ein Sturz von der Chattahoochee Bridge. Zwar zog nicht mein ganzes Leben an mir vorbei, aber die Ereignisse der letzten Stunden glitten wie auf einem Nachrichtenband an mir vorüber, zu schnell, um sie zu entziffern, obwohl ich es verzweifelt versuchte, denn ich hätte so gern irgendwas verstanden.

22

SCHMERZENDE HAUT

Als wir nach Hause kamen, wartete meine Mutter in der Tür und füllte sie mit ihrem Volumen fast aus. In ihrem zusammengezurrten blauen Morgenmantel breitete sie die Arme aus, als wollte sie sagen: »Lasset die Kindlein zu mir kommen.«

»Was ist passiert?«, fragte sie meinen Vater. »Was ist mit ihrer Schulter passiert?«

»Sie ist aus dem Auto gefallen«, sagte Daddy. »Sie hat sich gegen die Tür g-gelehnt und ist rausgefallen. Eine Schürfwunde, mehr nicht. Ein bisschen schmerzende Haut.«

»Schatz«, sagte meine Mutter zu mir. »Was ist passiert?«

»Ich weiß es nicht.«

»Wie meinst du das, du weißt es nicht?«

Ich war einige Zentimeter größer als Mama, und der Unterschied wurde noch dadurch verstärkt, dass sie barfuß war und ich Sneakers mit dicken Sohlen trug. Sie umarmte mich, aber ich musste mich ducken, um mich in ihre Umarmung fallen zu lassen. Meine Mutter roch nach geglätteten Haaren und Pfirsich. Sie schloss mich noch fester in die Arme und drückte dabei auf die schmerzenden Stellen.

Was war denn eigentlich passiert? Wenn man sich die nackten Fakten ansah, das Knochengerüst, dann war ich aus dem Auto gefallen und hatte mir die Schulter aufgeschürft. Daddy war auf die Bremse gestiegen. Raleigh war aus dem Wagen gesprungen, aber Daddy hatte den Motor nicht ausgestellt. Er blieb reglos hinter dem Lenkrad sitzen, während Onkel Raleigh neben mir auf dem Asphalt kniete.

Aber vor dem Knochengerüst kommen Haut, Muskeln und Blut. Ich habe mich aus dem Auto fallen lassen, mich freigekämpft. Ich landete verändert und verwirrt auf dem Pflaster. Ich habe Blut auf diesem Parkplatz zurückgelassen, und Haut, auch wenn man die auf dem dunklen Asphalt vermutlich nicht sehen konnte.

Onkel Raleigh fragte: »Geht es dir gut? Hast du dir den Kopf angeschlagen?«

Ich sagte Nein und berührte meine Schulter; meine Hand wurde feucht. Mein Vater stellte den Motor immer noch nicht ab. Er stieg nicht aus.

»Warum wollt ihr Dana zurücklassen?«, fragte ich meinen Onkel.

»Wir lassen sie nicht zurück. Sie meinte, ihre Mutter wäre auf dem Weg.«

»Irgendwas ist doch los«, sagte ich.

»Chaurisse.«

»Ja oder nein, Raleigh.«

Ich legte mich auf den Asphalt, flach auf den Rücken. Meine aufgeschrammte Schulter brannte auf dem rauen Boden, aber es schien trotzdem das einzig Richtige. Ich legte mich auf das schmutzige Pflaster und platzierte meinen Körper zwischen Wissen und Nichtwissen.

Onkel Raleigh wurde langsam alt. Seine Gesichtszüge wurden ein bisschen schlaff, und sein hartnäckiger Bart, den er zweimal am Tag rasieren musste, wurde um den Kiefer herum weiß. »Was läuft hier?«, fragte ich.

»Nichts, das etwas mit dir zu tun hätte.«

»Warum hast du nie Kinder bekommen? Warum hast du nie selbst geheiratet? Erzähl es mir. Ich werde nicht sauer sein. Ich muss es einfach wissen.«

»Komm schon, Chaurisse«, sagte Onkel Raleigh. »Steh auf. Wir bringen dich nach Hause, damit wir deine Schulter versorgen können. Deine Mama wird den Schotter mit der Pinzette rausholen müssen.«

Mein Dad hupte zweimal.

Raleigh murmelte vor sich hin: »Behandle sie nicht so, Jim-Bo.« Dann sagte er: »Komm schon, Dana.«

»Ich bin Chaurisse«, sagte ich. »Dana ist meine Freundin, die sich in der Toilette eingeschlossen hat und die du und Daddy hier draußen allein lassen wollt. Bitte, Onkel Raleigh. Erklär mir, was hier läuft.«

Onkel Raleigh erhob sich und zog mich auf die Füße. »Chaurisse, wir haben alle so viel aufgegeben für dich. Man sollte meinen, dass du uns etwas mehr vertraust. Lass mich bitte dieses eine Mal nicht hängen.«

Er klang geduldig, Onkel Raleigh. Seine Stimme war so ruhig, als hätte er mich gebeten, ihm einen Flachschraubendreher zu reichen, aber sein Gesicht war in Falten gelegt und angespannt, als würde er über eine Geisel verhandeln. Mein Dad hupte wieder, und Raleigh schlug mit der Faust auf den Kofferraum. Er wandte sich zu mir um, reichte mir die Hand, und es schien nur fair, dass ich ins Auto stieg. Es stimmte. Onkel Raleigh hatte nie etwas von mir verlangt.

Ich blickte hoch in sein sanftes, geduldiges Gesicht. »Okay.«

»Wir lieben dich, Chaurisse«, sagte er. »Du bist der Grund für alles, was wir tun.«

Raleigh roch nach Schweiß und nach etwas, das ich später als Angst interpretierte. »Bitte stell dich nicht gegen deinen Daddy und mich, okay?«

Daddy drückte wieder auf die Hupe. »Raleigh«, rief er, »wir müssen los.«

»Ganz ruhig, Jim-Bo.«

Nachdem Raleigh den Wagenschlag geöffnet hatte, half er

mir wie einer zahlungskräftigen Kundin hinein. Er schloss die Tür und überprüfte sie noch mal.

»Daddy«, sagte ich.

»Ich will hier draußen nicht reden«, sagte er. »Ich rede mit dir, wenn wir zu Hause sind. Jetzt muss ich mich aufs Fahren konzentrieren.«

Bevor er losfahren konnte, bog ein Kleinwagen, ein Ford Escort, scharf zur Tankstelle ein. Die Fahrerin stellte sich uns direkt in den Weg. Eine Frau sprang heraus; sie war von einem dunklen, glatten Schwarz wie Cicely Tyson und hatte langes Haar, das von einem Strasshaarreif zurückgehalten wurde.

»Verdammt noch mal«, sagte mein Vater.

»Ruhig«, sagte Raleigh.

Die Frau stolzierte zum Fenster meines Vaters. »Wo ist sie?«

»Sie hat sich in der Toilette eingeschlossen«, sagte Raleigh.

»Was habt ihr mit ihr gemacht?«

»Nichts«, sagte Raleigh. »Sie hatte sich schon eingeschlossen, als wir ankamen.«

»Mit dir habe ich nicht geredet; ich rede mit Mr Witherspoon. Sag mir, dass du sie nicht einfach hier draußen lassen wolltest.« Die Frau beugte sich vor, sodass sie durch den schmalen Fensterschlitz gucken konnte. »Das wolltest du! Du wolltest mein Kind einfach hier draußen zurücklassen.« Sie bewegte die Hand, als hätte sie vor, meinen Vater zu ohrfeigen, aber das Fenster war nicht weit genug geöffnet.

»Beruhige dich«, sagte mein Vater. »Sie hat uns gesagt, sie hätte ihre Mutter angerufen, und wir sind davon ausgegangen, dass du auf dem Weg bist.«

»Hast du dich überhaupt vergewissert, dass es ihr gut geht?« Sie spähte durch das Fenster. »Steckst du da auch mit drin, Raleigh? Ich habe mehr von dir erwartet.«

Schließlich blickte sie zu mir auf der Rückbank. Sie war die

Frau, mit der ich Raleigh damals im Park gesehen hatte. Sie sah jetzt anders aus, ihr Gesicht war wild und verzerrt. Sie lächelte mich an, aber es war ein kaltes Lächeln, es steckte mehr Sträflingskolonne darin als bei dem Mann aus der Sträflingskolonne. »Ich heiße Gwendolyn«, sagte sie. »Ich bin Danas Mutter. Würdest du mir bitte verraten, was zum Teufel passiert ist? Würdest du mir bitte verraten, was du meinem Kind angetan hast?«

»Ich habe überhaupt nichts getan«, sagte ich.

»Warum trägst du ihr Top?«

»Das hat sie mir geschenkt.«

»Gwen, hör auf, mit ihr zu reden. Lass meine Tochter da raus.«

»Oh, der war gut«, sagte Gwendolyn. »Der war echt gut.«

Mein Vater drückte wieder auf die Hupe. »Kümmer dich um dein Kind, Gwen. Sag Willie Mae, sie soll ihren Wagen bewegen, damit ich vorbeikomme.«

Sie schlug mit dem Handballen auf die Scheibe neben dem Gesicht meines Vaters, was einen schmierigen Abdruck hinterließ. Raleigh öffnete seine Tür, und mein Vater und Gwen sagten gleichzeitig: »Bleib sitzen, Raleigh.«

Als Gwendolyn am Lincoln entlangging, drückte mein Vater den Knopf, um sicherzugehen, dass alle Fenster und Türen verriegelt waren. Mit einem zarten Klacken der Fingernägel tippte sie an mein Fenster. Vorn drehte mein Vater die Stereoanlage auf und flutete den Wagen mit Beethoven, so laut, dass die Sinfonie wie das Kreischen sterbender Kaninchen klang. Gwendolyns geschminkter Mund bewegte sich, aber sie war nicht zu hören. Sie trat gegen die Tür, bevor sie in Richtung Toilette ging.

Mein Vater hupte den Escort an, doch die Frau auf dem Fahrersitz rührte sich nicht. Ich konnte ihr Gesicht nicht richtig erkennen, aber sie hatte ein blaues Nickituch um den Kopf gebunden. Daddy hupte, und sie hupte zurück. Für ein kleines Auto war das eine beeindruckende Hupe.

Vor der Toilettentür sah man Gwen reden, aber es war nichts

zu verstehen. Die Tür öffnete sich einen Spalt und dann weiter. Gwen verschwand in dem kleinen Raum. Ich konnte mir vorstellen, wie nah sie einander sein mussten, in einen so engen Raum gequetscht. Was sagten sie wohl?

Mittlerweile war mein Vater ausgestiegen und diskutierte mit der Frau, die den Escort fuhr. Raleigh saß starr auf seinem Platz. Er fasste hinüber und stellte Beethoven aus.

»Onkel Raleigh«, sagte ich, »diese Frau ist deine Freundin, oder?«

»Sie bedeutet mir viel, Dana. Das muss ich zugeben.«

»Hör auf, mich Dana zu nennen«, sagte ich. »Ich bin Chaurisse.«

»Tut mir leid, Chaurisse«, sagte er. »Ich muss hier vieles im Blick behalten.«

Seine Stimme klang belegt, und ich fragte mich, ob er gleich weinen würde. »Es ist furchtbar.«

Endlich öffnete sich die Toilettentür. Dana stützte sich auf ihre Mutter, als wäre sie ein Erdbebenopfer, das man gerade aus den Trümmern gezogen hatte. Sie drehte sich um, sah meinen Vater an und sagte etwas sehr Seltsames. Sie blickte auf seine Shorts und sagte: »Ich habe noch nie deine Beine gesehen.«

23

TARA

Eine Woche nachdem Dana und ihre Mutter ins nächtliche Forsyth County verschwunden waren, verschickten meine Eltern zweihundert doppelt kuvertierte Einladungen zur Jubiläumsfeier. Die Gästeliste bestand im Grunde aus ihren beiden Kundenstämmen, die eine große Schnittmenge hatten. Meine Mutter gab mir drei Karten, die ich verschicken durfte, an wen ich wollte, aber ich wollte nur Dana, und die war weg. Sie hatte mir nie ihre Telefonnummer gegeben, sodass ich sie nicht anrufen konnte. Ich wusste nur, dass sie irgendwo in dem riesigen Apartmentkomplex namens Continental Colony wohnte. Sie hatte einmal erwähnt, dass ihre Mutter »oben« war, woraus ich schloss, dass sie in einem der Stadthäuser wohnten, aber es gab so viele davon, und sie sahen alle gleich aus. Ich wusste, dass meine Mutter Dana mochte, sich sogar um sie sorgte, weshalb ich sie bat, mich zur Continental Colony zu fahren, damit ich nach einem Briefkasten mit dem Namen Yarboro suchen konnte, aber sie wollte davon nichts wissen. »James und Raleigh haben mir gesagt, dass Dana irgendwas genommen hatte, und die Mutter auch. Ich wusste, dass mit dem Mädchen irgendwas nicht stimmt. Ich ärgere mich nur, dass ich nicht gemerkt habe, wie schlimm es ist.«

»Aber Dana und ihre Mutter kannten Daddy und Raleigh. Findest du das nicht merkwürdig?«

Sie seufzte und schlug ihren Mutterton an. »Lass einfach gut sein, Schatz. Ich glaube, Raleigh hatte vor langer Zeit mal was mit der Mom. Vielleicht hat Dana gehofft, sie könnte ihn zu ihrem Vater machen. So viele Kinder, vor allem schwarze Kinder, sehnen sich tief in ihrem Innern nach einem Daddy. Du weißt gar nicht, welches Glück du hast.«

»Aber es war merkwürdiger als das«, erklärte ich.

»Chaurisse, versuch einfach, nicht mehr daran zu denken. Ich weiß, dass du deine Freundin vermisst, aber das Mädchen hat ernste psychische Probleme. Da willst du lieber nicht reingezogen werden.«

»Psychische Probleme« war der Sammelbegriff meiner Mutter für jeden, der nicht ganz richtig im Kopf war. Der Nachbarsjunge, der nackt in den Hickorybaum kletterte – psychische Probleme. Als Monroe Bills seine Exfrau erschoss, die gerade aus Mary Mac's Tea Room kam, sagte meine Mutter: »Warum hat bloß niemand bemerkt, dass er ernste psychische Probleme hatte?«

»Warum hörst du mir nicht zu, Mama? Dana hat keine psychischen Probleme. Sie hat ganz normale Probleme.«

»Ich höre dir zu. Du bist diejenige, die mir nicht zuhört.«

Es war nicht der Tag zum Streiten. Wir saßen im Honda auf dem Weg nach Virginia Highlands, einem historischen Viertel im Nordosten Atlantas. Heutzutage kann man aus dem Südwesten fast durchgehend den Freeway nehmen, aber als wir nach einem Partykleid für meine Mutter suchten, fuhren wir die ganzen fünfzehn Meilen durch die Stadt. Wir fuhren auf dem Martin Luther King Jr. Drive Richtung Osten und passierten Alex's Barbecue, wo es einst die besten Rippchen der Welt gab. Eine gute Meile später kamen wir an der Friendship Baptist Church vorbei, die wir manchmal besuchten. Danach durchquerten wir auf zig Einbahnstraßen die Innenstadt. Die glänzende goldene Kuppel des Kapitols spiegelte sich in der Sonnenbrille meiner Mutter. Auf der Ponce de Leon Avenue ging es weiter gen Osten, an Daddys IHOP und am Fellini's vorbei, wo man Pizza auch stückweise bestellen konnte. Schließlich bogen wir in die North Highland Avenue ab. Sämtliche Bäume schienen gleichzeitig zu blühen, und die Straßen waren hell und sauber.

Virginia Highlands ist eins der ältesten Viertel Atlantas. Die Häuser haben keine Säulen wie drüben in Druid Hills, aber es sind wunderschöne viktorianische Gebäude, und in den Seitenstraßen ist Kopfsteinpflaster. Wir waren den ganzen Weg hierher gefahren, weil meine Mutter sich in den Kopf gesetzt hatte, ein Kleid von Antoinette's zu kaufen, einem Laden, der angeblich eine Institution in Atlanta war, obwohl ich noch nie von ihm gehört hatte.

Seltsamerweise hatten meine Eltern dann doch einen ähnlichen Kleidergeschmack. Wer hätte gedacht, dass meine Mutter, die eigentlich nur vom Haaransatz aufwärts extravagant war, insgeheim von Tara träumte? »Dein Vater und ich haben den Film drei Mal gesehen. Was war der schön.«

Ich hatte *Vom Winde verweht* nie gesehen, weil ein Ausflug zum Turner Center in der neunten Klasse abgesagt worden war, nachdem sich einige der schwarzen Eltern beschwert hatten. Trotzdem fand ich die Scarlett-Fantasien meiner Mutter reichlich schräg.

Nachdem wir am Straßenrand der St. Charles Avenue geparkt hatten, reckte Mama den Hals, um ein Straßenschild lesen zu können, und zeigte dann nach rechts. »Vivien Leigh war so wunderschön. Und dieser Akzent. Südstaaten, aber nicht hinterwäldlerisch. Elegant. Ich werde diese Kleider – sogar das, das sie aus einem Vorhang genäht hat –, ich werde diese Kleider mein Lebtag nicht vergessen. Diese schmale Taille!«

Ich wandte mich ab, peinlich berührt und weil ich mich gar nicht erst auf die Sache einlassen wollte. »Da ist der Laden«, sagte ich und zeigte auf das gemalte Schild, das von einem lila Vordach hing.

Eigentlich logisch, dass man, wenn man von einem Weiße-Mädchen-Kleid träumte, auch in einen Weiße-Mädchen-Laden gehen musste. Wie das Schild verkündete, versorgte Antoinette's schon seit über hundert Jahren Bräute aus Virginia Highlands. Als wir durch die Tür traten, wurden wir vom zarten Duft eines Jasmin-Potpourris und einem »Guten Morgen, Ladys. Darf ich Ihnen behilflich sein?« begrüßt, Letzteres in einem Akzent, der so Südstaaten war wie süßer Tee. Der Akzent gehörte zu einem weißen Mädchen ungefähr in meinem Alter. Sie war so dünn, dass die Armausschnitte ihres ärmellosen Kleids abstanden und ein türkisfarbenes Unterkleid offenbarten. Der Schulring eines Jungen, den sie an ihrer Kette trug, war fast so groß wie ein Armreif.

»Ja.« Meine Mutter wechselte in den professionellen Modus, was vor allem bedeutete, dass sie den Buchstaben *T* besonders artikulierte. »Ich möchte – heute – ein von Brautmode inspiriertes Abendkleid erstehen. Ich hoffe, den Kauf heute tätigen zu können.«

»Verstehe«, sagte die Verkäuferin und sah zweimal hin, weil der kastanienbraune Pagenschnitt meiner Mutter genau zu ihrem passte, in der Farbe wie im Schnitt. »Soll es für Sie sein oder für Ihre Tochter?«

»Für mich«, sagte meine Mutter.

»Nun«, sagte die Verkäuferin etwas unsicher, und wir spürten, wie sie uns taxierte, »sehen Sie sich einfach um und lassen Sie mich wissen, wenn Sie Fragen haben.«

Der Laden war klein, und außer meiner Mutter und mir gab es an diesem Sonntagnachmittag keine weiteren Kundinnen. Wenn der Laden eine Institution war, warum war dann niemand da? Als hätte sie meine Gedanken gelesen, fügte die Verkäuferin hinzu: »Die meisten Leute machen einen Termin, aber Sie haben Glück.«

Wir hatten kein Glück. Meine Mutter nahm ein paar Kleider

von der Stange, runzelte die Stirn und tätschelte ihren Pagen-
kopf. Mir fiel ein cremefarbenes Korsagenkleid auf, und ich
drehte das Preisschild um. Gut, dass Daddy gesagt hatte, dass es
nach oben keine Grenzen gab.

»Entschuldigen Sie«, sagte ich zu der Verkäuferin, die mich
mit rotem Kopf beobachtete. »Bis zu welcher Größe führen Sie
denn Kleider?«

Sie biss sich auf die Lippe und wand sich. »Zehn?«

Meine Mutter hängte drei Kleider wieder zurück. »Okay,
Chaurisse. Gehen wir.«

Ich wandte mich an die Verkäuferin. Es musste irgendwo da
draußen doch auch weiße Mädchen mit etwas Fleisch auf den
Rippen geben, und diese molligen Mädchen gingen doch sicher
auch zu Schulbällen, wurden auf Debütantenbällen in die Gesellschaft eingeführt und heirateten auf Callanwolde. »Wo gibt
es Kleider, wie wir sie suchen, in unseren Größen?«

Die Verkäuferin wurde wieder rot. »Es gibt den Katalogladen
Forgotten Woman –«

»Ich werde ganz bestimmt kein Kleid in einem Laden kaufen,
der sich Forgotten Woman nennt«, sagte meine Mutter.

Die Verkäuferin erwiderte: »Der Name ist unglücklich, aber
sie haben wirklich hübsche Sachen.«

Meine Mutter schüttelte den Kopf.

»Warten Sie, ich werde meine Mama anrufen«, sagte die Verkäuferin. Wir haben wohl verwirrt geguckt, denn sie fügte hinzu:
»Wir sind ein Familienunternehmen«, bevor sie hinten verschwand.

Mama und ich setzten uns auf eine gepolsterte Bank, ohne
zu wissen, worauf wir eigentlich warteten. Gegenüber von uns
stand ein dreiteiliger Klappspiegel, in dem ich sah, wie wir auf
die Verkäuferin gewirkt haben mussten. Wir gehörten nicht
hierher – meine Mutter in ihrem verzierten Trainingsanzug und
ich in Danas regenbogenfarbenem Schlauchtop. Mama streckte

299

sich und pflückte ein Spitzenstrumpfband von einem Tisch mit Rüschenunterwäsche. »Glaubst du, ich könnte dieses Ding so weit dehnen, dass es um meinen Zeh passt?« Sie lachte, aber ihre Miene war halb zornig, halb traurig. »Bevor ich geheiratet habe, hatte ich eine Wespentaille. Ich war kein hübsches Mädchen, aber ich war gut aussehend.«

Ich wollte sagen: »Du siehst auch jetzt gut aus«, aber dem Spiegelbild nach zu urteilen waren wir beide keine Augenweide. Wir waren zu dick, unsere Gesichter rund. Meinem drohte irgendwann ein Doppelkinn, und meine Mutter hatte schon eins. Anders als ich musste sie sich keine Gedanken über Aknenarben machen, aber dafür war sie nicht in den Genuss einer Zahnspange gekommen. Als ich meinen Kopf auf ihre weiche Schulter legte, kitzelten mich die Puppenhaare ihrer Perücke an der Nase.

Die Verkäuferin kehrte frisch und strahlend aus dem geheimnisvollen Hinterzimmer zurück. »Heute ist tatsächlich Ihr Glückstag. Wir hatten eine Spezialanfertigung, die zurückgegeben wurde. Es gibt nichts Traurigeres als eine Retoure bei einem Brautkleid. Aber in diesem Fall könnte es ein gutes Ende nehmen. Wollen Sie es sehen? Es wurde größer gemacht.«

Wir stimmten ohne große Begeisterung zu. Meine Mutter und ich waren keine Glückspilze.

»Ich glaube, es wird Ihnen gefallen«, sagte sie, als sie den Reißverschluss des Vinylkleidersacks öffnete.

Es war perfekt genug, um uns glauben zu machen, dass Gott tatsächlich weder Sperlinge noch übergewichtige schwarze Frauen vergaß. Das Kleid war nicht strahlend weiß, aber auch nicht von diesem Verlegenheitsbeige, das Bräute tragen, die deutlich machen wollen, dass sie sich nicht als Jungfrauen ausgeben. Dieses Kleid, eher *Ein Sommernachtstraum* als *Vom Winde verweht*, war in einem luxuriösen Cremeton gehalten, die helle Farbe von Mandelkernen.

»Wollen Sie es anprobieren?«

Das helle Mandelkleid mochte ja etwas größer sein, aber es war für Mama immer noch ein bisschen eng. Später im Pink Fox machte sie aus der Episode eine witzige Anekdote und scherzte: »Es brauchte Chaurisse, ein weißes Mädchen von vierzig Kilo und ein Brecheisen, um mich da reinzukriegen.« Mama hatte sich mit gespreizten Armen an der Garderobenwand abgestützt, als würde sie von den Cops abgetastet. Ich hatte die Seiten des Kleides zusammengezogen und mit den Zeigefingern das widerspenstige Fleisch heruntergedrückt, während die Verkäuferin Mama gecoacht hatte: »Leeren Sie die Lungen. Flach atmen! Flach atmen!«

Der Plan war, dass Mama bis zur Soiree jede Woche ein knappes Kilo abnehmen würde. Außerdem würde sie einen ernst zu nehmenden langen Hüfthalter und eine figurformende Strumpfhose tragen. Und schließlich würden weder Daddy noch Onkel Raleigh das Kleid vor dem großen Tag zu sehen bekommen.

»Mama«, sagte ich, »es ist kein Hochzeitskleid.«

»Sei doch nicht so negativ«, sagte sie.

Wenn Teenager eine Party schmeißen, besteht der Reiz zum Großteil darin, sich zu überlegen, wer eingeladen und wer ignoriert wird, aber meiner Mutter war es eine Freude, alle zu versammeln, die sie kannte. Seit die doppelt kuvertierten Umschläge zugestellt worden waren, schien die Party das einzige Gesprächsthema im Pink Fox. Beim Abendessen klopfte mein Vater sich selbst auf den Rücken. »Stell dir vor, Butterblume. Ich hatte gar nicht daran gedacht, dass die Ladys, die zur Party gehen, deine Mutter dafür bezahlen müssen, sie hübsch zu machen! Die Sache finanziert sich quasi von selbst!« Es war eine glückliche Zeit bei uns zu Hause, auch wenn Raleigh ein wenig den Kopf hängen ließ, wenn er sich unbeobachtet fühlte. Daddy und er hatten kürzlich aufgehört, mittwochabends zu arbeiten, weshalb wir alle zusammen *Polizeirevier Hill Street* guckten. Wir reichten die Schüssel Popcorn herum, das mit Rücksicht auf Mamas Diät ohne Butter gemacht worden war, doch Raleigh aß nie etwas davon.

Mama meinte, seine Trübsal rühre vielleicht daher, dass all das Gerede über die Party ihn daran erinnerte, dass er selbst weder Frau noch Kinder hatte. Er hatte nicht mal eine Begleitung, die er mitbringen wollte, und sagte, er würde einfach mich begleiten. Ich erklärte, dass er meiner Meinung nach immer noch unter Schock stand wegen der Szene an der Tankstelle. Mama sagte: »Du trauerst Dana nach, du bist diejenige, die durcheinander ist. Raleigh hat seine eigenen Probleme.«

Drei Wochen später hatte meine Mama dreieinhalb Kilo abgenommen. Um das zu feiern, ließ sie mich einen Beutel Zwiebeln hochheben. »Stell dir vor: So viel Speck fehlt jetzt an meinem Hintern.«

Es war nicht leicht gewesen. Zwei Tage lang hatte sie nur mit Ahornsirup gesüßte Limonade zu sich genommen, die durch eine Prise Cayennepfeffer noch ekelhafter wurde. Eine Woche lang aß sie in Salatblätter gerollte Putenbrustscheiben zum Lunch, redete sich zur Schlafenszeit allerdings ein, dass ein bisschen Tiefkühlpizza nicht schaden könne. Die Damen im Pink Fox forderte sie nicht auf, Zwiebelsäcke herumzuschleppen, aber sie schob erst einen, dann zwei Finger in ihren Hosenbund, um die Fortschritte zu verdeutlichen.

»Zeigen Sie uns Ihr Kleid«, bat Mrs Grant, die Mutter von Ruth Nicole Elizabeth. Sie bekam gerade die Haaransätze gemacht.

»Ich bin noch nicht einmal halb am Ziel«, sagte Mama.

»Probieren Sie es einfach mal an«, sagte Mrs Grant. »Wir wissen, dass Sie noch an sich arbeiten. Aber wir sind ja fantasiebegabt. Nicht wahr, Ladys?« Sie klatschte in die Hände und nickte den Frauen in Stuhl Nr. 1 und 2 aufmunternd zu. Sie zögerten kurz und fingen dann auch an zu klatschen. Mama sah zu mir. »Was meinst du, Chaurisse?«

»Nur zu«, sagte ich.

Solange Mama weg war, blieb es still im Salon. Der Fernseher, der wie im Krankenhaus an der Wand hing, war kaputt, also gab es nichts, womit wir voneinander ablenken konnten. Die Frau auf Stuhl Nr. 1 war bereit für ein Glättungsmittel. Die Dame auf Stuhl Nr. 2 wartete darauf, dass man ihr die Locken rauskämmte. Mrs Grant, die unter der Trockenhaube saß, rief mir zu: »Freust du dich schon auf den Schulabschluss?« Ruth Nicole Elizabeth hatte ein Begabtenstipendium für die Emory University bekommen.

»Schätze schon«, sagte ich und beschäftigte mich damit, die harten Lockenwickler zu ordnen.

»Pläne?«

»Wahrscheinlich Georgia State.«

Mrs Grants Stimme war laut, weil sie unter der Trockenhaube saß. »Ich weiß, dass Laverne wirklich stolz auf dich ist.«

»Ja«, sagte ich. »Ich sollte ihr vermutlich mal helfen gehen.«

Ich öffnete die Hintertür und ging die Betonstufen hoch. Meine Mutter war bestimmt oben. 750 Dollar waren ein stolzer Preis für ein Kleid, das so viel Ärger machte. Wie Grandma Bunny immer gesagt hatte: »Hübsch ist nicht leicht.« Tja, unattraktiv und ziellos waren es auch nicht. Ich wusste, dass Mrs Grant aus Freundlichkeit nach meinen Plänen gefragt hatte. Wahrscheinlich landete ich wirklich an der Georgia State, aber einen Plan konnte man das nicht nennen. Ich war an keinem der Seven Sisters Colleges angenommen worden. Sogar die Stiefschwester hatte mich abgelehnt.

Ich dachte an meine Flöten, die in ihrem samtgefütterten Etui lagen. Ich hatte das Interesse an ihnen schon verloren, bevor ich herausfand, dass ich nicht begabt war. Mit Flötespielen war

ohnehin kein Blumentopf zu gewinnen. Es gibt nicht einen Flö-
tisten auf der ganzen Welt, von dem man schon mal gehört hätte.
Jeder Junge, der Trompete spielt, träumt davon, Miles Davis zu
sein, aber zur Flöte greift man nur, wenn einem nichts Besseres
einfällt.

Ich ging durchs Wohnzimmer, kam an der Küche vorbei und
betrat das Schlafzimmer meiner Eltern, angelockt vom knistern-
den Rascheln der Krinoline. Unter den Perückenköpfen an der
Wand rang meine Mutter darum, den Reißverschluss auf halber
Höhe ihres Rückens zu fassen zu bekommen. »Hilf mir«, sagte
sie. Vor Anstrengung war ihr der Schweiß auf die Stirn getreten.
Ich zog den winzigen Reißverschluss zu, schloss ihren weichen
braunen Körper in einer Hülle aus Seide und Fischbein ein.
Zärtlichkeit überschwemmte mich, und ich drückte meine Lippen auf die Stelle kurz über Haken und Öse. »Ich hab dich lieb,
Mama«, sagte ich, als sie näher an den Spiegel trat und vorn ins
Kleid fasste, um ihre Brüste anzuheben und richtig im Herzaus-
schnitt zu platzieren.

Die Frauen im Salon waren ein wohlerzogenes Publikum.
Mrs Grant, die anscheinend gerne klatschte, führte den Applaus
an, als meine Mutter durch die Hintertür eintrat. Sie bestaunten
die Verzierungen an den Ärmeln, das bestickte Mieder, die winzigen Saatperlen, die offensichtlich von Hand angenäht worden
waren. Meine Mutter wischte das Lob beiseite und entschuldigte sich für ihre üppige Taille. Sie erklärte, dass sie Grandma
Bunnys Hüfthalter aus den Fünfzigerjahren tragen würde. »Das
wird dann gemäß der Tradition ›etwas Altes‹ sein«, sagte sie. Als
sie ihrem eigenen Blick im Spiegel begegnete, fügte sie hinzu:
»Wobei ich selbst ja wohl ›etwas Altes‹ bin. Dieses Jahr werde
ich dreiundvierzig.« Alle protestierten; sie sei überhaupt nicht
alt, und niemand wies darauf hin, dass es sich nur um eine Party
handelte, nicht um eine Hochzeit.

Ich hatte ihre Schleppe wie eine Zofe gehalten, aber nun ließ ich mich auf die Knie nieder und führte vor, wie man die Schleppe zu einer Turnüre raffen konnte, was mir eine weitere Runde Applaus von Mrs Grant einbrachte. Während ich auf dem Boden Satinschlaufen mit winzigen Perlknöpfen verband, ertönte das Klangspiel an der Tür, und jemand betrat das Pink Fox. Die Stimme meiner Mutter war so dünn wie Frischhaltefolie. »Hallo, Dana.«

Ich schob das Kleid wie einen schweren Vorhang zur Seite und entdeckte meine verlorene Freundin neben ihrer Mutter. Sie waren beide wie Lehrerinnen gekleidet: Bleistiftröcke, Blusen mit durchgehender Knopfleiste. Hätte ich sie nicht gekannt, hätte ich wohl gedacht, sie wären Missionarinnen einer strengen Glaubensgemeinschaft. »Dana!«

»Dana!«, äffte ihre Mutter mich nach.

»Mach das erst mal fertig«, sagte meine Mutter, als ich mich aus meiner knienden Haltung erhob. Obwohl meine Mutter in mehrere Lagen teures Tuch gehüllt war, spürte ich, wie ihr Körper sich anspannte und mich abschirmte. Ich hatte zittrige Hände, aber ich blieb auf den Knien und brachte jeden Knopf mit seiner Schlaufe zusammen, bis die Turnüre unterhalb ihrer Taille festgesteckt war. Mama stand reglos da, bis ich fertig war, und Dana und ihre Mutter warteten auch. Im Rückblick erkenne ich darin ein Zeichen von Höflichkeit.

Mama machte zwei Schritte auf Dana und ihre Mutter zu und streckte ihnen die Hand entgegen. »Ich bin Mrs Witherspoon. Sie müssen Danas Mutter sein.«

»Das bin ich«, sagte Danas Mutter. »Ich bin Mrs Gwendolyn Yarboro.«

Ich sah, dass Dana eine jüngere, ängstlichere Version ihrer Mutter war. Ihre Mundwinkel zuckten alle paar Sekunden, während sie sich größte Mühe gab, mich nicht anzusehen. Mit der Spitze ihres Pumps kratzte sie sich am Bein, was eine Laufmasche verursachte.

»Ich muss mit Ihnen reden«, sagte Gwendolyn zu meiner Mutter.

»Ich bin gleich bei Ihnen«, sagte Mama. »Lassen Sie mich nur eben dieses Kleid loswerden.« Sie legte sich die Hände auf den Bauch, wo das Kleid am stärksten spannte. Dann wanderte eine Hand nach oben, um das üppige Dekolleté zu verbergen.

»Ist Ihr Mann da?«

»Er ist bei der Arbeit«, sagte meine Mutter. »Kann ich Ihnen mit etwas Bestimmtem behilflich sein?«

»Mama«, sagte Dana, »lass uns einfach später wiederkommen.«

Gwendolyn sah ihre Tochter an. »Wir müssen das durchziehen.«

Die Kundinnen rutschten unsicher auf ihren Plätzen herum. Mrs Grant bot an zu gehen, obwohl sie unter ihrer Trockenhaube noch nasse Haare hatte. Meine Mutter winkte ab. »Nein, bleiben Sie. Es passiert ja gar nichts.« Sie nahm einen Föhn und stellte ihn an, obwohl sie noch im Abendkleid war. »Miss Yarboro wird später wiederkommen.«

»Sie können mich nicht einfach wegschicken«, sagte Gwendolyn und versuchte, meiner Mutter den dröhnenden Föhn abzunehmen. »Stellen Sie das Ding aus und hören Sie mir zu.«

»Hey«, sagte ich. »Fassen Sie meine Mutter nicht an.« Meine Stimme, die sich in meinen Ohren schwach anhörte, verriet, welche Angst ich hatte. Der Föhn in Gwendolyns Händen hätte genauso gut eine Pistole sein können.

»Ich bin auch eine Missus«, sagte sie. »Sie sind nicht die einzige. Ich wohne vielleicht nicht in einem so schönen Haus, aber ich bin auch eine Missus.«

Meine Mutter sah sich um, als suchte sie einen Sitzplatz, aber alle Stühle waren besetzt und alle Augen auf Gwendolyn gerichtet, die ein zusammengefaltetes Blatt Papier in den Händen hielt. Sie stieß es meiner Mutter entgegen wie eine Vorladung.

Ich blickte zu Dana, die ihre Schuhe betrachtete. Was immer es sein mochte, es war etwas Schlimmes. Mama verweigerte die Annahme.

»Verlassen Sie meinen Salon«, sagte meine Mutter. »Verlassen Sie meinen Salon. Das ist mein Laden. Raus hier.«

Unter der Trockenhaube begann Mrs Grant zu applaudieren und sah zu den anderen Frauen, damit sie in dieses seltsame Klatschen einstimmten, aber das taten sie nicht. Genau wie ich konnten sie den Blick nicht von dem zusammengefalteten Blatt Papier abwenden.

»Raus hier«, sagte meine Mutter. »Es ist mir egal, was Sie da in der Hand haben. Sie verfügen nicht über Papiere, die irgendetwas mit mir zu tun haben.«

»Nehmen Sie's«, sagte Gwendolyn. »Nehmen Sie's, bevor ich es laut vorlesen muss.«

Der Busen meiner Mutter hob und senkte sich in ihrem Ausschnitt. Sie schien nicht zu wissen, wohin mit ihren Händen. An ihren Flanken pumpten sie wie zwei Herzen. Gwendolyn faltete das Papier auseinander. Sie guckte langsam darauf, bevor sie hochsah und Luft holte, den Blick durch den Raum schweifen ließ und sich ans Haar fasste. Sie leckte sich die Lippen, und obwohl sie streng und ungerührt wirken wollte, sah ich, wie ein Hauch von Vergnügen ihre Wangen kitzelte, als sie sich sammelte, um vorzulesen. Was immer sie da in petto hatte, sie hatte offensichtlich lange auf diesen Moment gewartet. Ich trat drei Schritte vor, blieb kurz an Mrs Grants Knöcheln hängen, aber schaffte es, Gwendolyn das Blatt zu entreißen.

»Braves Mädchen«, sagte Mrs Grant, als wäre ich ein Haustier.

Ich strich das Papier glatt. Es war eine Fotokopie; sie roch noch ganz chemisch. Was ich da sah, war eine Heiratsurkunde, die im Bundesstaat Alabama auf James Witherspoon und Gwendolyn Beatrice Yarboro ausgestellt war, im Jahr nach meiner Geburt.

»Das ist doch Schwachsinn«, sagte ich, nicht zu Gwendolyn, sondern zu Dana. Gwendolyn hatte die Arme vor der Brust verschränkt, während Dana die Hände an die Seiten gelegt hatte wie eine Saaldienerin in der Kirche. Gwendolyn sagte zu meiner Mutter: »Es tut mir leid, dass Sie es so erfahren müssen.«

Die Wahrheit ist ein seltsames Ding. Wie Pornografie erkennt man sie, wenn man sie sieht. Dana, die silbrige Dana, war meine leibliche Schwester. James, mein gewöhnlicher Daddy mit den flaschendicken Brillengläsern, war nichts als ein Hund. Und was machte das aus mir? Einen Dummkopf. Ich hatte Dana zu mir nach Hause eingeladen. Jedes Mal, wenn ich mit ihr abhängen wollte, ließ sie mich betteln. Und ich machte es. Jedes einzelne Mal. »Dir tut es nicht leid«, sagte ich an Dana gewandt, aber ich konnte den Blick nicht von dem Blatt Papier abwenden.

»Ich habe nichts damit zu tun, dass sie bei dir aufgetaucht ist. Das ist etwas zwischen euch beiden«, sagte Gwendolyn. »Aber was auf diesem Dokument steht, ist etwas zwischen deiner Mutter und mir.«

»Gib es mir, Chaurisse«, sagte meine Mutter. Ich reichte ihr das Blatt, und sie sah es sich an. Dann zerknüllte sie die Urkunde aus Alabama und warf sie zu Boden. »Sie glauben, ich hätte Angst vor einem Blatt Papier?«

Gwendolyn wirkte etwas verwirrt, als würden wir uns nicht ans Drehbuch halten. Sie hielt ihre große Lacklederhandtasche in der linken Hand und fing an, sie mit der rechten zu durchforsten. Mit gestresstem Blick auf Dana ging sie in die Knie und durchwühlte die Tasche. »Ich habe noch etwas«, sagte sie zu meiner Mutter.

»Sie haben nichts, was ich sehen müsste«, sagte meine Mutter. »Also nehmen Sie Ihre schäbige kleine Tasche und Ihre schäbige kleine Tochter und verschwinden Sie.«

Da schob Mrs Grant die Trockenhaube nach oben und erhob

sich für stehende Ovationen. Das abgehackte Klatschen ihrer Hände wurde von der Spannung im Raum zurückgeworfen.

»Was stimmt nicht mit Ihnen?«, fragte Dana Mrs Grant. »Das ist hier keine Fernsehshow. Das ist unser Leben.«

»Ich hab's hier drin«, sagte Gwendolyn. »Denn es ist nichts verborgen, was nicht offenbar werden wird. So heißt es in der Bibel.«

»Wagen Sie es ja nicht, mich mit der Heiligen Schrift zu verwirren.« Mit ihrem nackten Fuß, der unter dem cremeweißen Kleid hervorgeschossen kam, stieß meine Mutter die Lackledertasche weg. Gwendolyn zog die Tasche sofort zu sich zurück und schüttete den Inhalt auf dem Fliesenboden aus. Es war der übliche Handtaschenkram: Lippenstift, Kaugummi, Nagelfeilen und ein Schlüsselbund. Dazu noch ein Zirkel, wie man ihn zum Kreiseziehen verwendet. Sie nahm die Tasche wieder an sich. »Es ist hier drin.« Dana kauerte sich neben sie und half, alles wieder einzupacken. Gwendolyn wirkte nicht mehr so siegesgewiss und sogar ein bisschen verloren, so wie Grandma Bunny ausgesehen hatte, als sie Medikamente nehmen musste, die sie vergessen ließen, wer wir waren.

»Ich hab sie, Mama«, sagte Dana leise, aber nicht im Flüsterton.

»Na, dann gib her. Warum lässt du mich vor diesen Leuten in die Knie gehen?« Sie machte eine Armbewegung, die nicht nur mich und Mama meinte, sondern auch die Kundinnen, vielleicht sogar vor allem Mrs Grant, die immer noch stand, als wäre dies ein Basketballspiel in den letzten Sekunden.

»Mama, tu das nicht. Ich hab sie, aber tu das nicht.«

»Es muss sein«, sagte Gwendolyn. »Gib her.«

»Bitte«, sagte Dana. »Zwing mich nicht.«

»Du hast damit angefangen«, sagte Gwendolyn. »Du hast mit der ganzen Sache angefangen.«

»Gehen Sie einfach«, sagte Mrs Grant. »Nehmen Sie, was

immer Sie da haben, und gehen Sie einfach. Es ist nicht richtig, dass Sie gekommen sind. Das hier ist ihr Zuhause. Sie können nicht einfach in ihr Zuhause kommen.«

»Halten Sie den Mund«, sagte Dana zu Mrs Grant. »Halten Sie verdammt noch mal den Mund. Sie kennen uns nicht.«

Mrs Grant richtete sich zu voller Größe auf. Sie war hager, als würde sie sich nur von Hühnerbrühe und Salzcrackern ernähren. »Ich kenne euch nicht. Aber ich weiß, was ihr seid.«

»Gib her, Dana«, sagte Gwendolyn. »Diesen Leuten bist du egal.«

Aber mir war sie nicht egal, und Mama war mir auch nicht egal. »Gib es ihr nicht«, sagte ich zu Dana. Ich konnte mir nichts Erschütternderes vorstellen als das schwarz-weiße Dokument, das sie mir gerade gegeben hatte, doch das hieß ja nicht, dass es nicht noch einen Schock jenseits meines Vorstellungsvermögens gab. »Dana.« Endlich sah sie mich an, und ich hoffte, dass es in meinem Gesicht etwas gab, das Gnade verdiente. Ich hatte nie etwas getan, um sie zu verletzen. Ich hatte mir für sie die Haut von der Schulter geschrammt.

»Dana«, sagte Gwendolyn. »Sieh mich an.«

Dana seufzte und fasste in ihre Handtasche, dieselbe Louis-Vuitton-Kopie, die sie am Tag unserer ersten Begegnung getragen hatte. Sie sah erschöpft aus. Ich konnte kaum glauben, dass wir erst im letzten Sommer zusammen im Drogeriemarkt geklaut hatten. Freundschaft auf den ersten Blick nannte man das, wenn man sich so unmittelbar mit jemandem verbunden fühlte. Wie Schwestern, sagte man auch.

In ihrer Faust verbarg sie etwas, was sie nun ihrer Mutter reichte. Mit der freien Hand versuchte sie, Gwendolyns Finger ebenfalls um das Etwas zu legen und so den Moment zu verzögern, wenn wir das Aufblitzen von Aquamarin und Kristall sähen. Kurz stockte mir der Atem.

»Nein«, sagte meine Mama.

»Miss Bunny hat sie Dana hinterlassen.«

»Nein«, sagte meine Mutter. »Miss Bunny würde mich nicht so reinlegen. Wir haben Miss Bunny mit ihrer Brosche beerdigt.«

Ich schüttelte den Kopf, als ich an den Tag zurückdachte, an dem wir Miss Bunny zurechtgemacht hatten und Raleigh dieses seltsame Foto schoss. Ich erinnerte mich an die lange Umarmung meines Vaters und den sternförmigen Abdruck an meiner Wange.

»Nein«, sagte meine Mutter. »Nein.«

»Fragen Sie Raleigh«, sagte Gwendolyn. »Sie wissen, dass Raleigh nicht lügen kann.«

Mrs Grant, die immer noch dastand, ging zu Dana und Gwen und drohte ihnen mit dem Finger. »Das können Sie nicht machen.«

Ich stand nah genug neben Dana, um sie zu berühren. »Sieh mich an. Du bist nicht meine Schwester.«

Sie drehte sich um. »Doch.«

»Wie lautet denn dein Nachname?«, sagte Mrs Grant zu Dana.

Gwendolyn mischte sich ein. »Hier geht es nicht um Namen. Hier geht es um Blut.«

Eiskalt sagte Mrs Grant: »Und wie war noch mal *Ihr* Nachname?«

Nicht eine Sekunde vergaß ich, auf wessen Seite ich stand, aber ich schämte mich ein bisschen für Dana und ihre Mutter. Jedes Mal, wenn Gwen ansetzte, etwas zu sagen, schnitt Mrs Grant ihr das Wort ab und fragte sie wieder nach ihrem Namen, wie bei einem Exorzismus. Währenddessen stand meiner Mutter in ihrem engen Partykleid der Mund offen, als sänge sie eine stumme Oper.

»Raus hier«, sagte ich schließlich.

Ausgelaugt und möglicherweise dankbar, gehen zu dürfen, machte Gwen einen Schritt zur Tür, aber Dana kam in meine Richtung. »Kann ich sie wiederhaben?«

»Was?«

»Miss Bunnys Brosche. Ich habe sonst nichts.«

Ich schloss die Hand fest um das Schmuckstück, sodass die Nadel sich in meine Handfläche bohrte. »Sie gehört mir.«

Als sie gingen, blickte sich Dana traurig über die Schulter um und formte etwas mit den Lippen, was ich nicht verstand. Mein ganzes Leben hatte ich mir eine Schwester gewünscht. Wie oft hatte meine Mutter gesagt, wie leid es ihr tue, dass ich ein Einzelkind war? Das hat man davon, wenn man sich etwas zu sehr wünscht. Das Leben kam mir vor wie ein einziger Schwindel, voller schmutziger Tricks.

Neben der Tür ging Mrs Grant in die Knie, als meine Mutter in ihrem hellen Mandelkleid zu Boden sank. Ich weiß, ich hätte an der Seite meiner Mutter sein sollen, aber ich ging zur Glastür und verfolgte, wie Dana und ihre Mutter zur Straße gingen und dabei mit ihren hohen Absätzen kämpften. Vielleicht hätte ich ihnen nachlaufen und Gwendolyn zu Boden stoßen können, um die Ehre meiner Mutter zu verteidigen. Vielleicht hätte ich ihnen irgendeine Form von Wahrheit abtrotzen sollen, aber in diesem Augenblick wollte ich nichts mehr wissen.

24

'NE ZIEMLICH ARME RATTE

Meine Mutter verbannte meinen Vater aus 739 Lynhurst mit nichts als seiner Uniform am Leib. Ließ ihn erst gar nicht mehr ins Haus. Er wehrte sich nicht, flehte weder um Vergebung noch um seine Zahnbürste. Er ging mit schnellen Schritten davon, wie ein peinlich berührter Paketzusteller, der an der falschen Tür geklopft hatte. Sobald wir das leise Brummen des Motors hörten, sagte meine Mutter: »So schlimm war das gar nicht«, aber dann brach sie in Tränen aus und bat mich, ihr eine Schmerz- und Schlaftablette zu bringen. Sie tupfte sich mit einem Geschirrtuch das Gesicht ab, als das Telefon an der Küchenwand klingelte. Aufgeschreckt sah ich zu ihr. »Geh du ran«, sagte sie. Obwohl uns die Geschehnisse des Nachmittags vor Augen geführt hatten, dass wir nicht das Geringste über unser eigenes Leben wussten, war uns doch intuitiv klar, dass mein Vater am anderen Ende der Leitung war. »S-s-sag M-M-Mama, ich verstehe, wenn sie nicht mit mir reden will. Sag ihr, dass ich bei Raleigh übernachte. Und s-sag ihr, dass ich sie liebe.«

»Ja, Sir. Das werde ich ausrichten.«

»Chaur-r-risse«, sagte er. »Wieso bist du so kalt? Ich bin immer noch dein Daddy. Das ist etwas zwischen deiner Mama und mir.«

»Das ist etwas zwischen uns allen«, sagte ich, während ich das

Spiralkabel um meinen Finger wickelte und überlegte, wie viele Menschen dieses *uns* eigentlich ausmachten. Gwen hatte einen dicken Umschlag mit allen möglichen Dokumenten in unseren Briefkasten gestopft, darunter Danas Geburtsbescheinigung: ein Negro-Mädchen, lebend geboren – vier Monate bevor ich in demselben Krankenhaus geboren wurde und fast gestorben wäre. Raleighs Unterschrift streifte die Linie neben dem Wort *Vater*. (Eine Karteikarte war neben die Stelle geklemmt, auf der stand: *Lass dich davon nicht täuschen.*) Und was war mit Dana und mir? Es gab kein Dokument, das offiziell eine Verbindung zwischen uns herstellte. Ich war nicht diejenige, die glaubte, unser gemeinsames Blut mache uns zu Schwestern, aber denselben Vater zu haben bedeutete eine Gemeinsamkeit, die sich um unsere Knöchel wand und unsere Handgelenke umklammerte. Es war etwas zwischen uns allen. Alle sechs waren wir gefangen, jeder an seinem Platz, festgehalten durch verschiedene Knoten.

»Tschüss, Daddy«, sagte ich, damit er nicht behaupten konnte, ich hätte einfach aufgelegt.

So ging es ein, zwei Wochen weiter. Mama weigerte sich, ans Telefon zu gehen, weigerte sich aber auch, den Hörer neben die Gabel zu legen. Die Telefone damals hatten eingebaute Glocken, sodass sie wie ein Feueralarm schrillten, bis ich endlich ranging. »Hol deine Mama ans Telefon«, sagte Daddy mit brüchiger Stimme wie ein Achtklässler. »Sag ihr, ich bin bei Raleigh. Sie kann bei Raleigh anrufen, wenn sie mir nicht glaubt.«

Kurz vor der *Tonight Show* rief Raleigh selbst an. »Mit dir will Mama auch nicht reden«, sagte ich, bevor ich überhaupt Hallo sagte.

»Und was ist mit dir, Chaurisse?«, fragte Onkel Raleigh. »Hättest du die Güte, mit dem guten alten Raleigh zu reden?«

Ich war mir nicht sicher. Ich ging jeden Tag zur Schule, wie immer. Ich schrieb mittelmäßige Noten und spielte passable Arpeggios auf meiner Querflöte, war so durchschnittlich und unsichtbar wie zu der Zeit, bevor Dana Yarboro unseren Porzellanladen verwüstet hatte. Zum ersten Mal seit Jahren war ich dankbar, dass mein Vater mich ermutigt hatte, an die Northside Highschool zu gehen, die ziemlich weit von unserem Viertel entfernt war – mit dem Auto fuhr man fünfundzwanzig Minuten und mit öffentlichen Verkehrsmitteln fünfundvierzig. Dana ging zur Mays High, gleich die Straße runter. Die Neuigkeiten waren bestimmt schon eine Generation weiter gesickert, von Mrs Grant zu Ruth Nicole Elizabeth und von da weiter nach außen. Selbst wenn sie das Getuschel nie zu hören bekam, lagen bei Dana die Nerven sicher genauso blank wie bei Mama und mir, wenn wir Glättungscreme einarbeiteten, Wasserwellen legten und Haarteile einflochten. Man konnte nie wissen, wer was gehört hatte, deshalb konnte man nur weitermachen, als wüsste niemand irgendwas, während man die ganze Zeit fürchtete, es wüssten alle alles.

In den siebzehn Tagen und achtzehn Nächten, in denen mein Vater nicht da war, schlief meine Mutter neben mir in meinem Himmelbett. Es war nicht meine Idee gewesen; in der zweiten Nacht hatte sie pfirsichbeschwipst und bettelnd an meinen Türrahmen geklopft. Ich hatte mich zur Seite gerollt, bis mein Hintern an die Wand gestoßen war. Unter ihrem Gewicht hing das Bett ein bisschen durch. »Bist du wach, Chaurisse? Ich kann nicht schlafen.« Sie drehte sich auf die Seite und schmiegte sich an mich. Ihr Körper war weich und warm, roch nach Likör und der öligen Glättungspackung in ihrem Haar. »Jetzt habe ich nur noch dich«, sagte sie.

»Nein«, sagte ich. »Das stimmt so nicht. Du hast noch das Pink Fox.«

»Vielleicht. Wenn ich mich scheiden lasse, wird unser ganzes Hab und Gut aufgeteilt. Dann könnte dein Vater mich ausbezahlen. Er und Raleigh zusammen, und dann könnten sie diese Frau und ihre Tochter hier reinsetzen.«

»Das würden Daddy und Raleigh nie tun.«

»Man kann unmöglich wissen, was sie tun würden, Chaurisse. Kapierst du's nicht? Jeder ist jederzeit zu allem fähig.«

Ich konnte mir nicht vorstellen, dass Daddy und Raleigh meine Mama aus ihrem eigenen Haus werfen und das Pink Fox schließen würden, sodass sie sich wieder einen Stuhl in einem anderen Salon mieten müsste. Aber zwei Wochen zuvor hätte ich mir auch nicht träumen lassen, dass sie sich mit einer zweiten Familie vergnügten und mittwochs zwei Mal zu Abend aßen. Wenn ich mir nicht größte Mühe gab, meine Fantasie zu zügeln, sah ich ein Bild meines Daddys vor mir: nackt bis auf die Brille unter einer Chenilletagesdecke, ein bebender Berg auf Danas hübscher Mutter, deren Haar sich über Satinkissen ergoss.

Ich gewährte meiner Mutter zehn Tage, um intensiv zu trauern. Das hatte ich mir überlegt, weil die Leute in der Regel eine Woche freibekamen, wenn jemand gestorben war. In dieser dafür vorgesehenen Zeit tröstete ich sie, wenn sie in alten Fotoalben schwelgte. Ich kniete neben ihr, als sie die oberste Kommodenschublade meines Vaters auskippte und Wechselgeld, Streichholzbriefchen, Kondome und sogar ein winziges Gläschen mit meinen Milchzähnen auf den Teppich beförderte. Als sie wegen ihres empfindlichen Magens den Appetit verlor, zwang ich sie nicht zu essen, was ich ihr zubereitet hatte. Nachdem ihr Appetit zurückgekehrt war, hielt ich sie nicht davon ab, Dosen mit Buttercreme zu leeren, einen buttrigen Löffel nach dem anderen. Ich fand, das war ihr gutes Recht. In der zehnten Nacht verlegte ich mich dann auf liebevolle Strenge. Als sie das erste Schniefen hören ließ, wappnete ich mich und sagte: »Sei nicht so traurig. Du musst wütend sein, angepisst. Ich an deiner Stelle wäre längst in der Küche und würde Grütze kochen.«

Unter dem Laken drückte sie mich fester. »Jetzt tu doch nicht so.«

Es war witzig gemeint, aber dann auch wieder nicht. Was mein Vater getan hatte, musste irgendwelche Konsequenzen haben, schien mir.

»Selbst wenn er mich aus dem Haus werfen würde«, sagte Mama, »würde ich nicht so was machen wie Mary.«

»Mary ist wenigstens berühmt. Die ganze Welt weiß, was sie getan hat. Außerdem werden wir nicht aus dem Haus geworfen.«

»Nur einmal angenommen, ich reiche die Scheidung ein, und wir treffen auf einen guten Richter, der bestimmt, dass ich im Haus bleiben kann. Du weißt, dass James trotzdem einfach bei ihnen einziehen würde. In meiner Jugend hieß es immer: ›Ist schon 'ne ziemlich arme Ratte, die nur ein Loch hat.‹«

Während sie mir in meinem Bett auf die Pelle rückte, sprach meine Mutter ihre größten Ängste laut aus. Ob ich glaubte, dass Miss Bunny die ganze Zeit Bescheid wusste? Ich antwortete, dass vermutlich Daddy Gwendolyn die Brosche gegeben hatte, nicht Miss Bunny selbst. Dann sagte Mama, sie sei froh, dass Miss Bunny heimgegangen sei und nicht mehr erleben musste, welche Schande er über uns brachte. Ich sagte, ja, das sei vermutlich ein Segen. Mit schläfriger Stimme wies Mama darauf hin, dass man als Vollzeitstudentin die Schönheitsschule in einem Jahr absolvieren konnte. Wenn Dana und ihre Mama den Abschluss machten, könnten sie das Pink Fox übernehmen. Ich sagte: »Dana will niemandem die Haare machen; sie geht ans Mount Holyoke. Sie wird Ärztin.« Meine Mutter drehte sich um und nahm mich noch einmal fest in den Arm. »Dein Vater wird dafür bezahlen. Und dann bleibt nichts mehr übrig.«

Sie gab den kleinen Seufzer von sich, der signalisierte, dass der Likör und das Schmerzmittel sie endlich überwältigten und sie langsam wegdämmerte. Der Wecker auf meinem Nachttisch zeigte glimmend 2 Uhr 13 an. »Gute Nacht, Mama.«

»Chaurisse?«

»Ma'am?«

317

»Glaubst du, er hat das getan, weil ich nicht hübsch bin? Weißt du, ich war noch nicht mal fünfzehn, als wir geheiratet haben. Gwen, die kennt vermutlich ein paar Sachen, von denen ich noch nie gehört habe. Sie liest bestimmt die *Cosmopolitan*. Und sieh dir nur an, wie gepflegt sie ist. Sie sieht aus wie eine sehr dunkle Lena Horne.«

Während meine Mutter Anspruch auf den schlimmsten Liebeskummer aller Zeiten anmeldete, ging ich im Kopf Schritt für Schritt immer wieder alles durch und versuchte zu erkennen, wann ich an einen Scheideweg gekommen war und die falsche Abzweigung gewählt hatte. In Sachen Eltern war ich 'ne ziemlich arme Ratte. Ich hatte schließlich keinen Ersatz auf Lager, sollten meine Leute durchdrehen. Mama und Raleigh hatten Glück gehabt. Als es mit ihren leiblichen Eltern nicht klappte, sind sie einfach zu Grandma Bunny übergelaufen. Ich hatte niemanden außer James und Laverne.

Der Körper meiner Mutter war schwer wie ein Sandsack; mein Arm, der unter ihr feststeckte, fing an wehzutun. Ich befreite mich von ihr. Es waren zehn lange Tage gewesen.

»Mama«, blaffte ich und winkelte meinen kribbelnden Arm an, »hör auf zu jammern. Steh für dich ein. Schnapp dir einen Besen. Kipp Zucker in seinen Tank. Tu irgendwas.«

Meine Mutter setzte sich auf, schaltete die Nachttischlampe an, strampelte die Decke weg und stand auf. Die Haut unter ihren Oberarmen schlackerte, als sie einen Finger in meine Richtung stieß.

»Stell dich ja nicht gegen mich, Bunny Chaurisse.«

»So habe ich das nicht gemeint. Ich will nur, dass du –« *schwarz bist*, wollte ich sagen. Die tränenreiche Traurigkeit meiner Mutter erinnerte mich an die weißen Frauen in Filmen, Frauen, die bei Überforderung gerne mal in Ohnmacht fielen. »Ich will, dass du dich wehrst. Wenn es je an der Zeit war, Grütze zu kochen, dann jetzt.«

Mama ballte die Hände an ihren Hüften. »Ich sage dir mal, was du nicht verstehst. Al Green ist aus der Badewanne gestiegen, und Mary hat ihn mit dieser Grütze fast umgebracht. Angeblich musste ihm Haut vom Rücken auf die Weichteile transplantiert werden. Soll ich so etwas deiner Meinung nach deinem Daddy antun, Chaurisse?«

»Nein«, sagte ich. »Ich wollte nur sagen, dass du –«

»Al Greens Weichteile sind ja nicht mal die halbe Wahrheit. Während er nackt dalag, verbrüht und voller Brandblasen, nahm sie eine Pistole aus ihrer Tasche, presste sie sich auf die Brust und schoss ein Riesenloch hinein. Mary ist direkt auf ihm gestorben.« Der Busen meiner Mutter hob und senkte sich unter ihrem fadenscheinigen Nachthemd. »Erzähl du mir nichts von Dingen, die du nicht verstehst. Es war nicht die Grütze, die ihn büßen ließ. Es war ihr Blut.«

Meine Mutter schleppte sich aus meinem Zimmer und ließ mich blinzelnd im Lampenschein zurück. Ich lag noch eine Stunde im Bett und sah uns vier vor mir – mich, Daddy, Raleigh und Mama –, wie wir in unseren jeweiligen Zimmern an unsere jeweiligen Decken starrten. In dieser Nacht schlief ich nicht mehr ein. Um Viertel vor sechs fand ich meine Mutter am Küchentisch, wo sie einen Berg Kartoffeln schälte. Manche waren an der Luft schon braun geworden, aber die in ihrer Hand war weiß und feucht.

»Hast du geschlafen, Mama?«

»Nein«, sagte sie. »Ich dachte, ich mache Kartoffelsuppe. Ich mache eine Menge, damit wir etwas einfrieren können.«

»Mama«, sagte ich. »Leg dich wieder hin.«

»Ich will nicht in meinem Bett schlafen.«

»Dann schlaf in meinem Zimmer.«

»Du hast mich vor die Tür gesetzt«, sagte sie und sah von ihrer Kartoffel auf. Sie hatte die Schale so dick abgeschnitten, dass kaum noch Kartoffel übrig war.

»Nein, Mama«, sagte ich. »Ich lege mich mit dir hin.«
Wir gingen zurück in mein Zimmer. Ich hielt die Decke hoch
und kroch hinter ihr ins Bett. Diesmal war ich es, die sich an sie
schmiegte.

Mama sagte: »Ich muss die Geschichte von Mary noch zu
Ende erzählen. Sie hinterließ eine Nachricht. Man fand sie, als
ihr Leichnam abgeholt wurde. Sie lautete: *Je mehr ich dir ver-
traue, desto mehr lässt du mich hängen.*«

Da wusste ich schon, dass ich meine Mutter nicht wiederbe-
kommen würde, zumindest nicht die, die ich mein ganzes Leben gekannt hatte. Wenn man seine Mutter einmal am Boden
zerstört gesehen hat, lässt sie sich nicht mehr zusammensetzen.
Es werden immer Risse bleiben, angeschlagene Kanten und
Klümpchen getrockneten Klebers. Selbst wenn man sie so weit
wieder hinbekommt, dass sie aussieht wie früher, wird sie nie
stabiler als ein gesprungener Teller sein. Ich schloss die Augen,
aber ich konnte mich nicht so weit entspannen, dass ich vergaß, wer ich war und was uns widerfahren war. Um halb acht
tauchten die alten Damen auf, die sich ihre Frisur ein wenig auffrischen lassen wollten. Es war ein Wunder, dass meine Mutter
bis dahin noch keinen einzigen Termin abgesagt hatte. Mein
Vater war mit einer Abrissbirne durch unser Leben gefegt, aber
nicht eine einzige Krause in Southwest Atlanta war ungeglättet
geblieben. Deshalb ließ ich meine Mutter Schlaf vorschützen,
als ich mich aus dem Bett und die Hintertreppe hinunterschlich,
um den Salon zu öffnen. Ich ließ die alten Damen herein und erklärte ihnen, dass meiner Mutter an diesem Morgen nicht wohl
sei. Ich schlug den schweren Kalender auf, verlegte die Termine
der Kundinnen und rief dann die anderen Damen auf der Seite
an. Ich schob es auf ein Virus, und alle antworteten mitfühlend,
dass auch gerade etwas herumgehe. Dann rief ich meine Schule
an, gab mich als meine Mutter aus und erklärte, dass ich krank

sei. Ich schob es auf dasselbe Virus, was aber niemanden zu interessieren schien. Schließlich rief ich bei Witherspoon-Limousinen an und beschied dem Anrufbeantworter, dass ich meinen Vater hasse und nie wieder sehen wolle.

Daddy und Onkel Raleigh waren bloß Jungs wie Jamal und Marcus, deren Loyalität ausschließlich einander galt. Ich hatte geglaubt, beim Erwachsenwerden ginge es darum, dass man jemandes Frau wurde, dass man nicht in die Spielchen irgendeines Verrückten verwickelt wurde. Und hier war ich nun, ein Einzelkind, dem man sein ganzes Leben gesagt hatte, dass es ein Wunder sei. Ich mag das Wunder meiner Mutter gewesen sein, aber für meinen Vater war ich die andere Tochter. Sein nicht silbernes Mädchen. Meine Mutter war nicht die Einzige in diesem Haus, die man betrogen hatte.

Ich weiß nicht, ob meine Mutter schlief, aber sie stand auf, als sie den Postboten in seinem kleinen Jeep vorbeituckern hörte. Täglich trudelten Antwortkarten für die Jubiläumsfeier ein. Trotz allem benutzte sie immer einen Elfenbeinbrieföffner, um die kleinen Umschläge aufzuschlitzen, als suchte sie in Austern nach Perlen. Dann legte sie die Karten auf zwei Stapel auf ihrer Kommode. Einen für Ja und einen für Nein. Zwei Tage zuvor hatte ich sie gefragt, was sie wegen der Soiree zu tun gedenke, und sie hatte entgegnet, das sei das Problem meines Vaters, nicht ihres.

In der Küche hatte der stärkehaltige Geruch der geschälten Kartoffeln plötzlich etwas Erdrückendes. Es ist schon merkwürdig, wie ein Aroma, das die ganze Zeit da war, mit einem Mal zuschlagen kann wie eine Erinnerung. Während ich am Tisch darauf wartete, dass meine Mutter ihre seltsamen Angelegenheiten am Briefkasten erledigte, erinnerte ich mich plötzlich an den Wissenschaftswettbewerb, an den Tag, als ich meine Kaninchenfelljacke getragen hatte. Mir fiel das andere Mädchen in der identischen Jacke wieder ein, ein Silver Girl mit dunkler Haut und Haaren bis zum Kreuz. Ich hatte sie vor dem Civic Center gesehen und noch einmal in der Damentoilette. Ich erinnerte mich an den Geruch des blauen Eau de Cologne. Es war Dana gewesen. Natürlich war es Dana gewesen. Ich weiß noch, wie ich dachte: »Dieses Mädchen will mir wehtun.« Wie alt war ich da? Dreizehn? So um den Dreh. Ich war aus der Toilette gestürzt, als ginge es um mein Leben. Meine Haarwurzeln hatten gekribbelt. Meine Blase war so voll gewesen, dass ich den Hosenknopf öffnete. Als ich schließlich zu Hause ankam, waren schon ein paar Tröpfchen danebengegangen, und ich hatte meine Unterhose im Waschbecken ausgewaschen, damit Mama nichts merkte. Dana. Wie lange hatte sie schon an den Rändern meines Lebens genagt? Und war es wirklich Zufall gewesen, als ich Raleigh damals mit Gwen im Park gesehen hatte? Ich legte das Gesicht in die Armbeuge und atmete meinen eigenen Geruch ein, der auch Danas Geruch war. Ich konnte ihrem Duft nicht entkommen, denn sie roch wie ich und wie meine Mutter und mein Vater und dieses Haus. Anaïs Anaïs, White Shoulders, Mentholzigaretten. Die Luft unseres Lebens war davon erfüllt, und ihre auch.

Meine Mutter kam endlich vom Briefkasten zurück. »Irgendwas Gutes in der Post? Irgendwas außer Antwortkarten? Wir müssen uns entscheiden, wie wir das mit der Party regeln wollen, weißt du? Es ist nicht mehr lang hin.« Sie sagte nichts; wahrscheinlich hätte ich die Party lieber nicht erwähnen sollen und auch nicht ihr obsessives Interesse daran, wer zu einer Soiree zu kommen gedachte, die niemals stattfinden würde. Sie fächelte sich mit einer Postkarte Luft zu. »Was ist?«, fragte ich, als ich versuchte, in ihrem Gesicht zu lesen und herauszufinden, ob sie etwas Gutes oder etwas Schlechtes in der Hand hielt. Ich fasste nach der Karte, so wie man versuchen würde, einem Baby einen spitzen Gegenstand wegzunehmen, aber sie riss die Hand zurück.

»Du wirst es nicht für möglich halten. Du wirst es verdammt noch mal nicht für möglich halten.« Sie knallte die Postkarte auf den Tisch, als wäre sie der höchste Joker. Vom Kartoffelsaft wurde der Rand feucht.

Ich nahm sie an der trockenen Ecke hoch und hielt sie mir vor die Nase. Vorne drauf war das Foto einer grinsenden Riesenerdnuss, die Jimmy Carter ähnelte. »Howdy!« Ich runzelte die Stirn und drehte die Karte um. Die Nachricht auf der Rückseite war in Druckschrift geschrieben, wie man es bei einer Lösegeldforderung erwarten würde – anonym und zugleich bedrohlich.

BIGAMIE IST EINE STRAFTAT. IM GEFÄNGNIS WIRST DU KEIN UNTERNEHMER SEIN. DA BIST DU NUR IRGENDEIN NIGGER.

»Wow«, sagte ich und strich über die Karte. Die Worte waren mit so viel Kraft geschrieben worden, dass man ihren Abdruck auf den Schneidezähnen von Präsident Erdnuss fühlen konnte. »Ist das gut oder schlecht?«

Meine Mutter sah mich an, als wäre ich diejenige, die verrückt geworden war. »Bunny Chaurisse Witherspoon, auf wessen Seite stehst du eigentlich? Die Schlampe versucht, unsere Familie zu zerstören. Wie du siehst, hat sie die Karte an James gerichtet und hierhergeschickt, an diese Adresse.« Meine Mutter nickte mit so etwas wie Zufriedenheit. »Landet ihre Post *hier*, dann heißt das, er schläft nicht *da*.«

Ich schwöre bei Gott, dass sie zum ersten Mal seit zwei Wochen lächelte. »Aber Mama –«

»Hör mir zu. Die Schlampe ist eifersüchtig, und sie wird nicht eher ruhen, bis sie alles zerstört hat, wofür ich gearbeitet habe. Die Lage ist ernst.«

»Mama, die Lage war schon die ganze Zeit ernst.«

»Sprich nicht in diesem Ton mit mir. Ich bin immer noch

deine Mutter.« Ich bedaure, dass ich den Blick nicht abwandte, denn sie sah mir ins Gesicht und erkannte, dass das nicht mehr so zutraf wie noch vor zwei Wochen.

»Mama«, sagte ich, »was Daddy getan hat, war illegal.«

»Unzucht mit Minderjährigen ist illegal«, sagte meine Mutter und schlug einen sanfteren Ton an, als ich wie ein geprügelter Hund aufjaulte. »Schatz, ich sage das nicht, um dich zu verletzen. Ich sage nur, dass ich wegen Jamal Dixon die Polizei hätte rufen können. Du warst *wie* alt, vierzehn? Aber ich wusste, dass das nicht die beste Vorgehensweise war. Ja, Männer tun Dinge, die illegal sind, aber das Gesetz anzurufen ist nicht der richtige Weg, um private Familienangelegenheiten zu regeln. Außerdem handelt es sich hier um das Provozieren einer strafbaren Handlung. Das weiß sie auch. Du weißt, dass sie ihn gezwungen hat, sie zu heiraten. Und jetzt will sie Anzeige erstatten. Verrückte Kuh.«

»Mama!«, sagte ich, und zwar nicht mehr mit der behutsamen Stimme, die man Babys und Alkoholikern vorbehält. »Gwen ist vielleicht nicht die einzige Verrückte in dieser Gleichung. Daddy war fast zwanzig Jahre mit ihr zusammen. Dana ist ihr gemeinsames Kind. Findest du nicht, dass er, keine Ahnung, leiden sollte?« Es war nicht das richtige Wort, es klang ein wenig zu biblisch, aber etwas anderes fiel mir nicht ein.

»Ich bin diejenige, die leidet, Chaurisse.« Sie ging über das Küchenlinoleum und zog den Mülleimer an den Tisch. Mit ihren Unterarmen schob sie die Kartoffeln in den Müll und versaute sich dabei ihre Sweatshirtärmel. »Du und ich, wir sind die Einzigen, die nichts falsch gemacht haben. Wir haben vor uns hin gelebt und geglaubt, wir wären normal. Wir sind die Einzigen, die in dieser Sache etwas zu sagen haben.«

»Was soll denn deiner Meinung nach passieren?«

Sie band den Müllbeutel zu und setzte sich auf den Stuhl meines Vaters. »Ich will, dass alles wieder so wird, wie es war.«

»Mama«, sagte ich. »Den Regen kriegt man nicht wieder in den Himmel.«

Sie holte aus, als wollte sie mich ohrfeigen. Ich riss die gute Schulter vor, um den Schlag abzufangen, aber er kam nicht. Meine Mutter nahm die Hand wieder runter und hielt sie sich wie einen Spiegel vors Gesicht. »Nein, nein, nein«, sagte sie und sprach mit ihrer Hand wie mit einem kleinen Kind, das zur Ordnung gerufen werden musste. »Ich werde nicht zulassen, dass diese Hure eine Barbarin aus mir macht. Sie wird mir nicht die Würde rauben. Ich bin eine Ehefrau. Ich werde mich auch wie eine benehmen.«

»Mama, setz dich. Willst du deine Tabletten?«

Meine Mutter tigerte durch die Küche und hielt die rechte Hand immer noch mit der anderen am Handgelenk fest, als traute sie ihr nicht. »Nein«, sagte sie. »Du hast mich gefragt, was ich will, und ich habe es dir gesagt.«

»Ich will nach Massachusetts ziehen«, sagte ich.

Meine Mutter guckte verblüfft, und ich konnte es ihr nicht verdenken. Der Impuls kam aus dem Nichts, aber mehr als alles andere sehnte ich mich danach, weit weg von meinen Eltern zu sein. »Ich will eine Scheidung«, sagte ich.

Es war zu viel für mich. Ich hätte mich auf den Schulabschluss vorbereiten, nach einem weißen Kleid suchen sollen, das ich unter dem Talar tragen konnte. Ich sagte meiner Mutter, dass ich nicht an der Abschlussfeier teilnehmen würde, und sie sagte: »Das macht nichts, Hauptsache, du bekommst dein Zeugnis.« Wir verloren den Halt, meine Mutter und ich. Mama brauchte Hilfe – vermutlich professionelle Hilfe, aber zumindest die Hilfe von jemandem, der sie besser kannte als ich. Wenn ich jemand anderen hätte anrufen können, hätte ich es getan. Frauen im Fernsehen haben Freundinnen, auf die sie zählen können. Die Lieblingssendung meiner Mutter war *Golden Girls*; vier alte Damen, die sich eine Wohnung teilen und sich bei der Lösung ihrer Probleme helfen, ganz »Bridge over troubled water«. Da Grandma Bunny seit einem Jahr unter der Erde lag, hatte meine Mama niemanden mehr – nur noch mich.

25

QUIZSHOW

Miss Bunnys Brosche lag in meinem fast leeren Schmuckkästchen. Es war ein altmodisches Kästchen, eins von den Dingen, die meine Mutter mir gekauft hatte, seit sie sich nach ihrer eigenen verlorenen Kindheit sehnte. Eine blecherne Version von »Für Elise« klimperte los, wenn man den Deckel anhob. Ich nahm die Brosche in die Hand, den Beweis, dass mein Vater irgendwie zwei Leben auf einmal führte. Alle hatten sie bei diesem Schwindel unter einer Decke gesteckt, sogar Miss Bunny in ihrem Sarg.

Man kann wohl getrost behaupten, dass wir im Mai 1987 alle ein bisschen durchdrehten. Es war, als hätte man aus unserem Leben einen Film gemacht – keinen Blockbuster, den man nur im Kino zu sehen bekam, sondern einen dieser Filme, auf die man nachts beim Fernsehen stößt. Sobald unser Leben wie fürs Fernsehen gemacht schien, fingen wir alle an, uns wie Figuren zu benehmen. Wer konnte es uns verdenken? Es gab keine realen Vorbilder für unsere neue Realität.

Ich übernahm die Rolle der Ermittlerin. Ich berührte die Postkarte nur an den Rändern, damit ich keine Fingerabdrücke hinterließ. Ich schob meiner Mutter die doppelte Dosis Tabletten unter, damit sie nicht bemerkte, wie ich die Schlüssel vom Haken fischte und mitten am Tag das Auto nahm. Nervös beobachtete ich im Rückspiegel die Straße hinter mir. Ich fuhr zum Flughafen.

Onkel Raleigh saß in dem blauen Lincoln und las in einem Fotomagazin, als ich an die Scheibe klopfte. Bei meinem Anblick lächelte er, und ich sah, wie sehr er in wenigen Wochen gealtert war.

»Chaurisse«, sagte er und entriegelte die Tür, »setz dich zu mir.«

Ich öffnete die Tür und ließ mich auf dem vertrauten Platz nieder. »Hi, Onkel Raleigh.«

»Solltest du nicht in der Schule sein?«, fragte er.

Ich zuckte mit den Achseln. »Es ist egal. Ich bekomme den Abschluss sowieso.«

»Soll ich die Klimaanlage anmachen?«

Über uns hörte ich das laute Dröhnen von Flugzeugen, die den Himmel durchschnitten. Gleich darunter lag das sanfte Säuseln von Al Green, der darüber sang, wie sehr er das Alleinsein leid war.

»Daddy hätte es ohne dich nicht durchziehen können«, sagte ich.

»Ich dachte mir schon, dass du darauf kommst«, sagte Raleigh.

»Das beantwortet meine Frage nicht.«

»Du hast mir keine Frage gestellt. Was willst du wissen?«

Ich war ratlos. Was wollte ich wissen? Ich wusste ja schon mehr, als mir lieb war.

»Ist Daddy wirklich mit der Frau verheiratet?«

Raleigh nickte. »Er ist vor einen Friedensrichter getreten.«

»Und du warst dabei?«

Raleigh nickte wieder.

»Du hast die Bescheinigung unterschrieben. Ich habe deine Unterschrift gesehen.«

»Das habe ich.«

»Warum hast du ihm geholfen?«

Mein Onkel setzte sich anders hin, sodass ich sein Gesicht sehen konnte. »Ich war der Meinung, ich helfe Gwen.« Raleighs

328

Gesicht glühte, als würde er innerlich brennen. »Man kennt Gwen erst richtig, wenn man sie auf einem Foto sieht. In echt ist die hübsche Fassade nur ein billiger Trick, ein Ablenkungsmanöver. Aber wenn man sie mit der Kamera einfängt, kann man allein an der Haltung ihres Kiefers ihr ganzes Leben ablesen. Selbst wenn der Film noch nicht voll ist, entwickle ich ihn sofort. Es ist mir egal.«

»Was ist mit uns?«, fragte ich ihn. »Du fotografierst uns die ganze Zeit.«

»Bei dir, Chaurisse, weiß man genau, was man bekommt. Als du ein kleines Mädchen warst, warst du genau das, ein kleines Mädchen. Sogar Laverne, die so viel durchgemacht hat, ist, wer sie ist, die ganze Zeit. Das ist gut. Darin liegt eure Schönheit.«

Ich wusste, dass er versuchte, mir ein Kompliment zu machen, aber es fühlte sich an wie eine Beleidigung. Als sagte man einem dicken Mädchen, es habe »ein hübsches Gesicht«. Ich fasste nach der Tür, um auszusteigen, aber Raleigh bat mich zu bleiben.

»Gwen hat das alles nicht mit Absicht gemacht. Das musst du mir glauben. Ich möchte nicht, dass du denkst, dein Daddy würde so etwas für eine billige Schlampe tun, denn das ist Gwen nicht. Auf ihre Art ist sie eine Dame.«

Ich bildete mit den Händen ein Kissen und bettete meinen Kopf aufs Armaturenbrett. Die Situation wurde jeden Tag verrückter. »Was ist nur los mit euch?«, fragte ich. »Daddy hat Kinder mit dieser Dame, du redest, als wärst du in sie verliebt. Was haben die denn an sich? Mama und ich können auch kompliziert sein. Wir können auch interessant sein.«

»Es ist kein Wettstreit«, sagte Raleigh.

»Das sagt sich so leicht.«

Onkel Raleigh erinnerte mich stark an Jamal, an die Art, wie diese netten Kerle einem das Herz brechen, es aber irgendwie so hinbiegen, dass man das Gefühl bekommt, ihnen wäre übel mitgespielt worden. Ich stieg aus, ging um den Wagen herum und hielt mein Gesicht vor den Fensterschlitz auf Onkel Raleighs Seite.

»Eine Frage noch«, sagte ich. »Welche Nummer hat ihre Wohnung?«

Die Häuser in der Continental Colony sollten wohl europäisch wirken, vielleicht wie eine Skihütte oder so – cremefarbene Gebäude mit schwarzen Fensterläden. Die Giebel der Stadthäuser waren so ähnlich geformt wie Stoppschilder. Ihr Gebäude, Nummer 2412, befand sich in der Mitte einer Reihe identischer Häuser. Ich blieb mit dem Wagen davor stehen und vergewisserte mich, dass ich die Postkarte in der Handtasche hatte. Die Ränder hatten sich vom Kartoffelsaft gewellt. Im Rückspiegel überprüfte ich mein Aussehen. Mama war nicht in der Verfassung, mein Haarteil neu festzuziehen, deshalb hatte ich mir aus einem lila Tuch ein Haarband gefaltet, um die unsauberen Ränder zu überdecken. Ich leckte meine Finger an, strich ein paar krause Strähnen zurück und öffnete die Wagentür.

Auf dem Weg zu ihrem Haus spross überall Gras durch den Beton. Das freute mich ein bisschen. Unser Garten war gepflegt und ordentlich. Die Azaleen blühten, und Daddy hatte erst vor Kurzem unserem Briefkasten einen frischen weißen Anstrich verpasst. Vor der Tür blieb ich mit der Hand am Klopfer stehen und versuchte mich zu entscheiden, was ich sagen würde. Ich wollte wissen, warum sich Dana in unser Leben gedrängt hatte. Wollte sie mich kennenlernen, oder wollte sie mir wehtun? War es auf Anweisung ihrer Mutter geschehen? Was wollten die beiden von uns? Ich hatte keine Ahnung, wie ich diese Informationen herauskitzeln sollte. Wenn mich die letzten Wochen etwas gelehrt hatten, dann, dass die Menschen nur erzählten, was sie auch preisgeben wollten. Eine klare Frage führte nicht unbedingt zu einer klaren Antwort.

Ich hatte die Hand schon vom Klopfer genommen und mich wieder umgewandt, als die Tür mit einem Mal aufschwang. Gwendolyn stand in weißer Schwesterntracht da. »Ja?« Sie sah aus wie Danas Geist der zukünftigen Weihnacht. Sie war nicht so aufgedonnert wie damals, als sie im Pink Fox eingefallen war. Ihr hübsches Haar war hinter dem Kopf zusammengebunden, und um den Mund herum zeigten sich Falten. »Willst du zu mir?«

»Ich wollte zu Dana«, sagte ich.

Gwen lächelte. »Dana ist in der Schule. Und wenn ich mir die Frage erlauben darf: Was machst du hier um diese Zeit? Wird Schulschwänzen nicht mehr geahndet?«

Ihre Haltung war schwer zu deuten. Sie wirkte amüsiert, als wäre ich ein kleines Kind, das etwas falsch gemacht hatte, zum Beispiel im Restaurant Hummer bestellt.

»Ich kümmere mich um meine Mutter«, sagte ich.

»Findest du nicht, dass deine Mutter genug Leute hat, die sich um sie kümmern?« Sie behielt den belustigten Ton bei und bat mich herein.

Ihr Wohnzimmer schien Dana und Swarovski zu huldigen. Auf jeder geraden Fläche standen Glasfiguren auf verspiegelten Untersetzern. An den Wänden hingen überall Fotos von Dana. Manche waren Schulporträts, die chronologisch angeordnet zu sein schienen, und andere sahen aus, als hätte Onkel Raleigh sie geschossen. Gwen machte eine einladende Armbewegung, und ich setzte mich auf das Ledersofa. Obwohl eine Chenilledecke über die Polster gebreitet war, spürte ich die Risse im Leder an meinen Oberschenkeln.

»Darf ich dir etwas zu trinken anbieten?«, fragte Gwen.

»Nein.«

»Nein?«, sagte sie mit einem Fragezeichen, als würde sie mich an meine Manieren erinnern wollen. Ich hätte mich fast korrigiert und gesagt: »Nein, Ma'am«, aber stattdessen sagte ich: »Nein, ich möchte nichts zu trinken.«

»Na schön. Hat deine Mutter dich davor gewarnt, aus meinen Gläsern zu trinken? Glaubt sie, ich würde dich mit einem Fluch belegen? Glaubt sie, das wäre passiert?« Gwen lachte ein bisschen. »Ganz schön warm hier. Soll ich den Ventilator anstellen, oder hat sie dich auch davor gewarnt, meine Luft zu atmen?«

»Meine Mutter weiß gar nicht, dass ich hier bin«, sagte ich. »Und ich wäre Ihnen dankbar, wenn Sie aufhören würden, über sie zu reden.«

»Du und deine Schwester, ihr seid euch sehr ähnlich«, sagte Gwen. »Ich hatte keine Ahnung, dass meine Tochter Zeit mit dir verbringt. Jemand sollte mal ein Buch über das geheime Leben der Mädchen schreiben.«

»Mit geheimem Leben dürften Sie sich ja auskennen«, sagte ich.

Gwen drehte sich zu mir. »Immer diese Widerworte. Ihr seid wirklich Schwestern, du und Dana.«

Jedes Mal, wenn sie *Schwester* sagte, fühlte es sich an wie eine Provokation. Ich setzte mich anders hin.

»Würdest du lieber hier sitzen?«, fragte Gwen, während sie sich erhob. »Das ist der Sessel deines Vaters.«

»Nein«, sagte ich.

»Also«, sagte Gwen, »was kann ich für dich tun? Ich wollte gerade zur Arbeit, aber ich habe noch Zeit für dich.«

»Zeigen Sie meinen Vater nicht an«, sagte ich.

Sie lächelte leicht. »Wie bitte?«

Ich holte die Karte aus meiner Tasche. Ich wollte ruhig mit ihr sprechen, von Frau zu Frau. »Sie haben die hier an meine Mutter geschickt. Finden Sie nicht, dass sie genug gelitten hat?«

Gwendolyn nahm die Karte und hielt sie von sich weg, als wollte sie ihre weiße Tracht nicht beschmutzen. »Liebes Kind«, sagte sie, »diese Karte weist zwar auf etwas Wichtiges hin, aber ich habe sie nicht verschickt.« Sie drehte die Karte auf die Seite mit der lächelnden Erdnuss. »Jimmy Carter?«

»Sie lügen«, sagte ich. »Sie und Dana tun nichts als lügen, lügen, lügen.«

Gwens Stimmung schlug um, und sie beugte sich vor. »Sprich nicht schlecht über meine Tochter. Sie hat mehr für dich getan, als du je erfahren wirst. Wir beide haben unser gesamtes Leben so geführt, dass es dir gut geht. Niemand in diesem Haus hat dich je angelogen.«

»Ganz so unschuldig sind Sie nicht.«

»Du auch nicht«, sagte Gwen. »Alles, was du hast, hast du auf Kosten meiner Tochter. Nur weil du unwissend warst, bist du noch lange nicht unschuldig.«

Ich erhob mich von dem abgewetzten Sofa, und Gwen stand ebenfalls auf. Es hatte den Anschein, als würden wir entweder kämpfen oder uns umarmen. »Halten Sie sich von meiner Mutter fern«, sagte ich. »Und von meinem Vater.«

»Du hörst mir jetzt zu«, sagte Gwendolyn. »Und setz dich wieder hin. Du bist hergekommen, weil du etwas wissen willst, also werde ich dir etwas sagen.«

Ich setzte mich wieder, weil Gwen recht hatte. Ging es nicht darum, etwas herauszufinden?

»Zunächst mal: Worum du mich bittest, ist überzogen. Ich existiere; Dana existiert. Du kannst nicht von uns verlangen, dass wir so tun, als gäbe es uns nicht. Als ich an jenem Tag ins Pink Fox gekommen bin, habe ich Laverne nicht gebeten, ihren Mann zu verlassen. Ich habe dich nicht gebeten, ohne deinen Vater zu leben. Ich habe mich lediglich gezeigt. Du hast dich mir jeden Tag deines Lebens gezeigt. Ich kann nicht glauben, wie arrogant du bist, Chaurisse. Ich war dein Leben lang gut zu dir, also bring mir etwas Respekt entgegen.«

Gwen schlug die Beine in der weißen Strumpfhose übereinander und wippte mit dem Fuß. »Jetzt weine nicht«, sagte sie.

Ich weinte nicht. Um mich zu vergewissern, fasste ich mir ins Gesicht. Gwen sprach nun in großspurigem Ton, als würde uns jemand zusehen. Ich drehte mich, um den ganzen Raum zu erfassen, aber außer den Bildern von Dana war niemand da.

»Jetzt will ich dich um etwas bitten«, sagte Gwen. »Okay? Wir sind ja zivilisiert.«

»Ich werde Ihnen nichts erzählen«, sagte ich.

»Oh«, sagte Gwen. »Ich weiß schon alles. Du bist diejenige, die ein paar Sachen wissen muss. Ich möchte dich um einen kleinen Gefallen bitten.«

»Einen Gefallen?«

»Ja«, sagte Gwen. »Ich möchte dich bitten, Dana die Brosche ihrer Großmutter zurückzugeben. Sie hat sonst nichts.«

»Auf keinen Fall.«

»Warum nicht?«, fragte Gwen. »Du hast alles. Meine Dana hat sich ihr Leben lang von deinen Brosamen ernährt. Warum kannst du nicht diese eine Sache mit ihr teilen?«

»Tut mir leid«, sagte ich im Aufstehen und kam mir ein bisschen hochmütig vor. »Sie gehört mir. Miss Bunny war meine Großmutter. Mein Daddy hat die Brosche von ihrem Kleid geklaut, als sie schon im Sarg lag.«

»Sei nicht so egoistisch. Meine Tochter hat nie um etwas gebeten. Ich habe nie um etwas gebeten. Guck mich an, siehst du die Tracht? Ich arbeite jeden Tag. Ich bezahle meine Rechnungen selbst.«

»Ist mir egal«, sagte ich.

Gwen stand auf. »Ich habe dich freundlich darum gebeten. Ich habe versucht, wie mit einer Erwachsenen mit dir zu reden. Du zwingst mich dazu, dir Folgendes zu sagen. Hör gut zu, junge Dame. Wenn du zu Hause bist, sieh dir die Heiratsurkunde an. Sieh sie dir gut an. Dana, deine Schwester, die, die du zu hassen glaubst, hat sie mit einem Kugelschreiber verändert. Ich habe deinen Vater nicht ein Jahr nach deiner Geburt geheiratet. Er hat mich geheiratet, als du drei Tage alt warst und noch im Krankenhaus, noch im Brutkasten lagst. Dana hat das Datum verändert, weil sie deine kleinen Gefühle nicht verletzen wollte. Was sagst du dazu?«

»Das stimmt nicht«, sagte ich.

Sie schüttelte den Kopf.

»Sie sind eine solche Lügnerin«, sagte ich.

»Nein«, sagte Gwen. »Der Teufel ist ein Lügner, genau wie dein Daddy.«

Sie brachte mich zur Tür, als wäre ich ein normaler Gast. Auf der anderen Seite des Zimmers entdeckte ich ein Foto, auf dem meine Mutter Grandma Bunny für die Beerdigung vorbereitete. Es machte mich sprachlos, es hier zu sehen, als wären wir Teil ihrer Familie. Gwen folgte meinem Blick und sah dann in mein erstauntes Gesicht. »Es war ein Geschenk.«

Da ich diejenige war, die meinen Vater anrief und ihn aufforderte, vorbeizukommen, wäre es nur natürlich gewesen, wenn ich die Tür entriegelt hätte, um ihn hereinzulassen. Vielleicht wäre ich kooperativer gewesen, wenn er wie ein Gast geklingelt hätte, statt den Schlüssel zu benutzen, als wohnte er immer noch hier, als wäre alles in Ordnung, als wäre meine Mutter seine einzige Frau und ich seine einzige Tochter. Sein Schlüssel glitt ins Schloss, ließ sich aber nicht drehen. Ich stand auf der anderen Seite der Tür und ließ es ihn drei Mal versuchen, bis ihm dämmerte, dass die Schlösser ausgetauscht worden waren. Das hatte meine Mutter gleich am ersten Tag veranlasst, noch bevor sie sich in ein Häufchen Elend verwandelte, als sie noch »I will survive« sang. Bevor sie anfing, sich zu wünschen, dass er zurückkäme.

Nachdem er geklingelt hatte, öffnete ich die Holztür und schob den Riegel zurück, hielt die Glastür aber verschlossen. Er trug seine Paradeuniform, die Mütze unter dem Arm. Wäre der Anzug rot gewesen, hätte er ausgesehen wie das Äffchen eines Leierkastenmanns.

»Ch-Chaurisse«, sagte er. »Danke, dass du angerufen hast. Geht es deiner Mutter gut?«

»Wie könnte es ihr gut gehen?«, fragte ich.

»Keinem von uns geht es gut«, sagte er. »Es ist für alle schwer.«

»Daddy«, sagte ich, »wie konntest du uns das antun?«

»Mach die T-T-Tür auf.«

Meine Mutter schlief auf dem Sofa, gefällt von ihren Tabletten. Ich glaubte nicht, dass sie aufwachen würde, aber dennoch sprach ich leise. »Erklär's mir.«

»Bitte lass mich das nicht durch die Tür tun.« Mein Vater stand so dicht vor der Scheibe, dass ich seine aufgesprungenen Lippen sehen konnte. Ich trat einen kleinen Schritt zurück; keine große Bewegung, aber sie entging ihm nicht.

»So ist das jetzt, Chaurisse?«, fragte er. »Du hast Angst vor deinem Vater? Dass deine Mama wütend auf mich ist, verstehe ich. Ich habe mich an ihr versündigt. Sieh mich an, sieh doch, dass ich am Ende bin. Aber dir habe ich nichts getan, Chaurisse. Ich bin immer noch dein Daddy, das wird sich nicht ändern.«

»Du hast mir sehr wohl was getan«, sagte ich.

»Was habe ich dir getan?«, fragte er, als wollte er es wirklich wissen.

Was ich fühlte, war schwer zu erklären. Es war ja nicht so, dass Töchter von ihren Vätern eine exklusive Beziehung erwarten konnten, aber das mit Dana, das war Untreue. »Wir haben dich überhaupt nicht gekannt«, sagte ich.

»Du kennst mich, Chaurisse. Wie kannst du nur sagen, dass du mich nicht kennst? Wann hast du jemals einen Daddy gebraucht, und ich war nicht da? Die Hälfte deiner Freunde hat nicht mal einen Daddy. Oder lüge ich etwa?«

Das tat er nicht.

»Jetzt mach die Tür auf, Butterblume. Lass mich nicht hier draußen stehen. Du hast gesagt, deine Mama will mit mir reden.«

»Nein, ich habe gesagt, ich will, dass du mit ihr redest. Sie hat mir nicht aufgetragen, dich anzurufen.«

»Ich will auch mit ihr reden. Seit ich sechzehn war, habe ich jeden Tag meines Lebens mit deiner Mutter geredet. Zwei Wochen ohne sie haben mich fast umgebracht.«

»Was ist mit den zwei Wochen ohne mich?«, fragte ich. »Du redest sonst auch jeden Tag mit mir.«

»Ach, Butterblume«, sagte er. »Sei doch nicht so. Natürlich fehlst du mir.«

»Liebst du mich?«, fragte ich ihn.

»Nat-t-türlich liebe ich dich. Dein Onkel Raleigh liebt dich auch.«

»Aber liebst du mich mehr?«

»Mehr als deine Mama? Was ist denn das für eine Frage?«

»Nein«, sagte ich. »Liebst du mich mehr als Dana?«

Jetzt war es an ihm, von der Scheibe zurückzutreten. »Warum f-f-fragst du das?«

Ich wollte nicht, dass er ging. Noch nicht. Ich musste ihn fragen, wann genau er Gwendolyn Yarboro zu seiner »rechtmäßigen Ehefrau« gemacht hatte. Hatte er es wirklich getan, als ich noch im Krankenhaus lag, untergewichtig und voller Schläuche? Ich hatte heimlich in der Schublade meiner Mutter gewühlt und mir die Heiratsurkunde angesehen, aber ich war mir nicht ganz sicher. Wenn Gwen die Wahrheit sagte, hatte ich ein Problem, denn das könnte ich niemals meiner Mutter erzählen, und ich wollte nicht zu den Leuten gehören, die meine Mutter liebten, aber belogen.

»W-w-weißt du was, Chaurisse«, sagte er, »mach die Tür auf. Du strapazierst meine Geduld. Wenn du dich so aufführst, bekommen die Leute Schwielen am Herzen. Ich will keine Schwielen am Herzen, wenn es um dich geht.«

Als ich seinen drohenden Ton hörte, legte ich die Hand auf den Türknauf, um ihn hereinzulassen. »Liebst du mich?«

»Natürlich tu ich das.«

»Warum hast du Gwen dann geheiratet, als ich noch im Brutkasten lag?«

»Wer b-b-behauptet das?«

»Gwen«, sagte ich.

»So was würde ich nicht tun«, sagte mein Vater. »Das würde ich dir nicht antun.«

Es war leicht, ihn beim Wort zu nehmen, so leicht, wie eine schwere Last abzuwerfen, so leicht, wie eine Treppe hinunterzustürzen, so leicht, wie zur Schlafenszeit die Augen zu schließen.

26

EPITHALAMIUM

Sie nahm ihn zurück. Stand das je infrage? Natürlich hatte ich damals daran gezweifelt, aber da war ich noch nicht alt genug, um zu verstehen, wie die Welt funktionierte. Als meine Mutter mich zu sich an den Küchentisch bat, wirkte sie wieder wie sie selbst. Sie trug einen grünen, glitzernden Trainingsanzug, und ihr Haarteil hing in optimistischen, mit Bändern verzierten Twists über ihre Schultern. Als sie redete, starrte ich gebannt auf ihren Mund; der Lippenstift hatte auf die Zähne abgefärbt.

»Dein Vater wollte nie, dass so etwas passiert. Tief in seinem Herzen ist er ein guter Mann. Als wir geheiratet haben, hat er sich aus freien Stücken dazu bereit erklärt. Für ihn hätte es Dutzende falscher Optionen gegeben und nur eine richtige. Wir waren noch Kinder. Chaurisse, als ich so alt war wie du, war ich schon drei Jahre verheiratet und hatte ein Kind begraben. Wobei, das stimmt nicht ganz. Da ist nichts unter dem Grabstein neben Grandma Bunny. Als ich wieder aufstehen konnte, hatten die Leute im Krankenhaus seinen kleinen Körper schon eingeäschert. Es war nichts mehr von ihm übrig. Keine Asche, kein gar nichts. Er war so klitzeklein, er hat sich einfach in Luft aufgelöst. All das ist passiert, bevor ich überhaupt so alt war wie du jetzt, und dein Daddy war nicht viel älter. Und es war auch sein Baby, von dem nur Luft und Rauch blieben.

Niemand hat mich abgewiesen. Egal, was heute in diesem

Haus passiert, das kann ich nicht vergessen. Dein Daddy hat mich geheiratet, weil ich sein Kind bekam, und auch als ich kein Kind vorzuweisen hatte, ließ er mich bleiben und Teil seiner Familie sein. Das ist die Geschichte. Die steht fest, und die lässt sich nicht ändern. Egal, wie wütend ich bin, wie verletzt, egal, was in deinem Kopf vorgeht, diese Güte lässt sich nicht ungeschehen machen.«

»Aber was ist mit mir?«, fragte ich und kam mir, schon während ich fragte, kleinlich vor.

»Was soll mit dir sein, Liebes?«

»Was ist mit meinen Wünschen?«

»Hier geht es nur um dich, Schatz. Wir sind eine Familie. Hier geht es darum, unsere Familie zu einen. Wünschen sich das nicht alle?« Sie lächelte mich an. »Die Welt hat nun zum dritten Mal versucht, eine Waise aus mir zu machen. Beim ersten Mal wurde ich schwanger, und meine Mama setzte mich vor die Tür. Doch Miss Bunny hat mich gerettet. Danach starb dein Bruder, aber du, du hast meine Ehe gerettet. Dies ist das dritte Mal. Gott wollte nicht, dass wir allein sind. Siehst du das denn nicht?«

Ich kreuzte die Arme und formte auf dem Küchentisch ein Nest für meinen Kopf. Ich sog meinen eigenen Geruch ein. Das Leben wurde zu einer Quizshow, voller Fangfragen und Wetten.

»Keine Ahnung, was ich sehe«, sagte ich.

»Du musst einfach darauf vertrauen«, sagte meine Mutter. »Vertrauen und glauben.«

EPILOG
DANA LYNN YARBORO

Meine Tochter Flora gleicht mir aufs Haar, und das tut mir leid. Nicht, weil ich mit meinem Aussehen hadern würde, sondern weil ich ihr gern ein ganz eigenes Gesicht vermacht hätte. In vieler Hinsicht kann man sich nicht aussuchen, was man seiner Tochter mitgibt; man gibt ihr einfach, was man hat.

Flora ist vier Jahre alt; sie wurde 1996 geboren, als Atlanta die Olympischen Spiele ausrichtete. Während der Eröffnungsfeier lag ich in den Wehen, aber ich hörte das Feuerwerk, als sich meine Knochen verschoben, um Platz für dieses neue Leben zu machen. Meine Mutter war an meiner Seite und sagte meinen Namen. Floras Vater war auch da, doch wir waren kein Paar. Er ist nicht mit mir verheiratet, aber auch mit niemand anderem, was man wohl als Fortschritt bezeichnen kann. Seinen Nachnamen trägt sie nicht, aber an Sonntagen kommt er sie oft abholen, und er liebt sie in aller Öffentlichkeit.

Sie und ich leben in einem Stadthaus an der Cascade Road, gegenüber vom John-A.-White-Park. Nicht gerade weit weg von der Continental Colony, aber es ist mein eigenes Haus. Ich zahle es Monat für Monat ab, und es fühlt sich gut an, auch wenn es keine überdachten Parkplätze gibt. Es fühlt sich auch gut an, Flora in denselben Vorschulkindergarten zu schicken, in dem ich vor all den Jahren Chaurisse zum ersten Mal sah. Meine Tochter ist klug. Die Erzieherinnen lieben sie.

Wir schreiben das Jahr 2000. In der Highschool waren Ronalda und ich davon überzeugt, dass mit Beginn des neuen Jahrtausends die Welt untergehen würde. Das lag zum einen an der runden Zahl, 2000, zum anderen aber auch daran, dass ich mir nicht vorstellen konnte, einmal einunddreißig zu werden, aber das bin ich nun. Dieser Tage habe ich nicht viele Haare. Ich trage sie kurz geschoren und platt gebürstet, und doch zeigen sich darin graue Strähnen. Ich altere nicht so schön wie meine Mutter, aber sie gibt sich auch viel mehr Mühe.

Am Mittwoch vor Thanksgiving haben die Kinder an Floras Vorschule früher Schluss. Ich war sogar noch früher da – ich will auf keinen Fall, dass sie sich fragen muss, wo ich bleibe. Sie und ich gingen zum Auto, als ich auf dem Parkplatz einen blauen Lincoln bemerkte, der direkt neben mir parkte. Ich fasste Floras Hand fester und ignorierte das Kratzen im Hals. Meine Mutter und ich scherzen immer, dass es einen medizinischen Namen für unser Syndrom geben sollte – die irrationale Angst vor Town Cars.

Als ich mich meinem Wagen näherte, öffnete sich die Fahrertür des Lincoln, und Chaurisse Witherspoon stieg aus, in einer Chauffeursuniform, die für einen Mann geschneidert war. Es war zwölf Jahre her, aber ich hätte meine Schwester überall erkannt. Sie sah aus wie ihre Mutter: von der reizlosen Figur bis zu dem albernen künstlichen Haarbüschel.

»Hey, Dana«, sagte sie.

Eigentlich wäre es angemessen gewesen, zu fragen, was sie hier machte, aber ich hatte immer gewusst, dass ich sie wiedersehen würde.

»Hey, Chaurisse«, sagte ich. »Was gibt's?«

Sie zuckte mit den Achseln. »Ich wollte dich bloß sehen. Ich bin neulich vorbeigefahren und habe deine Tochter draußen beim Spielen erkannt. Sie ist dir wie aus dem Gesicht geschnitten.«

Flora mochte es, wenn andere über sie redeten, deshalb lächelte sie.

»Wie heißt sie denn?«, fragte Chaurisse.

»Flora«, meldete sich meine Tochter zu Wort.

Der kleine Parkplatz wimmelte vor Eltern und kleinen Kindern. Die Kinder trugen aus Pappe gebastelte Truthähne in ihren Händen. Ich winkte einigen Müttern zu und hoffte, normal auszusehen, ausgeglichen und glücklich. Ich lehnte mich an mein Auto. »Und? Liegt jemand im Sterben?« Mein Ton war ein bisschen schnippisch, aber ich wollte es wirklich wissen. Nach all der Zeit überflog meine Mutter immer noch jeden Sonntag die Traueranzeigen. Wenn James Witherspoon starb, würde sie da sein, im Schwarz einer Witwe.

»Niemand liegt im Sterben«, sagte sie. »Ich habe nur dein kleines Mädchen gesehen und wollte Hallo sagen und hören, wie's dir geht.«

»Mir geht es gut«, sagte ich. »Und dir?«

Sie seufzte. »Ganz gut.« Während wir redeten, sahen wir die Autos auf der Cascade Road vorbeisausen.

»Wie geht es deinen Eltern?«, fragte ich.

»Immer noch zusammen«, sagte sie.

»War ja klar.«

Sie verlagerte das Gewicht auf die andere Seite und holte kontrolliert Luft. »Siehst du ihn manchmal?«

Ich hätte sie am liebsten ausgelacht. Nach all den Jahren konnte sie immer noch nicht glauben, dass sie und ihre Mutter gewonnen hatten.

Ich hatte meinen Vater nicht mehr gesehen, seit er und Laverne vor zwölf Jahren bei der großen Feier im Hilton ihr Eheversprechen erneuert hatten. Ich war allein hingegangen und die meiste Zeit mit dem gläsernen Fahrstuhl in den zweiundzwanzigsten Stock und wieder hinunter gefahren. Als ich über die Lichter der Stadt blickte, fragte ich mich, ob James noch andere Kinder wie mich hatte. Ich war nicht zu der Soiree gegangen, weil ich meinen Vater suchte oder etwas verderben wollte, sondern weil ich hoffte, Chaurisse zu sehen. Ich wollte sie fragen, ob wir vielleicht Schwestern sein könnten. Wir konnten ja nichts dafür, was unsere Eltern einander angetan hatten.

Sie nannten es »Erneuerungszeremonie« und hielten sie im Magnolien-Saal ab, dem gleichen Raum, in dem Ruth Nicole Elizabeth ihren Sechzehnten gefeiert hatte. Als der Fahrstuhl im zweiundzwanzigsten Stock hielt, traute ich mich nicht, auszusteigen. Die Zeremonie fand hinter geschlossenen Türen statt, die mit Wimpeln geschmückt waren. Ich sah Mrs Grant förmlich vor mir, wie sie mit Händen in Satinhandschuhen lautlos klatschte, während Chaurisse mit einem Strauß weißer Calla den Gang hinuntertänzelte. Hinter ihr kämen Raleigh und Laverne in ihrem Mandelkernkleid. Ich malte mir aus, wie Raleigh ihr einen Kuss auf die Wange hauchte, bevor er sie an James übergab.

Meine Mutter hatte sich hingelegt, und ich ließ sie ungern allein, aber eine Stunde erlaubte ich mir noch. Ich nahm den Fahrstuhl ins Tiefgeschoss und schritt die Gänge des Parkhauses ab, bis ich den Lincoln entdeckte. Ich setzte mich auf die Motorhaube, während die Maschine unter mir tickte wie eine Zeitbombe.

Mein Vater kam um Viertel nach acht zum Auto. Er musste eine rauchen. Ich war vielleicht nicht seine »eheliche« Tochter, aber ich kannte ihn gut genug, um seine Gelüste vorherzusehen.

Ich sagte: »Hey, James.«

»Du hast hier nichts verloren«, sagte er.

»Ich weiß.«

»W-w-warum bist d-d-du dann hier?«

Ich sagte ihm die Wahrheit, nämlich dass ich es selbst nicht genau wusste. Ich glaube, ich wollte, dass er mich umarmte und mir sagte, dass ich immer noch seine Tochter sei, dass Blut etwas bedeutete. Ja, er konnte meine Mutter verlassen, aber konnte er auch mich verlassen? Meine Mutter hatte die Chance, einen anderen Mann zu finden, aber mir meinen Vater zu ersetzen war unmöglich.

»Liebst du mich denn nicht?«, fragte ich.

»Das hat mit Lieben nichts zu tun«, sagte er. »Du musst jetzt nach Hause. Ich h-h-habe mich entschieden, genau wie du, als du angefangen hast, Ch-Chaurisse zu belästigen. Du hättest fast mein ganzes Leben ruiniert.«

»Was hast du denn erwartet?«, fragte ich. Hatte er erwartet, ich ließe mich mein ganzes Leben lang verstecken wie ein schmutziges Foto? »Ich bin deine Tochter.«

»Das wissen ja jetzt alle«, sagte James. »Das wolltest du doch. Nun hast du's.«

Selbst jetzt zucke ich noch zusammen, wenn ich daran denke. Ich habe mit ihm gekämpft. Ich habe mich auf meinen Vater gestürzt und wie ein Mädchen gekämpft, mit wirbelnden Armen und Gekreische. Meine Stimme wurde von den Betonwänden zurückgeworfen, aber niemand kam, um uns aufzuhalten. Niemand kam mir zu Hilfe, als er mich wegstieß wie einen ausgewachsenen Mann. Ich fiel nicht hin. Ich knickte nicht ein. Auf diesen kleinen Moment der Würde bin ich stolz.

»Dazu hast du mich gebracht«, sagte er. »Du und Gwen, ihr habt mich in ein Tier verwandelt.«

»Nein«, sagte ich zu meiner Schwester. »Ich habe ihn nicht wieder gesehen.«

»Würdest du mich belügen?«, fragte sie.

»Man belügt nur Menschen, die man liebt«, sagte ich.

Danach fuhr Chaurisse weg, und Flora und ich stiegen ins Auto. Ich war erschüttert, verbarg das aber vor meiner Tochter. Sie übte ihre Wörter mit *at*-Endung und sang ein Lied auf Französisch. Ich umklammerte das Lenkrad, um meine Hände zu beruhigen. Im Kopf sagte ich wieder und wieder den Namen meiner Tochter, damit meine Seele nicht zersprang. Schließlich bog ich auf den Parkplatz einer großen Kirche ein. Ich öffnete den hinteren Wagenschlag und holte Flora aus ihrem Kindersitz. Dann ging ich neben ihr in die Knie und umarmte sie ganz fest, so wie meine Mutter mich immer umarmt hatte, so wie ich mein Kind nie hatte umarmen wollen. Ich hatte mir geschworen, dass ich keine verzweifelte Mutter werden würde, dass ich die Grenze zwischen Flora und mir immer respektieren würde. Aber ich drückte sie ganz fest und fragte sie mehr als ein Mal: »Liebst du deine Mommy? Liebst du mich, mein Schatz?«

Nach ein paar Minuten ging es vorbei. Ich setzte mein kleines Mädchen wieder in seinen Sitz und machte mich auf den Weg nach Hause.

Die Leute sagen, was dich nicht umbringt, macht dich stärker. Aber sie irren sich. Was dich nicht umbringt, bringt dich nicht um. Das ist alles. Manchmal kann man nur hoffen, dass das genügt.

DANKSAGUNG

Mein erster Dank gebührt Team T, dessen Mitglieder diese Geschichte lasen, bevor sie ein Buch wurde, damals, als ich noch Angst davor hatte: Sarah Schulman, Nichelle Tramble, Allison Clark, Joy Castro, Renee Simms, Bryn Chancellor, Alesia Parker und Virginia Fowler. Meine Schwester Maxine Kennedy – dein ist mein ganzes Herz.

Die United States Artists Foundation und Familie Collins unterstützten mich, als ich kurz davor war, aufzugeben. Die Familie von Jenny McKean Moore und die George Washington University schenkten mir ein Jahr, in dem ich schreiben und mit Washington, D. C.s besten Autoren arbeiten konnte. Großzügige Unterstützung gewährten mir auch die Rutgers-Newark University, die MacDowell Colony, die Corporation of Yaddo, das Blue Mountain Center und das Virginia Center for the Creative Arts. Mein Dank geht außerdem an Dianne Marie Pinderhughes, die mir auf der Zielgeraden eine Zuflucht bot.

Meine Asse: Rigoberto, Natasha, Kiyana Sakena, Jafari, Nichelle, Jeree, Lauren, Jaci, Alice, Jim, Evie, Anne, Deborah, Jayne Anne, Cozbi, Dolen, Aisha und Onkel Ricky hielten mich fest, als ich Gefahr lief, abzuheben. Dr. June MacDonald Aldridge lehrte mich, wie man Stil bewahrt, und Pearl Cleage zeigte mir, wie man sich treu bleibt.

Für meine gute Fee Judy Blume verspüre ich staunende Dankbarkeit. Meine Agentinnen Jany Dystel und Miriam Goderich sind die Besten der Branche. Algonquin Books und ich hatten schon seit über zehn Jahren ein Auge aufeinander geworfen. Danke, Elisabeth Scharlatt, dass es möglich wurde. Meiner Lektorin Andra Miller liegt diese Geschichte genauso sehr am Herzen wie mir. Man sieht ihre Sorgfalt auf jeder Seite.

Die Originalausgabe erschien 2011 unter dem Titel
Silver Sparrow bei Algonquin Books of Chapel Hill (ein Imprint der Workman Publishing Company Inc., New York).

ISBN 978-3-7160-2783-7
Deutsche Erstausgabe
1. Auflage 2020
© der deutschsprachigen Ausgabe
2020 Arche Literatur Verlag AG, Zürich-Hamburg
© 2011 by Tayari Jones
Das Gedicht »A Daughter is a Colony« stammt von Natasha Trethewey
und wurde ins Deutsche übertragen von Britt Somann-Jung
Lektorat: Angela Volknant, Hamburg
Alle Rechte vorbehalten
Gesetzt aus der Utopia Std
Satz: Pinkuin Satz und Datentechnik, Berlin
Druck und Bindung: GGP Media GmbH, Pößneck
Printed in Germany

www.arche-verlag.com
www.facebook.com/ArcheVerlag
www.instagram.com/arche_verlag

Starke Stimmen bei Arche

»Dieser Roman über eine große Liebe hat mich zutiefst bewegt.«

Barack Obama

»Zart romantisch und schmerzhaft realistisch verknüpft Tayari Jones eine berührende Beziehungsgeschichte mit einem beklemmenden Rassismusdrama.«
Spiegel Online

Tayari Jones
In guten wie in schlechten Tagen
Aus dem amerikanischen Englisch
von Britt Somann-Jung
352 Seiten
Broschur
12,00 € [D] / 12,40 € [A]
ISBN 978-3-7160-4025-6

Die Geschichte von zwei Schwestern und einer schillernden Reise in die Welt

Joanna Glen
Die andere Hälfte der Augusta Hope
Aus dem amerikanischen Englisch
von Stefanie Ochel
400 Seiten
Gebunden mit Schutzumschlag
24,00 € [D] / 24,70 € [A]
ISBN 978-3-7160-2782-0

»Leipciger ist eine kunstvolle und glänzende Erzählerin.«
       Booklist

Sarah Leipciger
Das Geschenk des Lebens
Aus dem Englischen von Andrea O'Brien
352 Seiten
Gebunden mit Schutzumschlag
24,00 € [D] / 24,70 € [A]
ISBN 978-3-7160-2785-1

LChoice App kostenlos laden,
dann Code scannen und jederzeit
die neuesten Arche-Titel finden.